Jules Amédée
Barbey d'Aurevilly
DIABOLISCHE GESCHICHTEN

DIE ANDERE
BIBLIOTHEK
HERAUSGEGEBEN
VON *HANS MAGNUS*
ENZENSBERGER

Wem dies widmen? . . .
J. B. d'A.

JULES AMÉDÉE

BARBEY D'AUREVILLY

DIABOLISCHE

GESCHICHTEN

AUS DEM

FRANZÖSISCHEN VON

ERNST SANDER

Verlegt bei Franz Greno
Nördlingen 1985

V O R R E D E

Dies sind die sechs ersten! Wenn die Leserschaft anbeißt und Geschmack daran findet, sollen die sechs andern demnächst folgen; denn es sind ihrer zwölf — zwölf Sünderinnen, wie ein Dutzend Pfirsiche.

Wohlverstanden erheben sie mit ihrem Titel ›Diabolische Geschichten‹ nicht den Anspruch, ein Gebetbuch oder eine ›Nachfolge Christi‹ zu sein ... Dennoch sind sie von einem christlichen Moralisten geschrieben worden, der indessen auf wahre, wenngleich sehr kühne Beobachtung erpicht ist und den Glauben hegt — das ist nun einmal seine Poetik —, daß wahrhaft große Maler alles zu malen vermögen und daß ihre Malerei hinlänglich *moralisch* ist, wenn sie *tragisch* ist und *Entsetzen und Abscheu einflößt vor dem, was sie schildert.* Unsittlich sind die Unempfänglich-Gleichgültigen und die Spötter. Nun, dem Autor dieser Erzählungen, der an den Teufel und seine Macht in der Welt glaubt, ist es damit ernst, und er erzählt sie den reinen Seelen nur, um sie zu erschrecken.

Wer diese ›Diabolischen Geschichten‹ gelesen hat, der wird, wie ich glaube, wenig geneigt sein, es ihren Heldinnen nachzutun; und eben darin beruht das Moralische eines Buches ...

Nachdem dieses um der Ehre der Sache willen ausgesprochen ist, erhebt sich eine weitere Frage. Warum hat der Autor diesen kleinen Alltagstragödien den klangvollen — vielleicht allzu klangvollen — Titel ›Les Diaboliques‹ gegeben? ... Zielt er auf die Geschichten selbst? Oder auf die darin agierenden Frauengestalten?

Leider sind diese Geschichten wahr. Nichts daran ist erfunden. Nur wurden die Handlungsträger nicht mit ihren wahren Namen genannt: das ist alles! Sie sind maskiert und aus ihrer Wäsche ist jedes Namenszeichen entfernt worden ... »Das Alphabet ist mein Eigentum«, pflegte Casanova zu sagen, wenn ihm vorgeworfen wurde, daß er nicht seinen wahren Namen trug. Das Alphabet der Romanschriftsteller ist das Leben aller derjenigen, die Leidenschaften hatten und Abenteuer erlebten, und es geht einzig darum, die Buchstaben jenes Alphabets mit der behutsamen Zurückhaltung tiefer Kunstweisheit zusammenzustellen. Trotz der Lebensnähe dieser mit der nötigen Vorsicht abgefaßten Geschichten wird es übrigens sicherlich Hitzköpfe geben, die, durch den Titel in Spannung versetzt, sie gar nicht so teuflisch finden, wie sie sich gebärden. Jene Hitzköpfe erwarten womöglich mancherlei Erfindungen, Verwicklungen, Untersuchungen, Spitzfindigkeiten, kurzum: alle Erregungen und Schauer moderner Opernmusik, wie sie sich überall, und selbst im Roman, breitmachen. Doch diese liebenswerten Gemüter werden enttäuscht sein! . . . ›Les Diaboliques‹ sind keine Teufeleien: es sind teuflische Geschichten — wahre Geschichten aus diesem Zeitalter des Fortschritts und einer so köstlichen, so *göttlichen* Zivilisation, daß man, wenn man es sich einfallen läßt, schriftlich etwas über sie zu sagen, stets den Anschein erweckt, der Teufel habe einem diktiert! . . . Der Teufel ist wie Gott. Die Lehre der Manichäer, die Quelle der großen Ketzereien des Mittelalters, ist gar nicht so dumm. Malebranche hat behauptet, Gott sei daran zu erkennen, *daß er sich der einfachsten Mittel bediene.* Der Teufel ebenfalls.

Was nun die Frauengestalten dieser Geschichten betrifft: Warum sollten sie nicht als ›Teuflische‹ bezeichnet werden? Haben sie nicht zur Genüge Diabolismus in sich, um dieses holden Namens wert zu sein? Teuflische! Keine einzige ist darunter, die nicht bis zu einem gewissen Grade teuflisch wäre. Keine einzige, zu der man mit Fug und Recht »Mein Engel!« sagen könnte, ohne zu übertreiben. Wie der Teufel, der gleichfalls ein Engel war, aber ein gefallener — wenn sie Engel sind, ergeht es ihnen wie ihm — den Kopf voran, und den . . . Rest nach oben! Keine von ihnen allen ist rein, tugendhaft, unschuldig. Selbst wenn man von dem Ungeheuerlichen an ihnen absieht, verfügen sie über einen recht unwesentlichen Vorrat an guten Gefühlen und Moral. Sie können somit sehr wohl als diabolisch bezeichnet werden, ohne daß sie sich diese Benennung unberechtigt angeeignet hätten . . . Es bestand die Absicht, ein kleines Museum für diese Damen zu schaffen — bis das noch kleinere Museum der Damen zustande kommt, die in der Gesellschaft ihr Gegenstück und ihren Gegensatz bilden; denn alles ist doppelseitig! Wie das Gehirn hat auch die Kunst zwei Lappen. Die Natur gleicht den Frauen, die ein blaues und ein schwarzes Auge haben. Hier nun das schwarze Auge, mit Tusche gezeichnet — der Tusche der *kleinen* Sittsamkeit.

Vielleicht lassen wir später einmal das blaue folgen.

Nach den ›Diabolischen‹ die ›Himmlischen‹ ...
sofern sich ein Blau findet, das rein genug ist.

Aber gibt es denn das?

Paris, 1. Mai 1874 *Jules Barbey d'Aurevilly*

DER ROTE VORHANG

Really

Vor einer langen Reihe von Jahren wollte ich in den Sumpfgebieten des Westens auf Wasservogeljagd gehen — und da es in der Gegend, der meine Reise galt, noch keine Eisenbahnen gab, bestieg ich an der Haltestelle bei Schloß Rueil die Postkutsche, in deren Sonderabteil in diesem Augenblick nur ein einziger Fahrgast saß. Diese in jeder Beziehung höchst bemerkenswerte Persönlichkeit, die ich übrigens kannte, da ich sie des öfteren in der Gesellschaft getroffen hatte, war ein Mann, den ich den Vicomte de Brassard zu nennen mir erlaube. Wahrscheinlich ist die Vorsichtsmaßnahme völlig überflüssig! Die paar hundert Menschen, die sich in Paris als ›Gesellschaft‹ bezeichnen, sind sehr wohl imstande, statt dessen seinen wahren Namen einzufügen ... Es war gegen fünf Uhr nachmittags. Die Sonne beleuchtete mit abnehmender Glut eine staubige Landstraße, die Pappelreihen und Wiesen säumten und über die uns vier kräftig ausgreifende Pferde rasch dahinrollen ließen, deren muskulöse Kruppen sich bei jedem Peitschenhieb des Postillions schwer hoben — des Postillions, dieses Abbilds des Lebens, da er, gleich ihm, bei Fahrtbeginn stets allzu laut mit der Peitsche knallt!

Der Vicomte de Brassard befand sich in jenem Daseinsabschnitt, wo man nicht mehr mit der Peitsche knallt ... Indessen ist er einer jener Menschen, die ihrem Charakter nach Engländer sein könnten (er ist in England erzogen worden), Menschen, die, auch wenn sie zu Tode verwundet wären, es niemals zugeben, vielmehr mit der Versicherung, sie seien wohlauf, sterben würden. In der Gesellschaft und selbst in der Literatur herrscht der Brauch, sich über die gewollte Jugendlichkeit derer lustig zu machen, die jenes glückliche Alter der Unerfahrenheit und der Torheit hinter sich haben, und das mit Recht, wenn dergleichen Ansprüche sich in lächerliche Formen kleiden; doch wenn das nicht der Fall ist — wenn sie, im Gegenteil, imposant sind wie der Stolz, der es ablehnt, sich selbst aufzugeben und in dem jene Ansprüche wurzeln, dann ist meiner Meinung nach eine solche Haltung ungeachtet ihrer Nutzlosigkeit alles andere als unsinnig; sie ist vielmehr schön, wie so viel Unsinniges! ... Wenn die Haltung der Garde bei Waterloo, die da »stirbt, doch sich nicht ergibt«, heroisch ist, so ist es ebenjene Haltung gegenüber dem Greisenalter, dem die Poesie der wider uns gezückten Bajonette nicht eben innewohnt, nicht minder. Für soldatisch eingestellte Menschen gilt nun einmal in allen Lebensfragen die Losung der Garde bei Waterloo: sich um keinen Preis zu ergeben.

Der Vicomte de Brassard, der nicht kapituliert hat (er lebt noch, und ich will später erzählen, wie er lebt; denn das zu wissen ist der Mühe wert), der Vicomte de Brassard also war in dem Augenblick, da ich in die Postkutsche nach X stieg, ganz das, was die Gesellschaft, die grausam ist wie eine junge Frau, gehässigerweise einen ›alten Beau‹ nennt. Demjenigen freilich, der sich bei dieser Frage des Alters —

denn jeder ist so alt wie er aussieht oder wie er sich fühlt — nicht mit Worten und Zahlen abspeisen läßt, konnte der Vicomte de Brassard einfach als ›ein Beau‹ erscheinen. Wenigstens trug zu jener Zeit die Marquise de V. . ., die sich auf junge Leute verstand und die ihrer ein Dutzend geschoren hat wie Delila den Simson, in einem sehr breiten, aus goldenen und schwarzen Plättchen schachbrettartig gearbeiteten Armreif auf blauem Grunde ziemlich auffällig eine Schnurrbartspitze des Vicomte, die der Teufel röter gefärbt hatte als die Zeit . . . Doch ob nun alt oder nicht: man darf mit dem von der Gesellschaft geprägten Worte ›Beau‹ nichts Frivoles verbinden, nichts Nichtiges oder Geringwertiges, wie es ihm gemeinhin anhaftet; denn sonst machte man sich eine falsche Vorstellung von meinem Vicomte de Brassard, bei welchem Geist, Haltung und Aussehen Weite, Kraft und Fülle im Verein mit einer vornehmen Gelassenheit verrieten, wie es sich für den prächtigsten aller Dandys meiner Bekanntschaft geziemte; und schließlich habe ich Brummel irrsinnig werden und d'Orsay sterben sehen!

Er war tatsächlich ein Dandy, der Vicomte de Brassard. Wäre er es weniger gewesen, so würde er es zweifellos bis zum Marschall von Frankreich gebracht haben. Als verhältnismäßig junger Mensch war er einer der glänzendsten Offiziere des ersten Kaiserreiches in dessen letzten Jahren gewesen. Des öfteren habe ich seine Regimentskameraden äußern hören, er habe sich durch eine Tapferkeit ausgezeichnet, die so groß gewesen sei wie die Murats und Marmonts zusammengenommen. Damit — und er besaß überdies einen sehr gesunden und kühlen Verstand, wenn nicht gerade die Trommel zum Streite schlug — hätte er innerhalb kurzer Zeit die höchsten Stufen der militärischen Hierarchie erklimmen können, wenn nicht sein Dandytum gewesen wäre! . . . Wenn man das Dandytum zu den Eigenschaften gesellt, die den Offizier ausmachen: Sinn für Disziplin, Pünktlichkeit im Dienst usw., so erkennt man bald, was in dieser Verbindung vom Offizier übrigbleibt, der dann nämlich nicht auffliegt wie ein Pulvermagazin! Denn wenn der Offizier de Brassard bei zwanzig Gelegenheiten seines Lebens nicht explodiert war, so rührte das daher, daß er, gleich allen Dandys, Glück hatte. Mazarin hätte sich seiner bedient — und seine Nichten gleichfalls, wenn auch wohl aus einem andern Grunde: er war ein Prachtkerl.

Er war durch jene Schönheit ausgezeichnet gewesen, deren der Soldat in stärkerem Maße bedarf als jeder andere Mensch; denn ohne Schönheit gibt es keine Jugend, und Frankreichs Jugend ist die Armee! Jene Schönheit übrigens, die nicht nur die Frauen verführt, sondern auch die Umstände, die günstigen Gelegenheiten — diese Vetteln —, war nicht der einzige Schutz und Schirm gewesen, der sich um den Kopf des Hauptmanns de Brassard gebreitet hatte. Er war, wie ich glaube, normannischer Abkunft, vom Stamme Wilhelms des Eroberers, und wie es hieß, hatte er zahlreiche Eroberungen gemacht . . . Nach der Abdankung des Kaisers war er natürlicherweise zu den Bourbonen übergegangen, und während der Hundert Tage war er ihnen übernatürlicherweise treu geblieben. Daher wurde der Vicomte, als die Bourbonen zum zweiten Male wiederkehrten, von Charles X. (damals noch Monsieur) eigenhändig zum Ritter des heiligen Ludwig geschlagen. Während der ganzen Restaurationszeit zog der Beau de Brassard kein einziges Mal in den Tuilerien auf Wache, ohne daß die Herzogin von Angoulême nicht beiläufig ein paar huldvolle Worte an ihn gerichtet hätte. Sie, in der das Unglück alle Anmut ertötet hatte, wußte sie um seinetwillen wiederzufinden. Angesichts dieser Gunst hätte der Minister gern alles getan, um den Mann zu befördern, den Madame auf solcherlei Weise auszeichnete; aber was hätte der beste Wille der Welt für diesen enragierten Dandy tun können, der eines Tages bei der Parade vor der Front seines Regiments um einer rein dienstlichen Bemerkung willen den Degen gegen seinen Generalinspekteur gezogen hatte? ... Es ging gerade noch an, ihn vor dem Kriegsgericht zu bewahren. Diese unbekümmerte Mißachtung der Disziplin hatte der Vicomte de Brassard überall bezeigt. Nur nicht im Felde, wo er wieder ganz und gar Offizier wurde und sich seinen soldatischen Pflichten niemals entzog. Es geschah zum Beispiel verschiedene Male, daß er sich, auf die Gefahr einer langfristigen Arreststrafe hin, heimlich aus seiner Garnison entfernte, um sich in der Nachbarstadt zu amüsieren und erst zurückzukehren, wenn eine Besichtigung bevorstand, wovon ein Soldat, der ihn gern mochte, ihn unterrichtete; denn wenn auch seine Vorgesetzten nicht sonderlich Wert darauf legten, einen Mann unter ihrem Befehl zu haben, dem von Natur aus jede Art von Disziplin widerstrebte, so war er zum Ausgleich dafür der Abgott seiner Soldaten. Er verlangte von ihnen nichts als große Tapferkeit, Ehrliebe und ein schmuckes Auftreten und verwirklichte auf diese Weise den Typus des französischen Soldaten der alten Zeit, von dem der Ausgang bis zehn Uhr abends und drei oder vier alte Volkslieder, die wahre Meisterwerke sind, ein so treffendes und bezauberndes Bild bewahrt haben. Vielleicht trieb er sie ein wenig gar zu sehr zu Raufereien; aber er behauptete, das sei das beste ihm bekannte Mittel, ihren soldatischen Geist zu fördern. »Ich bin keine Regierung«, pflegte er zu sagen, »und ich kann ihnen keine Orden verleihen, wenn sie sich gegenseitig wacker verprügeln; aber die Orden, deren Großmeister ich bin (er war sehr vermögend), sind Handschuhe und Lederzeug und alles mögliche andere, womit sie sich herausstaffieren können, ohne gegen die Dienstordnung zu verstoßen.« Daher stellte denn auch die Kompanie, die er befehligte, durch ihr ansehnliches Äußeres alle anderen Grenadierkompanien der an sich schon glänzenden Garderegimenter in Schatten. Auf diese Weise steigerte er bis zum Übermaß das soldatische Persönlichkeitsgefühl, das in Frankreich stets zu Stutzerhaftigkeit und kokettem Gepräge neigt, die beide, die eine durch die Art und Weise, wie sie sich bekundet, das andere durch den Neid, den es entfacht, eine ständige Herausforderung bedeuten. Demgemäß dürfte verständlich sein, daß die andern Kompanien des Regimentes auf die seinige eifersüchtig waren. Die Soldaten hätten sich geprügelt, um hineinzukommen, und abermals geprügelt, um nicht wieder hinaus zu müssen.

Solcherart war die Ausnahmestellung des Hauptmanns Vicomte de Brassard während der Restaurationszeit gewesen. Und da damals nicht allmorgendlich wie während des Kaiserreichs tätiger Heroismus das Mittel zur Verzeihung aller wie auch immer gearteten Vorkommnisse war, konnte niemand voraussehen oder ahnen, wie lange diese unausgesetzte Insubordination noch dauern werde, die seine Kameraden in Erstaunen setzte und die er gegen seine Vorgesetzten mit der gleichen Kühnheit ausspielte, mit der er sein Leben aufs Spiel gesetzt haben würde, wenn er ins Feuer gegangen wäre, als die Revolution von 1830 alle, die sie gehegt hatten, der Sorge überhob, und den tollen Hauptmann der Demütigung einer Entlassung, die ihm mit jedem Tage stärker drohte. Da er während der ›Drei Tage‹ schwer verwundet worden war, hatte er es abgelehnt, unter der neuen Dynastie Orléans, die er verachtete, Dienst zu tun. Als die Juli-Revolution sie zu Herren eines Landes machte, das sich zu bewahren sie nicht verstanden haben, hatte der Umschwung den Hauptmann im Bett angetroffen, wo er an einer Fußverletzung darniederlag, die er sich, wie im Gefecht, beim letzten Ball der Herzogin von Berry zugezogen hatte. — Dennoch war er beim ersten Trommelwirbel aufgestanden und zu seiner Kompanie geeilt, und da er seiner Verletzung wegen keine Stiefel hatte anziehen können, hatte er sich in den Aufstand gestürzt, als gehe er zum Ball, mit Lackschuhen und Seidenstrümpfen, und so hatte er sich auf der Place de la Bastille an die Spitze seiner Grenadiere gestellt; denn er hatte Befehl, den Boulevard in seiner ganzen Länge zu säubern. Paris, wo noch keine Barrikaden errichtet waren, bot einen unheimlichen und bösartigen Anblick. Es war wie ausgestorben. Die Sonne prallte hinein wie ein erster Feuerregen, dem bald ein zweiter folgen sollte; denn sämtliche durch ihre Läden geschlossenen Fenster standen im Begriff, Tod und Verderben zu speien ... Hauptmann de Brassard stellte seine Soldaten in zwei Linien auf, längs der Häuser und möglichst dicht daran, so daß jede Soldatenreihe nur den Gewehrschüssen ausgesetzt war, die von gegenüber kamen — und er selbst, mehr Dandy denn je, schritt mitten auf dem Fahrdamm einher. Obwohl von beiden Straßenseiten aus Tausende von Gewehren, Pistolen und Karabinern auf ihn zielten, von der Bastille bis zur Rue de Richelieu, wurde er nicht getroffen, trotz seiner breiten Brust, auf die er vielleicht ein wenig gar zu stolz war — denn im Feuer brüstete sich der Hauptmann de Brassard, wie eine schöne Frau beim Balle das, was sie hat, zur Geltung bringen will — bis er vor Frascati, an der Ecke der Rue de Richelieu, in dem Augenblick, da er seiner Truppe befahl, hinter ihm aufzuschließen, weil er die erste Barrikade stürmen wollte, die ihm den Weg versperrte, eine Kugel in seine prächtige Brust bekam, die durch ihre Breite und durch die langen, silbernen Verschnürungen, die von einer Schulter zur andern glitzerten, doppelt herausfordernd wirkte; und gleichzeitig zerschmetterte ihm ein Stein den Arm — was alles ihn nicht hinderte, die Barrikade zu nehmen und an der Spitze seiner begeisterten Soldaten bis zur Madeleine vorzurücken. Dort stellten zwei Damen, die in einer Kalesche aus dem aufrührerischen Paris flohen und einen verwundeten Gardeoffizier erblickten, der blutüberströmt auf den Steinblöcken lag, die zu jener Zeit um die Madeleine, an der noch gearbeitet wurde, herumlagen, ihm ihren Wagen zur Verfügung, und er ließ sich von ihnen nach dem Gros-Caillou fahren, wo sich damals der Marschall von Ragusa aufhielt, dem er dienstlich meldete:

»Herr Marschall, ich habe vielleicht noch zwei Stunden zu leben; aber für diese zwei Stunden bitte ich um Verwendung, wo immer Sie befehlen!« Aber er irrte sich ... Er hatte noch länger als zwei Stunden zu leben. Die Kugel, die ihn durchbohrt hatte, tötete ihn nicht. Mehr als fünfzehn Jahre danach habe ich seine Bekanntschaft gemacht, und damals behauptete er, er verdanke sein Leben einzig seiner Mißachtung der medizinischen Wissenschaft und seines Arztes, der ihm strengstens verboten hatte, etwas zu trinken, solange das Wundfieber daure: er aber habe sich vor dem sicheren Tode dadurch bewahrt, daß er tüchtig Bordeaux-Wein trank.

Und wenn er den trank, dann trank er ihn auch gehörig! Denn da er vom Scheitel bis zur Sohle ein Dandy war, so war er es auch in seiner Art und Weise zu trinken ... er soff wie ein Pole. Er hatte sich ein köstliches Trinkglas aus böhmischem Kristall anfertigen lassen, das Gottverdammich! eine ganze Flasche Bordeaux faßte, und das trank er auf einen Zug aus! Er sagte dann gewöhnlich, wenn er getrunken hatte, daß er alles in solchen Ausmaßen tue, und das entsprach der Wahrheit! Doch in einer Zeit, da die Kraft in jeder Form immerfort geringer wird, ist man vielleicht der Ansicht, daß man auf solcherlei ›Heldentaten‹ nicht besonders stolz zu sein brauche. Er war ein Mann vom Schlage des Bassompierre und vertrug den Wein genauso gut wie dieser. Ich habe ihn sein böhmisches Glas ein dutzendmal leeren sehen, ohne daß man ihm das mindeste angemerkt hätte. Überdies habe ich ihn des öfteren bei jenen Gelagen erlebt, die sittsame Leute als ›Orgien‹ bezeichnen, und auch nach den wildesten Zechereien gelangte er nie über jene leichte Form der Trunkenheit hinaus, die er mit soldatischer Anmut als ›leicht angesäuselt‹ bezeichnete, wobei er etwas wie eine militärische Ehrenbezeigung vollführte. Da mir daran gelegen ist, meinen Lesern deutlich zu machen, zu welcher Art Mensch er gehörte, was im Interesse der Geschichte liegt, die ich erzählen möchte, trage ich keinerlei Scheu, zu bekennen, daß dieser ›wackere Landsknecht‹ des 19. Jahrhunderts, wie das 16. in seiner pittoresken Sprache ihn genannt haben würde, sieben Geliebte zu gleicher Zeit gehabt hat. Er bezeichnete sie poetisch als ›die sieben Saiten seiner Leier‹, und es liegt mir nichts ferner, als diese musikalische und leichtsinnige Weise, von der eigenen Unmoral zu sprechen, zu billigen! Aber warum es verheimlichen? Wenn der Hauptmann Vicomte de Brassard nicht so gewesen wäre, wie ich die Ehre habe, ihn meiner Leserschaft darzustellen, so würde meine Geschichte sehr viel reizloser sein, und möglicherweise hätte ich es mir gar nicht einfallen lassen, sie zu erzählen.

Natürlich war ich durchaus nicht darauf gefaßt, ihn dort zu treffen, als ich an der Haltestelle bei Schloß Rueil in die Postkutsche nach X stieg. Wir hatten einander seit längerer Zeit nicht gesehen, und ich war erfreut, wieder einmal einem Manne zu begegnen, und noch dazu mit der Aussicht auf ein mehrstündiges Beisammensein, der zwar noch in unserer Zeit lebte, sich aber doch bereits in beträchtlichem Maße von den Menschen unserer Zeit unterschied. Der Vicomte de Brassard, der in die Rüstung Franz' I. hätte steigen und sich darin mit der gleichen Leichtigkeit hätte bewegen können wie in seinem bequemen blauen Frack eines Offiziers der königlichen Garde, ähnelte weder in der Haltung noch in den Körpermaßen einem der gepriesenen jungen Leute von heutzutage. Diese untergehende Sonne einer grandiosen Eleganz, wie sie so lange gestrahlt hatte, hätte die kleinen Halbmonde der Mode, wie sie sich jetzt über den Horizont erheben, als kümmerlich und fahl erscheinen lassen! Er war schön wie Zar Nikolaus, dem er, was den Oberkörper betrifft, ähnelte, wenngleich sein Gesicht weniger ideal und sein Profil weniger griechisch waren; er trug einen kurzen Bart, der wie sein Haar durch ein undurchdringliches Geheimnis seiner Natur oder seines Friseurs schwarz geblieben war ... und dieser Bart bedeckte den größeren Teil seiner lebhaft und männlich getönten Backen. Unter einer sehr edlen Stirn — einer gewölbten Stirn ohne Runzeln, weiß wie ein Frauenarm —, die die Grenadier-Pelzmütze, durch die, wie durch den Helm, das Haar sich lichtet, als noch breiter und stolzer erscheinen ließ, verbarg der Vicomte de Brassard sozusagen, denn so tief lagen sie unter den Brauenbögen, zwei funkelnde, ungewöhnlich dunkelblaue, aber in ihren Höhlungen leuchtende Augen, die wie zwei spitzgeschliffene Saphire wirkten! Diese Augen machten sich nicht die Mühe, zu ergründen: sie waren an sich schon durchdringend. Wir reichten einander die Hand und begannen zu plaudern. Der Hauptmann de Brassard sprach langsam, mit schwingender Stimme, die, wie man sogleich empfand, imstande war, ein ganzes Marsfeld mit ihren Kommandos zu überhallen. Wie ich bereits berichtet habe, war er in England erzogen worden; und vielleicht dachte er englisch; aber diese

Langsamkeit, der übrigens nichts von Verlegenheit innewohnte, gab allem, was er sagte, und selbst seinen Scherzen — denn der Hauptmann scherzte sehr gern und hatte sogar eine Vorliebe für gewagte Scherze — ein ganz besonderes Gepräge. Er hatte, wie man zu sagen pflegt, ein lockeres Mundwerk. »Der Hauptmann de Brassard ging stets zu weit«, pflegte die Gräfin F... zu sagen, jene hübsche Witwe, die seit ihres Mannes Tode nur noch drei Farben trägt, Schwarz, Violett und Weiß. Man mußte ihn schon für einen sehr guten Umgang halten, um nicht des öfteren in ihm einen schlechten zu sehen. Aber wenn man wirklich ›dazu‹ gehört, kann man sich bekanntlich im Faubourg St. Germain alles erlauben! Einer der Vorteile eines Reisegesprächs besteht darin, daß man es abbrechen kann, wenn man einander nichts mehr zu sagen hat, ohne daß beide Partner dadurch in Verlegenheit zu geraten brauchen. Im Salon genießt man diese Freiheit nicht. Dort macht es einem die Höflichkeit zur Pflicht, dennoch zu sprechen, und für diese unschuldige Heuchelei wird man nur zu oft durch die Leere und Langweiligkeit jener Unterhaltungen bestraft, bei denen die Dummen, selbst die von Natur Schweigsamen (solche gibt es), sich abmühen und quälen, irgend etwas zu sagen und liebenswürdig zu sein. In einem öffentlichen Gefährt ist jeder zugleich für sich und in Gesellschaft anderer — und ohne gegen die Schicklichkeit zu verstoßen, kann man zurück in das angenehme Schweigen gleiten und dem Gespräch ein träumerisches Sinnen folgen lassen ... Unglücklicherweise sind die Zufälle des Lebens erschreckend banal, und früher (denn man muß es bereits als ›früher‹ bezeichnen) stieg man zwanzigmal in ein öffentliches Gefährt — wie heute zwanzigmal in ein Eisenbahnabteil —, ohne auf jemand zu stoßen, der lebendig und fesselnd zu plaudern wußte ... Der Vicomte de Brassard und ich tauschten zunächst einige Gedanken aus, wie Vorgänge während der Fahrt, die Besonderheiten der Landschaft und ein paar Erinnerungen aus der Gesellschaft, in der wir einander ehedem begegnet waren, sie uns eingaben — und dann umhüllte uns der sich neigende Tag mit dem Schweigen seiner Dämmerung. Die Nacht, die im Herbst von der Himmelshöhe niederzufallen scheint, so schnell naht sie, packte uns mit ihrer Kühle, und wir wickelten uns in unsre Mäntel und suchten mit der Schläfe die harte Kante, die das Kopfkissen aller Reisenden ist. Ich weiß nicht, ob mein Gefährte in seiner Ecke einnickte; ich in der meinen blieb jedenfalls wach. Ich kannte die Strecke so gut, die wir jetzt durchfuhren und die ich schon zu wiederholten Malen zurückgelegt hatte, daß ich mir nicht die Mühe machte, auf die Dinge draußen zu achten, die in der Bewegung des Wagens dahinschwanden und in der unserer Fahrt entgegengesetzten Richtung ins Dunkel zu enteilen schienen. Wir fuhren durch mehrere kleine Städte, wie sie da und dort an dieser langen Straße hingestreut liegen, die die Postillions nach wie vor ›ein schönes Ende Zopfband‹ nennen, in Erinnerung an das eigene, das seit langem zerschlissen ist. Die Nacht wurde schwarz wie ein erloschener Ofen — und in dieser Finsternis nahmen die unbekannten Städte, durch die wir rollten, ein seltsames Aussehen an und erweckten in uns das Gefühl, als befänden wir uns am Ende der Welt ... Empfindungen, wie ich sie hier aufzeichne als Erinnerung an die letzten Eindrücke von Dingen, die längst dahingeschwunden sind, gibt es heute nicht mehr, und niemand wird sie je wieder hegen. In unserer Zeit gestatten die Eisenbahnen mit ihren Bahnhöfen an den Eingängen der Städte es den Reisenden nicht mehr, mit einem einzigen raschen Blick das Panorama zu erraffen, das längs der Straßen dahinzueilen scheint im Galopp der Pferde einer Postkutsche, die immerfort anhält, den Vorspann wechselt und weiterrollt. In den meisten der kleinen Städte, durch die wir kamen, war die Straßenbeleuchtung, dieser zögernd sich verbreitende Luxus, selten, und sicherlich sah man in den Straßen weniger als kurz zuvor auf den Landstraßen. Dort war wenigstens der Himmel weit, und die Größe des Raumes schuf ein vages Licht, während hier die nahe beieinanderstehenden Häuser, die sich zu umarmen schienen, und ihre in die engen Straßen fallenden Schatten, das bißchen Himmel und die wenigen Sterne, die man zwischen den beiden Dächerreihen gewahrte, zum Geheimnisvollen dieser entschlummerten Städte beitrugen, wo der einzige Mensch, den man gewahrte — vor einer Gasthoftür etwa — ein Stallknecht mit seiner Laterne war, der die frischen Pferde brachte und die Geschirrschnallen anzog, wobei er pfiff oder auf seine widerspenstigen oder zu unruhigen Pferde schimpfte ... Abgesehen davon und von der ewigen, immer gleichen Frage eines aus dem Schlafe aufgestörten Fahrgastes, der ein Fenster herunterließ und in die Nacht, die durch die Stille noch klangempfänglicher wurde, hineinrief: »Wo sind wir denn, Postillion?« vernahm und sah man nichts Lebendiges um diesen Wagen, in diesem Wagen voll schlafender Menschen, in dieser schlafbefangenen Stadt, wo vielleicht ein Träumer wie ich durch sein Zimmerfenster die Fassaden der von der Nacht verwischten Häuser zu erkennen versuchte oder seinen Blick und seine Gedanken an ein zu dieser vorgerückten Stunde noch helles Fenster heftete — in solch einer kleinen Stadt mit geregelten, schlichten Sitten, für die die Nacht vor allem zum Schlafen geschaffen ist. Das Wachen eines menschlichen Wesens — und sei es auch nur ein Wachtposten —, wenn alle andern Lebewesen in jene Betäubung versunken sind, wie sie der erschöpften Kreatur eigen ist, hat stets etwas Ehrfurchtgebietendes. Aber daß man nicht weiß, warum irgend jemand hinter den geschlossenen Vorhängen eines Fensters wacht, wo die Lampe von Leben und Denken kündet, gesellt zu der Poesie des Traumes die Poesie der Wirklichkeit. Ich jedenfalls habe niemals in einer Stadt, durch die ich fuhr, ein zur Nachtzeit erleuchtetes Fenster sehen können, ohne an diesen Lichtrahmen eine ganze Welt von Gedanken zu heften, ohne zu meinen, hinter jenen Vorhängen geschähen Liebkosungen und Tragödien . . . Und jetzt, ja, nach so vielen Jahren, muß ich noch immer an diese und jene Fenster denken, deren schwermütiges Schimmern ich für alle Zeiten in mir trage und die mich oft, wenn ich in träumerischem Sinnen ihrer gedenke, sagen lassen:

»Was ist wohl hinter jenen Vorhängen geschehen?«

Nun, eins der Fenster, an die ich mich besonders deutlich erinnere (man wird sogleich begreifen, aus welchem Grunde), ist dasjenige in einer der Straßen der Stadt X, durch die wir in jener Nacht fuhren. Es war drei Häuser — man sieht, wie genau ich mich erinnere — oberhalb des Gasthofs, vor dem wir die Pferde wechselten; aber ich hatte Muße, dieses Fenster längere Zeit zu betrachten, als ein einfacher Pferdewechsel beansprucht. Eins der Räder unseres Wagens war schadhaft geworden, und man hatte nach dem Stellmacher geschickt, der erst hatte aufgeweckt werden müssen. Nun war es keine Kleinigkeit, die nur ein paar Minuten beansprucht, in einer schlafenden Landstadt einen Stellmacher aus dem Bette zu holen und ihn dahinzubringen, an einer Postkutsche, der einzigen auf dieser Strecke verkehrenden, eine Schraube anzuziehen ... Wenn der Stellmacher in seinem Bette ebenso tief schlief wie die Fahrgäste in unserm Wagen, konnte es lange dauern, bis er wach war ... In meinem Sonderabteil hörte ich durch die Trennwand das Schnarchen der Reisenden im Wageninnern, und keiner der Reisenden auf dem Verdeck, die bekanntlich versessen darauf sind, auszusteigen, sobald die Postkutsche hält, wahrscheinlich nur (denn die Eitelkeit macht sich in Frankreich überall breit, selbst auf den Verdecken der Postwagen), um zu zeigen, wie geschickt sie wieder hinaufklettern können, hatte seinen Platz verlassen ... Freilich war der Gasthof, vor dem wir hielten, geschlossen. Hier wurde nicht zu Abend gegessen. Das war bereits beim vorhergegangenen Pferdewechsel geschehen. Der Gasthof schlief wie wir. Kein Lebenszeichen war wahrnehmbar. Kein Geräusch störte seine tiefe Stille ... bis auf das eintönige, müde Scharren eines Besens, mit dem irgend jemand (ob Mann oder Frau, das blieb ungewiß; es war zu dunkel, um das zu erkennen) den großen Hof des stummen Gasthofs fegte, dessen Einfahrtstor wie gewöhnlich offenstand. Auch dieses träg schleppende Scharren des Besens auf dem Hofpflaster schien zu schlafen oder doch wenigstens ein verteufeltes Verlangen danach zu haben! Die Fassade des Gasthofs war dunkel wie die anderen Häuser der Straße, die nicht beleuchtet war, bis auf ein einziges Fenster ... eben jenes Fenster, das mir unvergeßlich geblieben ist und an das ich immerfort denken muß! ... Das Haus, in dem das Licht nicht eigentlich leuchtete, denn es wurde durch einen doppelten roten Vorhang gedämpft, dessen Dichte es geheimnisvoll durchdrang, war ein großes Gebäude mit nur einem Stockwerk — das allerdings sehr hoch gelegen war ...

»Sonderbar!« sagte der Vicomte de Brassard wie im Selbstgespräch. »Fast könnte man meinen, es sei noch immer derselbe Vorhang!«

Ich wandte mich ihm zu, als hätte ich ihn in unserm dunklen Wagenabteil sehen können; aber die Lampe unter dem Kutschersitz, die dazu dient, die Pferde und die Landstraße zu beleuchten, war gerade erloschen ... Ich hatte gemeint, er schlafe, und dabei schlief er gar nicht, sondern war, genau wie ich, betroffen vom Aussehen jenes Fensters; nur hatte er mir voraus, daß er wußte, warum er es war!

Der Ton, in dem er das gesagt hatte — etwas so Nichtssagendes! —, war der Stimme des Vicomte de Brassard so wenig gemäß und kam mir dermaßen ungewöhnlich vor, daß ich die Neugierde, die mich jäh überfiel, sogleich befriedigen und sein Gesicht sehen wollte, und so zündete ich denn ein Streichholz an, wie um meine Zigarre anzustecken. Der bläuliche Blitz des Streichholzes zerriß die Dunkelheit.

Er war bleich, nicht wie ein Toter ... sondern wie der Tod selbst.

Was machte ihn so blaß? ... Das so sonderbar anmutende Fenster, sein Gedanke darüber und diese Blässe bei einem Manne, der für gewöhnlich kaum je erbleichte, da er vollblütig war und in der Erregung bis an die Schädeldecke dunkelrot anlief, das Zittern, das ich durch die Muskeln seines mächtigen Oberarms rinnen fühlte, der in der Enge des Wagens den meinen berührte: all das ließ mich ein Geheimnis wittern, ... das ich, der Geschichtenjäger, vielleicht herausbekommen konnte, wenn ich es geschickt anfing.

»Auch Sie betrachten also jenes Fenster, Herr Hauptmann, und Sie scheinen es sogar wiederzuerkennen?« sagte ich in jenem uninteressierten Ton, der keinerlei Wert auf irgendeine Antwort zu legen scheint und die Heuchelei der Neugierde ist.

»Den Teufel auch! Und ob ich es wiedererkenne!« antwortete er mit seiner gewöhnlichen Stimme, die kräftig und wohlklingend war und jede Silbe betonte.

Er hatte bereits seine Ruhe wiedergefunden, dieser Dandy, der seiner selbst sicherste, majestätischste aller Dandys, die — man weiß es! — jede Erregung als etwas Inferiores verachten und nicht, wie der alberne Goethe, meinen, daß das Staunen einen ehrenvollen Platz im menschlichen Geistesleben einnehme.

»Ich komme hier selten vorbei«, fuhr der Vicomte de Brassard völlig gelassen fort, »ich vermeide es sogar nach Möglichkeit. Aber es gibt Dinge, die man nicht vergißt. Viele sind es nicht; aber es gibt welche. Ich kenne drei: die erste Uniform, die man angezogen, die erste Schlacht, in der man im Nahkampf gefochten, und die erste Frau, die man gehabt hat. Ja, und für mich ist das Fenster dort das vierte, was ich nie vergessen werde.«

Er hielt inne und ließ das Wagenfenster herab ... Geschah es, um das Fenster, von dem er sprach, besser sehen zu können? ... Der Kutscher war auf die Suche nach dem Stellmacher gegangen und kam nicht wieder. Die neuen Pferde waren noch nicht von der Posthalterei eingetroffen. Die uns hergebracht hatten, standen reglos vor Erschöpfung da, abgetrieben, noch nicht ausgespannt, ließen sie die Köpfe zwischen die Beine hängen und stampften nicht einmal auf das stumme Pflaster, während sie von ihrem Stalle träumten. Unsere schlafende Postkutsche glich einem verwunschenen Wagen, den der Zauberstab einer Fee auf einer Lichtung in Dornröschens Wald festgebannt hatte.

»Es ist schon so«, sagte ich, »daß dieses Fenster für einen phantasiebegabten Menschen ein besonderes Aussehen hat.«

»Wie es auf Sie wirkt, weiß ich nicht«, erwiderte der Vicomte de Brassard, »aber ich weiß, wie es auf mich wirkt. Es ist das Fenster des Zimmers, das meine erste Garnison-Wohnung gewesen ist. Dort habe ich gewohnt ... den Teufel auch! Es ist genau fünfunddreißig Jahre her! ... Hinter jenem Vorhang ... der während der ganzen Zeit nicht ausgewechselt worden zu sein scheint und den das Licht genauso durchschimmert, ganz genauso wie damals, als ...«

Abermals verstummte er und gebot seinen Gedanken Einhalt; doch ich war nun einmal darauf erpicht, ihn zum Sprechen zu bringen.

»Als Sie nächtlicherweise als Unterleutnant Ihren taktischen Studien oblagen, Herr Hauptmann?«

»Da überschätzen Sie mich gewaltig!« antwortete er. »In der Tat bin ich damals Unterleutnant gewesen; aber meine Nächte, die habe ich nicht mit taktischen Studien hingebracht, und wenn meine Lampe zu ungebührlichen Stunden, wie die ordentlichen Leute sagen, brannte, so las ich dabei gewiß nicht den Marschall von Sachsen.«

»Nun«, sagte ich, rasch wie eine aufzischende Rakete, »vielleicht haben Sie ihm dennoch nachgeeifert?«

Er schickte mir mein Fluggeschoß zurück.

»Oh!« sagte er. »Damals habe ich dem Marschall noch nicht auf diese Weise nachgeeifert, die Sie meinen ... Das habe ich erst sehr viel später getan. Damals war ich lediglich ein Milchbart von Unterleutnant mit gutsitzender Uniform, aber sehr linkisch und schüchtern im Umgang mit Frauen, was diese indessen niemals wahrhaben wollten, wohl meines verteufelten Aussehens wegen ... Jedenfalls hat mir meine Schüchternheit bei ihnen nicht geholfen. Im übrigen war ich zu jener schönen Zeit erst siebzehn. Ich hatte gerade die Militärschule hinter mir. Damals verließ man sie in dem Alter, in dem man sie heute bezieht; denn wenn der Kaiser, dieser unersättliche Menschenvertilger, länger Herr geblieben wäre, würde er schließlich zwölfjährige Soldaten gehabt haben, wie die Sultane Asiens neunjährige Odalisken.«

»Wenn er jetzt anfängt, vom Kaiser und von Odalisken zu reden«, dachte ich, »erfahre ich nie etwas.«

»Und dennoch, Vicomte«, fuhr ich fort, »möchte

ich wetten, daß die Erinnerung an das Fenster, das dort oben schimmert, nur deshalb so lebendig in Ihnen andauert, weil hinter seinem Vorhang für Sie eine Frau eine Rolle gespielt hat.«

»Und Sie würden Ihre Wette gewinnen«, sagte er ernst.

»Also doch!« antwortete ich. »Dessen war ich sicher. Bei einem Mann wie Ihnen kann in einer kleinen Landstadt, die Sie vielleicht nur zehnmal wiedergesehen haben, seit Sie hier in Garnison lagen, nur eine Belagerung, die Sie hier zu überstehen hatten, oder eine Frau, die Sie im Sturm genommen haben, das lebhafte Interesse erklären, welches Sie an einem Fenster nehmen, das in der Dunkelheit auf genau die gleiche Weise erleuchtet ist wie damals!«

»Und dennoch habe ich hier keine Belagerung überstanden ... wenigstens keine militärische«, erwiderte er, noch immer ernst; indessen war der Ernst häufig die Maske seines Scherzes. »Und kann man andererseits von einer Belagerung sprechen, wenn man sich so schnell ergibt? ... Doch was nun die Eroberung einer Frau, gleichgültig, ob mit oder ohne Sturmangriff, betrifft, so habe ich Ihnen gesagt, daß ich zu jener Zeit dazu völlig außerstande war ... Daher ist denn hier auch keine Frau erobert worden: sondern ich!«

Ich verbeugte mich; — ob er es wohl in dem dunklen Abteil gesehen hat?

»Auch Berg-op-Zoom ist erobert worden«, sagte ich.

»Und siebzehnjährige Unterleutnants«, ergänzte er, »sind für gewöhnlich, was Standhaftigkeit und Uneinnehmbarkeit betrifft, kein Berg-op-Zoom!«

»Also«, bemerkte ich belustigt, »wieder einmal eine Frau oder ein Fräulein Potiphar . . .«

»Es war ein Fräulein«, unterbrach er mich mit erheiternd wirkender Einfalt.

»Eine mehr unter vielen, Herr Hauptmann! Nur war in diesem Falle der Joseph ein Soldat . . . und er ist sicher nicht davongelaufen . . .«

»Ganz im Gegenteil: er ist davongelaufen«, antwortete er mit der größten Kaltblütigkeit, »wenn auch zu spät, und schlotternd vor Angst! Mit einer Angst, die mich die Worte des Marschalls Ney hat verstehen lassen, die ich mit eigenen Ohren gehört habe und die mich, wie ich offen zugebe, da ein solcher Mann sie ausgesprochen, ein wenig getröstet haben: ›Ich möchte nur den Sch . . . kerl kennenlernen (er sprach das Wort ganz aus), der von sich behauptet, er habe niemals Angst gehabt!‹«

»Ein Erlebnis, bei dem Sie diese sensationelle Empfindung gehabt haben, Herr Hauptmann, muß verdammt interessant sein!«

»Den Teufel auch«, sagte er barsch, »ich kann es Ihnen ja erzählen, wenn Sie es hören möchten; die Sache ist ein Geschehnis gewesen, das an meinem Leben frißt wie Säure an Stahl und das auf allen meinen Freuden als toller Kerl einen schwarzen Flecken hinterlassen hat . . . Ja, Tollheit hat auch ihre schlimmen Seiten!« fügte er mit einer Wehmut hinzu, die mich bei diesem wilden Schwerenöter, der, wie ich meinte, mit Kupfer beschlagen war wie eine griechische Brigg, überraschte.

Und er zog das Fenster wieder hoch, das er heruntergelassen hatte, sei es, daß er fürchtete, der Klang seiner Stimme könne nach außen dringen, so daß man dort hören könne, was er erzählen wolle, obwohl sich niemand in der Nähe des ruhig dastehenden und wie verlassen anmutenden Wagens befand; sei es, daß die regelmäßigen Fegegeräusche des Besens, der in stetem Hin und Her träge über das Pflaster des großen Gasthofhofes scharrte, ihm als eine wenig zu seiner Geschichte passende Begleitung erschienen; — und ich hörte ihm zu; ich lauschte einzig seiner Stimme, den geringsten Schwingungen seiner Stimme — denn sein Gesicht konnte ich in dem dunklen, geschlossenen Abteil nicht erkennen —, und noch angespannter denn zuvor starrte ich auf jenes Fenster mit dem roten Vorhang, das nach wie vor mit dem gleichen bannenden Schimmer leuchtete und von dem er mir zu erzählen anfing.

»Ich war, wie gesagt, siebzehn, und ich hatte die Militärschule gerade hinter mir«, begann er. »Als Unterleutnant in einem einfachen Infanterieregiment, der voller Ungeduld, wie sie uns alle zu jener Zeit beherrschte, auf den Marschbefehl nach Deutschland wartete, wo der Kaiser jenen Feldzug leitete, den die Geschichte den von 1813 nennt, hatte ich just noch Zeit gehabt, von meinem Vater im abgelegenen Hinterland Abschied zu nehmen, bevor ich in der Stadt, wo wir uns heute abend befinden, zu dem Bataillon stieß, dem ich angehörte; denn in dieser winzigen Stadt, die im Höchstfalle ein paar tausend Einwohner hatte, lagen lediglich unsere beiden ersten Bataillone in Garnison ... Die beiden andern waren auf die benachbarten Dörfer verteilt worden. Sie, der Sie diese Stadt wahrscheinlich nur vom Durchfahren kennen, wenn Sie nach Ihrem Westen reisen, können nicht ermessen, was sie für den ist — oder doch vor dreißig Jahren für den war —, der gezwungen ist, wie ich damals, dort zu wohnen. Sicherlich war sie die schlimmste Garnison, in die mich der Zufall — den ich immer für den Teufel halte und der in jenem Augenblick wohl der Kriegsminister gewesen ist — für den Beginn meiner Laufbahn hätte beordern können. Donnerwetter ja! Solch ein Stumpfsinn! Ich kann mich nicht entsinnen, je wieder an einem so rückständigen und langweiligen Orte gewesen zu sein. In meinem Alter jedoch und in der ersten stolzen Trunkenheit der Uniform — ein Rauschzustand, den Sie nicht kennen, wohl aber alle, die die Uniform getragen haben — litt ich kaum unter etwas, das mir später unerträglich vorgekommen wäre. Was ging mich im Grunde auch diese trübselige Provinzstadt an? ... Schließlich wohnte ich weit weniger in ihr als in meiner Uniform — einem Meisterwerk von Thomassin und Pied, das auf mich hinreißend wirkte! Jene Uniform, in die ich vernarrt war, verhüllte und verschönte mir alles; und so war sie denn — Sie werden das übertrieben finden, und dennoch war es so! — buchstäblich meine wahre Garnison! Wenn ich mich in dieser Stadt ohne Trubel, ohne Interessen und ohne Leben gar zu sehr langweilte, zog ich meine Galauniform mit allen Verschnürungen an — und die Langeweile floh vor meinem hohen Kragen davon! Ich war wie jene Frauen, die ihre Toilette auch dann nicht vernachlässigen, wenn sie allein sind und niemand erwarten. Ich warf mich in Gala ... einzig und allein für mich. Ich berauschte mich selbstschwelgerisch an meinen Schulterstücken und meiner Paradeschärpe, an der der Degen im Sonnenlicht blitzte, an irgendeiner Ecke der menschenleeren

Hauptstraße, die ich gewöhnlich gegen vier Uhr entlangschlenderte, ohne jemand zu suchen, dessen ich zum Glücklichsein bedurft hätte, und die Brust schwoll mir genauso wie später auf dem Boulevard de Gand, wenn ich einer Frau den Arm bot und hinter mir sagen hörte: ›Das ist wirklich ein Offizier von tadelloser Haltung!‹ Es lebten in dieser kleinen, ärmlichen Stadt, die keinerlei Handel oder sonstwie geartete Betätigungsgebiete aufwies, nur alte, nahezu ruinierte Familien, die dem Kaiser grollten, weil er, wie sie zu sagen pflegten, den Revolutionserben ihren Raub nicht wieder abgenommen habe, und die aus diesem Grunde auch seine Offiziere links liegen ließen. So gab es denn weder Einladungen noch Bälle, noch Gesellschaften, noch Maskenfeste. Höchstens, daß sonntags ein kleiner Bummel durch die Hauptstraßen stattfand, wo bei schönem Wetter nach der Mittagspause die Mütter ihre Töchter spazierenführten und zur Schau stellten — bis zwei Uhr, der Vesperstunde, die, sobald der erste Glockenschlag erscholl, alle Röcke wegfegte und die armselige Straße leerte. Diese Mittagsmesse, in die wir übrigens nie gingen, ist während der Restaurationszeit eine rein militärische Messe geworden, an der alle Offiziere teilzunehmen hatten, und auf diese Weise gab es wenigstens eine einzige Abwechslung in der Öde der toten Garnisonen! Für junge Burschen gleich uns, die wir in einem Lebensalter standen, wo die Liebe, das Verlangen nach Frauen einen so großen Raum einnehmen, war diese militärische Messe ein wahres Labsal. Bis auf diejenigen, die während dieser Zeit Dienst hatten, saß das ganze Offizierskorps nach Belieben im Kirchenschiff verstreut.

Meistens setzten wir uns hinter die hübschesten Frauen, die diese Messe besuchten, wo sie sicher waren, beachtet und betrachtet zu werden, und denen wir jede nur mögliche Zerstreuung boten, indem wir unter uns halblaut, aber so, daß sie uns verstehen konnten, über das sprachen, was es an Anziehendem in ihren Zügen und an ihrer Haltung gab. Ach, diese militärische Messe! Wie viele Romane habe ich von ihr ihren Ausgang nehmen sehen! Wie mancher Liebesbrief wurde den jungen Mädchen heimlich in den Muff gesteckt, der auf den Stühlen liegenblieb, während sie neben ihren Müttern niederknieten, wie mancher Liebesbrief, auf den sie uns dann am nächsten Sonntag im gleichen Muff die Antwort zukommen ließen! Doch unter dem Kaiser gab es noch keine militärische Messe. Und folglich auch kein Mittel, sich den sogenannten besseren Mädchen dieser kleinen Stadt zu nähern, wo sie für uns mehr oder weniger in Schleier gehüllte, aus der Ferne erschaute Träume blieben! Entschädigungen dafür, daß dieser interessanteste Teil der Bevölkerung der Stadt X uns versagt blieb, gab es nicht ... Jene Karawansereien, die Sie kennen und von denen man in der guten Gesellschaft nicht spricht, waren grausig. Die Cafés, in denen man bei dem furchtbaren Müßiggang des Garnisonslebens so viele Sehnsüchte ertränkt, waren derartig, daß man sie nicht betreten konnte, sofern man etwas auf seine Schulterstücke hielt ... Auch gab es in dieser kleinen Stadt, in die, wie überall, heute der Luxus eingezogen ist, kein einziges Hotel, in dem wir eine zulängliche Offizierstafel hätten gründen können, ohne ausgeräubert zu werden wie im Walde, so daß viele von uns auf das Gemeinschaftsleben verzichtet und sich auf Privatpensionen verteilt hatten, bei wenig begüterten Bürgern, die ihnen Zimmer zu möglichst hohen Preisen vermieteten und auf solcherlei Weise ihren kärglichen Mittagstisch und ihre mäßigen Einkünfte verbesserten.

Zu jenen gehörte auch ich. Einer meiner Kameraden, der hier in der ›Pferdepost‹ wohnte, wo er ein Zimmer innehatte, denn die ›Pferdepost‹ befand sich damals in dieser Straße — dort, ein paar Häuser hinter uns; und wenn es hell wäre, könnten Sie wohl auf der Fassade jener ›Pferdepost‹ die alte goldene Sonne sehen, die zur Hälfte aus ihrem Bleiweißuntergrund hervorgetaucht ist und die mit ihrer Inschrift ›Zur aufgehenden Sonne‹ eine Sonnenuhr bildete — einer meiner Kameraden also hatte in seiner Nachbarschaft eine Unterkunft für mich ausfindig gemacht — hinter jenem hochgelegenen Fenster dort, das mir heute nacht tatsächlich den Eindruck macht, als sei es noch immer das meinige, ganz wie damals! Ich hatte mich von ihm dort einquartieren lassen. Er war älter als ich, schon längere Zeit beim Regiment, und er gefiel sich darin, meiner Unerfahrenheit, die zum guten Teil auch Sorglosigkeit war, während der ersten Zeit und in den ersten Einzelheiten meines Offiziersdaseins als Steuermann zu dienen! Ich habe Ihnen bereits gesagt, daß außer meiner Liebe zur Uniform, die ich ganz besonders betone, weil sie ein Gefühl ist, das von Ihrer Generation der Friedenskongresse und des philosophischen und humanitären Geschwafels bald kaum noch nachempfunden werden kann, und außer der Hoffnung, die Kanonen in der ersten Schlacht donnern zu hören, in der ich (sehen Sie mir den soldatischen

Ausdruck nach!) meine militärische Jungfernschaft verlieren sollte, mir alles völlig einerlei war! Ich lebte einzig in diesen beiden Gedanken — zumal in dem zweiten, weil er eine Hoffnung bedeutete und weil man mehr in dem Leben lebt, das man nicht hat, als in dem, das man hat. Ich war in mich selbst verliebt um des ›Morgen‹ willen, wie ein Geizhals, und ich konnte nur zu gut die Frommen verstehen, die sich mit dieser Erde abfinden, wie man sich mit einer Halsabschneider-Spelunke abfindet, in der man lediglich eine Nacht zubringen muß. Nichts hat größere Ähnlichkeit mit einem Mönch als der Soldat, und ich war Soldat! So fand ich mich denn also mit meiner Garnison ab. Außer den Stunden der Mahlzeiten, die ich zusammen mit den Leuten einnahm, die mir das Zimmer vermietet hatten und von denen ich Ihnen gleich berichten werde, und außer den Stunden des täglichen Dienstes und der Geländeübungen verbrachte ich den größten Teil meiner Zeit daheim, lag auf dem verteufelt großen dunkelblauen Ledersofa, dessen Kühle nach dem Exerzieren auf mich wirkte wie ein kaltes Bad, und stand nur auf, um mit meinem gegenüber wohnenden Freunde ein paar Gänge zu fechten oder einige Partien Karten zu spielen; er hieß Louis de Meung und hatte weniger freie Zeit als ich; denn er hatte sich unter den Grisetten der Stadt ein recht hübsches Mädchen ausgesucht und zu seiner Geliebten gemacht; sie diente ihm, wie er zu sagen pflegte, dazu, die Zeit totzuschlagen ... Aber was ich von den Frauen wußte, reizte mich nicht sonderlich, meinem Freunde Louis nachzueifern. Meine Kenntnisse auf diesem Gebiete hatte ich nämlich auf recht ordinäre Weise dort erworben, wo die Schüler von St. Cyr, wenn sie Ausgang haben, ihre Erfahrungen sammeln ... Überdies gibt es Temperamente, die erst später erwachen ... Haben Sie nicht Saint-Rémy gekannt, den tollsten Draufgänger einer um ihrer tollen Draufgänger willen berühmten Stadt, den wir ›den Minotaurus‹ nannten, und zwar nicht etwa seiner Hörner wegen, obwohl er welche trug, denn er hatte den Liebhaber seiner Frau getötet, sondern um seines ›Verbrauchs‹ willen?«

»Ja, den habe ich gekannt«, erwiderte ich, »aber damals war er schon alt und unverbesserlich und mit jedem Jahre, das über ihn hereinbrach, liederlicher geworden. Freilich habe ich ihn gekannt, den großen ›Rompu‹ Saint-Rémy, wie es bei Brantôme heißt!«

»Er war tatsächlich etwas wie eine Brantôme-Gestalt«, fuhr der Vicomte fort. »Nun aber hatte dieser Saint Rémy, als er volle siebenundzwanzig Jahre alt war, weder ein Glas noch einen Unterrock angerührt. Er kann es Ihnen bestätigen, wenn Sie wollen! Mit siebenundzwanzig war er, was Frauen anbelangt, so unschuldig wie ein neugeborenes Kind, und wenn er auch nicht mehr an der Brust seiner Amme lag, so hatte er doch bis zu diesem Zeitpunkt nichts als Milch und Wasser getrunken.«

»Dann hat er das Versäumte gründlich nachgeholt!« bemerkte ich.

»Ja«, sagte der Vicomte, »und ich ebenfalls! Nur daß ich nicht soviel nachzuholen hatte! Meine erste Periode der keuschen Zurückhaltung endete in der Zeit, die ich in dieser Stadt X zubrachte; und wenn ich auch nicht mehr die absolute Jungfräulichkeit besaß, von der Saint-Rémy spricht, so lebte ich damals doch, Donnerwetter ja, wie ein wahrer Malteserritter, der ich ja auch war, meiner Abkunft nach ... Haben Sie das gewußt? Ich wäre sogar der Nachfolger eines meiner Onkel als Komtur geworden, wenn die Revolution den Orden nicht aufgelöst hätte; aber trotz dieser Auflösung habe ich mir dann und wann gestattet, das Band zu tragen. Das sind so kleine Narrheiten!

Was nun die Leute betrifft, bei denen ich mich einquartiert hatte, indem ich ihnen ein Zimmer abmietete«, fuhr der Vicomte de Brassard fort, »so können Sie sich schwerlich etwas Spießbürgerlicheres vorstellen. Es waren nur ihrer zwei, der Mann und die Frau, beide schon bejahrt und durchaus nicht unhöflich, im Gegenteil. In ihren Beziehungen zu mir bezeigten sie jene Artigkeit, die es heute gar nicht mehr gibt, zumal in ihrer Gesellschaftsklasse, und die wie ein Duft aus vergangenen Zeiten anmutet. Ich war nicht in dem Alter, wo man Beobachtungen lediglich um ihrer selbst willen anstellt, und die beiden interessierten mich zu wenig, als daß ich auch nur auf den Gedanken gekommen wär, mich mit der Vergangenheit dieser beiden alten Leute abzugeben, deren Dasein ich auf die oberflächlichste Art und Weise täglich zwei Stunden teilte — mittags und abends —, wenn ich mit ihnen aß. In meiner Gegenwart sickerte nichts von dieser Vergangenheit in ihre Unterhaltungen, die sich für gewöhnlich um die Vorkommnisse und Leute der Stadt drehten, die ich auf diese Weise kennenlernte und die der Mann mit einem Anflug von heiterer Bosheit, die sehr fromme Frau mit etwas mehr Zurückhaltung, wenn auch sicherlich nicht mit geringerem Vergnügen durchhechelten. Indessen glaube ich, daß der Mann einmal geäußert hat, er sei in jüngeren Jahren für irgend jemand und irgend etwas gereist und habe erst spät, nach seiner Rückkehr, seine Frau geheiratet ... die auf ihn gewartet habe. Es waren, wie gesagt, zwei sehr wackere, sehr umgängliche Leute, die still vor sich hin lebten. Die Frau verbrachte ihre Tage, indem sie gerippte Strümpfe für den Mann strickte, und der Mann, der musikalische Neigungen hatte, indem er in einer über meinem Zimmer gelegenen Dachkammer auf seiner Geige alte Musik von Viotti kratzte ... Vielleicht waren sie früher einmal wohlhabend gewesen. Vielleicht hatte ein Vermögensverlust, den sie zu vertuschen trachteten, sie gezwungen, einen Pensionär zu nehmen; aber abgesehen von ebenjenem Pensionär war davon nichts spürbar. Alles in der Wohnung atmete noch den Wohlstand jener Häuser der alten Zeit, die in reichlichen Mengen gut duftende Wäsche und schweres Silberzeug besaßen und deren Möbel einem wie Immobilien vorkommen, um deren Renovierung man sich ja ebenfalls kaum kümmert! Ich fühlte mich dort wohl. Das Essen war gut, und ich machte in weitgehendem Maße von der Erlaubnis Gebrauch, aufstehen zu dürfen, sobald ich, wie die uns bedienende alte Olive zu sagen pflegte, mir ›den Bart abgewischt‹ hatte, womit sie den paar Flaumhärchen des Lümmels von Unterleutnant, der noch nicht aus dem Wachstum heraus war, eine allzu große Ehre erwies, indem sie sie als ›Bart‹ bezeichnete!

Dort lebte ich also ungefähr ein halbes Jahr lang ebenso geruhsam wie meine Wirtsleute, die bis dahin kein einziges Wort über die Existenz der Person hatten lautwerden lassen, der ich bei ihnen begegnen sollte, als ich eines Tages, sobald ich zur gewohnten Stunde zum Essen herunterkam, in einer Ecke des Speisezimmers ein schlankes Mädchen erblickte, das auf den Fußspitzen stand, um seinen Hut mit den Bändern an einen Haken zu hängen, ganz als sei es hier zu Haus und komme gerade heim. Bei ihrem Bemühen, den Hut an den sehr hoch angebrachten Haken zu hängen, straffte sich ihr Körper wie der einer Tänzerin, so daß ihre herrliche Figur gefangen (sie war es; denn sie war stark geschnürt!) war im leuchtenden Harnisch eines grünseidenen Mieders, dessen Fransen über das weiße Kleid niederfielen, eins der Kleider, wie man sie damals trug, die eng um die Hüften sitzen und keinerlei Scheu tragen, sie zu zeigen, sofern welche vorhanden waren ... Mit noch erhobenen Armen wandte sie sich um, als sie mich eintreten hörte, und eine Drehung ihres Kopfes ließ mich ihr Gesicht sehen; aber sie fuhr mit ihrem Tun fort, als sei ich nicht vorhanden, vergewisserte sich, ob sie die Hutbänder beim Aufhängen auch nicht zerknittert habe, und als sie das langsam, aufmerksam und beinahe impertinent getan hatte — denn schließlich stand ich doch da und wartete darauf, sie grüßen zu können, wartete, daß sie mich bemerkte —, geruhte sie endlich, mich aus zwei schwarzen, sehr kühlen Augen anzusehen, denen ihr à la Titus geschnittenes Haar, das sich in Locken über ihrer Stirn kräuselte, jene Art von Tiefe gab, die diese Frisur dem Blicke verleiht ... Ich wußte nicht, wem ich da zu dieser Stunde und an dieser Stätte gegenüberstand. Nie hatten meine Wirtsleute Gäste bei Tische gehabt ... Indessen war sie wahrscheinlich zum Essen gekommen. Der Tisch war gedeckt, und es lagen vier Couverts darauf ... Aber mein Erstaunen bei ihrem Anblick wurde bei weitem durch das Erstaunen übertroffen, das mir wurde, als ich erfuhr, wer sie war ... als meine Wirtsleute ins Zimmer kamen und mich ihr als ihrer Tochter vorstellten, die aus der Pension gekommen sei und fortan bei ihnen wohnen werde.

Ihre Tochter! Unmöglich konnte jemand weniger die Tochter jener Leute sein als dieses Mädchen! Nicht, daß nicht die schönsten Mädchen der Welt von allen möglichen Leuten gezeugt werden könnten. Ich habe solche Mädchen gekannt ... und Sie ebenfalls, nicht wahr? Physiologisch kann das häßlichste Wesen das schönste hervorbringen. Aber sie! Zwischen ihr und ihnen lag der Abgrund einer Rasse ... Übrigens fiel sie physiologisch — wenn ich mir schon gestatte, dieses große, pedantische Wort zu gebrauchen, das Ihrer Zeit angehört, nicht der meinen — mir durch ihren Ausdruck auf, der bei einem so jungen Mädchen seltsam wirkte; denn es lag darin eine Art Gefühllosigkeit, die sehr schwer zu charakterisieren ist. Hätte sie ihn nicht gehabt, so hätte man sagen können: ›Siehe da, welch ein schönes Mädchen!‹, und dann hätte man nicht mehr an sie gedacht als an alle andern schönen Mädchen, denen man zufällig begegnet und von denen man das gleiche sagt, um sie danach gleich wieder zu vergessen. Aber dieser Ausdruck, der sie nicht nur von ihren Eltern, sondern zugleich von allen andern unterschied, deren Leidenschaften und Gefühle sie nicht zu teilen schien, nagelte einen gleichsam fest vor Überraschung ... Velasquez' ›Infantin mit dem Wachtelhund‹ könnte

Ihnen, sofern Sie das Bild kennen, eine Vorstellung von jenem Ausdruck geben, der weder stolz noch geringschätzig, noch verächtlich war, vielmehr ganz einfach gefühllos; denn ein stolzes, geringschätziges, verächtliches Gesicht sagt den Leuten, daß sie existieren, da man sich ja doch die Mühe macht, sie zu verachten oder geringzuschätzen, während jener Ausdruck in aller Ruhe besagte: ›Für mich existiert Ihr nicht einmal‹. Ich gebe zu, daß dieses Gesicht mich an jenem ersten Tage und an vielen andern noch zu der Frage veranlaßte, für die ich auch heute noch keine Antwort gefunden habe: wie konnte dieses hochgewachsene Mädchen die Tochter des dicken Spießbürgers im gelbgrünen Überrock, der weißen Weste und dem Gesicht sein, das wie von seiner Frau eingemachte Früchte aussah, der Speckfalten im Nacken und ein Doppelkinn hatte, das ihm über das gestickte Musselin-Halstuch quoll, und der sich beim Sprechen verhaspelte? ... Und wenn der Ehemann auch weiter kein Problem war, denn bei dergleichen Fragen ist der Ehemann niemals ein Problem, so schien mir die Mutter genauso wenig Möglichkeiten zur Lösung des Rätsels zu bieten. Albertine (denn so hieß diese hochmütige Erzherzogin, die vom Himmel herab diesen Spießbürgern zugefallen war, als habe eben jener Himmel sich weidlich über sie lustig machen wollen), Albertine, die ihre Eltern Alberte nannten, um den langen Namen abzukürzen, der indessen sehr viel besser zu ihrem Gesicht und zu ihrer ganzen Erscheinung paßte, schien weder die Tochter des einen noch der andern zu sein ... Bei diesem ersten Mittagessen wie auch bei denjenigen, die ihm folgten, machte sie mir den Eindruck eines wohlerzogenen jungen Mädchens, das unaffektiert und schweigsam ist und, wenn es spricht, das, was es zu sagen hat, in wohlgesetzten Worten äußert, diese Linie jedoch nie überschreitet ... Sie hätte übrigens sehr geistreich sein können — ob sie es war, wußte ich nicht —: Gelegenheit, es bei unsern gemeinsamen Mahlzeiten zu zeigen, würde sie schwerlich gefunden haben. Die Anwesenheit der Tochter hatte dem Geschwätz der beiden alten Leute notwendigerweise eine andere Richtung gegeben. Sie besprachen nicht länger die kleinen Skandalgeschichten aus der Stadt. Es wurde an diesem Tisch buchstäblich nur von Dingen gesprochen, die ebenso interessant waren wie der Regen und das gute Wetter. So kam es denn, daß Fräulein Albertine oder Alberte, über deren gefühlloses Gesicht ich anfangs so betroffen gewesen war, mir, da sie nichts als das zu bieten hatte, bald völlig gleichgültig wurde ... Wäre ich ihr in der Gesellschaft begegnet, für die ich geschaffen war und in der ich eigentlich hätte verkehren müssen, so würde jene Gefühllosigkeit mich sicher außerordentlich gereizt haben ... Aber sie war ja für mich kein Mädchen, dem ich hätte den Hof machen können ... nicht einmal mit den Augen. Meine Stellung ihr gegenüber, denn schließlich war ich bei ihren Eltern in Pension, war heikel, und durch ein Nichts konnte sie unmöglich werden ... Albertine war mir nicht nahe oder nicht fern genug, als daß sie mir etwas hätte bedeuten können ... und so hatte ich denn bereits sehr bald, ohne die mindeste Absicht, die natürliche Antwort auf ihre Gefühllosigkeit in einer vollkommenen Gleichgültigkeit gefunden.

Und das blieb sich stets gleich, auf ihrer wie auf

meiner Seite. Es herrschte zwischen uns lediglich die kälteste, mit Worten sparsamste Höflichkeit. Sie war für mich nichts als ein Bild, das ich kaum wahrnahm; und was war ich wohl für sie? ... Bei Tisch — wir trafen einander immer nur dort — galten ihre Blicke mehr dem Pfropfen der Karaffe oder der Zuckerdose als meiner Person ... Was sie sagte, war stets sehr korrekt und vollkommen im Ausdruck, aber unbedeutend; es gab mir keinerlei Schlüssel zu ihrem wie auch immer gearteten Charakter. Und was ging mich dieser auch schließlich an? ... Ich hätte mein Leben lang nicht daran gedacht, diesem stillen, insolenten Mädchen mit dem deplacierten Infantinnenausdruck auch nur einen Blick zu schenken ... Dazu bedurfte es eines Umstandes, den ich Ihnen jetzt berichten werde und der mich wie ein Blitzschlag traf, wie ein Blitz, der niederzuckt, ohne daß es donnert!

Eines Abends, ungefähr einen Monat, nachdem Fräulein Alberte wieder daheim war, gingen wir zu Tisch, um zu Abend zu essen. Sie saß neben mir, und ich zollte ihr so wenig Aufmerksamkeit, daß mir die alltägliche Tatsache noch gar nicht bewußt geworden war, die mich hätte aufmerken lassen sollen: daß sie nämlich bei Tisch neben mir anstatt zwischen ihren Eltern saß; als in dem Augenblick, da ich meine Serviette auf den Knien ausbreitete — nein, nie werde ich imstande sein, Ihnen eine Vorstellung von dieser Empfindung und dieser Verblüffung zu geben! —, ich eine Hand spürte, die unter dem Tische kühn die meine ergriff. Ich glaubte zu träumen ... oder vielmehr: ich glaubte gar nichts ... Ich spürte einzig diese kühne Hand, die die meine sogar noch unter der Serviette suchte! Und das war ebenso unerhört wie unerwartet! All mein Blut, das unter dieser Berührung aufloderte, flutete aus meinem Herzen in diese Hand, als habe sie es angesogen, um dann wütend, wie von einer Pumpe getrieben, wieder in mein Herz zurückzufluten! Es flimmerte mir vor den Augen . . . ich bekam Ohrensausen. Ich muß schrecklich blaß geworden sein. Mir war, als würde ich ohnmächtig . . . würde in der unsagbaren Wollust vergehen, die von dem festen Fleisch dieser ein wenig großen Hand ausging, die stark wie eine Jünglingshand war und die die meine umschloß. — Und da, wie Sie wissen, für jenes frühe Lebensalter die Wollust etwas Erschreckendes hat, tat ich eine Bewegung, um meine Hand jener tollen Hand zu entziehen, die sie ergriffen hatte, die jedoch, sich der wachsenden Lust bewußt, die sie in mich überströmte, sie herrisch gefangenhielt: Meine Hand war genauso besiegt wie mein Wille, gleichsam auf eine köstliche Weise erstickt in der heißesten aller Umhüllungen . . . Das liegt jetzt fünfunddreißig Jahre zurück, und Sie erweisen mir sicherlich die Ehre, zu glauben, daß meine Hand sich seither ein wenig an den Druck von Frauenhänden gewöhnt hat; aber wenn ich daran zurückdenke, dann verspüre ich noch heute den despotischen und bis zum Unsinnigen leidenschaftlichen Druck, mit dem jene Hand die meine umklammerte! Im Banne der tausend Schauer, die jene deckende Hand mir durch den ganzen Körper jagte, fürchtete ich, das, was ich empfand, vor diesem Vater und dieser Mutter zu verraten, deren Tochter es vor ihren Augen wagte . . . Da ich mich indessen schämte, weniger männlich zu sein als dieses kühne Mädchen, das sich jeder nur möglichen Gefahr aussetzte und sein Abweichen vom Tugendpfade unter einer unglaubwürdigen Kaltblütigkeit verbarg, biß ich mir die Lippen blutig in der übermenschlichen Bemühung, meiner bebenden Begierde Herr zu werden, die den armen, vertrauensseligen Leuten alles verraten konnte, und nun suchten meine Augen die andere der beiden Hände, auf die ich nicht geachtet hatte und die in diesem gefährlichen Augenblick kühl und gelassen an der Schraube einer Lampe drehte, die inzwischen auf den Tisch gestellt worden war, weil die Abenddämmerung anbrach ... Ich sah sie an ... Das also war die Schwester jener Hand, die auf die meine wirkte wie ein Glutherd, von dem aus ungeheuere Feuerklingen mir ins Blut drangen! Jene andere Hand war zwar ein wenig plump, hatte jedoch lange, wohlgeformte Finger, auf deren Spitzen das voll darauf fallende Licht der Lampe ein rosiges Leuchten hervorrief; sie zitterte nicht im mindesten und verrichtete die kleine Arbeit, die Lampe in Ordnung zu bringen, mit einer Ruhe, einer Leichtigkeit und anmutigen Lässigkeit der Geste, die schlechthin unvergleichlich waren! Aber so konnten wir nicht sitzen bleiben ... Wir bedurften unserer Hände zum Essen ... Fräulein Albertes Hand gab also die meinige frei; im gleichen Augenblick jedoch, da sie das tat, ließ sich ihr Fuß, von dem dieselbe Kraft ausging wie von ihrer Hand, mit dem nämlichen Nachdruck, der nämlichen Leidenschaft und Selbstherrlichkeit auf meinem Fuß nieder und verharrte dort während des ganzen allzu kurzen Abendessens, was mir die Empfindung eines jener zu Anfang unerträglich heißen Bäder zuteil werden ließ, an die man sich indessen schnell gewöhnt und in denen man sich schließlich so wohl fühlt, daß man nur zu gern zu dem Glauben zu neigen beginnt, daß die Verdammten in der Hölle sich vielleicht in ihren Glutfeuern genauso frisch und munter fühlen wie die Fische im Wasser! ... Ich überlasse es Ihnen, sich auszumalen, ob ich an jenem Abend gegessen und an dem Geschwätz meiner wohlanständigen Wirtsleute teilgenommen habe, die in ihrer Harmlosigkeit nichts von dem rätselhaften, schrecklichen Drama ahnten, das sich unter dem Tische abspielte. Sie merkten nichts; aber sie konnten etwas merken, und tatsächlich empfand ich um ihretwillen mehr Unruhe als um meinet- oder um Albertes willen ... Ich war siebzehn und mithin anständig und voller Mitgefühl ... Ich überlegte: ›Ist sie frech? Ist sie verrückt?‹ Und betrachtete schräg aus den Augenwinkeln dieses tolle Mädchen, das während des Essens kein einziges Mal sein förmliches Prinzessinnengehabe aufgab und dessen Gesicht so ruhig blieb, als habe sein Fuß nicht all die Tollheiten gesagt und begangen, die ein Fuß vollbringen kann — auf dem meinen! Ich muß gestehen, daß ihre Ruhe mich noch weit mehr erstaunte als ihre Tollheit. Ich hatte eine ganze Reihe jener leichtfertigen Bücher gelesen, in denen die Frauen nicht eben geschont werden. Ich war in einer Militärschule erzogen worden. Wenigstens theoretisch war ich ein Windhund von Lovelace, wie es mehr oder weniger alle jungen Leute sind, die sich für hübsche Kerle halten und hinter den Türen und auf den Treppen von den Lippen der Kammerkätzchen ihrer Mütter die Küsse scheffelweise ernten. Dies hier nun aber brachte das bißchen

Sicherheit eine Lovelace von siebzehn Jahren ins Wanken. Es kam mir weit toller vor als alles, was ich gelesen, als alles, was ich über die angeborene weibliche Verstellungskunst hatte sagen hören — über die Energie, mit der sie ihre heftigsten oder tiefsten Gefühle zu maskieren wissen. Bedenken Sie: sie war achtzehn! War sie überhaupt schon achtzehn? ... Sie war gerade aus einer Pension gekommen, die zu beargwöhnen ich keinen Grund hatte, in Anbetracht der Anständigkeit und Frömmigkeit der Mutter, von der jene Pension für ihr Kind ausgesucht worden war. Das Fehlen jeder Verlegenheit, der absolute Mangel jeder Scham, die gelassene Selbstbeherrschung beim Vollbringen der für ein junges Mädchen unvorsichtigsten und gefährlichsten Dinge; denn den Mann, dem es sich durch ein so ungeheuerliches Entgegenkommen auslieferte, hatte keine Geste, kein Blick darauf vorbereitet. All das glitt durch mein Hirn und stand mir trotz der Wirrnis meiner Empfindungen klar vor Augen ... Aber weder in diesem Augenblick noch später habe ich mich damit aufgehalten, tiefgründige Betrachtungen darüber anzustellen. Ich habe mich auch keineswegs in ein erkünsteltes Entsetzen über das Verhalten dieses Mädchens hineingesteigert, das eine so erschreckende Frühreife im Bösen zeigte. Übrigens hält man weder in dem Alter, in dem ich mich befand, noch auch sehr viel später die Frau, die sich einem — auf den ersten Blick — an den Hals wirft, für verdorben! Vielmehr neigt man beinahe dazu, das ganz natürlich zu finden, und wenn man sich sagt: ›Die arme Frau!‹, so liegt in diesem Mitleid sehr viel Bescheidenheit! Und schließlich: wenn ich schon schüchtern war, so wollte ich doch wenigstens kein Tropf sein! Das ist ja stets die Ausrede für uns Franzosen, um frei von Gewissensbissen auch das Schlimmste zu tun. Natürlich war ich mir bewußt, daß das, was jenes Mädchen für mich empfand, keineswegs Liebe war. Liebe geht nicht so schamlos und unverhüllt vor: und ich war mir auch vollauf bewußt, daß das, was sie mich empfinden ließ, ebensowenig Liebe war ... Aber ob nun Liebe oder nicht ... ich wollte eben das, was es war! ... Als ich vom Tische aufstand, war mein Entschluß gefaßt ... Die Hand jener Alberte, an die ich, bevor sie die meine ergriffen, nicht gedacht, hatte in mir bis in die letzte Tiefe meines Wesens das Begehren erregt, sie so völlig zu umschlingen, wie ihre Hand die meine umschlungen hatte!

Wie von Sinnen ging ich in mein Zimmer hinauf, und als das Nachdenken mich ein wenig abgekühlt hatte, überlegte ich, auf welche Weise ich mit einem so verteufelt herausfordernden Mädchen ›anbändeln‹ könne, wie man in der Provinz sagt. Ich wußte beiläufig — wie man etwas weiß, wenn man auf genauere Feststellungen keinen Wert legt —, daß sie unausgesetzt mit ihrer Mutter beisammen war, daß sie für gewöhnlich, neben ihr sitzend, am gleichen Nähtisch arbeitete; er stand in der Nische des Eßzimmers, das ihnen auch als Wohnzimmer diente; daß sie in der Stadt keine Freundin hatte, die sie besuchte, und daß sie höchstens sonntags das Haus verließ, um mit den Eltern zur Messe oder zur Vesper zu gehen. Nicht wahr, das alles war nicht besonders erfolgverheißend? ... Ich fing an zu bereuen, daß ich mich nicht enger an die beiden guten Alten angeschlossen hatte, denen ich zwar ohne Hochmut begegnet war, aber mit jener unpersönlichen und bisweilen geistesabwesenden Höflichkeit, wie man sie Leuten bezeigt, für die man nur untergeordnetes Interesse hegt; allein ich sagte mir, daß ich mein Verhalten ihnen gegenüber schwerlich ändern könne, ohne mich der Gefahr auszusetzen, ihnen das zu verraten oder sie ahnen zu lassen, was ich ihnen verbergen wollte ... Für ein heimliches Gespräch mit Fräulein Alberte blieben lediglich die Begegnungen auf der Treppe, wenn ich in mein Zimmer hinaufging oder von dort herabkam; aber auf der Treppe konnten wir gesehen oder belauscht werden ... In diesem so wohlgeordneten und engen Haushalt, wo man einander immerfort mit den Ellbogen streifte, stand mir nur eine einzige Möglichkeit offen: nämlich, ihr zu schreiben; und da die Hand dieses kühnen Mädchens so trefflich unter dem Tisch die meine zu suchen gewußt hatte, würde eben jene Hand sicherlich keine besonderen Umstände machen, das Zettelchen hinzunehmen, das ich schreiben wollte; und so schrieb ich es denn. Es wurde der bei solcherlei Gelegenheiten übliche Brief, flehend, heischend und berauscht, wie ein Mann ihn eben schreibt, der schon den ersten Schluck aus dem Glücksbecher getrunken hat und den nun nach dem zweiten verlangt ... Doch um ihn ihr einzuhändigen, mußte ich das Mittagessen am andern Tage abwarten, und die Zeit bis dahin kam mir lang vor; aber endlich war es denn doch soweit! Die glutausströmende Hand, deren Druck auf meiner Hand ich seit vierundzwanzig Stunden spürte, kam wie am Vortage, tatsächlich wieder und suchte unter meinem Tische die meine. Fräulein Alberte fühlte meinen Brief und nahm ihn auf der Stelle, ganz wie ich es erwartet hatte. Was ich aber nicht erwartet hatte, das war, daß sie ihn mit jenem Infantinnenausdruck, der ob seiner hoheitsvollen Teilnahmslosigkeit herausfordernd wirkte, in den Miederausschnitt steckte, indem sie mit einer kleinen, beiläufigen Bewegung eine verschobene Spitze zurechtzupfte, und zwar dermaßen ungespielt und behend, daß ihre Mutter, die, die Augen auf ihr Tun gerichtet, die Suppe auffüllte, nicht das mindeste merkte, während ihr Idiot von Vater, der stets ein wenig an seine Geige dachte, auch wenn er nicht spielte, sich keinen Vers darauf machen konnte.«

»Das geht uns allen so, Herr Hauptmann!« unterbrach ich ihn belustigt; denn seine Geschichte mutete mich an, als entwickele sie sich ein wenig rasch zum Bericht über eins der üblichen Garnisonsabenteuer; ich ahnte ja nicht im mindesten, was noch alles kommen werde! — »Sehen Sie: erst vor ein paar Tagen hat in der Loge neben der meinen eine Frau gesessen, die wahrscheinlich mit ihrem Fräulein Alberte Ähnlichkeit gehabt hat. Älter als achtzehn ist sie freilich gewesen; aber ich gebe Ihnen mein Ehrenwort, daß ich selten eine Frau gesehen habe, die in ihrer Zurückhaltung majestätischer gewirkt hätte. Während der ganzen Dauer des Stückes hat sie reglos dagesessen, wie auf einem granitenen Sockel. Sie hat sich kein einziges Mal weder nach rechts noch nach links gewandt; aber zweifellos hat sie mit ihren sehr nackten und sehr schönen Schultern sehen können; denn in meiner Loge und folglich hinter ihr und mir saß ein junger Herr, der gleich ihr völlig unempfänglich gegen alles außer der Oper schien, die gespielt wurde. Ich kann bezeugen, daß der junge Herr nicht das mindeste von dem versteckten Getue vollführte, mit dem die Männer den Frauen in der Öffentlichkeit zublinzeln und das man als ›Erklärung auf Abstand‹ bezeichnen könnte. Als nun aber das Stück zu Ende war und die Logen sich mit einer Art allgemeinen Tumultes leerten, da ist die Dame in ihrer Loge aufgestanden, um sich den Umhang zuzuhaken, und ich habe sie mit ehelich-gebieterischer und äußerst klarer Stimme zu ihrem Manne sagen hören: ›Henri, heben Sie meine Kappe auf!‹; und dann hat sie, über den gebeugten Rücken Henris, der hastig, den Kopf voran, niedergetaucht war, hinweg Arm und Hand ausgestreckt und ein Briefchen des jungen Herrn entgegengenommen, mit der gleichen Selbstverständlichkeit, als empfange sie aus den Händen des Gatten ihren Fächer oder ihren Blumenstrauß. Er hat sich wieder aufgerichtet, der arme Mann, und die Kappe in der Hand gehalten — eine Kappe aus dunkelroter Seide, aber nicht ganz so dunkelrot wie sein Gesicht; er hatte, auf die Gefahr eines Schlaganfalls hin, unter den kleinen Fußbänken danach geangelt ... Ja, nachdem ich das mitangesehen habe, bin ich fortgegangen und habe bei mir gedacht, daß er die Kappe, anstatt sie seiner Frau zu reichen, weit besser behalten hätte, um zu verbergen, was da plötzlich auf seinem Kopf zu sprossen begann!«

»Ihre Geschichte ist nicht übel«, sagte der Vicomte de Brassard ziemlich kühl; vielleicht hätte sie ihm zu anderer Zeit größeren Genuß bereitet. — »Aber lassen Sie mich Ihnen die meine zu Ende erzählen.

Ich gestehe, daß ich mir bei einem solchen Mädchen über das Schicksal meines Briefes keine zwei Minuten lang Sorgen machte. Auch wenn sie am Gängelband ihrer Mutter gehangen hätte, würde sie Mittel und Wege gefunden haben, ihn zu lesen und mir zu antworten. Ich rechnete sogar auf eine ganze Zukunft schriftlicher Unterhaltung mit dieser kleinen Post unter dem Tische, die wir just erfunden hatten, als ich anderntags beim Betreten des Eßzimmers, erfüllt von der Gewißheit und im tiefsten Grunde meines Ich überaus geschmeichelt, sogleich eine unmißverständliche Antwort auf meinen Brief vom Abend zuvor zu erhalten, meinen Augen nicht zu trauen vermeinte, weil ich sah, daß die Tischordnung geändert worden war und daß Fräulein Alberte jetzt dort saß, wo sie von jeher eigentlich hätte sitzen müssen, nämlich zwischen ihren Eltern ... Warum diese Änderung? ... Was war ohne mein Wissen geschehen? ... Hatten der Vater oder die Mutter Verdacht geschöpft? Fräulein Alberte saß mir gegenüber, und ich sah sie durchdringend an, mit dem Verlangen, zu verstehen. In meinen Augen standen fünfundzwanzig Fragezeichen; aber die ihrigen waren genauso ruhig, genauso stumm, genauso gleichgültig wie gewöhnlich. Sie blickten mich an, als wenn sie mich nicht sähen. Nie habe ich Blicke gesehen, die stärkere Ungeduld einflößten als jene langen, ruhigen Blicke, die auf einen fielen, als sei man etwas Lebloses. Ich brannte vor Neugier, vor innerem Widerstreit, vor Unruhe, in einem Wirrwarr aufgepeitschter und enttäuschter Empfindungen ... und ich begriff nicht, wie dieses Frauenwesen, das seiner so sicher war, daß man hätte glauben können, es habe unter seiner feinen Haut an Stelle der Nerven ebenso viele Muskeln wie ich, es nicht zu wagen schien, mir ein Zeichen des Verstehens zu geben, das mir etwas sagte — das mich denken ließ — das mir so schnell wie immer möglich sagte, wir verstünden einander — wir steckten unter einer Decke und seien Eingeweihte des gleichen Geheimnisses, gleichgültig, ob es Liebe oder keine Liebe war! ... Man mußte sich fragen, ob dies in Wahrheit das Mädchen mit der Hand und dem Fuß unter dem Tisch war, mit dem am Abend zuvor entgegengenommenen und vor den Augen der Eltern so geschickt, als handele es sich um eine Blume, in den Miederausschnitt praktizierten Briefchen! Schließlich hatte sie schon so viel gewagt, daß es ihr nicht hätte schwerfallen sollen, mir wenigstens einen Blick zu schenken. Doch nein! Ich bekam keinen. Das Essen ging hin ohne diesen Blick, auf den ich lauerte, auf den ich wartete, der sich an dem meinen entzünden sollte und der sich nicht entzündete! Sicherlich hat sie andere Mittel und Wege gefunden, mir zu antworten, dachte ich, als ich vom Essen aufstand und hinauf in mein Zimmer ging, der Meinung, jemand, der mir auf eine so unglaubwürdige Weise entgegengekommen sei, könne keinesfalls zurückweichen; — außerstande, mir vorzustellen, sie könne irgend etwas scheuen oder berücksichtigen, wenn es sich um die Befriedigung ihrer Launen handele, und, zum Teufel! offen gesagt glaubte ich, daß ich der Gegenstand zumindest einer dieser Launen sei!

Wenn ihre Eltern nichts argwöhnen, fuhr ich in meinen Erwägungen fort, wenn diese Änderung der Tischordnung nur auf einem Zufall beruht, dann sitze ich morgen wieder neben ihr ... Doch weder am nächsten noch an den darauffolgenden Tagen kam ich neben Fräulein Alberte zu sitzen, die fortfuhr, mit dem gleichen unfaßbaren Gesichtsausdruck und dem gleichen unbeteiligten Ton die Nichtigkeiten und Gemeinplätze zu äußern, die an diesem Kleinbürgertisch gang und gäbe waren. Sie können sich wohl denken, daß ich sie mit nur zu interessierten Blicken beobachtete. Sie legte nicht die leiseste Verdrossenheit an den Tag, während ich aufs tiefste verdrossen war, so daß es schier an Wut grenzte — eine Wut, die mich fast außer mir brachte und die ich verbergen mußte! Und ihr unbeteiligter Gesichtsausdruck, den sie keinen Augenblick ablegte, rückte mich ihr noch ferner als die geänderte Tischordnung! Ich geriet in eine dermaßen tolle Überreiztheit, daß es mir schließlich völlig einerlei war, ob ich sie kompromittierte oder nicht, indem ich sie anstarrte und in ihre großen, unerforschlichen und stets eiskalten Augen die drohende, glühende Schwere der meinen bohrte! Entsprang ihr Verhalten vielleicht einer List? War es Koketterie? War es nur eine Laune nach einer anderen Laune ... oder ganz einfach Dummheit? Ich habe seither Frauen kennengelernt, deren Sinne anfänglich aufloderten und die alsdann in Gleichgültigkeit versanken! ›Wüßte man nur immer den richtigen Augenblick!‹ hat Ninon gesagt. War der Augenblick der Ninon schon verpaßt? Dabei wartete ich nach wie vor ... Worauf? Auf ein Wort, ein Zeichen, eine gewagte Nichtigkeit, geflüstert beim Aufstehen, im Geräusch der zurückgeschobenen Stühle, und da nichts dergleichen erfolgte, stellte ich die tollsten Überlegungen an, die sicherlich das Törichteste auf der Welt waren. Ich zerbrach mir den Kopf, ob sie mir wohl in Anbetracht der unmöglichen Hindernisse, die uns im Hause umlauerten, ihre Antwort mit der Post schicken werde; — daß sie zweifellos abgefeimt genug sei, bei einem Spaziergang mit der Mutter den Brief heimlich in den Postkasten zu werfen, und unter dem Zwang dieses Gedankens verzehrte ich mich regelmäßig zweimal am Tage in wilder Unruhe, schon eine Stunde bevor der Briefträger ins Haus kam ... Während dieser Stunde fragte ich an die zehnmal die alte Olive mit gepreßter Stimme: ›Ist Post für mich da, Olive?‹, und stets antwortete sie mir unerschütterlich: ›Nein, Herr Leutnant, es ist nichts gekommen‹. Ach, dieser Zustand wurde schließlich beinahe unerträglich! Das enttäuschte Verlangen wurde Haß. Ich fing an, diese Alberte zu hassen und mir mittels des Hasses aus enttäuschtem Verlangen ihr Verhalten mir gegenüber aus Motiven zu erklären, die es mir gestatteten, sie zutiefst zu verachten; denn Haß dürstet nach Verachtung. Verachtung ist Nektar für den Haß! Das feige Ding hat Angst, einen Brief zu schreiben! redete ich mir ein. Sie merken wohl, daß ich mich bereits heftiger Ausdrücke bediente. Ich beschimpfte sie in Gedanken und glaubte dabei nicht, daß ich ihr Unrecht tue. Ich bemühte mich sogar, nicht mehr an sie zu denken, und ich scheute mich nicht vor soldatischen Kraftausdrücken, wenn ich Louis de Meung von ihr erzählte; denn ich erzählte ihm von ihr, da die Wut, in die sie mich versetzte, alle Ritterlichkeit in mir ertötet hatte. So hatte ich denn meinem wackern Louis mein ganzes Abenteuer anvertraut, und er hatte sich im Zuhören den langen blonden Schnurrbart gezwirbelt und mir ohne jede Hemmung, denn bei den 27ern waren wir keine Moralisten, gesagt:

›Mach es wie ich! Kein Keil treibt den andern. Nimm dir ein kleines Nähmädchen aus der Stadt als Geliebte und schlag dir das verdammte Frauenzimmer aus dem Kopf!‹

Doch ich befolgte Louis' Rat nicht. Dazu war ich zu tief in das Spiel verstrickt. Wenn sie erfahren hätte, ich habe mir eine Geliebte genommen, so würde sie vielleicht glauben, ich wolle lediglich ihr Herz oder ihre Eitelkeit durch die Eifersucht züchtigen. Aber sie würde es ja nicht erfahren. Wie sollte sie es denn erfahren? ... Hätte ich es getan und ein Mädchen mit zu mir ins Haus genommen, wie Louis es in seinem Hotel Zur Post tat, so würde das einen Bruch mit den guten Leuten bedeutet haben, bei denen ich wohnte; sie hätten mich auf der Stelle gebeten, mir ein anderes Quartier zu suchen; und ich wollte, sofern es für mich nichts anderes gab, nicht auf die Möglichkeit verzichten, die Hand oder den Fuß dieser verdammten Alberte wiederzufinden, die trotz allem, was sie gewagt hatte, immer das Fräulein Fühllos blieb.

›Sag lieber: aussichtslos!‹ meinte Louis, der sich über mich lustig machte.

So verging ein ganzer Monat, und trotz meines Entschlusses, mich als ebenso vergeßlich und gleichgültig wie Alberte zu bezeigen, Marmor gegen Marmor und Kälte gegen Kälte zu setzen, lebte ich immerfort wie auf dem Anstand — dem Anstand, den ich verabscheue, selbst auf der Jagd! Ja, mein Verehrter, meine Tage waren ein ewiger Anstand, ein unausgesetztes, angespanntes Warten! Ein Warten, wenn ich zum Essen hinunterging und dabei hoffte, sie allein im Eßzimmer anzutreffen wie das erstemal! Ein Warten während des Essens, wenn mein Blick von vorn oder von der Seite auf den ihrigen zielte, der immer klar war und von einer höllischen Ruhe und dem meinen ebensowenig auswich wie er ihn beantwortete! Ein Warten nach dem Essen; denn jetzt verweilte ich noch ein wenig bei den Damen und sah zu, wie sie ihre Handarbeiten hervorholten und sich in die Fensternische setzten, wobei ich immerfort darauf begierig achtete, ob sie nicht etwas fallen lasse, den Fingerhut, die Schere, ein Stückchen Stoff, das ich aufheben und ihr reichen könnte, um dabei ihre Hand zu berühren — jene Hand, die mir nicht mehr aus den Sinnen wollte. Ich wartete, wenn ich wieder oben in meinem Zimmer war, weil ich immerfort glaubte, auf dem Flur den Fuß zu hören, der sich mit so unbedingter Willenskraft auf den meinen gestellt hatte. Ich wartete sogar auf der Treppe, wo ich glaubte, ihr begegnen zu können, und wo die alte Olive mich eines Tages zu meiner größten Bestürzung überraschte, als ich lauernd dastand! Ich wartete an meinem Fenster — jenem Fenster, das Sie dort sehen —, an das ich mich stellte, wenn sie mit ihrer Mutter ausgehen mußte, und von dem ich nicht eher wich, als bis sie zurückgekehrt war; aber auch das war vergeblich! Wenn sie fortging, in ihren Jungmädchenschal gehüllt, einen rot und weiß gestreiften Schal — nichts habe ich vergessen! —, der auf den beiden Streifen mit schwarzen und gelben Blumen besät war, so wandte sie den frechen Oberkörper kein einziges Mal, und wenn sie, stets in Begleitung der Mutter, heimkam, so hob sie weder den

Kopf noch die Augen zu meinem Fenster auf, wo ich wartend stand! Zu solch erbärmlichem Tun hatte sie mich verurteilt! Natürlich weiß ich ganz genau, daß alle Frauen uns mehr oder weniger zappeln lassen — dies nun aber überschritt alles Maß! Der alte Fant in mir, der längst tot sein sollte, ist darüber noch heute empört! Ach, an das Glücksgefühl, das meine Uniform mir gegeben hatte, dachte ich längst nicht mehr! Wenn ich meinen täglichen Dienst hinter mir hatte, das Exerzieren oder die Besichtigung, ging ich schnell heim, aber nicht mehr, um Stöße von Denkwürdigkeiten oder Romanen zu verschlingen, meine einzige Lektüre zu jener Zeit. Ich ging auch nicht mehr zu Louis de Meung. Meine Florette ließ ich unangerührt. Das Betäubungsmittel Tabak besaß ich nicht, das den Drang einschläfert, wenn er gar zu stark wird, und das ihr jungen Leute, die ihr mir im Leben nachgefolgt seid, nur zu gut kennt! Bei den 27ern wurde damals nicht geraucht, abgesehen von den einfachen Soldaten auf Wache, wenn sie auf der Trommel Karten spielten ... Ich blieb körperlich untätig und zermarterte mir ... vielleicht das Herz, wenn ich auf dem Sofa lag, das mir nicht mehr das angenehme Kühlegefühl von ehedem gab, wenn ich in jenem ein paar Quadratfuß großen Zimmer war; jetzt lief ich darin umher wie ein junger Löwe in seinem Käfig, wenn er in der Nähe frisches Fleisch wittert.

Und so war es am Tage, und so war es selbst während eines großen Teiles der Nacht. Ich ging spät zu Bett. Ich fand keinen Schlaf mehr. Sie hielt mich wach, diese verdammte Alberte, die in meinen Adern Höllenglut entfacht hatte und dann weggegangen war wie eine Brandstifterin, die nicht einmal den Kopf wendet, um das von ihr angezündete Feuer hinter sich lodern zu sehen! Ich zog, ganz wie heute abend«, — hier fuhr der Vicomte mit dem Handschuh über die Wagenscheibe, um die Feuchtigkeit abzuwischen, die darauf zu perlen begann — »den roten Vorhang zu, vor jenem Fenster dort, das damals so wenig einen Laden hatte wie heute, damit die Nachbarn, die in der Provinz neugieriger sind als anderswo, nicht in mein Zimmer sehen konnten. Es war ein Zimmer, wie es damals üblich war — ein Empire-Zimmer mit feingemustertem ungarischen Parkett, ohne Teppich, mit einer Fülle von Bronzebeschlägen an den Kirschholzmöbeln, Sphinxköpfen an den vier Bettpfosten und Löwenklauen an seinen vier Füßen, Beschlägen an allen Schubfächern der Kommode und des Sekretärs in Form von plastischen Löwenköpfen mit Messingringen in den grünlichen Mäulern, an denen man ziehen mußte, wenn man die Fächer öffnen wollte. Ein viereckiger Tisch aus rötlicherem Kirschholz als die übrigen Möbel, mit einer grauen Marmorplatte, die mit Bronze eingefaßt war, stand dem Bett gegenüber an der Wand, zwischen dem Fenster und der Tür eines großen Ankleidekabinetts; und dem Kamin gegenüber stand das große blaue Ledersofa, das ich schon so oft erwähnt habe ... In allen Winkeln dieses sehr hohen und sehr großen Zimmers standen imitierte chinesische Lacktischchen, und auf dem einen sah man geheimnisvoll und weiß im Dunkel der Ecke eine alte Niobe-Büste, eine Kopie des antiken Vorbildes, auf die man bei diesen platten Spießern nicht gefaßt gewesen wäre. Aber war denn diese unbegreifliche

Albertine nicht noch viel unfaßbarer? Die getäfelten, mit gelblich-weißer Ölfarbe gestrichenen Wände schmückten weder Bilder noch Stiche. Ich hatte lediglich meine Waffen aufgehängt, an langen Haken aus vergoldeter Bronze. Als ich diese Riesenbude — wie Leutnant Louis de Meung, der die Dinge beim rechten Namen zu nennen pflegte, sich elegant ausdrückte — gemietet hatte, hatte ich einen großen runden Tisch in die Mitte stellen lassen, auf dem ich meine Generalstabskarten, Bücher und Papiere ausbreitete: er diente mir als Arbeitstisch. An ihm schrieb ich, wenn ich etwas zu schreiben hatte ... Nun, eines Abends oder vielmehr eines Nachts hatte ich das Sofa an diesen großen Tisch herangeschoben und zeichnete beim Lampenlicht, nicht etwa, um den einzigen Gedanken wegzuscheuchen, der mir seit einem Monat Qualen schuf, sondern um noch tiefer in ihn hineinzutauchen; denn ich zeichnete den Kopf der rätselhaften Alberte, das Gesicht dieses Teufelsmädchens, von dem ich besessen war, wie die Frommen meinen, daß man vom Satan besessen sei. Es war spät. Die Straße, durch die, ganz wie heute, allnächtlich in entgegengesetzter Richtung zwei Postwagen fuhren, der eine um ein Viertel vor eins und der andere morgens um halb drei, und die beide zum Pferdewechsel vor dem ›Hotel zur Post‹ hielten — die Straße war stumm wie ein Brunnenschacht. Man hätte eine Mücke summen hören können; aber wenn zufällig eine in meinem Zimmer war, dann schlief sie sicherlich in einer Fensterecke oder in den steifen Falten jenes Vorhangs aus schwerer roter Seide, den ich aus den Halterrosetten gelöst hatte, so daß er vor dem Fenster hing, senkrecht und reglos. Das einzige Geräusch in dieser tiefen, vollkommenen Stille vollführte ich selbst mit meinem Bleistift und meinem Radiergummi. Ja, ich zeichnete sie, und Gott allein weiß, mit welch zärtlicher Hand und welch entflammter Hingabe! Plötzlich, ohne daß ein Schnappen des Schlosses mich gewarnt hätte, tat meine Tür sich auf, mit jenem leise quietschenden Laut, den Türen mit ungeschmierten Angeln von sich geben, und blieb halb geöffnet, gleich als habe sie Furcht vor dem Ton, den sie von sich gegeben hatte! Ich blickte auf in der Meinung, ich hätte die Tür nicht richtig geschlossen und sie sei von selbst aufgegangen und habe dabei jenen Klagelaut von sich gegeben, der ganz dazu angetan war, alle, die nächtlicherweise wachen, erbeben zu lassen und die Schlafenden zu wecken. Ich stand vom Tische auf, um sie zu schließen; aber die halb geöffnete Tür tat sich äußerst langsam immer weiter auf, wobei abermals das leise, scharfe Geräusch laut wurde, das wie ein Seufzen durch das stille Haus scholl; und als sie ganz offen war, sah ich Alberte! — Alberte, die, trotz aller Behutsamkeit einer Angst, die ungeheuerlich sein mußte, jene verdammte Tür nicht am Quietschen hatte hindern können!

Heiliges Donnerwetter! Die daran glauben, sprechen von Geistererscheinungen; von Visionen; aber eine übernatürliche Erscheinung hätte mich nicht so überrascht, wäre mir nicht so zu Herzen gegangen, das wie unsinnig zu schlagen begann, als ich, durch jene geöffnete Tür, Alberte auf mich zukommen sah, erschrocken über das Geräusch, das die Tür beim Öffnen gemacht hatte und das sich wiederholen mußte, wenn sie sie schloß! Bitte vergessen Sie nicht, daß ich noch nicht achtzehn Jahre alt war. Vielleicht erkannte sie meinen Schrecken an dem ihrigen: durch eine energische Gebärde unterdrückte sie den Überraschungsschrei, der mir hätte entfahren können — der mir ohne jede Gebärde wahrscheinlich auch entfahren wäre —, und schloß die Tür, nicht etwa langsamer, denn eben dadurch hatte sie gequietscht, sondern sehr schnell, damit die Angeln nicht aufschrien — was indessen dennoch geschah, lauter, schriller, jäh und überscharf —, worauf sie die Tür einklinkte, das Ohr dagegenpreßte und lauschte, ob nicht ein anderes Geräusch, das beunruhigender und schrecklicher gewesen wäre, auf jenes erste erfolgte ... Ich glaubte zu sehen, daß sie schwankte ... Ich trat rasch zu ihr hin, und sogleich lag sie in meinen Armen.«

»Ihre Alberte geht scharf ins Zeug!« sagte ich zu dem Hauptmann.

»Vielleicht glauben Sie«, fuhr er fort, als habe er meinen spöttischen Einwurf gar nicht gehört, »daß sie mir vor Schrecken, Leidenschaft oder Kopflosigkeit in die Arme gesunken sei wie ein verfolgtes Mädchen oder ein Mädchen, das man getrost verfolgen kann, das nicht mehr weiß, was es tut, wenn es die letzte aller Torheiten begeht und sich dem Dämon preisgibt, der — wie es heißt — in allen Frauen wohnt und der sie stets beherrschen würde, wenn sie nicht noch zwei andere Dämonen in sich hätten, die Feigheit und die Angst, die ihm Widerpart halten! Nein, das war es nicht! Wenn Sie das glauben, so irren Sie sich ... In ihr war nicht die Spur gemeiner, vorwitziger Angst ... Sie nahm mich weit eher in die Arme als ich sie ... Zuerst hatte sie die Stirn an meine Brust gedrückt; doch gleich darauf hob sie den Kopf und blickte mich mit großen — mit ungeheuer großen — Augen an, gleichsam um sich zu vergewissern, daß es wirklich ich sei, den sie in den Armen hielt! Sie war erschreckend blaß, blasser, als ich sie je gesehen hatte; aber ihre Prinzessinnenzüge waren unbewegt. Nach wie vor waren sie reglos und fest wie eine Medaille. Nur über ihren Mund mit den leicht aufgeworfenen Lippen irrte etwas wie Verwirrung, aber nicht die Verwirrung glücklicher oder der Erfüllung naher Leidenschaft! Und jener Verwirrung gerade in diesem Augenblick wohnte etwas so Düsteres inne, daß ich, um sie nicht zu sehen, auf diese schönen, roten, geschwellten Lippen den zügellosen, hinreißenden Kuß der triumphierenden, alles beherrschenden Begierde drückte! Der Mund öffnete sich ein wenig ... doch die schwarzen, die unergründlich schwarzen Augen, deren lange Wimpern fast an die meinen rührten, schlossen sich keineswegs, sie zuckten nicht einmal; aber in ihrer Tiefe, wie über Albertes Mund, sah ich den Wahnsinn huschen! Gefangener dieses glühenden Kusses und wie entführt von den Lippen, die mit den meinen unlösbar verbunden waren, eingesogen von ihrem Atem, trug ich sie, die noch immer eng an mir hing, auf das blaue Ledersofa — meinen Laurentius-Rost, auf dem ich mich einen Monat lang gewälzt und an sie gedacht hatte —, dessen Bezug wollüstig unter ihrem nackten Rücken zu knarren begann; denn sie war halb nackt. Sie war aus ihrem Bette gestiegen, und um in mein Zimmer zu gelangen, hatte sie ... ob Sie es wohl glauben? ... das Zimmer durchqueren müssen, in dem ihre Eltern schliefen! Mit vorgestreckten Händen hatte sie sich hindurchgetastet, um nicht an ein Möbelstück zu stoßen, das womöglich ein Geräusch verursacht und die Alten aufgeweckt hätte.«

»Ah!« meinte ich, »mehr Mut kann man auch im Laufgraben nicht bezeigen. Sie war es schon wert, die Geliebte eines Soldaten zu sein.«

»Das wurde sie in dieser ersten Nacht«, fuhr der Vicomte fort. »Sie war genauso leidenschaftlich wie ich, und ich schwöre Ihnen, daß ich es an nichts fehlen ließ! Aber das ist unwichtig ... die Vergeltung ließ nicht auf sich warten! Weder sie noch ich konnten selbst im wildesten Überschwang vergessen, in welch furchtbare Lage sie uns beide gebracht hatte. Im Schoße des Glückes, das sie bei mir suchte und mir bot, war sie wie betäubt über das, was sie mit so festem Willen und so verbissener Hartnäckigkeit getan hatte. Mich wunderte das nicht. Auch ich war wie betäubt! Ohne daß ich es ihr gesagt oder gezeigt hätte, hockte in meinem Herzen die grausigste Angst, während sie mich an das ihrige drückte, daß mir beinahe der Atem verging. Durch ihr Stöhnen, durch ihre Küsse, durch die schreckliche Stille hindurch, die auf diesem schlafenden, vertrauensseligen Hause lastete, lauschte ich auf etwas Fürchterliches: ob ihre Mutter nicht wach geworden, ob ihr Vater nicht aufgestanden war! Und noch über die Schulter hinweg sah ich nach der Tür hinter ihr, aus deren Schloß sie nicht den Schlüssel gezogen hatte, aus Furcht vor dem dabei entstehenden Geräusch — ob sie nicht abermals aufgehen und mir zwei bleiche, empörte Medusenhäupter zeigen würde, die beiden alten Leute, die wir zugleich feige und tollkühn hintergingen, wie sie plötzlich aus dem Dunkel auftauchten, Abbilder der geschändeten Gastfreundschaft und der Gerechtigkeit. Selbst das wollüstige Knarren des blauen Leders, das mir zum Weckruf der Liebe geworden war, ließ mich vor Angst schlottern ... Mein Herz schlug gegen das ihre, das mir jeden Schlag zurückzugeben schien ... Es war berauschend und ernüchternd zugleich; aber es war grauenhaft! Erst mit der Zeit gewöhnte ich mich an all das. Da ich diese namenlose Unvorsichtigkeit immer wieder beging, wurde ich in eben jener Unvorsichtigkeit ruhig. Da ich immerfort in der Gefahr schwebte, überrascht zu werden, spottete ich der Gefahr. Ich vergaß sie. Ich war nur noch darauf bedacht, glücklich zu sein. Bereits in jener ersten furchtbaren Nacht, die sie vor andern hätte zurückschrecken lassen müssen, faßte sie den Entschluß, jede zweite Nacht zu mir zu kommen, da ich ja nicht zu ihr gehen konnte — denn ihr Jungmädchenzimmer hatte keinen Zugang als den nach der Kammer der Eltern —, und sie kam regelmäßig jede zweite Nacht; aber niemals wich die dumpfe Starrheit des ersten Males von ihr! Die Zeit wirkte auf sie nicht wie auf mich. Sie wappnete sich nicht wider die Gefahr, der sie in jeder Nacht aufs neue trotzte. Stets blieb sie, auch wenn sie an meinem Herzen ruhte, verschlossen und sprach kaum je mit der Stimme zu mir, obwohl sie im übrigen, wie Sie sich wohl denken können, sehr mitteilungsbedürftig war; und als mich später nach der immer wieder glücklich überstandenen Gefahr die Ruhe überkam und ich mit ihr, wie man es mit einer Geliebten tut, über alles sprach, was zwischen uns geschehen war, über jene unerklärliche Kälte, die sich selbst jetzt Lügen strafte, da ich Alberte ja doch in meinen Armen hielt, und die ihrer ersten tollkühnen Annäherung gefolgt war; als ich ihr endlich die unersättlichen Fragen der Liebe stellte, die im Grunde vielleicht nichts als Neugier sind, antwortete sie mir stets einzig durch lange Umarmungen. Immer blieb ihr trauriger Mund stumm ... nur daß er küßte! Es gibt Frauen, die einem sagen: ›Ich mache mich unglücklich um deinetwillen‹; andere wieder sagen: ›Nun denkst du sicher schlecht von mir‹; das sind die unterschiedlichen Arten, dem ›Schicksalhaften‹ der Liebe Ausdruck zu geben. Sie indessen, nein! Sie sprach kein Wort ... Seltsames Verhalten! Seltsames Mädchen! Sie kam mir stets vor wie ein schwerer, harter Marmordeckel, der in einer von unten her wirkenden Glut verbrennt ... Ich glaubte, daß einmal der Augenblick kommen müsse, da der Marmor endlich in der Gluthitze zerschmelze; doch nie verlor er seine starre Dichte. In den Nächten, da sie zu mir kam, war sie weder aufgeschlossener noch gesprächiger als in der ersten, und es war genauso schwer wie in jener, ihr — verzeihen Sie den kirchlichen Ausdruck — ›die Beichte abzunehmen‹. Ich konnte nichts aus ihr herausholen ... Höchstens, daß ich im Rausch diesen schönen Lippen, auf die ich um so versessener war, als ich sie tagsüber immer nur kalt und verschlossen gesehen hatte, ein einsilbiges Wort entriß, ein Wort noch dazu, das kein großes Licht auf das Wesen dieses Mädchens warf, das mir sphinxhafter vorkam als all die Sphinxe, deren zahlreiche Abbilder in diesem Empire-Zimmer um mich waren.«

»Aber Herr Hauptmann«, unterbrach ich ihn

wiederum, »das alles muß doch schließlich einmal ein Ende genommen haben? Sie sind ein starker Mann, und alle Sphinxe sind Fabeltiere. Im wirklichen Leben gibt es keine, und schließlich, zum Teufel! werden Sie ja doch wohl herausbekommen haben, was jenes Sphinxwesen in seinem Innern barg!«

»Ein Ende? Ja, ein Ende hat das alles genommen«, sagte der Vicomte de Brassard und stieß jäh das Wagenfenster herab, als habe es seiner mächtigen Brust an Atem gefehlt und als müsse er erst frische Luft schöpfen, ehe er seine Erzählung zu Ende bringen konnte. »Aber das Innere, wie Sie sagten, dieses seltsamen Mädchens blieb mir genauso verschlossen wie zuvor. Unsere Liebe, unser Verhältnis, unser Spiel — nennen Sie es, wie Sie wollen — gab uns, oder vielmehr: gab mir Sensationen, wie sie mir seither nie wieder zuteil geworden sind, nicht einmal durch Frauen, die ich sehr viel tiefer geliebt habe als diese Alberte, die mich vielleicht überhaupt nicht liebte und die ich vielleicht ebensowenig liebte! Ich habe niemals recht durchschaut, was ich für sie und was sie für mich empfand, und dabei hat die Sache ein gutes halbes Jahr gedauert! Alles, was mir während dieses halben Jahres deutlich wurde, war eine Art von Glück, von dem man, solange man jung ist, sich keine Vorstellung machen kann. Ich begriff das Glück derer, die sich verbergen. Ich begriff den Genuß eines Geheimnisses zu zweit, das, auch wenn keinerlei Hoffnung auf Gelingen besteht, unverbesserliche Verschworene schafft. Am Tisch ihrer Eltern wie auch anderswo war Alberte stets die hoheitsvolle Infantin, die mich an dem Tage, da ich sie zuerst erblickt, so betroffen gemacht hatte. Ihre neronische

Stirn unter dem blauschwarzen Haar, das sich hart lockte und ihr bis an die Augenbrauen reichte, verriet nichts von der sündigen Nacht, die auf ihr keinerlei Röte schuf. Und ich, der ich versuchte, ebenso undurchdringlich wie sie zu sein, der ich mich aber, davon bin ich überzeugt, sicherlich zehnmal verraten haben würde, wenn ich es mit besseren Beobachtern zu tun gehabt hätte, sättigte mich in der tiefsten Tiefe meines Seins stolz und beinahe sinnlich an dem Gedanken, daß diese herrliche Gleichgültigkeit gänzlich mir gehöre und daß sie um meinetwillen alle Gemeinheiten der Leidenschaft begehe, sofern Leidenschaft überhaupt gemein sein kann! Niemand auf Erden außer uns wußte davon ... und gerade dieser Gedanke war köstlich! Niemand, nicht einmal mein Freund Louis de Meung, dem gegenüber ich schwieg, seit ich glücklich war! Sicherlich hatte er sich sein Teil gedacht; denn er war genauso diskret wie ich. Er stellte mir keine Fragen. Ich hatte mühelos meinen vertrauten Umgang mit ihm wieder aufgenommen, das Flanieren auf der Hauptstraße in großer oder kleiner Uniform, das Kartenspiel, das Fechten um den Punsch! Wahrhaftig, wenn man weiß, daß das Glück in Gestalt eines schönen jungen Mädchens, das den Teufel im Leibe hat, regelmäßig eine um die andere Nacht zur gleichen Stunde zu einem kommt, dann wird das Leben ungeheuer einfach!«

»Aber haben Albertes Eltern denn wie die Murmeltiere geschlafen?« bemerkte ich spöttisch, um den Betrachtungen des alten Dandy mit einem Scherz ein Ziel zu setzen und um nicht merken zu lassen, wie sehr seine Geschichte mich ergriff; denn das tat sie, und bei Dandys kann man sich höchstens durch einen Scherz einigermaßen in Respekt setzen.

»Sie glauben hoffentlich nicht, daß ich auf Effekte aus bin und etwas erzähle, das nicht buchstäblich wahr ist?« fragte der Vicomte. »Ich bin kein Romanschriftsteller! Dann und wann kam Alberte nicht. Die Tür, deren geölte Angeln jetzt weich wie Watte waren, blieb die ganze Nacht hindurch geschlossen; dann nämlich hatte die Mutter sie gehört und angerufen, oder der Vater hatte gemerkt, wie sie sich durch das Zimmer tastete. Doch Alberte, die nichts aus der Fassung bringen konnte, fand jedesmal eine Ausrede. Sie fühle sich nicht wohl ... Sie suche nach der Zuckerdose und habe kein Licht gemacht, weil sie niemand habe aufwecken wollen ...«

»Solche Menschen, die sich nicht aus der Fassung bringen lassen, sind gar nicht so selten, wie Sie zu meinen scheinen, Herr Hauptmann!« unterbrach ich ihn abermals. »Schließlich hat Ihre Alberte nicht mehr Stärke bezeigt als jenes junge Mädchen, das allnächtlich in der Kammer der hinter ihren Vorhängen schlafenden Großmutter den durchs Fenster eingestiegenen Geliebten empfing; da kein blaues Ledersofa zur Verfügung stand, verlustierte er sich mit der Kleinen auf dem Teppich ... Sie kennen ja wohl die Geschichte. Eines Nachts erweckte ein Stöhnen, das das augenscheinlich allzu glückliche Mädchen ausstieß und das ein wenig zu laut geriet, die Großmutter, die hinter ihren Bettvorhängen hervorrief: ›Was hast du denn, Kindchen?‹, so daß der Kleinen, die am Herzen des Geliebten lag, die Sinne zu schwinden drohten; aber dennoch antwortete sie von dort aus: ›Mein Mieder drückt mich, Großmama, wenn ich mich bücke; mir ist eine Nadel auf den Betteppich gefallen, und die kann ich nicht wiederfinden!‹«

»Ja, das Geschichtchen kenne ich«, fuhr der Vicomte de Brassard fort, den ich durch den Vergleich zwischen jenem Mädchen und seiner Alberte zu demütigen geglaubt hatte. »Wenn ich nicht irre, war das junge Mädchen, von dem Sie erzählt haben, eine Prinzessin Guise. Sie hat sich aus der Affäre gezogen, wie es sich für ein Mädchen ihres Namens gebührte; aber Sie haben zu erzählen vergessen, daß sie von jener Nacht an ihrem Geliebten — es war, glaube ich, ein Herr de Noirmoutier — nicht mehr das Fenster auftat, wogegen Alberte trotz dieser furchtbaren Hindernisse in der nächsten Nacht wiedergekommen ist und sich auf das tapferste abermals der kaum bestandenen Gefahr ausgesetzt hat, als sei nichts geschehen. Ich war damals ein kleiner Unterleutnant und ziemlich unbeschlagen in der Mathematik, mit der ich mich sehr wenig befaßte; aber für jemand, der auch nur die mindeste Ahnung von der Wahrscheinlichkeitsrechnung hatte, mußte es klar sein, daß es eines Tages ... eines Nachts ... zu einer Lösung kommen würde ...«

»Ja, freilich!« warf ich ein, indem ich mich seiner Worte zu Beginn seiner Erzählung erinnerte. »Die Lösung, durch die Sie das Gefühl der Angst kennengelernt haben, Herr Hauptmann.«

»So ist es«, antwortete er ernsten Tones, der von dem leichten abstach, den ich anzuschlagen versucht hatte. »Nicht wahr, es ist Ihnen klar geworden, daß Alberte von dem Augenblick an, da sie meine

Hand unterm Tisch ergriff, bis zu dem, da sie mitten in der Nacht wie eine Erscheinung im Rahmen meiner offenen Tür auftauchte, nicht gerade schonend mit mir umgegangen war. Mehr als einen Schauer, mehr als einen Schrecken hatte sie mir in die Seele gejagt; doch das war bis jetzt lediglich wie das Gefühl gewesen, das man empfindet, wenn einem die Kugeln um die Ohren sausen und wenn man den Pulverrauch im Winde wittert; dann zittert man ein bißchen, aber man geht getrost weiter. Nun, so war es jetzt nicht mehr. Es war Angst, richtige Angst, wahre Angst, und nicht mehr um Albertes, sondern um meinet-, einzig um meinetwillen! Was ich empfand, war bestimmt das Gefühl, das das Herz ebenso blutleer macht wie das Gesicht; es war die Panik, die ganze Regimenter die Flucht ergreifen läßt. Ich, der ich zu Ihnen spreche, habe das ganze Regiment Chamboran fliehen sehen, mit verhängtem Zügel und ventre à terre, das heldenhafte Regiment Chamboran, und es hat in seiner Entsetzensflut den Oberst und die Offiziere mit fortgerissen! Damals jedoch hatte ich überhaupt noch nichts gesehen, und nun lernte ich kennen ... was ich für unglaublich gehalten hatte.

Hören Sie weiter ... Es war Nacht. Bei dem Leben, das wir führten, konnte es nur Nacht sein ... eine lange Winternacht. Ich kann nicht eben sagen, daß es eine unserer ruhigsten gewesen wäre. Die meisten unserer Nächte waren nämlich ruhig. Durch die Überfülle des Glücks waren sie es geworden. Wir schliefen sozusagen auf dem geladenen Geschütz. Wir empfanden nicht die mindeste Unruhe, wenn wir auf der Säbelklinge, die über einem Abgrund lag wie die Brücke, die nach der Hölle der Türken führt, der Liebe frönten. Alberte war früher als sonst gekommen, um desto länger bleiben zu können. Wenn sie kam, galt meine erste Liebkosung, meine erste Liebesregung ihren Füßen, die nicht mehr in den grünen oder hortensienfarbenen Schuhen steckten, ihren Füßen, mit denen sie kokettierte und die mich entzückten, die nackt waren, damit sie kein Geräusch machten, die kalt waren wie die Fliesen, über die sie gegangen war, durch den langen Flur, der vom Zimmer ihrer Eltern zu dem meinen führte, das am andern Ende des Hauses gelegen war. Ich wärmte sie, diese Füße, die um meinetwillen eiskalt geworden waren und die vielleicht um meinetwillen ihr, wenn sie aus dem warmen Bette kam, eine schreckliche Brustkrankheit zuzogen ... Ich kannte das Mittel, sie zu erwärmen und sie wieder rosig oder rötlich zu machen, diese blassen, kalten Füße, doch in dieser Nacht hatte mein Mittel keinen Erfolg ... Meinem Munde mangelte die Kraft, auf dem reizenden hohen Spann den roten Saugfleck hervorzuzaubern, wie ich es so gern und so oft getan hatte, und der wie eine rote Rose aussah ... In dieser Nacht war Alberte eine stummere Liebende denn je. Ihre Umarmungen hatten jene Inbrunst und jene Kraft, die für mich eine Sprache waren, und zwar eine so ausdrucksvolle Sprache, daß ich, wenn ich zu ihr sprach, wenn ich ihr all meinen Wahnsinn und meine Trunkenheiten mitteilte, von ihr keine andere Antwort mehr verlangte. Ich vernahm sie in ihren Umarmungen. Aber plötzlich vernahm ich nichts mehr. Ihre Arme hörten auf, mich an ihr Herz zu drücken, und ich glaubte, sie sei in eine jener Ohnmachten gesunken, wie es ihr häufig geschah, obwohl sie dann immer, auch in der Ohnmacht, die verkrampfte Kraft der Umarmung behielt ... Wir sind unter uns und nicht prüde. Wir sind zwei Männer, und wir können wie zwei Männer miteinander sprechen ... Ich kannte mich in Albertes wollüstigen Krampfzuständen aus, und wenn sie sie überkamen, so wurde das Liebesspiel dadurch nicht unterbrochen. Ich blieb, wo ich war, an ihrem Herzen, und wartete, daß sie in das bewußte Leben zurückkehre, mit der stolzen Gewißheit, daß sie durch die Kraft meiner Sinnlichkeit wieder zu Sinnen kommen werde und daß der Blitz, der sie getroffen, sie beim nächsten Schlage wieder erwecken werde ... Doch diesmal täuschte ich mich. Ich sah sie an, die eng an mich geschmiegt auf dem blauen Sofa lag, und wartete auf den Augenblick, da ihre unter den großen Lidern verschwundenen Augen mir ihr schönes Rund aus schwarzem Samt und Feuer wieder weisen würden; da ihre Zähne, die aufeinander bissen und knirschten, daß man hätte glauben können, ihr Schmelz zerspringe, wenn ich leise und jäh ihren Hals küßte und damit langsam fortfuhr, bis zur Schulter hinab — da ihre Zähne sich halb öffnen und mich wieder ihren Atem spüren lassen würden. Aber weder ihre Augen taten sich auf, noch lösten sich die Zähne ... Die Kälte war von Albertes Füßen hinaufgekrochen bis in ihre Lippen und unter die meinen ... Als ich diese grausige Kälte spürte, richtete ich mich halb auf, um die Geliebte besser betrachten zu können; ich riß mich jäh aus ihren Armen, deren einer auf sie fiel, während der andere von dem Sofa, auf dem sie lag, schlaff herab zu Boden hing. Erschrocken, aber noch immer bei klaren Sinnen, legte ich ihr die Hand aufs Herz ... Nichts! Kein Pulsschlag, kein Schläfenpochen, die Schlagadern nicht zu spüren, nirgends ein Anzeichen des Lebens ... überall nur der Tod, und bereits seine furchtbare Starre!

Ich wußte: Sie war tot ... und dennoch wollte ich es nicht glauben! Das menschliche Hirn hat bisweilen solcherlei törichte Anwandlungen selbst gegen den Augenschein und das Schicksal. Alberte war tot. Woran war sie gestorben? ... Ich wußte es nicht. Ich war kein Arzt. Aber sie war tot; und obwohl es mir sonnenklar war, daß alles, was ich unternehmen könne, sinnlos sei, tat ich dennoch, was mir als so verzweifelt nutzlos erschien. Bei meinem völligen Mangel an allem, an Kenntnissen, an Instrumenten, an Hilfsmitteln goß ich ihr alle Flaschen meines Toilettentisches auf die Stirn. Ich beklopfte ihr die Hände, auf die Gefahr hin, in diesem Hause, in dem der geringste Laut uns hatte zusammenfahren lassen, Geräusch zu machen. Ich hatte einen meiner Onkel, er war Schwadronschef bei den 4. Dragonern, sagen hören, er habe eines Tages einen seiner Kameraden dadurch vor einem Schlaganfall gerettet, daß er ihn mit einem Schröpfkopf, den man bei Pferden anwendet, schnell zur Ader gelassen habe. An Waffen war in meinem Zimmer kein Mangel. Ich nahm einen Dolch und versuchte damit Alberte die Ader zu öffnen. Ich mißhandelte den wundervollen Arm, dem jedoch kein Blut mehr entfloß. Nur ein paar Tropfen quollen hervor. Das Blut war schon geronnen. Weder Küsse noch Saugen noch Bisse konnten diesen starren Körper wieder beleben, der unter meinen Lippen zur Leiche geworden war. Da ich nicht mehr wußte, was ich tat, legte ich mich schließlich auf sie — ein Mittel, wie es (so sagen die alten Geschichten) die Magier anwenden, um Tote wieder zu erwecken —, ohne Hoffnung, ihr die Lebenswärme wiederzugeben, tat ich, als hoffe ich es trotzdem! Und als ich auf dem eiskalten Körper lag, kam mir ein Gedanke, der sich bisher nicht aus dem Chaos hatte lösen können, in das mich der jähe, alles verwirrende Tod Albertes geschleudert hatte . . . und es packte mich die Angst!

Oh . . . welch eine Angst war das . . . eine ungeheuerliche Angst! Alberte war in meinem Zimmer gestorben, und ihr Tod brachte alles an den Tag. Was sollte aus mir werden? ... Bei diesem Gedanken fühlte ich die Hand, die körperliche Hand dieser häßlichen Angst in meinen Haaren, die sich sträubten wie Nadeln! Meine Wirbelsäule zerschmolz zu eisigem Schlamm, und ich versuchte — vergebens — gegen dieses entehrende Gefühl anzukämpfen . . . Ich redete mir ein, ich müsse kaltes Blut bewahren . . . schließlich sei ich doch ein Mann . . . schließlich sei ich Soldat. Ich nahm meinen Kopf in die Hände, und als das Gehirn sich in meinem Schädel zu drehen begann, bemühte ich mich angestrengt, die gräßliche Lage, in der ich mich befand, klar zu erkennen . . . einen festen Punkt zu finden, um die Fülle der Gedanken zur Ruhe zu bringen und zu überprüfen, die mir das Hirn peitschten wie einen grausam wirbelnden Kreisel und die samt und sonders von allen Seiten der Leiche zudrängten, die in meinem Zimmer lag, von dem leblosen Körper Albertes, die nicht mehr in ihr Zimmer zurück konnte und die die Mutter anderntags im ›Zimmer des Offiziers‹ finden mußte, tot und geschändet! Der Gedanke an diese Mutter, der ich vielleicht die Tochter getötet hatte, indem ich sie entehrte, lastete mir schwerer auf dem Herzen als Albertes Leiche ... Der Tod ließ sich nicht verheimlichen; aber gab es denn kein Mittel, die Schande zu vertuschen, die dadurch, daß die Leiche in meinem Zimmer lag, offensichtlich war? ... Diese Frage stellte ich mir immer wieder; sie war das einzige Feste in meinem Hirn. Je länger ich diese Schwierigkeit überdachte, desto größer wurde sie, und schließlich nahm sie die Ausmaße absoluter Unmöglichkeit an. Eine entsetzliche Halluzination wurde mir: in manchen Augenblicken schien mir Albertes Leiche das ganze Zimmer zu füllen, so daß es unmöglich war, sie hinauszuschaffen. Ach, hätte ihr Zimmer nur nicht hinter dem ihrer Eltern gelegen, so würde ich sie auf alle Gefahr hin wieder in ihr Bett getragen haben! Aber konnte ich, ihren toten Leib in den Armen, vollbringen, was für sie, da sie lebte, schon ein so unvorsichtiges, gewagtes Unterfangen gewesen war; konnte ich das Abenteuer wagen, durch ein Zimmer hindurchzugehen, das ich nicht kannte, in dem ich niemals gewesen war und wo im leisen Schlaf alter Leute die Eltern der Unglückseligen ruhten? ... Und dennoch befand ich mich in einer solchen Geistesverfassung, und die Angst vor dem nächsten Tage und der Leiche in meinem Zimmer hetzten mich mit einer solchen Wut, daß gerade dieser Gedanke, diese aberwitzige Tollkühnheit, dieser Wahnsinn, Alberte in ihr Zimmer zu tragen, sich meiner immer mehr bemächtigte, als das einzige Mittel, die Ehre des armen Mädchens zu retten und mir die Scham der Vorwürfe der Eltern zu ersparen, mich aus diesem schmählichen Handel herauszuhalten. Ob Sie es mir wohl glauben? Mir selbst fällt schwer, es zu glauben, wenn ich daran denke! Ich fand die Kraft, Albertes Leiche zu fassen und sie mir auf die Schultern zu laden, wobei ich sie mit den Armen stützte. Es war eine grausige Last, schwerer als die der Verdammten in Dantes Hölle! Man muß wie ich solch eine Last von Fleisch getragen haben, von Fleisch, das mir noch eine Stunde zuvor das Blut vor Begierde hatte brennen lassen und von dem jetzt Todeskälte in mich überströmte! ... Man muß so etwas getragen haben, um zu wissen, was das bedeutete! Unter dieser Last gebeugt, öffnete ich meine Tür, und nackten Fußes wie sie, um weniger Geräusche zu machen, schob ich mich in den Flur, der nach dem Zimmer der Eltern führte, dessen Tür sich am anderen Ende befand, und bei jedem Schritt hielt ich mit wankenden Knien inne, um in das Schweigen des nächtlichen Hauses zu horchen, von dem ich indessen nichts wahrnahm, meines Herzklopfens wegen! Es dauerte lange. Nichts regte sich ... Ich tat Schritt auf Schritt ... Nur als ich dann dicht vor der gräßlichen Tür des Zimmers der Eltern stand, durch die ich hindurch mußte und die sie beim Kommen nicht ganz geschlossen hatte, um sie auf dem Rückweg offen zu finden, und als ich die langen, ruhigen Doppelatemzüge der beiden armen Alten hörte, die im tiefsten Vertrauen schliefen — da wagte ich mich nicht weiter! Ich wagte es nicht, die schwarze, in gähnende Finsternis führende Schwelle zu überschreiten ... Ich wich zurück; ich floh fast mit meiner Bürde! In gesteigerter Angst ging ich zurück in mein Zimmer.

Ich legte Albertes Leiche wieder auf das Sofa; ich kniete vor ihr nieder und begann abermals mit flehenden Fragen: ›Was soll ich tun? Was soll werden? ...‹ In dem Zusammenbruch, der sich in mir vollzog, schwirrte mir der unsinnige, gemeine Gedanke durch den Kopf, die Leiche des schönen Mädchens, das ein halbes Jahr lang meine Geliebte gewesen war, aus dem Fenster zu werfen. Verachten Sie mich! Ich machte das Fenster auf ... ich schob den Vorhang beiseite, den Vorhang, den Sie dort sehen ... und sah in das schwarze Loch hinunter, auf dessen Grund die Straße lag; denn es war in jener Nacht sehr dunkel. Das Pflaster war nicht zu sehen. ›Dann wird es für einen Selbstmord gehalten‹, dachte ich — und wieder raffte ich Alberte hoch und lud sie mir auf ... Doch da durchzuckte ein Blitzstrahl gesunden Menschenverstandes meinen Wahnsinn! ›Von wo aus muß sie sich hinabgestürzt haben? Von wo aus muß sie gefallen sein, wenn sie morgen unter meinem Fenster gefunden wird?‹ fragte ich mich. Die Unmöglichkeit dessen, was ich tun wollte, schlug mir ins Gesicht! Ich schloß das Fenster wieder, dessen Griff knarrte. Ich zog den Vorhang vor das Fenster, mehr tot als lebendig ob all der Geräusche, die ich machte. Ob ich die Leiche nun aus dem Fenster warf oder die Treppe hinab, oder ob ich sie auf dem Flur liegen ließ: überall zeugte sie gegen mich, und die Entweihung war unnütz. Die Untersuchung des toten Körpers mußte alles ans Licht bringen, und das Auge der so grausam aufgeklärten Mutter würde alles durchschauen, was der Arzt oder der Richter ihr nur zu gern verheimlicht hätten ... Was ich empfand, war unerträglich, und der Gedanke, allem mit einem Pistolenschuß ein Ende zu machen, durchglitt mich in dem Zustand der Feigheit, darin meine demoralisierte Seele (das ist ein Ausdruck des Kaisers, den ich erst später verstanden habe!) sich befand, als ich meine Waffen an meiner Zimmerwand schimmern sah. Aber schließlich ... Ich will ganz offen sein: Ich war siebzehn, und ich liebte ... meinen Degen. Ich war Soldat aus Neigung und Stolz. Ich war noch nie im Feuer gewesen und wollte das erleben. Ich besaß soldatischen Ehrgeiz. Beim Regiment machten wir unsere Witze über Werther, einen der Romanhelden der damaligen Zeit, der uns Offizieren nur leid tun konnte! Der Gedanke, der mich davor bewahrte, mich meiner gemeinen Angst, die mich noch immer umfangen hielt, durch Selbstmord zu entledigen, wich einem anderen, der mir als der einzige heilbringende Ausweg aus der Sackgasse erschien, in der ich mich wand. Wenn ich nun zum Oberst ginge? fragte ich mich. Der Oberst ist der Vater des Regiments; und ich zog mich an, wie man sich anzieht, wenn bei einem Überfall Generalmarsch geschlagen wird ... Aus soldatischer Vorsicht nahm ich meine Pistolen mit. Man konnte ja nie wissen, was geschehen würde ... Zum letztenmal küßte ich mit dem Gefühlsüberschwang, den man als Siebzehnjähriger hat — denn mit siebzehn ist man immer sentimental —, den stummen Mund — im Grunde war er immer stumm gewesen — der schönen, toten Alberte, der mich ein halbes Jahr lang mit den berauschendsten Zärtlichkeiten bedacht hatte ... Auf den Zehenspitzen schlich ich die Treppe des Hauses hinab, in dem ich den Tod zurückließ ... Ich keuchte wie ein Flüchtling und brauchte eine Stunde (wenigstens ist es mir so vorgekommen, als ob ich eine Stunde dazu gebraucht hätte!), um die Haustür aufzuriegeln und den riesigen Schlüssel in dem riesigen Schloß umzudrehen, und nachdem ich die Tür behutsam wie ein Dieb wieder geschlossen hatte, hastete ich davon, wie auf der Flucht, zu meinem Oberst.

Ich läutete, als sei ein Brand ausgebrochen. Ich vollführte einen Lärm, als sei der Feind drauf und dran, die Regimentsfahne zu entführen! Was sich mir in den Weg stellte, rannte ich über den Haufen, sogar die Ordonnanz, die mich hindern wollte, daß ich zu dieser Stunde in das Zimmer des Kommandeurs drang, und als dann der Oberst durch den Lärm, den ich vollführte, wach geworden war, sagte ich ihm alles. Ich legte eine schonungslose Beichte ab, hastig und ohne Stocken, denn die Zeit drängte, und bat ihn inständig, mich zu retten ...

Er war ein Prachtkerl, der Oberst! Mit einem einzigen Blick überschaute er die abgründige Lage, in der ich kämpfte ... Sein ›jüngster Sohn‹, wie er mich nannte, tat ihm leid, und ich glaube, ich habe mich damals in einem Zustand befunden, der Mitleid erregen konnte! Er stieß einen außerordentlich französischen Fluch aus und sagte mir, zunächst müsse ich augenblicklich aus der Stadt verschwinden, und alles andere wolle er erledigen ... Er werde zu den Eltern gehen, sobald ich fort sei, aber fort müsse ich, ich solle die Postkutsche nehmen, die in zehn Minuten vor dem Hotel zur Post die Pferde wechsele, nach einer Stadt fahren, die er mir nannte und wohin er mir schreiben wolle ... Er gab mir Geld, das ich vergessen hatte einzustecken, drückte mir herzlich seinen alten grauen Schnurrbart auf beide Backen, und zehn Minuten nach dieser Auseinandersetzung kletterte ich (nur dieser Platz war noch frei) auf das Verdeck des Postwagens, der die gleiche Strecke fuhr wie wir heute abend, und im Galopp rollte ich unter dem Fenster (Sie können sich vorstellen, welche Blicke ich hinaufwarf) des Totenzimmers vorbei, wo ich Albertes Leiche hatte liegen lassen und das genauso erleuchtet war wie heute nacht.«

Der Vicomte de Brassard hielt inne, seine kräftige Stimme hatte zuletzt ein wenig gebrochen geklungen. Mir war die Lust zum Scherzen vergangen. Aber unser Schweigen dauerte nicht lange.

»Und dann?« fragte ich.

»Ja, wissen Sie«, entgegnete er, »ein ›dann‹ gibt es nicht! Und eben das hat meine verzweifelte Neugier noch recht lange gequält. Ich habe blindlings die Instruktionen des Obersten befolgt. Voller Ungeduld habe ich auf einen Brief gewartet, der mir mitteilen sollte, was er unternommen und was sich seit meiner Abreise ereignet habe. Ungefähr einen Monat habe ich gewartet, doch nach Ablauf jenes Monats bekam ich nicht etwa einen Brief des Obersten, der, wenn überhaupt, dann nur mit dem Säbel schrieb, und zwar auf das Gesicht des Feindes, sondern ich erhielt einen Befehl, der mir meine Versetzung mitteilte. Ich hatte mich bei den 35ern zu melden, die im Begriff standen, ins Feld zu rücken, und ich mußte innerhalb von vierundzwanzig Stunden bei meinem neuen Truppenteil sein. Die ungeheuren Abwechslungen eines Feldzuges, und noch dazu des ersten, den ich mitmachte, die Schlachten, an denen ich teilnahm, die Strapazen und schließlich auch die Liebesabenteuer, die dem hier erlebten folgten, hielten mich davon ab, dem Obersten zu schreiben, und lenkten mich von der grausamen Erinnerung an das Erlebnis mit Alberte ab, ohne es indessen auslöschen zu können. Ich trage sie in mir wie eine Kugel, die nicht entfernt werden kann... Ich sagte mir, daß ich eines schönen Tages dem Oberst wieder begegnen müsse, der mir dann sicher berichten werde, was ich so gern gewußt hätte, aber der Oberst hat bei Leipzig an der Spitze seines Regiments den Tod gesucht und gefunden... Einen Monat vorher war auch Louis de Meung gefallen... So jämmerlich das klingen mag«, fügte der Hauptmann hinzu, »aber auch in der stärksten Seele kommt alles zur Ruhe, und vielleicht gerade, weil sie stark ist... Die verzehrende Neugierde, zu erfahren, was nach meinem Fortgehen geschehen war, wich schließlich von mir und ließ mich in Ruhe. Schon vor einer Reihe von Jahren hätte ich, da ich äußerlich ein anderer geworden war, in diese kleine Stadt zurückkommen können, ohne erkannt zu werden, um wenigstens herauszubekommen, was die Leute wußten, was von meinem tragischen Abenteuer durchgesickert war. Aber etwas, das gewiß nicht Achtung vor der öffentlichen Meinung war, über die ich mich mein Lebtag lustig gemacht habe, etwas, das Ähnlichkeit mit jener Angst hatte, die ich kein zweites Mal erleben wollte, hat mich stets davon abgehalten.«

Wiederum verstummte er, dieser Dandy, der mir ohne das mindeste Dandytum eine Geschichte von so trauriger Tatsächlichkeit erzählt hatte. Im Banne dieser Geschichte hing ich meinen Gedanken nach und erkannte, daß dieser glänzende Vicomte de

Brassard, der nicht nur ein beliebiger, sehr eleganter Stutzer, sondern der großartigste Vertreter des Dandytums war, nach dem Vorbild der Engländer ein grandioser Bordeaux-Vertilger, gleichsam ein anderer war, ein Mensch von tieferer Veranlagung, als es den Anschein hatte. Mir fiel der Ausdruck ein, dessen er sich zu Beginn seiner Geschichte bedient hatte, das Wort von dem dunklen Flecken, der sein ganzes Leben hindurch seine wilden Liebesfreuden wie eine scharfe Säure angefressen habe... als er mich plötzlich zu meiner noch größeren Verwunderung heftig am Arm packte:

»Da!« sagte er. »Sehen Sie, der Vorhang!«

Der schmale Schatten einer Frauengestalt hatte sich im Vorübergehen darauf abgezeichnet!

»Albertes Schatten!« sagte der Hauptmann. »Der Zufall ist heute abend besonders boshaft«, fügte er bitter hinzu.

Der Vorhang wies bereits wieder sein leeres, rotes, schimmerndes Viereck. Inzwischen aber war der Stellmacher, der während der Erzählung des Vicomte an seiner Schraube gearbeitet hatte, mit seiner Arbeit fertig geworden. Die Wechselpferde standen bereit und keilten aus, daß die Funken stoben. Der Kutscher, die Astrachanmütze über den Ohren, das Postbuch zwischen den Zähnen, ergriff die Zügel, und als er auf seinen hohen Sitz geklettert war, rief er mit seiner gellenden Stimme in die Nacht:

»Abfahren!«

Und wir rollten davon, und gleich darauf hatten wir das geheimnisvolle Fenster hinter uns gelassen, das ich in Gedanken noch immer vor mir sehe, mit seinem roten Vorhang.

Der köstlichste Schmaus für den Teufel ist eine Unschuld (A.)

DON JUANS SCHÖNSTE LIEBSCHAFT

I

Also lebt er noch immer, der alte Sünder?« — »Donnerwetter, ja! Und ob er lebt! Und zwar nach Gottes ewigem Ratschluß, Madame!« fügte ich mich verbessernd hinzu, denn mir fiel ein, daß sie fromm sei — und überdies zur Pfarre Sainte-Clotilde gehöre, der Pfarre der Herzöge! — »›Der König ist tot! Es lebe der König!‹ hieß es unter der vormaligen Monarchie, ehe sie zerschlagen wurde, dies Service aus altem Sèvres. Don Juan jedoch ist ungeachtet aller Demokratie ein Fürst, der schwerlich zerschlagen werden wird.«

»Natürlich, der Teufel ist unsterblich!« sagte sie, als sei das eine von ihr selbst aufgestellte Maxime.

»Er hat sogar . . .«

»Wer . . .? Der Teufel . . .?«

»Nein, Don Juan . . . vor drei Tagen in vergnügtester Stimmung zu Abend gespeist . . . Raten Sie einmal, wo!«

»Sicherlich doch in Ihrer abscheulichen Maison d'Or?«

»Pfui, pfui, Madame! Dort verkehrt Don Juan nicht mehr . . . dort ist für Seine Gnaden nichts mehr zu holen. Der edle Don Juan hat von jeher etwas von dem berühmten Mönch Arnold von Brescia an sich gehabt, der, wie die Chroniken berichten, einzig vom Blut der Seelen lebte. Damit rötete er gern seinen

Champagner, und das ist in dem Kokottenlokal längst nicht mehr üblich!«

»Dann hat er wahrscheinlich«, entgegnete sie ironisch, »im Benediktinerkloster gespeist, mit gewissen Damen ...«

»... von der Ewigen Anbetung; Sie haben recht, Madame! Denn die Anbetung, die dieser Teufelskerl einmal eingeflößt hat, scheint mir von ewiger Dauer zu sein.«

»Für einen Katholiken reden Sie ziemlich lästerlich einher«, sagte sie gedehnt und ein wenig verschnupft, »und ich bitte Sie, verschonen Sie mich mit Einzelheiten über die Soupers mit Ihren leichten Freundinnen, wenn Sie sich schon vorgenommen haben, mir heute abend etwas von ihnen zu erzählen, indem Sie vorgeben, Sie sprächen von Don Juan.«

»Ich gebe gar nichts vor, Madame. Die leichten Freundinnen des besagten Soupers sind zwar vielleicht leichte, aber nicht meine Freundinnen... leider, leider nicht ...«

»Nun hören Sie aber auf!«

»Gestatten Sie mir, bescheiden zu sein. Es waren ...«

»Mille e tre ...?« fragte sie neugierig, wie gewandelt, beinahe liebenswürdig.

»Oh, nicht alle auf einmal, Madame... nur ein Dutzend. Also sozusagen innerhalb der Grenzen des Wohlanständigen ...«

»Und zugleich des Unanständigen«, fügte sie hinzu.

»Übrigens wissen Sie genauso gut wie ich, daß das Boudoir der Gräfin de Chiffrevas nicht eben vielen Gästen Platz bietet. Man hat dort große Dinge vollbringen können; aber das Boudoir selbst ist recht klein.«

»Wie?« rief sie erstaunt. »Das Souper hat doch nicht etwa im Boudoir stattgefunden?«

»Doch, Madame, in eben jenem Boudoir. Und warum auch nicht? Auf einem Schlachtfeld speist sichs gut. Dem edlen Don Juan sollte ein ganz besonderes Fest bereitet werden, und so war es seiner würdig, wenn es auf dem Schauplatz seiner Ruhmestaten gegeben wurde, dort, wo Erinnerungen anstelle von Orangen blühen. Eine hübsche Idee, ebenso zärtlich wie melancholisch! Es war nicht der ›Ball der Opfer‹ — es war lediglich ihr Souper.«

»Und Don Juan?« fragte sie, wie Orgon fragt: »Und Tartuffe?«

»Don Juan war kein Spielverderber; er hat vortrefflich soupiert — er ganz allein vor ihnen —, und zwar in der Gestalt eines Herrn, den Sie kennen ... und der kein Geringerer ist als der Graf Jules-Amédée-Hector de Ravila de Ravilès.«

»Der? Ja, der ist tatsächlich der leibhaftige Don Juan«, sagte sie. Und obwohl die Betschwester, die Haare auf den Zähnen hatte, längst über das Alter, da man schwärmt, hinaus war, fing sie an, von dem Grafen Jules-Amédée-Hector zu träumen, jenem Manne vom Geschlecht Don Juans, dem alten ewigen Geschlecht der Eroberer und Verführer, dem Gott zwar nicht die Welt geschenkt, dafür aber dem Teufel freigestellt hat, sie ihm zu überlassen.

II

Was ich da der alten Marquise Guy de Ruy erzählt hatte, war die reine Wahrheit. Vor ungefähr drei Tagen waren zwölf Damen aus dem tugendhaften

Faubourg Saint-Germain (sie mögen unbesorgt sein; ich werde ihre Namen nicht nennen!), die, alle zwölf, wie die Klatschbasen der guten Gesellschaft einander zuraunten, sämtlich ›auf vertrautem Fuße‹ (so lautet ein reizender, alter Ausdruck) mit dem Grafen Ravila de Ravilès gestanden hatten, auf den sonderbaren Gedanken gekommen, ihn — als einzigen Herrn! — zu einem Souper einzuladen, zur Feier von . . . ja, wovon wohl? Das sagten sie nicht. Solch ein Souper war eine gewagte Sache; aber die Frauen sind zwar als Einzelwesen feige, in der Gemeinschaft jedoch kühn. Keine der Veranstalterinnen dieses Damensoupers hätte gewagt, mit dem Grafen Jules-Amédée-Hector daheim im tête-à-tête zu speisen; aber vereint, die eine durch die andere gedeckt und geschützt, hatten sie sich nicht gescheut, die Mesmersche Kette um diesen magnetischen und kompromittierenden Mann, den Grafen Ravila de Ravilès, zu schlingen . . .«

»Der Name allein schon!«

»Ein vielsagender Name, Madame!« (Er bedeutet etwa ›Nimm von Nimmen‹.) Der Graf Ravila de Ravilès, der, nebenbei gesagt, stets das in seinem Namen enthaltene Gebot befolgt hat, war sicherlich die Verkörperung aller Verführer, von denen in Romanen und in der Historie die Rede ist, und die Marquise Guy de Ruy, eine alte, unzufriedene Lästerzunge mit eiskalten, scharfen blauen Augen, die allerdings nicht so kalt waren wie ihr Herz und nicht so scharf wie ihr Geist, mußte selber zugeben, daß, wenn heutzutage, im Zeitalter der immer mehr schwindenden Bedeutung der Frau, jemand an Don Juan erinnere, daß dann unbedingt er es sei! Nur war er leider, leider ein Don Juan im fünften Akt. Dem Fürsten von Ligne wollte es nie in den geistreichen Kopf, daß selbst Alkibiades einmal fünfzig geworden ist. Auch was das betrifft, war Graf Ravila drauf und dran, die Nachfolge des Alkibiades anzutreten. Wie d'Orsay, der Dandy mit der Figur einer Bronzegestalt des Michelangelo, der Mann, der bis zu seiner letzten Stunde schön gewesen ist, besaß auch Ravila jene besondere Schönheit, wie sie dem Geschlecht Don Juans eigentümlich ist — jenem geheimnisumwitterten Geschlecht, das sich nicht vom Vater auf den Sohn fortpflanzt wie die anderen, sondern dann und wann, in gewissen Zeitabständen, unter der Menschheit sich bemerkbar macht.

Er war wahrhaft schön — frech, freudig, herrisch, mit einem Worte: juanesk; das besagt alles, und eine nähere Kennzeichnung erübrigt sich; und — hatte er einen Pakt mit dem Teufel geschlossen? – er war dieser Schönheit immer teilhaftig ... Dennoch kam im Lauf der Zeit Gott auf seine Kosten; die Tigerkrallen des Lebens begannen seine göttliche Stirn zu furchen, die von den Rosen so vieler Lippen gekrönt war, und an seinen breiten, gottlosen Schläfen zeigten sich die ersten grauen Haare, die den bevorstehenden Einbruch der Barbaren und das Ende des Reiches verkünden ... Er trug es indessen mit jenem gleichgültigen Stolz, den das Machtgefühl in übersteigerter Form erzwingt; aber die Frauen, die ihn geliebt hatten, betrachteten diese Zeichen bisweilen voller Wehmut. Wer weiß? Vielleicht lasen sie von seiner Stirn die Stunde ab, die auch ihnen einmal schlagen würde? Ach, für sie wie für ihn war das die Stunde des grausigen Gastmahls mit dem kalten Gouverneur aus weißem Marmor, auf das nichts mehr folgt als die Hölle — die Hölle des Alters, die der eigentlichen vorausgeht! Und eben deshalb, ehe sie mit ihm jenes bittere, allerletzte Gastmahl begingen, hatten sie ihn vielleicht zu dem ihrigen geladen, das sie zu einem Meisterstück gestalteten.

Ja, zu einem Meisterstück des Geschmacks, der Delikatesse, des aristokratischen Luxus, des Erlesenen, der hübschen Einfälle; zum reizendsten, köstlichsten, leckersten, berauschendsten und vor allem: zum originellsten aller Soupers. Wohlverstanden: zum originellsten! Gewöhnlich sind Freude und Vergnügungshunger die Veranlassung zu einem Souper; hier indessen war es die Erinnerung, war es ein tiefes Bedauern, war es beinahe schon Verzweiflung, freilich keine nackte Verzweiflung, sondern eine, die sich unter Lächeln und Lachen verbarg, die noch dieses Fest oder diese letzte Tollheit begehen wollte, diesen Ausbruch in die Gefilde einer wiedergekehrten Jugend, diesen Rausch; und dann sollte es damit aus sein für alle Zeit!...

Die weiblichen Amphitryone dieses höchst seltsamen Gastmahls, das so wenig den überängstlichen Sitten der Gesellschaft entsprach, der sie angehörten, empfanden dabei sicherlich etwas von dem, was Sardanapal auf seinem Scheiterhaufen empfunden hat, als er seine Frauen, seine Sklavinnen, seine Pferde, seine Kleinodien, alles, was ihm das Leben kostbar und köstlich gemacht hatte, darauf zusammenscharte, damit es mit ihm umkäme. Auch sie scharten bei diesem lodernden Gastmahl alles zusammen, was ihnen das Leben köstlich gemacht hatte. Sie brachten alles mit, was sie an Schönheit, an Geist, an Vermögen, an

Schmuck, an Macht besaßen, um es auf einmal bei diesem letzten Emporflammen zu vergeuden.

Der Mann, für den sie sich in diese letzte Flamme hüllten, für den sie sich damit schmückten, bedeutete ihnen mehr als dem Sardanapal ganz Asien. Seinetwegen waren sie kokett, wie niemals Frauen es um eines Mannes, wie niemals Frauen es um eines ganzen Salons willen gewesen sind; und diese Koketterie schürten sie mit der Eifersucht, die man in der Gesellschaft zu verbergen pflegt, die sie indessen keineswegs zu verbergen brauchten, weil sie alle wußten, daß dieser Mann jede von ihnen gehabt hatte, und geteilte Scham ist eben keine Scham mehr... Bei ihnen ging es lediglich darum, welche ihr Epitaph am ehesten in sein Herz eingraben würde.

Er nun aber empfand an diesem Abend die satte, überlegene, lässige, genießerische Wollust eines Nonnen-Beichtvaters oder eines Sultans. Wie ein König, wie der Herr und Meister thronte er auf dem Ehrenplatz, der Gräfin de Chiffrevas gegenüber, in jenem pfirsichfarbenen, sündfarbenen Boudoir, dessen Farbton sich niemals genau hat bestimmen lassen; und die höllenblauen Augen des Grafen de Ravila, die so viele arme Kreaturen für himmelblau gehalten hatten, schweiften über diesen glänzenden Kreis von zwölf mit äußerstem Geschick gekleideten Damen, die an dieser mit Kristall, brennenden Kerzen und Blumen beladenen Tafel alle Nuancen der Reife verkörperten, vom leuchtenden Rot der voll erblühten Rose bis zum matten Gold der bernsteinfarbenen Traube.

Es war unter ihnen keines der zartgrünen, sehr jungen Mädchen, die Lord Byron nicht ausstehen konnte, weil sie nach frisch gebackenem Kuchen duften und in ihren Bewegungen an Küken erinnern; hier herrschten vielmehr glanzvoller Sommer und saftgefüllter, üppiger Herbst, reiche Entfaltung und Fülle; strahlende Brüste von majestätischer Rundung wölbten sich über den Rändern der tief ausgeschnittenen Mieder, und unter den Kameen der nackten Schultern zeigten sich wohlgeformte Arme, vor allem aber mächtige Arme und Muskeln, wie die Sabinerinnen sie gehabt haben, die mit den Römern kämpften, Arme, die sehr wohl fähig waren, in die Radspeichen des Lebensweges zu greifen, um ihn aufzuhalten.

Ich habe von Einfällen gesprochen. Einer der reizendsten dieses Soupers war es, daß von Kammerzofen serviert wurde, damit es nicht heißen konnte, irgend etwas habe die Harmonie eines Festes gestört, dessen einzige Königinnen die Frauen waren, die es veranstalteten... Der edle Don Juan aus dem Zweige de Ravila konnte also seine Raubtierblicke in einem Meer von leuchtendem, lebendigem Fleisch baden, wie Rubens es in seinen satten, strotzenden Bildern darstellt; aber auch sein Stolz konnte eintauchen in den mehr oder minder klaren, mehr oder minder trüben Äther aller dieser Herzen. Denn im Grunde, so unglaublich es auch klingen mag, ist Don Juan ein Spiritualist! Er ist es im gleichen Sinne wie der Teufel, dem die Seele lieber ist als der Leib und der seine Pakte dementsprechend abschließt, dieser höllische Sklavenjäger!

Sie waren geistreich und vornehm, diese Frauen, sie waren ganz und gar Faubourg Saint-Germain; aber an diesem Abend waren sie tollkühn wie die Pagen des königlichen Hauses, als es noch ein königliches Haus und Pagen gab; sie ließen ihren Geist funkeln; sie bezeigten einen Schwung, eine Verve und ein Brio, die schlechthin unvergleichlich waren. Sie fühlten sich über sich selbst hinausgewachsen, über alles, was sie an ihren schönsten Abenden gewesen waren. Sie genossen es, wie sich aus ihrem tiefsten Innern eine unbekannte Macht löste, deren sie sich bislang kaum je bewußt gewesen waren.

Das Glücksgefühl dieser Entdeckung, das Bewußtsein dreifach gesteigerter Lebenskraft; des weiteren die physische Beeinflussung, wie sie bei solch sensiblen Wesen so entscheidend ist; der Glanz der Kerzen, der betäubende Geruch all der Blumen, die in der von den schönen, allzu starke Düfte verströmenden Frauen erhitzten Luft welkten, das Aufstachelnde erregender Weine, die Idee dieses Soupers, das just jenen pikanten, sündigen Beigeschmack hatte, den die Neapolitanerin von ihrem Sorbet verlangt, wenn er ihr munden soll, der prickelnde Gedanke der Mitschuld an dem kleinen Verbrechen eines gewagten Soupers, das zwar in der Tat gewagt war, aber nicht in die Vulgaritäten der Soupers der Régence-Zeit ausartete, sondern ein Souper im Stil des Faubourg Saint-Germain und des 19. Jahrhunderts blieb; ein Souper, wo an all den anbetungswürdigen Miedern, unter denen stürmische Herzen pochten, die das Feuer kannten und es nur zu gern noch einmal entfachten, sich keine einzige Nadel löste. All das wirkte zusammen und stimmte die geheimnisvolle Harfe, die jene wunderbaren Wesen in sich trugen; es spannte die Saiten so stark, wie sie gespannt werden konnten, ohne sie zu zerreißen; und so kam es zu sublimen Klängen, zu unaussprechlichen Spannweiten ... Es muß ein seltsames Fest gewesen sein, nicht wahr? Ob wohl Ravila eines Tages diese unerhörte Seite seiner Memoiren zu Papier bringen wird? ... Das ist die Frage; nur er allein vermöchte das ... Wie ich der Marquise Guy de Ruy schon gesagt hatte: ich selbst habe an jenem Souper nicht teilgenommen, und wenn ich dennoch einige Einzelheiten, und die Geschichte, mit der es endete, berichte, so verdanke ich diese Möglichkeit dem Umstand, daß Ravila, getreu der traditionellen und charakteristischen Indiskretion des Geschlechts der Don Juans, sich eines Abends herbeigelassen hat, mir davon zu erzählen.

III

Es war also spät – das heißt: früh! Der Morgen graute. An der Decke und an einer Stelle der geschlossenen rosa Seidenvorhänge des Boudoirs erschien ein runder, opalisierender Fleck, der immer größer wurde, wie ein Auge, das Auge des neugierigen Tages, der auf diese Weise gern nachgeschaut hätte, was in diesem hell erleuchteten Boudoir getrieben wurde. Eine gewisse Mattigkeit schien sich der Ritterinnen dieser Tafelrunde zu bemächtigen, dieser Souper-Veranstalterinnen, die eben noch so angeregt gewesen waren. Bekanntlich stellt sich bei allen Frauen der Augenblick ein, da die Erschöpfung nach dem Erregenden einer gemeinsam durchfeierten Nacht sich auf alles legt, auf Frisuren, die zusammensinken, auf rote oder blasse Wangen, die zu glühen beginnen, auf überdrüssige Blicke umschatteter Augen, die sich kaum noch offenhalten können, und selbst auf die auf langgebrannten Dochten flakkernden Flammen der tausend Kandelaberkerzen, dieser Feuersträuße mit den gold- oder bronzegetriebenen Stengeln.

Die allgemeine Unterhaltung, die so lange munter und eifrig gewesen war, ein Ballspiel, bei dem jeder seinen Schlag getan hatte, war in Bruchstücke zerfallen, in Splitter, und nichts hob sich mehr deutlich ab in dem harmonischen Gewirr aller dieser aristokratisch klingenden Stimmen, die gleichzeitig ertönten und zwitscherten wie Vögel in der Morgendämmerung am Waldsaum ... als unvermittelt eine dieser Stimmen — eine Kopfstimme — gebieterisch und beinahe impertinent, wie es sich für die Stimme einer Herzogin geziemt, so daß alle es hörten, zu dem Grafen Ravila die Worte sprach, die zweifellos Ergebnis und Schluß einer Unterhaltung waren, die sie beide mit gesenkten Stimmen geführt hatten und die von keiner der mit der Nachbarin plaudernden Damen vernommen worden war:

»Sie, der Sie für den Don Juan unserer Zeit gelten, sollten uns die Geschichte derjenigen Eroberung erzählen, die Ihrem Stolz als vielgeliebtem Manne am meisten geschmeichelt hat und die Ihnen im Licht dieser Stunde als die schönste Liebschaft Ihres Lebens erscheint ...!«

Noch während die Stimme sprach, durchschnitt diese Aufforderung jäh das Geräuschgespinst der schwirrenden Unterhaltungen, und unvermittelt trat Stille ein.

Es war die Stimme der Herzogin ***, die gesprochen hatte. Ich möchte die Sternchen-Maske nicht lüften; aber vielleicht erkennen Sie sie, wenn ich Ihnen sage, daß sie die blasseste Blonde, was Gesichtsfarbe und Haar betrifft, mit den schwärzesten Augen unter bernsteinfarbenen Brauen des ganzen Faubourg Saint-Germain ist. — Sie saß, wie eine Auserwählte zur Rechten Gottes, zur Rechten des Grafen de Ravila, des Gottes jenes Festes, der heute seine Feinde nicht zwang, ihm als Fußschemel zu dienen; sie war schlank und zart wie eine Arabeske und wie eine Fee in ihrem grünen Samtkleide mit den silbernen Reflexen, dessen lange Schleppe sich um ihren Stuhl wand, so daß er an den Schlangenschwanz gemahnte, in den der bezaubernde Rücken Melusines auslief.

»Welch herrlicher Gedanke«, sagte die Gräfin de Chiffrevas, als wolle sie in ihrer Eigenschaft als Dame des Hauses Wunsch und Anregung der Herzogin unterstützen; »ja, die Liebe aller Lieben, die Sie erweckt oder empfunden haben und die Sie, wenn das möglich wäre, noch einmal durchleben möchten.«

»Oh, ich möchte alle meine Lieben noch einmal durchleben«, sagte Ravila mit der Unersättlichkeit eines römischen Cäsaren, wie sie den genußmüden Menschen unserer Tage bisweilen eigen ist. Und er erhob ein Champagnerglas — nicht die plumpe, bäurische Schale, wie sie sich heute eingebürgert hat, sondern das schlanke, schmale Glas unserer Vorfahren, das echte Champagnerglas, jenes, das ›Flöte‹ genannt wird, vielleicht der himmlischen Melodien wegen, die es uns so oft ins Herz strömen läßt! – Dann umarmte er mit seinem Blick all die den Tisch prächtig umkränzenden Damen. — »Und dennoch«, sprach er weiter und stellte sein Glas vor sich hin, mit einer Wehmut, wie sie für diesen Nebukadnezar, der bislang als einziges Grünzeug die Estragon-Salate des Café Anglais verzehrt hatte, erstaunlich war, »und dennoch ist dies die Wahrheit: unter allen Herzenserlebnissen gibt es eines, das in der Erinnerung stärker nachstrahlt als alle anderen, je weiter das Leben voranschreitet, und um dessentwillen man nur zu gern alle andern hingeben möchte!«

»Der Diamant im Juwelenschrein«, sagte die Gräfin de Chiffrevas verträumt; vielleicht betrachtete sie gerade den Schliff des ihrigen.

»... und jener der Märchen meiner Heimat«, sagte die Fürstin Jable, »die am Fuß des Uralgebirges liegt — der sagenberühmte Wunderdiamant, der anfangs rosenrot ist, dann jedoch schwarz wird, aber dennoch immer ein Diamant bleibt und schwarz noch stärker strahlt als rosa...« Sie sagte das mit dem ihr eigenen seltsamen Zauber, diese Zigeunerin! Denn sie ist wirklich eine Zigeunerin, die der schönste Fürst unter den polnischen Emigranten aus Liebe geheiratet hat und die so prinzessinnenhaft wirkt, als sei sie hinter jagellonischen Bettvorhängen geboren.

Nun brach es aus allen heraus! »Ja!« riefen sie. »Erzählen Sie uns das, Graf!« fügten sie leidenschaftlich und fast schon flehend hinzu, und die Schauer der Neugier überrieselten ihnen die Hälse bis an die Nase; sie drängten sich aneinander, Schulter an Schulter, die einen stützten die Wange in die Hand und den Ellenbogen auf den Tisch; sie lehnten sich in den Sesseln zurück, die offenen Fächer an den Lippen; und aller Augen blitzten ihn belustigt und inquisitorisch an.

»Wenn Sie es durchaus wollen«, sagte der Graf mit der Lässigkeit eines Mannes, der nur zu gut weiß, daß das Hinauszögern das Verlangen steigert.

»Durchaus«, sagte die Herzogin und betrachtete die goldene Schneide ihres Dessertmessers, wie ein Türkensultan wohl seine Säbelschneide betrachtet haben würde.

»So hören Sie denn«, sagte Ravila, noch immer durchaus gelassen.

Während ihre Blicke an ihm hingen, vergingen sie fast vor brennender Erwartung. Sie tranken, sie verschlangen ihn fast mit den Blicken. Eine Liebesgeschichte vermag Frauen stets zu fesseln. Doch wer weiß? Vielleicht beruhte der Reiz derjenigen, die sie jetzt zu hören bekommen sollten, für jede einzelne unter ihnen gerade in der Erwägung, daß die Geschichte, die Ravila zu erzählen sich anschickte, möglicherweise die ihrige sei... Sie wußten alle nur zu gut, daß er ein Edelmann war und der ganz großen Welt angehörte, als daß sie nicht sicher gewesen wären, er werde keinen Namen nennen und, wenn die Notwendigkeit sich ergeben sollte, allzuleicht zu durchschauende Einzelheiten verschleiern; und diese Erwägung, diese Gewißheit brachten es mit sich, daß sie nur um so inständiger nach der Geschichte verlangten. Sie alle empfanden mehr als Verlangen: sie hegten Hoffnung.

In ihrer Eitelkeit dünkte jede sich die Rivalin der andern in dieser Erinnerung, die als die schönste Erinnerung im Leben eines Mannes heraufbeschworen werden sollte, der über so schöne und so zahlreiche Erinnerungen verfügen mußte. Noch einmal sollte der alte Sultan das Taschentuch werfen... das indessen keine Hand aufheben, sondern das diejenige, der es zugeworfen war, lautlos in ihr Herz fallen fühlen würde...

So geschah es, um dieses Glaubens willen, daß das, was sie nun zu hören bekamen, auf die Lauscherinnen wie ein Blitz aus heiterem Himmel wirkte.

IV

»Ich habe des öftern von Moralisten, die so gern mit dem Leben experimentieren, sagen hören«, begann Graf de Ravila, »daß die stärkste aller unserer Lieben weder die erste noch die letzte sei, wie viele es glauben; sondern vielmehr die zweite. Nun, in Liebesdingen ist alles wahr und alles falsch, und überdies: in bezug auf mich stimmt es nicht... Was Sie, meine Damen, von mir verlangen, und was ich Ihnen in dieser Nacht erzählen möchte, liegt weit zurück und ist in den schönsten Jahren meiner Jugend geschehen. Genaugenommen war ich nicht mehr das, was man gemeinhin als ›einen jungen Mann‹ bezeichnet, ich war indessen noch jung und hatte, wie ein alter Onkel, ein Malteserritter, zur Kennzeichnung jenes Lebensabschnittes zu sagen pflegte, meine ›Kreuzfahrten‹ hinter mir. Ich stand also in der Blüte meiner Jugendkraft und demgemäß in ›Relationen‹, wie man in Italien so hübsch sagt, zu einer Dame, die Sie alle kennen und die Sie alle bewundert haben...«

Der Blick, den die Damen an dieser Stelle einander zu gleicher Zeit zuwarfen, jede von ihnen allen anderen, indem sie die Worte der alten Schlange in sich tranken, war etwas, das man gesehen haben muß; denn schildern läßt es sich nicht.

»Jene Dame«, fuhr Ravila fort, »war in jeder Beziehung die verkörperte Vornehmheit, im vollsten Sinne dieses Wortes. Sie war jung, reich, Trägerin eines großen Namens, schön, geistvoll, verfügte über beträchtliches künstlerisches Einfühlungsvermögen und war dabei so natürlich, wie man es in Ihrer Welt eben ist, wenn man ihr angehört... Im übrigen hatte sie keinen andern Ehrgeiz, als mir zu gefallen und mir anzugehören, mir eine zärtliche Geliebte und die beste aller Freundinnen zu sein.

Ich glaube nicht, daß ich der erste Mann gewesen bin, den sie geliebt hat... Sie hatte bereits einmal geliebt, und zwar nicht ihren Mann; aber das war in allen Ehren gewesen, platonisch, utopisch, und solch eine Liebe übt das Herz mehr, als daß sie es erfüllt; sie stählt seine Kräfte für eine andere Liebe, die jener für gewöhnlich nur zu bald zu folgen pflegt; und jene ›Versuchsliebe‹, die der ›stummen Messe‹ ähnelt, wie angehende Priester sie lesen, um sich die Worte einzuprägen und bei der richtigen Messe, dem Hochamt, keine Fehler zu begehen... Als ich in ihr Leben trat, war sie noch bei der ›stummen Messe‹. Ich erst sollte für sie das Hochamt werden, das sie dann seither so pomphaft zelebriert hat, wie ein Kardinal...«

Bei diesen Worten kräuselte ein reizendes Lächeln die zwölf köstlichen, begierig lauschenden Lippenpaare wie Wellenringe die durchsichtige Oberfläche eines Sees... Es ging schnell vorüber, aber es war hinreißend!

»Sie war in der Tat ein Wesen ganz besonderer Art!« fuhr der Graf fort. »Selten habe ich bei einer Frau mehr wahre Güte, mehr Mitgefühl und tiefere Empfindung erlebt, selbst in der Leidenschaft, die, wie Sie ja wissen, nicht immer gut ist... Auch habe ich niemals weniger Ziererei, weniger Prüderie und Koketterie erlebt, diese beiden Eigenschaften, die in

Frauenseelen nur zu oft so miteinander verschlungen sind wie die Fäden eines Knäuels, an dem die Krallen einer Katze gezerrt haben ... Es war nicht das mindeste Katzenhafte an ihr ... Sie war das, was die verfluchten Romanfabrikanten, die uns mit ihrer gespreizten Ausdrucksweise vergiften, als eine primitive, aber mit den Reizen der Zivilisation geschmückte Natur bezeichnen würden; doch davon besaß sie lediglich das reizend Luxuriöse und keine einzige der kleinen Verderbtheiten, die uns noch reizender erscheinen als eben jenes Luxuriöse ...«

»War sie brünett?« unterbrach ihn unvermittelt, als setze sie ihm die Pistole auf die Brust, die Herzogin, die so viel Metaphysik längst langweilte.

»Ah! Ich bin Ihnen nicht deutlich genug?« fragte Ravila mit einem Anflug von Spott. »Ja, sie war brünett, das heißt: ihr Haar war schwarzbraun bis tiefschwarz wie spiegelndes Ebenholz: nie wieder habe ich dergleichen sich wollüstig über einem Frauenkopf wölben sehen; doch ihre Gesichtsfarbe war die einer Blonden — und es kommt auf die Gesichtsfarbe und nicht auf die des Haares an, wenn man entscheiden will, ob eine Frau dunkel oder blond sei«, fügte der große Beobachter hinzu, der die Frauen nicht nur studiert hatte, um ihre Bildnisse zu entwerfen. — »Sie war eine Blonde mit schwarzem Haar.«

Alle Blonden der Tafelrunde, die es nur dem Haar nach waren, durchschauerte eine kaum wahrnehmbare Bewegung. Es war offenbar, daß für sie die Geschichte bereits an Interesse verlor.

»Sie hatte nachtfarbenes Haar«, begann Ravila aufs neue; »aber ein Antlitz wie das Morgenrot; denn auf ihrem Gesicht strahlte jene rosige, blendende und seltene Frische, die dem nächtlichen Pariser Leben, das diese Frau nun schon seit Jahren führte, und das so viele Rosen mittels seiner Kerzenflammen versengt, widerstanden hatte. Im Gegenteil: es war, als hätten ihre Rosen sich daran entzündet, so leuchtete das Karmin ihrer Wangen und ihrer Lippen! Übrigens paßte dieser Doppelschimmer vortrefflich zu dem Rubin, den sie für gewöhnlich auf der Stirn trug; denn zu jener Zeit trug man sich nach dem Vorbild von Villons ›Helmschmiedin‹, und so schloß sich denn jener Rubin mit ihren lodernden Augen, deren Flamme ihre Farbe nicht erkennen ließ, in ihrem Gesicht zusammen zu einem Rubin-Dreieck! Sie war schlank, jedoch kräftig, selbst majestätisch, von einem Wuchs mithin, daß sie die Frau eines Kürassier-Obersten hätte sein können — ihr Mann war damals lediglich Eskadronchef in einem Husarenregiment; und obwohl sie vom Scheitel bis zur Sohle eine große Dame war, besaß sie die Gesundheit eines Bauernmädchens, das die Sonne durch die Haut in sich trinkt, und sie hatte die Glut getrunkener Sonnenwärme in sich, und zwar im gleichen Maße in der Seele und in den Adern, überall und stets bereit... Aber hier setzte das Sonderbare ein! Dieses kraftvolle, ursprüngliche Geschöpf, diese Bronzenatur, die so rein war wie das Blut, das ihre schönen Wangen durchströmte und ihr die Arme rosa färbte, war... ob Sie es wohl glauben? in der Liebe eine Stümperin...«

Hier senkten sich ein paar Augen, um sogleich wieder maliziös aufzublicken...

»Eine Stümperin in der Liebe, wie sie unbedacht im Leben war«, fuhr Ravila fort, ohne sich auf nähere

Erklärungen einzulassen... »Der Mann, den sie liebte, mußte sie unaufhörlich zweierlei lehren, ohne daß sie es übrigens jemals ganz begriffen hätte... nämlich gegenüber der stets bewaffneten und stets unerbittlichen Welt auf der Hut zu sein und im vertrauten Miteinander die große Kunst der Liebe zu üben, die die Liebe am Absterben hindert. Dabei war in ihr Liebe; aber von der Liebeskunst verstand sie nichts... Sie war das Gegenteil so vieler Frauen, die nichts kennen als die Liebeskunst! Um nun aber die Politik des ›Principe‹ zu begreifen, muß man schon ein Borgia sein. Borgia war eher da als Machiavelli. Der eine ist der Dichter; der andere der Kritiker. Sie nun aber war alles andere als eine Borgia. Sie war eine anständige Frau, die, trotz ihrer großen Schönheit, nur wie ein kleines Mädchen auf der Türschwelle liebte, das, wenn es Durst hat, mit der bloßen Hand Wasser aus dem Brunnen schöpft, sich verschluckt und alles durch die Finger laufen läßt, worauf es verdutzt dasteht...

Übrigens war der Gegensatz zwischen der Verwirrung und Unbeholfenheit und der Leidenschaft der großen Dame beinahe hübsch. Wenn man sie in der Welt sah, hätte sie viele Beobachter täuschen können; in ihr war eine Fülle der Liebe, selbst des Glücks; aber sie besaß nicht die Fähigkeit, beides so zu erwidern, wie es ihr gegeben wurde. Leider war ich damals noch nicht zur Genüge der nachsinnenden Betrachtung zugeneigt, um mich mit diesem ›Künstlerisch-Schönen‹ zu begnügen; und eben das ist der Grund, weswegen sie an manchen Tagen unruhig, eifersüchtig und heftig war—ganz so, wie man ist, wenn man liebt; und sie liebte ja! Aber Eifersucht,

Unruhe, Heftigkeit — all das erstarb in der unerschöpflichen Güte ihres Herzens beim ersten Schmerz, den sie zufügen wollte oder zuzufügen glaubte, sie war ungeschickt im Verwunden wie im Zärtlichsein! Sie war wie eine Löwin unbekannter Gattung, die da meint, Klauen zu haben, und die, wenn sie sie brauchen will, erkennt, daß sie nichts als unbewaffnete Samtpfötchen hat. Sie versuchte mit Samt zu kratzen!«

»Worauf mag er nur hinauswollen?« fragte die Gräfin de Chiffrevas ihre Nachbarin. »Denn dies kann doch unmöglich Don Juans schönste Liebschaft sein!«

Sie waren alle so kompliziert, daß sie an eine solche Schlichtheit nicht zu glauben vermochten!

»So lebten wir denn also«, sagte Ravila, »in einer Vertraulichkeit, in der es zwar bisweilen Gewitterstürme gab, die sich indessen nie voll entluden, und jene Gemeinschaft war in dieser Provinzstadt mit dem schönen Namen Paris für niemanden ein Geheimnis... Die Marquise... sie war nämlich Marquise...«

Am Tische saßen drei Marquisen, und braune Haare hatten sie zu allem Überfluß ebenfalls noch. Aber sie zuckten nicht mit der Wimper. Sie wußten nur zu gut, daß nicht von ihnen die Rede war... Das einzige Samtartige, mit dem die drei aufwarten konnten, sproßte der einen auf der Oberlippe — einer wollüstig-stolzen Oberlippe, die sich, das schwöre ich Ihnen, in nicht geringer Verachtung krümmte.

»...Und sie war sogar dreifach Marquise, so wie ein Pascha Pascha mit drei Roßschweifen sein kann!« fuhr Ravila fort, der allmählich in Schwung kam. —

»Die Marquise gehörte zu jenen Frauen, die nichts zu verheimlichen wissen, und die, auch wenn sie es wollten, es nicht könnten. Selbst ihre Tochter, ein Mädchen von dreizehn Jahren, bemerkte trotz ihrer Unschuld nur zu bald, welche Gefühle die Mutter für mich hegte. Ich weiß nicht, welcher Dichter die Frage ausgesprochen hat, was wohl die Töchter von uns denken, deren Mütter wir geliebt haben. Das ist eine Frage voller Tiefe, die ich mir oft gestellt habe, wenn mich der schwarz und drohend auf mich gerichtete Spionenblick aus den großen, dunkeln Augen dieses Kindes überraschte. Das kleine Mädchen war mir gegenüber von geradezu wilder Zurückhaltung; häufig verließ es den Salon, wenn ich kam, oder es rückte möglichst weit von mir weg, wenn es darin bleiben mußte; es bezeigte gegen mich eine geradezu verkrampfte Abneigung... die es zu verbergen suchte, die jedoch, da sie stärker war als der Wille der Kleinen, immer wieder hervorbrach... Sie äußerte sich in mancherlei kaum wahrnehmbaren Kleinigkeiten, die mir jedoch nicht entgingen. Die Marquise, die alles andere als eine scharfe Beobachterin war, sagte mir unaufhörlich: ›Wir müssen vorsichtig sein! Ich glaube, meine Tochter ist eifersüchtig auf Sie!‹

Ich war sehr viel mehr auf der Hut als sie.

Und wäre die Kleine der leibhaftige Teufel gewesen, ich hätte mir nicht in die Karten schauen lassen... Aber die Karten der Mutter waren durchsichtig. In dem Purpurspiegel ihres so oft verwirrten Gesichts ließ sich alles ablesen! Und ich konnte mir den Haß des Kindes nicht anders erklären, als daß es das Geheimnis der Mutter durchschaut habe, aus einer verräterischen Geste, aus einem unwillkürlich allzu tiefen Blick der Zärtlichkeit. Es war, wenn Sie es wissen möchten, ein schwächliches Kind, unwürdig der glänzenden Form, der es entstammte, häßlich, wie die Mutter selbst zugab, obwohl sie es deswegen nur um so mehr liebte; ein kleiner Rauchtopas ... was sage ich da? eine Art ersten Entwurfes zu einem Bronzefigürchen, doch mit schwarzen Augen ... Darin lag etwas wie Zauber! Der dann später ...«

Nach diesem erhellenden Blitz hielt er inne ... als wolle er ihn ungeschehen machen, als habe er bereits zuviel gesagt ... Die Anteilnahme war wieder allgemein geworden; auf allen Gesichtern drückte sich Spannung aus, und die Gräfin hatte zwischen ihren schönen Zähnen sogar das Wort der von Erleuchtung durchzuckten Ungeduld lautwerden lassen: »Endlich!«

V

»Als meine Liaison mit der Mutter«, begann Graf de Ravila von neuem, »noch in den Anfängen stand, herrschte zwischen der Kleinen und mir jene unbeschwerte Vertrautheit, wie sie für gewöhnlich zwischen Erwachsenen und Kindern besteht ... Ich brachte ihr Süßigkeiten mit. Ich nannte sie ›Figürchen‹, und wenn ich mit der Mutter plauderte, strich ich ihr hin und wieder das Haar aus der Stirn — krankes, dunkles, rötlich schimmerndes Haar —, aber das ›Figürchen‹, dessen großer Mund für jedermann ein hübsches Lächeln hatte, zuckte bald zurück, lächelte mir nicht mehr zu, zog verbittert die Augenbrauen zusammen und wurde eben dadurch richtig zu einem Bronzefigürchen, zu der Skizze einer gequälten, runzeligen Karyatidenmaske, die, wenn meine Hand ihr über das Köpfchen glitt, die Last eines Gebälks zu tragen schien.

Angesichts dieser immerfort wiederholten Unfreundlichkeit, die fast wie Feindseligkeit anmutete, kümmerte ich mich bald nicht mehr um die sorgenvolle kleine Mimose, die sich gegen die geringste Zärtlichkeit sträubte... kaum, daß ich sie noch ansprach! ›Sie fühlt ganz genau, daß Sie ihr etwas stehlen‹, sagte die Marquise zu mir. ›Ihr Instinkt sagt ihr, daß Sie ihr einen Teil der Liebe ihrer Mutter nehmen!‹ Und manchmal fügte sie in ihrer Gerechtigkeit hinzu: ›Das Kind hat mein Gewissen, und seine Eifersucht ist mein schlechtes Gewissen.‹

Als eines Tages die Marquise sie hatte fragen wollen, warum sie eine so tiefe Abneigung gegen mich empfinde, hatte die Kleine ihr nur kurze, verstockte, nichtssagende Antworten gegeben, die sozusagen mit einem Korkenzieher immer wieder gestellter Fragen hatten aus ihr herausgeholt werden müssen, wie es bei allen Kindern der Fall ist, die nicht mit der Sprache heraus wollen... ›Ich habe nichts gegen ihn... ich weiß nicht...‹, und in Anbetracht der Widerspenstigkeit der kleinen Bronzefigur hatte die Mutter darauf verzichtet, weiter in sie zu dringen, und lässig, wie sie war, hatte sie sich abgewandt...

Ich habe vergessen, Ihnen zu sagen, daß das sonderbare Kind sehr fromm war, fromm auf eine düstere, spanische, mittelalterliche, abergläubische Weise. Es wand sich alle möglichen Skapuliere um das hagere Körperchen, und auf der Brust, die flach war wie ein Handrücken, und um den bräunlichen Hals geschlungen, trug sie eine ganze Anzahl von Kreuzen, Madonnenbildern und Medaillen mit Darstellungen des Heiligen Geistes! ›Sie sind leider ein Heide‹, sagte mir die Marquise. ›Vielleicht haben Sie sie einmal im Gespräch vor den Kopf gestoßen. Bitte achten Sie genau auf jede Äußerung, die Sie in ihrer Gegenwart tun. Machen Sie meine Schuld in den Augen dieses Kindes, dem gegenüber ich mich ohnehin schon so schuldig fühle, nicht noch größer!‹ Als dann das Verhalten der Kleinen sich nicht im mindesten änderte oder gar zum Besseren kehrte, fügte die Marquise besorgt hinzu: ›Schließlich werden Sie sie noch hassen — und ich könnte Ihnen deswegen noch nicht einmal böse sein.‹ Doch sie täuschte sich: das mürrische kleine Mädchen war mir völlig gleichgültig und machte mich höchstens bei Gelegenheit ein bißchen nervös.

Ich hatte zwischen ihr und mir einen Verkehrston wie zwischen Erwachsenen eingeführt, und zwar wie unter Erwachsenen, die einander nicht ausstehen können. Ich redete sie in faustdick betonter Förmlichkeit mit ›gnädiges Fräulein‹ an, und sie antwortete mir mit einem eisigen ›Herr Graf‹. Sie tat, wenn ich da war, nichts, was sie in ein günstiges Licht gesetzt hätte; sie ging nicht einmal aus sich heraus ... Kaum je konnte die Mutter sie dahin bringen, mir eine ihrer Zeichnungen zu zeigen oder mir ein Klavierstück vorzuspielen. Wenn ich sie beim Üben überraschte, dem sie mit sehr viel Fleiß und Eifer oblag, so hörte sie sofort auf, fuhr vom Hocker hoch und spielte nicht weiter ...

Ein einziges Mal, als die Mutter darauf bestand (es war Besuch da), setzte sie sich mit der Miene eines

Opferlamms, die, das muß ich sagen, alles andere als anmutig war, an den offenen Flügel und begann mit abscheulich widerspenstigen Fingern irgend etwas zu klimpern. Ich stand am Kamin und sah schräg zu ihr hin. Sie saß mit dem Rücken zu mir, und es befand sich ihr gegenüber kein Spiegel, in dem sie hätte sehen können, daß ich sie anschaute ... Plötzlich versteifte sich ihr Rücken (sie hielt sich für gewöhnlich schlecht, und die Mutter sagte ihr oft: ›Wenn du dich immer so krumm hältst, bekommst du die Schwindsucht‹) — plötzlich versteifte sich ihr Rücken, als habe mein Blick sie wie ein Geschoß in die Wirbelsäule getroffen; sie schlug den Flügeldeckel heftig zu, was einen abscheulichen Lärm machte, und lief aus dem Salon ... Sie sollte wieder geholt werden; aber das brachte an jenem Abend niemand zuwege ...

Nun, wie es scheint, sind auch die selbstgefälligsten Männer noch nicht selbstgefällig genug; denn das Verhalten dieses verstockten kleinen Mädchens, das mich so wenig interessierte, brachte mich gar nicht auf den Gedanken, daß in ihr ein Gefühl für mich lebte. Der Mutter ging es genauso. Die Mutter, die eifersüchtig auf alle Frauen in ihrem Salon war, war auf die Tochter ebensowenig eifersüchtig, wie ich in sie verliebt war; aber schließlich verriet die Kleine sich durch etwas, das die Marquise, die, wenn wir allein waren, nichts für sich behalten konnte, noch bleich von dem ihr widerfahrenen Schrecken und lachend, daß sie ihn überstanden habe, mir unklugerweise später erzählt hat.«

Das Wort ›unklugerweise‹ hatte er leicht betont, indem er es ein wenig gedehnter aussprach, so wie ein sehr begabter Schauspieler es getan hätte — eben als ein Mann, der nur zu gut wußte, daß alles Interesse an seiner Geschichte einzig an dem dünnen Faden dieses Wortes hing!

Doch das genügte offensichtlich, denn die zwölf schönen Frauengesichter strahlten nun wieder in starker Erregung auf wie die Antlitze der Cherubim vor Gottes Thron. Ist das Gefühl der Neugierde bei den Frauen nicht genauso stark wie das der Anbetung bei den Engeln? ... Er betrachtete sie einen nach dem anderen, diese Engel, die freilich nicht bei den Schultern aufhörten, und da er sie augenscheinlich vorbereitet fand für das, was er ihnen erzählen wollte, fuhr er ohne weiteres fort:

»Ja, sie lachte schallend, die Marquise, sie brauche bloß daran zu denken, sagte sie, als sie mir den Vorfall einige Zeit, nachdem er geschehen war, berichtete; aber anfangs hatte sie schwerlich gelacht. ›Denken Sie sich‹, erzählte sie mir (ich versuche, mich ihrer eigenen Worte zu erinnern), ›ich habe dort gesessen, wo wir jetzt sitzen.‹

Wir saßen auf einer der Causeusen, die dos-à-dos genannt wurden, einem der herrlichsten Möbel, die je erfunden worden sind, weil man sich darauf zanken und wieder vertragen kann, ohne aufstehen zu müssen.

›Aber glücklicherweise haben Sie nicht dort gesessen, wo Sie jetzt sitzen, als mir ... ob Sie es wohl erraten? ... Nein, darauf kommen Sie niemals! ... der Herr Pfarrer von Saint-Germain-des-Prés gemeldet wurde. Kennen Sie ihn? ... Natürlich nicht! Sie gehen ja nie zur Messe, und das ist sehr unrecht ... Wie sollten Sie da den armen, alten Pfarrer kennen, der ein wahrer Heiliger ist und der nie eine Dame seiner Gemeinde besucht, sofern es sich nicht um eine

Sammlung für seine Armen oder für seine Kirche handelt? Zunächst glaubte ich, er komme deswegen.

Meine Tochter hatte von ihm die erste Kommunion empfangen, und da sie häufig zur Kommunion ging, war er ihr Beichtvater geworden. Aus diesem Grunde hatte ich ihn seither oft zu Tisch gebeten, aber immer vergebens. Als er zu mir ins Zimmer kam, war er ganz verstört, und ich nahm in seinem sonst so ruhigen Gesicht eine so unverhohlene und große Verlegenheit wahr, daß ich unmöglich einzig seine Schüchternheit dafür verantwortlich machen und nicht umhin konnte, ihn ohne weitere Einleitung zu fragen: ›Lieber Gott, Herr Pfarrer, was haben Sie denn?‹

›Gnädige Frau‹, sagte er, ›Sie sehen den verlegensten Menschen der Welt vor sich. Seit über fünfzig Jahren übe ich nun schon mein heiliges Amt aus, und nie zuvor bin ich mit einem so heiklen Auftrag betraut worden, mit einer mir selbst dermaßen unverständlichen Angelegenheit, wie derjenigen, die mich zu Ihnen führt . . .‹

Damit setzte er sich und bat mich, für die Dauer unserer Unterredung meine Tür abzuschließen. Sie können sich wohl denken, daß diese feierlichen Umstände mich ein wenig erschreckten . . . Er merkte es.

›Erschrecken Sie nicht zu sehr, gnädige Frau‹, fuhr er fort; ›Sie bedürfen Ihrer ganzen Fassung, um mich anzuhören und mir selbst das Unerhörte begreiflich zu machen, um das es sich handelt und das ich einfach nicht glauben kann . . . Ihr Fräulein Tochter, in deren Auftrag ich komme, ist, wie Sie gleich mir wissen, von einer engelhaften Reinheit und Frömmigkeit. Ich kenne ihre Seele. Seit ihrem siebenten Lebensjahr ist sie in meinen Händen, und ich bin überzeugt, daß sie sich irrt ... vielleicht gerade ihrer Unschuld wegen ... Nun, heute morgen ist sie zu mir in die Beichte gekommen und hat mir erklärt, sie sei — Sie werden es nicht glauben, gnädige Frau, sowenig wie ich es glaube; doch es muß nun einmal ausgesprochen werden — sie sei in andern Umständen!‹

Ich schrie auf ...

›Ich habe heute morgen im Beichtstuhl genauso aufgeschrien‹, fuhr der Pfarrer fort, ›als sie mir dieses Geständnis mit allen Anzeichen ehrlichster und grausigster Verzweiflung ablegte! Ich kenne das Kind durch und durch. Es weiß nicht das mindeste vom Leben und von der Sünde ... Von allen jungen Mädchen, deren Beichtvater ich bin, ist sie es, für die ich vor Gott am ehesten eingestanden hätte. Mehr kann ich Ihnen nicht sagen. Wir Priester sind Seelenärzte, und wir müssen die Seelen von dem Schändlichen entbinden, das sie verheimlichen, und zwar mit Händen, die weder verwunden noch beflecken. Daher habe ich sie mit aller nur denkbaren Behutsamkeit befragt, ausgeforscht und schließlich das verzweifelte Kind mit Fragen bestürmt, das jedoch, nachdem es die Tatsache gestanden und den Fehltritt zugegeben hatte, den es als ein Verbrechen und die Ursache seiner ewigen Verdammnis bezeichnet, das arme Mädchen!, mir keinerlei Antwort mehr gegeben und sich hartnäckig hinter ein Schweigen verschanzt hat, das es lediglich brach, um mich flehentlich zu bitten, ich möge Sie, gnädige Frau, aufsuchen und Sie von dem Vergehen Ihres Kindes unterrichten. ›Denn Mama muß es unbedingt wissen‹, hat sie gesagt, ›und ich würde niemals die Kraft aufbringen, es ihr einzugestehen!‹

Ich habe den Pfarrer von Saint-Germain-des-Prés angehört. Sie können sich wohl denken, mit welch einem Gemisch von Verblüffung und Angst! Wie er und mehr noch als er glaubte ich der Unschuld meiner Tochter sicher zu sein; aber die Unschuldigen kommen nur zu oft zu Fall, gerade um ihrer Unschuld willen ... Und was sie ihrem Beichtvater gesagt hatte, lag durchaus im Bereich der Möglichkeit ... Ich glaubte es nicht ... Ich wollte es nicht glauben; und dennoch war es nicht unmöglich! ... Sie war zwar erst dreizehn, aber schon Frau, und diese Frühreife hatte mich sehr erschreckt ... Mich überkam eine fieberhafte, leidenschaftliche Neugier ...

›Ich will und werde alles herausbekommen‹, sagte ich zu dem wackeren Geistlichen, der niedergeschmettert vor mir saß und vor Verlegenheit seine Hutkrempe zerknüllte. ›Gehen Sie jetzt, Herr Pfarrer. In Ihrer Gegenwart würde sie nichts sagen. Aber ich bin fest überzeugt, daß sie mir alles sagen wird ... daß ich alles aus ihr heraushole und daß wir dann begreifen, was jetzt völlig unbegreiflich ist.‹

Und daraufhin ging der Pfarrer, und kaum war er fort, als ich auch schon hinauf zu meiner Tochter lief, da ich nicht die Geduld aufbrachte, sie zu mir bitten zu lassen und zu warten.

Ich fand sie vor dem Kruzifix vor ihrem Bett; sie kniete nicht, sondern hatte sich zu Boden geworfen, totenblaß, mit trockenen, aber über die Maßen geröteten Augen, mit Augen, die sehr viel geweint hatten. Ich nahm sie in meine Arme, setzte sie neben mich, und dann nahm ich sie auf den Schoß und sagte ihr, ich könne nicht glauben, was mir eben ihr Beichtvater berichtet hätte.

Doch sie unterbrach mich und versicherte mit herzzerreißender Stimme und verzweifeltem Gesichtsausdruck, was sie gesagt habe, sei wahr; und daraufhin fragte ich, mehr und mehr beunruhigt und verblüfft, sie nach dem Namen dessen, der ...

Ich kam damit nicht zu Ende ... Ach, es war eine grausige Minute! Sie verbarg Kopf und Gesicht an meiner Schulter ... aber ich sah, daß ihr Nacken feuerrot war, und ich spürte, wie sie zitterte. Sie begegnete mir mit dem gleichen Schweigen wie ihrem Beichtvater. Es war wie eine Mauer.

›Dann muß es wohl einer sein, der tief unter dir steht, da du dich so sehr schämst?‹ fragte ich, um sie durch empörten Widerspruch zum Sprechen zu bringen; denn ich kannte ihren Stolz.

Aber nach wie vor schwieg sie verstockt und preßte den Kopf an meine Schulter. Das dauerte eine ganze Weile, die mir unendlich vorkam; dann aber sagte sie unvermittelt, ohne aufzublicken: ›Schwör mir, Mama, daß du mir verzeihst.‹

Ich schwur ihr alles, was sie wollte, auf die Gefahr hin, einen hundertfachen Meineid zu schwören; das hätte mir wenig ausgemacht! Ich brannte vor Ungeduld. Ich kochte ... Mir war, als wolle mir die Stirn zerspringen und das Gehirn auslaufen lassen ...

›Ja, Herr de Ravila war es‹, sagte sie leise, ohne sich in meinen Armen zu regen.

Ach, wie tief traf mich der Name, Amédée! Es war ein Stich mitten ins Herz, die Strafe für die große Sünde meines Lebens! Sie sind den Frauen so gefährlich, ich habe um Ihretwillen immerfort Angst vor Nebenbuhlerinnen gehabt, so daß auch in mir das schreckliche: ›Warum sollte er nicht?‹ erklang, wie es uns um eines Mannes willen quält, den wir lieben und an dem wir zweifeln ... Aber was auch in mir wühlte, ich brachte die Kraft auf, es vor diesem grausamen Kinde zu verbergen, das vielleicht die Liebe seiner Mutter ahnte.

›Herr de Ravila?‹ fragte ich mit einer Stimme, die mir alles zu sagen schien, ›aber mit dem sprichst du doch kein Wort?‹ — ›Du läufst vor ihm davon‹, wollte ich hinzufügen; denn in mir stieg die Wut hoch. Ich fühlte es ... ›So falsch seid ihr beide?‹ Aber das unterdrückte ich ... Mußte ich nicht ganz genau wissen, bis ins kleinste, wie diese schändliche Verführung vor sich gegangen war? ... Und so fragte ich dann danach, mit einer Sanftmut, an der ich sterben zu müssen glaubte, als sie mich aus dem Schraubstock, aus der Todesmarter befreite, indem sie mir in aller Unschuld sagte:

›Mutter, es war eines Abends. Er saß in dem großen Sessel, der am Kamin steht, der Causeuse gegenüber. Da hat er lange gesessen, und dann ist er aufgestanden, und unglücklicherweise habe ich mich dann nach ihm in den Sessel gesetzt, den er inne gehabt hatte. Oh, Mama! Es war, als hätte ich mich ins Feuer gesetzt. Ich wollte aufstehen, ich konnte es nicht ... mein Herz setzte aus! Und da habe ich gefühlt ... ach, Mama ... was mit mir war ... daß ich ein Kind bekommen würde!‹«

Die Marquise habe gelacht, sagte Ravila, als sie ihm diese Geschichte erzählte; aber von den zwölf Damen, die um den Tisch saßen, dachte keine daran zu lachen — und Ravila ebenfalls nicht.

»Und das, meine Damen«, fügte er abschließend hinzu, »ob Sie es nun glauben oder nicht, ist die schönste Liebe gewesen, die ich in meinem Leben erweckt habe!«

Er schwieg, und die Damen schwiegen gleichfalls. Sie waren in Nachdenken versunken ... Hatten sie ihn wohl verstanden?

Als Joseph Sklave bei Frau Potiphar war, heißt es im Koran, da war er so schön, daß die Frauen, die er bei Tisch bediente, traumverloren sich mit ihren Messern in die Finger schnitten, wenn sie ihn ansahen. Aber wir leben nicht mehr im Zeitalter Josephs, und unsere Befangenheiten beim Nachtisch sind ungefährlicher.

»Wie unendlich dumm, trotz all ihres Geistes, muß doch Ihre Marquise gewesen sein, daß sie Ihnen so etwas erzählt hat!« sagte die Herzogin, die es sich gestattete, zynisch zu sein, wenngleich sie sich durchaus nicht mit dem goldenen Messer schnitt, das sie in der Hand hielt.

Die Gräfin de Chiffrevas blickte nachdenklich in ihr smaragdgrünes, kristallenes Rheinweinglas, das so geheimnisvoll war wie ihre Gedanken.

»Und das Figürchen?« fragte sie.

»Oh, das war schon gestorben, noch ganz jung und in der Provinz verheiratet, als die Mutter mir diese Geschichte erzählte«, sagte Ravila.

»Sonst ...«, meinte die Herzogin versonnen.

GLÜCK IM VERBRECHEN

Wenn man in diesen köstlichen Zeiten eine wahre Geschichte erzählt, so mutet es an, als habe der Teufel sie diktiert . . .

Letztes Jahr ging ich mit Doktor Torty, einem meiner ältesten Bekannten, an einem Herbstmorgen im Jardin des Plantes spazieren. Während meiner Kindheit hatte Doktor Torty seine Praxis in der Stadt V . . . ausgeübt; aber nachdem er sich dieser angenehmen Beschäftigung dreißig Jahre lang unterzogen hatte und ›seine‹ Kranken sämtlich gestorben waren — seine ›Pächter‹, wie er sie zu nennen pflegte, denn sie hatten ihm mehr eingebracht als die Pächter den Besitzern der ertragreichsten Ländereien in der Normandie —, hatte er keine neuen Patienten mehr angenommen; er war schon bejahrt und auf Unabhängigkeit versessen wie ein Pferd, das ewig am Zügel gegangen ist und ihn schließlich zerrissen hat. So war er denn in Paris untergetaucht — er wohnte in der Nähe des Jardin des Plantes, in der Rue Cuvier, glaube ich — und betrieb seine ärztliche Kunst nur noch zu seinem Privatvergnügen, das übrigens wohl beträchtlich war; denn er war Arzt mit Leib und Seele, ein tüchtiger Arzt und obendrein ein vortrefflicher Beobachter, und zwar nicht nur in physiologischen und pathologischen Fällen . . .

Ist Ihnen Doktor Torty nicht hin und wieder begegnet? Er war einer jener kühnen, unerschrockenen Geister, die die Dinge nicht mit Glacéhandschuhen anzufassen pflegen, weil er dem guten, sprichwörtlich gewordenen Grundsatz huldigte, daß ›ein Kater ohne Krallen keine Mäuse fängt‹; er hatte schon eine Unzahl gefangen, und er wollte noch viel mehr fangen, dieser schlaue, starkrassige Kater; er war ein Mensch, wie er mir in besonderem Maße zusagt, und ich glaube (ich kenne mich!), daß das zumal um derjenigen Seiten willen der Fall ist, die die andern nicht mögen. Wirklich, der Doktor Torty, dieses rauhbeinige Original, war bei den andern im allgemeinen recht unbeliebt, solange sie nämlich gesund waren; aber auch die, die ihn am wenigsten mochten, machten ihm, wenn sie krank waren, tiefe Verbeugungen, wie die Wilden es vor dem Gewehr Robinsons taten, das sie töten konnte; nicht aus den gleichen Gründen wie die Wilden, sondern aus genau den gegenteiligen: er konnte sie heilen! Ohne diese entscheidende Erwägung hätte der Doktor schwerlich ein Einkommen von zwanzigtausend Livres in einer kleinen, aristokratischen Stadt gehabt, die bigott und prüde war und die ihn sicherlich zur Tür hinausgeworfen haben würde, wenn sie sich lediglich um seine Meinungen und Abneigungen gekümmert hätte. Er wußte das übrigens ganz genau, und er machte kaltblütig darüber seine Witze. Während der dreißig Jahre seiner Praxis in V... sagte er oftmals spöttisch: »Es blieb ihnen keine andere Wahl als zwischen mir und der letzten Ölung, und so fromm sie auch waren: sie nahmen dann doch lieber mich als das heilige Öl.« Wie Sie sehen, genierte sich der Doktor kein bißchen. Seine Scherze rührten hart an die Grenze des Lästerlichen. In der medizinischen Philosophie war er ein unbedingter Anhänger des Cabanis; gleich seinem alten Freunde Chaussier gehörte er zu jener Ärzteschule, die um ihres absoluten Materialismus und wie Dubois — der erste aller Dubois — um ihres Zynismus willen verschrien ist, der vor nichts haltmachte, Herzoginnen und Hofdamen der Kaiserin duzte und sie ›gute Alte‹ nannte, als seien sie Fischhökerinnen. Um Ihnen eine kleine Probe von Doktor Tortys Zynismus zu geben, erzähle ich Ihnen, daß er mir eines Tages im Cercle des Ganaches mit einem Herrscherblick über das blendende Viereck des mit hundertundzwanzig Tafelnden besetzten Tisches gesagt hat: »Die habe ich sämtlich an der Strippe! . . .« Moses ist kaum stolzer gewesen, als er den Stab vorwies, mit dem er Wasser aus dem Felsen schlagen konnte. Wenden Sie nichts ein, Gnädigste! Er hatte nun einmal keinen Respektbuckel, und er behauptete, dort, wo andere Leute ihn hätten, sei bei ihm ein Loch. Er war alt; er hatte die siebzig schon hinter sich; doch er war vierschrötig, robust und knorrig wie sein Name; sein Gesichtsausdruck war sardonisch, und unter seiner hellkastanienbraunen, sehr glatten, sehr glänzenden und sehr kurzhaarigen Perücke blitzten zwei durchdringende Augen, die keiner Brille bedurften; er trug fast immer graue Anzüge oder solche, deren Braun man lange ›Moskauer Rauch‹ genannt hat; und er glich weder in Haltung noch Gebaren den Herren Pariser Ärzten, die stets korrekt einhergehen und Krawatten tragen, die weiß wie die Leichentücher ihrer Toten sind! Er war von anderm Schlage. Mit seinen Wildlederhandschuhen, seinen doppelsohligen und dickhackigen Schuhen, in denen er wichtig und dröhnend auftrat, hatte er etwas Frisches und Reiterhaftes — das ist das rechte Wort: etwas Reiterhaftes; denn er hatte den größten Teil seines Lebens (weit mehr Jahre als nur dreißig!) in längs der Schenkel geknöpften Hosen und im Sattel zugebracht, auf Wegen, auf denen selbst Kentauren sich den Hals gebrochen haben würden; und das alles spürte man noch heute nur zu gut an der Art, wie er den breiten Oberkörper ungebeugt auf geschmeidigen Hüften trug und wiegenden Ganges auf seinen Beinen schritt, denen der Rheumatismus fremd war: sie waren leicht gebogen wie die eines alten Postillions. Doktor Torty war eine Art berittenen Lederstrumpfs gewesen, der in den Sumpfgebieten der Halbinsel Cotentin gelebt hatte wie Coopers Lederstrumpf in den Wäldern der Neuen Welt. Als Naturmensch machte er sich, wie Coopers Held, über gesellschaftliche Vorschriften lustig; nur hatte er sie nicht, wie die Gestalt des wackeren Fenimore, durch den Gottesbegriff ersetzt, sondern war einer jener unerbittlichen Beobachter geworden, die mit Notwendigkeit zu Menschenfeinden werden. Das ist Schicksalstücke. Doch er war tatsächlich ein Menschenfeind. Nur hatte er, während er sein Pferd bis an den Bauch durch den Schlamm der schlechten Wege trotten ließ, Zeit genug gehabt, gegen alle sonstigen Schläge des Lebens unempfindlich zu werden. Er war durchaus kein Menschenfeind wie Alceste. Er entrüstete sich nicht auf Grund von Tugendhaftigkeit. Er ärgerte sich auch nicht. Nein! Er verachtete die Menschen ebenso gleichmütig wie er seine Prise nahm, und die Verachtung machte ihm sogar die gleiche Freude wie die Prise.

So war er beschaffen, der Doktor Torty, mit dem ich spazierenging.

Es war in jenen Tagen heiteres, klares Herbstwetter, ein Wetter, das die Schwalben zögern läßt, davonzuziehen. Von Notre Dame schlug es Mittag, und der ernst dröhnende Hall der großen Glocke schien über den grünen, an den Brückenpfeilern in allen Farben schillernden Fluß und selbst über unsere Köpfe hinweg, so rein war die Luft! ein langanhaltendes, leuchtendes Beben zu gießen. Das rötliche Laubwerk der Parkbäume hatte sich allmählich von dem blauen Nebel gereinigt, der es an solch einem dunstigen Oktobermorgen einzuhüllen pflegt, und eine freundliche Nachsommersonne wärmte uns, dem Doktor und mir, mit ihrer goldenen Watte angenehm den Rücken, als wir stehengeblieben waren, um die berühmte Pantherkatze anzuschauen, die den Winter darauf an der Schwindsucht gestorben ist wie ein junges Mädchen. Um uns herum stand in lockeren Gruppen das übliche Publikum des Jardin des Plantes, jenes ganz besondere Publikum, das sich aus Soldaten und Kindermädchen zusammensetzt, die sich gern vor den Käfiggittern herumtreiben und denen es Freude macht, die trägen oder hinter den Stäben schlafenden Tiere mit Nuß- oder Kastanienschalen zu bewerfen. Die Pantherkatze, vor der wir bei unserm Rundgang stehengeblieben waren, gehört, wie Sie vielleicht wissen, jener auf der Insel Java heimischen Gattung an, dem Lande der Welt, wo die Natur besonders heftig ist und selbst eine Art großer Tigerin zu sein scheint, ein Tier, das der Mensch nicht zu zähmen vermag, das ihn fesselt und anfällt mit allem, was der zugleich furchtbare und üppig-fruchtbare Boden hervorbringt. Auf Java haben die Blumen leuchtendere Farben und duften stärker als in jedem andern Land der Erde; nichts vermag eine Vorstellung von dieser wilden Lebenskraft zu geben, wenn man nicht selbst die köstlichen und tödlichen Eigenschaften eines Landes erlebt hat, das zugleich bezaubert und vergiftet, das Armida und Locusta in einem ist! Lässig auf den eleganten Tatzen ruhend, die es vor sich ausgestreckt hatte, den Kopf mit den reglosen Smaragdaugen erhoben, bot das Pantherweibchen ein herrliches Beispiel für die furchtbaren Geschöpfe seines Heimatlandes. Kein hellerer Fleck schimmerte in seinem samtschwarzen Fell, das so tiefschwarz und so matt war, daß nicht einmal das Sonnenlicht es im Darübergleiten aufglänzen ließ, sondern davon aufgesogen wurde wie Wasser von einem Schwamm, der es in sich trinkt... Wenn man sich abwandte von dieser Idealgestalt geschmeidiger Schönheit, noch im Ruhen furchtbarer Kraft und gleichmütig-königlicher Verachtung, und die Menschengeschöpfe ansah, die sie furchtsam betrachteten, mit angstrunden Augen und aufgesperrtem Munde, dann war es nicht der Mensch, der dabei gut abschnitt, sondern das Tier. Und es wirkte so überlegen, daß man sich fast schämte! Ich teilte gerade diese Erwägung dem Doktor ganz leise mit, als sich plötzlich zwei Personen durch die vor dem Käfig sich stauende Zuschauergruppe drängten und sich unmittelbar vor dem Pantherweibchen aufpflanzten. »Ja«, antwortete mir der Doktor, »aber sehen Sie jetzt! Nun ist das Gleichgewicht zwischen den beiden Gattungen wieder hergestellt.«

Es waren ein Herr und eine Dame, beide hochgewachsen und, wie ich auf den ersten Blick feststellte, der besten Pariser Gesellschaft angehörend. Sie waren nicht mehr jung, aber dennoch vollkommen schön. Der Herr mußte sich dem Ende der Vierziger nähern, sofern er nicht schon älter war, und die Dame mochte vierzig sein. Beide hatten also, wie die von Feuerland zurückkehrenden Seeleute zu sagen pflegen, bereits die ›Linie‹ überschritten, die fatale Linie, die bedeutungsvoller ist als der Äquator, weil, wer sie auf den Meeren des Lebens einmal überschritten hat, sie nicht zum zweitenmal passiert! Indessen schien ihnen diese Tatsache wenig Sorgen zu machen. Weder auf ihrer Stirn noch sonstwo deutete sich eine Spur von Melancholie an ... Der schlanke Herr wirkte in seinem schwarzen, korrekt geknöpften Gehrock, der an die Uniform eines Kavallerieoffiziers erinnerte, so aristokratisch, als trage er eines der Gewänder, wie Tizian sie den von ihm Dargestellten anlegt; durch seine betonte Haltung, sein etwas weiches, hochmütiges Gesicht, den Schnurrbart, der an den eines Katers denken ließ und dessen Spitzen weiß zu werden anfingen, erinnerte er an einen Stutzer aus dem Zeitalter Heinrichs III.; und was diese Ähnlichkeit noch steigerte, war der Umstand, daß er das Haar kurzgeschnitten trug, wodurch in seinen Ohrläppchen zwei düsterblaue, funkelnde Saphire sichtbar wurden; sie ließen mich an die beiden Smaragde denken, die Sbogar an der gleichen Stelle trug ... Abgesehen von dieser ›ridikülen‹ Einzelheit (wie andere Leute wohl sagen würden), die kundtat, in welchem Maße er den Geschmack und die Ideen der Gegenwart verachtete, wirkte alles schlicht und dandyhaft im Sinne Brummels, das heißt unauffällig, in Haltung und Gebaren dieses Mannes, der nur um seiner selbst willen die Aufmerksamkeit auf sich zog und der sie ganz und gar in Anspruch genommen haben würde, hätte er nicht die Frau am Arm geführt, die sich nun einmal in jenem Augenblick an seiner Seite befand ... Tatsächlich fesselte jene Frau den Blick weit mehr als der Mann, der sie begleitete, und hielt ihn länger gefangen. Sie war ebenfalls hochgewachsen und fast so groß wie er. Da sie gleichfalls ganz schwarz gekleidet war, kam einem um der Üppigkeit ihrer Formen, um ihres geheimnisvollen Stolzes und ihrer Kraft willen die große schwarze Isis des Ägyptischen Museums in den Sinn. Seltsam! Bei diesem schönen Paar hatte die Frau die Muskeln und der Mann die Nerven ... Ich habe sie damals nur im Profil gesehen; aber das Profil ist entweder die Klippe der Schönheit oder ihre glänzendste Bestätigung. Niemals, glaube ich, habe ich etwas Reineres und Stolzeres gesehen. Was ihre Augen betrifft, so konnte ich sie nicht beurteilen, da sie starr auf die Pantherin gerichtet waren, auf die dadurch zweifellos ein magnetischer und ihr unangenehmer Einfluß ausgeübt wurde; denn obwohl sie an sich schon reglos dalag, schien sie noch desto tiefer in starre Unbeweglichkeit zu versinken, je länger die Frau, die hergekommen war, um sie sich anzuschauen, sie anstarrte; und — wie alle Katzen angesichts eines sie blendenden Lichtes — ließ die Pantherin, ohne den Kopf auch nur um Haaresbreite zu bewegen, ohne daß die feinen Spitzen ihrer Schnurrhaare auch nur gebebt hätten, nachdem sie eine Zeitlang geblinzelt hatte, gerade, als könne sie es nicht länger ertragen, langsam die beiden grünen Augensterne hinter den Kulissen der Lider verschwinden. Das Tier schloß sich ab gegen alles.

»Aha!« flüsterte der Doktor mir ins Ohr. »Pantherin wider Pantherin! Aber die Seide ist stärker als der Samt!«

Die Seide — das war die Dame, die ein Kleid aus diesem schimmernden Stoffe trug —, ein Kleid mit langer Schleppe. Und er hatte richtig gesehen, der Doktor! Schwarz, geschmeidig, von ebenso starkem Gliederbau, ebenso königlicher Haltung: die Dame, die Unbekannte, war in ihrer Art genauso schön und von einem noch beunruhigenderen Zauber erfüllt, sie war eine menschliche Pantherin, die vor der tierischen Pantherin stand und ihr überlegen war; und das hatte das Tier sicherlich gespürt, als es die Augen schloß. Aber die Frau begnügte sich nicht mit diesem Triumph, sofern es einer war. Es fehlte ihr an Edelmut. Sie wollte, daß die Rivalin sehe, wer sie demütigte, und daß sie die Augen wieder öffne, um es zu sehen. Daher nestelte sie stumm das Dutzend Knöpfe ihres violetten Handschuhs auf, der ihren herrlichen Unterarm voll zur Geltung brachte, steckte waghalsig die Hand zwischen zwei Käfigstäben hindurch und schlug mit dem Handschuh die Pantherin auf das Maul, die nur eine einzige Bewegung machte ... aber was für eine Bewegung! ... und zuschnappte, blitzschnell! ... Ein Aufschrei gellte aus der Gruppe: wir alle hatten nichts anderes gemeint, als daß die Hand verloren sei: aber nur der Handschuh war es. Die Pantherin hatte ihn verschlungen. Das furchtbare, gereizte Tier hatte die Augen grausig weit geöffnet, und seine Nüstern bebten noch ...

»Törin!« sagte der Herr und ergriff das schöne Handgelenk, das gerade dem schärfsten aller Bisse entgangen war.

Sie wissen, wie man gelegentlich »Törin!« sagt. So sagte er es; und dann küßte er leidenschaftlich jenes Handgelenk.

Und da er dort stand, wo wir standen, wandte sie sich zu drei Vierteln, um ihn anzusehen, wie er ihre nackte Hand küßte, und nun sah ich ihre Augen ... jene Augen, die Tiger in Bann schlugen und die gegenwärtig im Banne eines Mannes standen; ihre Augen, zwei große, schwarze Diamanten, die allen Stolz des Lebens ausstrahlten und jetzt, nun sie den Mann anschauten, nichts als Anbetung und Liebe kündeten!

Jene Augen waren und sprachen ein ganzes Gedicht. Der Herr hatte den Arm nicht losgelassen, der den fieberheißen Atem der Pantherin gespürt hatte, und während er ihn an sein Herz preßte, führte er die Frau in den Hauptweg des Gartens, gleichgültig gegen das Gemurmel und die Zurufe der Volksgruppe, die noch unter dem Eindruck der Gefahr stand, der die Leichtsinnige sich ausgesetzt hatte, und die er gelassen durchschritt. Sie gingen an uns, dem Doktor und mir, vorbei; doch sie sahen nur einander, sie gingen eng aneinandergeschmiegt, als wollten sie sich gegenseitig durchdringen und ineinander eingehen, er in sie, sie in ihn, und zu zweit einen einzigen Körper bilden und für nichts Blicke haben als für sich selbst. Als sie so dahingingen, hätte man meinen mögen, sie seien Geschöpfe höherer Art, die die Erde, über die sie dahinschritten, nicht wahrnehmen und wie in einer Wolke dahinwandeln, gleich den Unsterblichen Homers!

So etwas ist selten in Paris, und aus diesem Grunde blieben wir stehen und sahen das herrliche Paar entschreiten — die Dame zog die schwarze Schleppe durch den Staub des Gartens nach wie ein Pfau, der alles, sogar sein Gefieder, verachtet.

Sie waren großartig, diese beiden Wesen, als sie so in den Strahlen der Mittagssonne davongingen, in der Majestät ihres Ineinanderversunkenseins. Und so langten sie am Ausgangstor des Jardin an und stiegen in den messingfunkelnden Wagen, der dort auf sie wartete.

»Sie vergessen die ganze Welt, die beiden!« sagte ich zu Doktor Torty, der meinen Gedanken verstand.

»Ach, denen ist die ganze Welt völlig gleichgültig!« antwortete er bissig. »Sie sehen nicht das mindeste von der Schöpfung, und was noch schlimmer ist: sie gehen sogar an ihrem alten Arzt vorüber und sehen ihn nicht.«

»Siehe da, Sie sind ihr Arzt gewesen?« rief ich. »Dann müssen Sie mir schleunigst sagen, lieber Doktor, wer die beiden sind.«

Der Doktor antwortete nicht sogleich, da er auf einen Effekt hinzielte; denn er war abgefeimt, der alte Bursche.

»Ja, das sind Philemon und Baucis«, sagte er schlicht. »Weiter nichts!«

»Den Teufel auch!« entfuhr es mir. »Dieser Philemon und diese Baucis schreiten ein bißchen gar zu stolz einher und wirken zu wenig antik. Nein, Doktor, so heißen sie nicht . . . Wie heißen sie nun wirklich?«

»Nun«, antwortete der Doktor, »haben Sie in Ihren Kreisen, in denen ich nicht verkehre, niemals vom Grafen und der Gräfin Serlon de Savigny als den Musterbildern fabelhafter ehelicher Liebe reden hören?«

»Nein, wahrhaftig, noch nie«, sagte ich; »in meinen Kreisen wird wenig von ehelicher Liebe gesprochen, Doktor.«

»Hm, hm, das ist sehr wohl möglich«, sagte der Doktor und beantwortete damit mehr seinen als meinen Gedanken. »In jenen Kreisen, zu denen auch diese beiden gehören, werden vielerlei mehr oder weniger korrekte Dinge totgeschwiegen. Aber abgesehen davon, daß sie einen Grund haben, sich ihnen fernzuhalten, und daß sie fast das ganze Jahr über auf ihrem alten Schloß Savigny im Cotentin wohnen, ist früher so viel Gerede über die beiden im Schwange gewesen, daß im Faubourg Saint-Germain, wo es noch einen Rest von adeligem Korpsgeist gibt, am liebsten nicht von ihnen gesprochen wird.«

»Und welcher Art war dieses Gerede? . . . Sie fangen an, meine Neugier zu reizen, Doktor! Sicher wissen Sie Genaueres. Schloß Savigny liegt doch in der Nähe der Stadt V . . ., wo Sie praktiziert haben.«

»Ach, dies Geschwätz . . .«, sagte der Doktor (er nahm nachdenklich eine Prise).

»Schließlich hat keiner mehr daran geglaubt. All das ist lange her . . . aber wenn auch Liebesheiraten und das daraus entspringende Glück in der Provinz das Ideal aller romantischen und tugendsamen Hausmütter sind, so haben sie — die ich gekannt habe wenigstens — ihren Fräulein Töchtern von gerade dieser Ehe nicht gut erzählen können!«

»Und dabei haben Sie die beiden doch Philemon und Baucis genannt, Doktor . . .«

»Baucis, Baucis! Hm! Mein Lieber . . .«, unterbrach mich Doktor Torty und fuhr mit dem gekrümmten Zeigefinger an seiner langen Papageiennase entlang (das war eine der für ihn bezeichnenden Gesten). »Finden Sie nicht, daß die gute Dame weniger nach Baucis als nach Lady Macbeth aussieht . . .?«

»Doktor, liebster, verehrtester Doktor«, fuhr ich so schmeichlerisch fort, wie ich nur konnte; »nicht wahr, jetzt erzählen Sie mir alles, was Sie vom Grafen und der Gräfin Savigny wissen?«

»Der Arzt ist der Beichtvater der Neuzeit«, sagte der Doktor mit feierlichem Spott. »Er ist an die Stelle des Priesters getreten und muß das Beichtgeheimnis wahren wie die Priester . . .«

Er warf mir einen boshaften Blick zu; denn er wußte nur zu gut um meine Hochachtung vor allem, meine Liebe zu allem, was den Katholizismus betrifft, dessen erklärter Gegner er war. Er zwinkerte mir zu. Er hielt mich für überwunden.

»Und er wird es auch wahren . . . wie der Priester!« fügte er nachdrücklich hinzu und lachte sein zynisches Lachen. »Kommen Sie hier entlang, wir wollen plaudern.«

Und er führte mich in die große, baumbestandene Allee, die auf dieser Seite den Jardin des Plantes und den Boulevard de l'Hôpital begrenzt . . . Dort setzten wir uns auf eine grüne Bank mit Rückenlehne, und er begann:

»Mein Lieber, bei dieser Geschichte muß man sehr in die Tiefe stochern, wie bei einer Kugel, über die schon wieder Fleisch gewachsen ist; denn das Vergessen ist wie lebendiges Fleisch, das sich neu über den Geschehnissen bildet, so daß man nach Ablauf einer gewissen Zeit nichts mehr davon sieht, nicht einmal den Schauplatz. Es war in den ersten Jahren nach der Restauration. Ein Garderegiment durchzog die Stadt V . . .; und da es aus irgendeinem mir unbekannten militärischen Grunde zwei Tage lang dort bleiben mußte, kamen die Offiziere des Regiments auf den Gedanken, zu Ehren der Stadt ein Schaufechten zu veranstalten. In der Tat verdiente die Stadt vollauf, daß die Gardeoffiziere sie dieser Ehre würdigten und sie feierten. Sie war, wie man damals zu sagen pflegte, royalistischer als der König. — Im Verhältnis zu ihrer Größe (die Stadt hatte nur fünf- bis sechstausend Einwohner) wimmelte es darin von Adligen. Mehr als dreißig junge Leute ihrer besten Familien dienten damals teils bei den Gardes-du-Corps, teils in Monsieurs Regiment, und die Offiziere des Regiments, das sich vorübergehend in V... aufhielt, kannten sie fast alle. Der Hauptgrund jedoch, der für die kriegerische Veranstaltung jenes Schaufechtens sprach, war der alte Ruf der Stadt, die sich den Namen ›la Bretteuse‹, die Raufboldin, beigelegt hatte und die auch damals noch die rauflustigste Stadt Frankreichs war. Die Revolution von 1789 hatte zwar dem Adel das Recht, den Degen zu tragen, rauben können; in V... bewies er, daß er, wenn er ihn auch nicht mehr trug, ihn dennoch zu führen verstand. Das von den Offizieren veranstaltete Schaufechten verlief überaus glänzend. Wer im Lande nur einigermaßen den Degen zu führen verstand, und selbst alle um eine Generation jüngeren Liebhaber, die eine so komplizierte und schwierige Kunst wie die des Fechtens nicht mehr gepflegt hatten, wie sie ehedem gepflegt worden war, strömten herbei; und sie alle bezeigten eine solche Begeisterung für die Handhabung des Degens, die den Ruhm unserer Väter ausgemacht hat, daß ein alter Fechtmeister des Regiments, der seine Dienstzeit dreimal hinter sich gebracht hatte und dessen Ärmel zahlreiche Litzen schmückten, nicht anders meinte, als daß die Stadt der geeignete Ort sei, dort seinen Lebensabend zu verbringen und in V... eine Fechtschule zu eröffnen; und der Oberst, dem er seinen Plan vortrug und der ihn billigte, bewilligte ihm den Abschied und entließ ihn. Dieser Fechtmeister, der mit Zunamen Stassin hieß und mit Spitznamen ›La Pointe-au-corps‹, der ›Aufspießer‹, hatte damit einen schlechthin genialen Einfall gehabt. Seit langem hatte es in V... keine ordentlich geleitete Fechtschule mehr gegeben; und das war sogar einer der Umstände gewesen, von denen unter den Adligen voller Wehmut gesprochen worden war, die sich deshalb gezwungen gesehen hatten, entweder selber den Söhnen Fechtunterricht zu erteilen oder ihn von irgendeinem aus dem Militärdienst heimgekehrten Mann geben zu lassen, der kaum zu fechten verstand oder der, was er lehrte, nur schlecht und recht auszuüben vermochte. Die Einwohner von V... versteiften sich darauf, anspruchsvoll zu sein. Wirklich, in ihnen brannte das heilige Feuer. Es genügte ihnen nicht, den Gegner zu töten; sie wollten ihn methodisch und auf geradezu künstlerische Weise, den Regeln gemäß, töten. Vor allem kam es ihnen darauf an, daß man im Kampfe schön und elegant wirkte, wie sie zu sagen pflegten, und für grobe Draufgänger, die im Kampf zwar gefährlich werden können, aber keine Fechter im wahren Sinne des Wortes sind, empfanden sie nichts als tiefe Verachtung. Der ›Aufspießer‹, der in jungen Jahren ein sehr schöner Mann gewesen war und noch immer als ein solcher gelten konnte — der im Lager zu Holland, und also noch ganz jung, alle andern Fechtmeister besiegt und als Preis zwei Florette und zwei in Silber gefaßte Masken davongetragen hatte —, war einer jener Fechter, wie keine Schule sie hervorbringen kann, wenn ihnen die Natur nicht von vornherein eine außergewöhnliche Begabung verliehen hat. Natürlich wurde er in V... ein Gegenstand der Bewunderung, und bald noch mehr. Nichts macht so gleich wie der Degen. Unter der alten Monarchie erhoben die Könige oft diejenigen in den Adel, die ihm durch ihre Fechtkunst schon angehörten. Hat nicht Louis XV., wenn ich mich recht erinnere, Danet, seinem Fechtlehrer, der ein Buch über die Fechtkunst hinterlassen hat, vier seiner Lilien zwischen zwei gekreuzten Degen als Wappenschild verliehen? ... Jene provinziellen Edelleute, die noch völlig in monarchistischen Vorstellungen lebten, sahen innerhalb kurzer Zeit den alten Fechtmeister völlig als ihresgleichen an und behandelten ihn dementsprechend.

Soweit ging alles vortrefflich, und man konnte Stassin, genannt ›der Aufspießer‹, zu seinem Lose nur beglückwünschen; doch unglücklicherweise trug der alte Fechtmeister nicht nur ein Herz aus rotem Saffian auf dem weißen Lederwams, das seine Brust bedeckte, wenn er zugleich pedantisch und meisterlich seine Unterrichtsstunden gab ... Es ergab sich, daß ihm darunter ein anderes schlug, das in dieser Stadt V..., die der Hafen seines Lebens hatte werden sollen, seine eigenen Wege ging. Es scheint, als bestehe ein Soldatenherz immer zu einem guten Teil aus Schießpulver. Wenn nun im Laufe der Zeit das Pulver trocken geworden ist, entzündet es sich desto leichter. In V... sind die Frauen im allgemeinen so hübsch, daß überall der Funke für das trockene Pulver meines alten Fechtmeisters bereit war. So ging denn seine Geschichte aus wie diejenige einer großen Zahl alter Soldaten. Nachdem er alle Breiten Europas durchzogen und alle Mädchen, die der Teufel ihm hatte über den Weg laufen lassen, ans Kinn und um die Taille gefaßt hatte, erlebte der alte Soldat des Ersten Kaiserreiches sein letztes Abenteuer und heiratete, schon über fünfzig, mit allen dazugehörigen Formalitäten und Sakramenten, mit Standesamt und Kirche, eine Grisette aus V..., und diese, wohlverstanden — ich kenne die Grisetten jener Gegend; ich habe zu viele von ihnen entbunden, um sie nicht zu kennen! —, schenkte ihm ein Kind, genau nach neun Monaten, auf den Tag genau; und jenes Kind, ein Mädchen, ist niemand geringerer, mein Lieber, als die wie eine Göttin aussehende Frau, die gerade vorübergegangen ist, uns so unverschämt mit der Schleppe gestreift und so getan hat, als seien wir überhaupt nicht vorhanden gewesen!«

»Die Gräfin de Savigny!« entfuhr es mir.

»Ja, die Gräfin de Savigny, von oben bis unten, in Person! Ach, man darf sein Augenmerk nicht auf die Ursprünge richten, weder bei Frauen noch bei Völkern; man darf überhaupt niemals nach der Wiege forschen. Ich erinnere mich, in Stockholm die Karls XII. gesehen zu haben; sie sah aus wie eine alte, grellrot gestrichene Pferdekrippe und stand nicht einmal mehr fest auf ihren vier Füßen! Das war also der Ausgangspunkt jenes Ungewitters! Im Grunde sind alle Wiegen Kloaken, deren Wäsche täglich des öfteren gewechselt werden muß; und das ist erst dann poetisch für die, die noch an das Poetische glauben, wenn das Kind nicht mehr darin liegt!«

Und um seinen Aphorismus zu bekräftigen, schlug sich der Doktor an dieser Stelle seiner Erzählung mit einem seiner Wildlederhandschuhe, den er mit den Fingern in der Mitte gefaßt hielt, auf den Schenkel; und das Leder klatschte so hart auf den Schenkel, daß jedem deutlich wurde, über welche Muskelkraft der Biedere noch verfügte.

Er wartete. Ich hatte seiner philosophischen Bemerkung nichts zu entgegnen. Als er merkte, daß ich nichts sagen wollte, fuhr er fort:

»Wie alle alten Soldaten, die eine Schwäche sogar für die Kinder anderer Leute haben, war der ›Aufspießer‹ vernarrt in das seine. Das ist nicht weiter verwunderlich. Wenn ein schon bejahrter Mann zu einem Kind kommt, liebt er es mehr, als wenn er noch jung wäre; denn die Eitelkeit, die alles verdoppelt, verdoppelt auch die Vatergefühle. Alle alten Landsknechte, die ich im Laufe meines Lebens kennengelernt habe und die erst spät zu einem Kinde kamen, beteten ihre Nachkommenschaft förmlich an und waren auf eine erheiternde Weise darauf stolz wie auf eine Heldentat. Es entspringt das einer Art trügerischer Jugend, die die Natur, die sich über sie lustig macht, ihnen ins Herz gießt! Ich kenne nur noch ein berauschenderes Glück und einen noch spaßigeren Stolz: nämlich wenn ein Greis statt eines Kindes gleich zwei zeugt! Der ›Aufspießer‹ hatte nicht den Vaterehrgeiz gehegt, Zwillinge in die Welt zu setzen; freilich kann man getrost sagen, daß er das seine so behandelte, als seien es zwei. Seine Tochter — Sie haben sie ja eben gesehen und wissen somit, ob sie gehalten hat, was sie versprach! — war, was Kraft und Schönheit betrifft, ein wahres Wunder.

Die erste Sorge des alten Fechtmeisters war, ihr einen Paten unter all den Adligen zu suchen, die auf seinem Fechtboden ein- und ausgingen; und er erkor sich unter ihnen allen den Grafen d'Avice, den ältesten all der Eisenfresser und Pflastertreter, der während der Emigration in London selbst Fechtmeister gewesen war und mehrere Guineen für die Stunde bekommen hatte. Der Graf d'Avice de Sortôville-en Beaumont, schon vor der Revolution Ritter des heiligen Ludwig und Dragoner-Rittmeister — damals also mindestens ein Siebziger —, übertrumpfte dennoch die jungen Leute und gab ihnen, wie man sich auf dem Fechtboden ausdrückt, ›superbe Capoten‹. Er war ein alter Witzbold, dessen Spöttereien gelegentlich ins Gefährliche ausarteten. So hielt er beispielsweise gern seine dreikantige Klinge in eine Kerzenflamme, und wenn er sie auf solche Weise gehärtet hatte, nannte er dieses starre Florett — das sich nicht mehr bog und einem bei der leisesten Berührung durch das Brustbein oder die Rippen fuhr — mit dem überheblichen Namen ›Schelmenjäger‹. Er hielt große Stücke auf den ›Aufspießer‹, den er duzte. ›Die Tochter eines Mannes, wie du einer bist‹, sagte er, ›darf nur den Namen des Schwertes eines Helden tragen. Wir wollen sie Haute-Claire nennen!‹ Und diesen Namen gab er ihr denn auch. Der Pfarrer von V... schnitt zwar ein wenig Grimassen ob dieses ungewöhnlichen Namens, den das Taufbecken seiner Kirche nie zuvor vernommen hatte; aber da der Graf d'Avice Pate war und da zwischen Adel und Geistlichkeit, den Liberalen und ihrem Geschrei zum Trotz, unausrottbare Sympathien bestehen; und da es auf der andern Seite im römischen Kalender eine

Heilige namens Claire oder Klara gibt, ging der Name von Oliviers Schwert auf das Kind über, ohne daß die Stadt V... sich deswegen groß aufgeregt hätte. Ein solcher Name schien ein Schicksal anzudeuten. Der alte Fechtmeister, der seine Kunst fast ebensosehr wie seine Tochter liebte, beschloß, sie fechten zu lehren und ihr sein Können als Mitgift zu hinterlassen. Eine traurige Mitgift! eine magere Hinterlassenschaft! bei den Ansprüchen unserer Zeit, die der arme Teufel von Fechtmeister natürlich nicht vorauszusehen vermochte. Sobald also das Kind stehen konnte, fing er an, fechterische Vorübungen mit ihm zu machen; und da die Kleine ein kräftiges Kind mit Fesseln und Gelenken wie aus feinstem Stahl war, beschleunigte er ihre Entwicklung auf eine so seltsame Weise, daß sie mit zehn Jahren aussah wie eine Fünfzehnjährige und es bewundernswürdig mit dem Vater und den besten Fechtern der Stadt V... aufnahm. Überall wurde nur von der kleinen Hauteclaire Stassin gesprochen, die später Fräulein Hauteclaire Stassin werden sollte. Wie Sie sich nur zu gut vorstellen können, herrschte unter den jungen Damen der Stadt — in der Gesellschaft, in der die Tochter Stassins, genannt ›der Aufspießer‹, so gut sich der Alte auch mit den Vätern stehen mochte, begreiflicherweise nicht verkehren konnte — eine unglaubliche oder vielmehr nur zu glaubliche Neugier, in die sich Ärger und Neid mischten. Die Väter und Brüder der jungen Damen sprachen in deren Gegenwart voller Erstaunen und Bewunderung von Hauteclaire, und jene Töchter und Schwestern hätten nur zu gern einmal diesen weiblichen Sankt Georg aus der Nähe gesehen, dessen Schönheit, wie es hieß, seiner Fechtkunst gleichkomme. Doch sie sahen Hauteclaire immer nur aus der Ferne und in großem Abstand. Ich kam um jene Zeit nach V..., und ich bin oft genug Zeuge jener brennenden Neugier gewesen. Der ›Aufspießer‹, der unter dem Kaiserreich bei den Husaren gedient hatte und mit seiner Fechtschule einen Haufen Geld verdiente, hatte sich den Kauf eines Pferdes gestattet und gab der Tochter Reitunterricht, und da er für die Besucher seiner Schule auch junge Pferde zuritt, sah man ihn oft mit Hauteclaire zu Pferde auf den Straßen in der Umgebung der Stadt. Ich habe die beiden häufig getroffen, wenn ich von meinen Krankenbesuchen heimkam, und zumal bei diesen Begegnungen konnte ich das übermäßige Interesse beobachten, das dieses hochgewachsene, so hastig gereifte junge Mädchen bei andern jungen Damen des Ortes erregte. Ich war zu jener Zeit immerfort unterwegs und begegnete sehr oft den Wagen der Eltern jener Mädchen, die mit ihnen zu Besuchen nach den umliegenden Schlössern fuhren. Wirklich, Sie können sich nicht vorstellen, mit welcher Gier, selbst mit welcher Unvorsichtigkeit ich sie sich vorbeugen und an die Wagenfenster stürzen sah, wenn Fräulein Hauteclaire Stassin weit hinten auf einer Landstraße auftauchte, unmittelbar neben dem Vater trabend oder galoppierend. Nur kam so gut wie nichts dabei heraus; wenn ich anderntags meine Morgenbesuche bei ihren Müttern machte, zeigten sie mir immer nur enttäuschte und bedauernde Gesichter; denn im Grunde hatten sie nur die Gestalt dieses für das Reitkostüm wie geschaffenen Mädchens erkannt. Sie haben sie vorhin gesehen und können sich vorstellen, wie sie darin wirkte; ihr Gesicht indessen war stets mehr oder weniger hinter einem dichten dunkelblauen Schleier verborgen. Eigentlich kannten nur die Männer der Stadt V... Fräulein Hauteclaire Stassin. Den ganzen Tag hielt sie das Florett in der Hand und das Gesicht hinter den Maschen der Fechtmaske verborgen, die sie vor andern selten ablegte, und so verließ sie kaum je den Fechtboden ihrers Vaters, der anfing, ein wenig steif zu werden, und den sie oft beim Unterricht vertrat. Auf der Straße zeigte sie sich sehr selten, und nur dort konnten die Damen der Stadt, die auf sich hielten, sie sehen; oder aber sonntags in der Messe; aber bei der Sonntagsmesse wie auch auf der Straße war sie fast stets genauso maskiert wie auf dem Fechtboden ihres Vaters; denn das Spitzengewebe ihres Schleiers war noch dunkler und dichter als die Maschen ihrer eisernen Maske. War es Affektiertheit, wenn sie sich auf diese Weise zeigte oder verbarg, und wodurch sie die Neugier der andern anstachelte? ... Das war sehr wohl möglich; aber wer konnte es wissen? Wer konnte es sagen? War der Charakter dieses jungen Mädchens, bei dem die Maske den Schleier ablöste, womöglich noch undurchdringlicher als ihr Gesicht, wie es die Zukunft nur zu sehr bewiesen hat?

Es versteht sich wohl von selbst, mein sehr Verehrter, daß ich rasch über alle Einzelheiten dieses Zeitabschnitts hinweggehen muß, um desto schneller zu dem Augenblick zu kommen, da diese Geschichte wirklich beginnt. Fräulein Hauteclaire war ungefähr siebzehn Jahre. Der ehedem ›schöne Mann‹, der ›Aufspießer‹, war inzwischen ein Biedermann geworden, dazu Witwer, und moralisch getötet, durch die Juli-Revolution, die den Adel veranlaßte, sich in tiefster Trauer auf seine Schlösser zurückzuziehen, wodurch der Fechtboden leer blieb; den Alten plagte die Gicht, die sich durch seine ›Fußappelle‹ nicht ins Bockshorn jagen ließ, und so eilte er denn in schlankem Trabe dem Friedhof entgegen. Für mich als behandelnden Arzt stand das fest ... Es war offensichtlich. Ich gab ihm nicht mehr allzuviel Zeit, als eines Morgens — und zwar durch den Vicomte de Taillebois und den Chevalier de Mesnilgrand — ein junger Mann aus der Gegend mit auf den Fechtboden gebracht wurde, der fern von V... aufgewachsen und jetzt zurückgekommen war, um das Schloß seines unlängst verstorbenen Vaters zu beziehen. Es war der Graf Serlon de Savigny, der ›Zukünftige‹ (wie die Stadt V... in ihrer kleinstädtischen Ausdrucksweise sagte) des Fräulein Delphine de Cantor. Graf Savigny war sicherlich einer der glänzendsten und schneidigsten unter den jungen Leuten jenes Zeitalters, die samt und sonders schneidig waren; denn in der Welt von damals (zu V... wie überall) gab es noch wahre Jugend. Heute gibt es so etwas nicht mehr. Es war ihm mancherlei von der berühmten Hauteclaire Stassin erzählt worden, und er hatte dieses Wunder sehen wollen. Er fand sie so, wie sie war — ein bewundernswertes junges Mädchen, pikant und verteufelt aufreizend in ihrem schwarzen Seidentrikot, der ihre Formen, die der Minerva von Velletri, knapp umschloß, und in ihrem schwarzen Lederwams, das knirschend ihren zugleich kräftigen und schlanken Oberkörper umspannte — einen jener Oberkörper, wie ihn die

Tscherkessinnen nur dadurch erzielen, daß sie ihre jungen Töchter in einen Ledergürtel einzwängen, den lediglich die Entwicklung ihres Körpers sprengen muß. Hauteclaire Stassin war ernst wie Clorinde. Er sah ihr beim Unterricht zu und bat sie danach, die Klinge mit ihm zu kreuzen. Aber Graf Savigny war durchaus nicht der Tankred der Situation! Fräulein Hauteclaires Klinge bog sich mehrmals sichelartig auf dem Herzen des schönen Serlon, und sie selbst wurde kein einziges Mal berührt.

›Sie sind unnahbar‹, sagte er ihr galant. — Barg das einen Doppelsinn? ...

War die Eigenliebe des jungen Herrn bereits an diesem ersten Abend von der Liebe besiegt worden?

Wenigstens kam von diesem Abend an Graf Savigny jeden Abend auf den Fechtboden des ›Aufspießers‹ zum Unterricht. Das Schloß des Grafen lag nur ein paar Meilen entfernt. Die hatte er bald zurückgelegt, entweder zu Pferde oder im Wagen, und niemand in dem Klatschnest von Kleinstadt, in dem auch das Belangloseste auf der Zungenspitze aufgespießt wurde, wo indessen die Liebe zur Fechtkunst alles erklärte, dachte sich etwas dabei. Savigny sprach sich niemandem gegenüber aus. Er vermied es sogar, seine Fechtstunde zur gleichen Zeit wie die andern jungen Herrn der Stadt zu nehmen. Er war schon ein gerissener Jäger, der Savigny ... Was zwischen ihm und Hauteclaire damals vorging, sofern überhaupt etwas vorgegangen ist, hat niemand gewußt oder auch nur geahnt. Seine Heirat mit Fräulein Delphine de Cantor war zwischen den beiden Familien eine seit Jahren abgemachte Sache und zu weit fortgeschritten, als daß sie hätte rückgängig gemacht werden können; so wurde sie denn ein Vierteljahr nach der Rückkehr des Grafen Savigny vollzogen; und eben das bot ihm die Gelegenheit, einen vollen Monat in V... zu leben, in der Nähe seiner Braut, die er tagsüber regelmäßig besuchte, um abends mit der gleichen Regelmäßigkeit zur Fechtstunde zu gehen...

Wie alle andern auch hörte Hauteclaire in der Pfarrkirche zu V... das Aufgebot des Grafen de Savigny und des Fräulein de Cantor; aber weder ihre Haltung noch ihr Gesicht verrieten, daß sie an dieser öffentlichen Ankündigung irgendwelchen Anteil nehme. Allerdings hat sich auch keiner der Anwesenden auf den Anstand begeben, um sie zu beobachten. Noch ließ es sich niemand auch nur im Traume einfallen, die schlummernde Frage zu stellen, ob nicht vielleicht eine Liebschaft zwischen Savigny und der schönen Hauteclaire bestehe. Nach der Hochzeit richteten die Gräfin und der Graf sich in aller Ruhe auf ihrem Schloß ein, ohne daß der Graf deswegen mit seiner Gewohnheit gebrochen hätte, täglich in die Stadt zu fahren. Viele Schloßherrn jener Gegend taten übrigens dasselbe wie er. Die Zeit floß dahin. Der alte ›Aufspießer‹ starb. Die Fechtschule blieb eine Zeitlang geschlossen; dann wurde sie wieder eröffnet. Fräulein Hauteclaire Stassin gab bekannt, sie sei gewillt, ihres Vaters Schule weiterzuführen; und weit davon entfernt, auf Grund jenes Todesfalles Schüler einzubüßen, hatte sie desto mehr. Die Männer bleiben sich stets gleich. Bei ihresgleichen mißfällt ihnen das Außergewöhnliche und verletzt sie; wenn indessen das Außergewöhnliche Röcke trägt, so sind sie wie toll hinterher. Wenn eine Frau Männerwerk verrichtet, und tue sie es noch so unzulänglich, so wird sie in Frankreich stets dem Manne vorgezogen. Nun aber verstand Fräulein Hauteclaire Stassin ihre Sache sehr viel besser als ein Mann. Sie hatte den Vater weit hinter sich gelassen. Als Lehrmeisterin war sie unvergleichlich, und ihre Art zu fechten wirkte hinreißend schön. Sie verstand sich auf unwiderstehliche Stöße, Stöße, die sich ebensowenig lernen lassen wie die Bogenführung oder das Übergreifen beim Violinspiel, die ebenfalls niemanden durch Unterricht allein gelehrt werden können. Auch ich focht zu jener Zeit ein wenig, wie alle meine Bekannten, und wenn ich auch alles andere als ein Kenner bin, so muß ich doch sagen, daß sie mich durch gewisse Gänge schlechthin bezauberte. Unter anderm verfügte sie über ein Losbinden von Quart zu Terz, das an Magie grenzte. Man wurde von keiner Degenspitze, sondern von einer Kugel getroffen! Auch der in der Parade Behendeste fuchtelte lediglich in die leere Luft, selbst wenn sie den Hieb vorher angesagt hatte, und der Stoß traf unvermeidlich seine Schulter oder seine Brust. Ihr Degen wurde dabei nicht einmal berührt! Ich habe Fechter um dieses Hiebes willen, den sie ein Taschenspielerstück nannten, rasend werden sehen; vor Wut hätten sie am liebsten ihr Florett verschluckt! Wäre sie keine Frau gewesen, so hätte man um dieses Hiebes willen Streit mit ihr gesucht. Einem Mann hätte er zwanzig Zweikämpfe eingetragen.

Doch ganz abgesehen von diesem phänomenalen und einer Frau so wenig gemäßen Talent, mittels dessen sie auf höchst anständige Weise ihren Lebensunterhalt bestritt, war dieses arme junge Mädchen, das keinen Rückhalt außer dem Florett hatte und das von Berufes wegen immerfort mit den reichsten jungen Herren der Stadt zusammenkam, unter denen sich natürlich mancher Schwerenöter und Tunichtgut befand, ohne daß die Blume ihres guten Rufes darunter gelitten hätte, wirklich ein überaus fesselndes Geschöpf. Weder im Zusammenhang mit Savigny noch mit jemand anderem wurde Fräulein Hauteclaire Stassins Ruf angetastet ... ›Es hat dennoch den Anschein, als sei sie eine anständige Person‹, sagten die Damen, als ob sie von einer Schauspielerin gesprochen hätten. Und ich selbst, wenn ich nun schon einmal angefangen habe, von mir zu sprechen, ich selbst, der ich doch ein scharfer Beobachter zu sein meine, war, was das Kapitel ›Hauteclaires Tugend‹ betrifft, der gleichen Ansicht wie die ganze Stadt. Ich ging dann und wann in den Fechtsaal, aber vor und nach Herrn de Savignys Hochzeit habe ich dort immer nur ein junges, ernstes Mädchen erblickt, das sich schlicht seiner Tätigkeit hingab. Sie verstand aufzutreten, wie ich gestehen muß, und sie hatte es dahin gebracht, daß alle ihr Respekt bezeigten, weil sie keinen, wer es auch immer sein mochte, vertraulich oder lässig behandelte. Ihr außerordentlich stolzes Gesicht, das damals noch nicht den leidenschaftlichen Ausdruck zeigte, der Sie vorhin so betroffen gemacht hat, verriet weder Kummer noch Unruhe, kurzum nichts, was auch nur im entferntesten das erstaunliche Geschehnis hätte vermuten lassen, das in die Atmosphäre einer Kleinstadt, in der alles ruhig seinen Gang geht, mit der Wirkung einer Kanonenkugel einschlug und die Fensterscheiben zertrümmerte ...

Fräulein Hauteclaire Stassin ist verschwunden!

Sie war verschwunden: Warum? ... Auf welche Weise? ... Wohin war sie gegangen? Keiner wußte es. Es stand einzig fest, daß sie verschwunden war. Zuerst war es ein einziger Schrei, dem eine Stille folgte; aber die Stille dauerte nicht lange. Die Zungen begannen sich zu regen. Die Zungen, die so lange gezähmt waren, fingen an — wie das Wasser eines Mühlteiches, dessen Schleuse geöffnet wird, herausströmt und das Mühlrad wild dreht, — zu sprudeln und über dieses unerwartete, plötzliche, unglaubliche Verschwinden zu schwatzen, für das es keinerlei Erklärung gab; denn Fräulein Hauteclaire war verschwunden, ohne ein Wort zu sagen oder zu hinterlassen. Sie war verschwunden, wie man sich zurückzieht, wenn man tatsächlich verschollen sein will — denn wenn man verschwindet und etwas hinterläßt, und sei es auch nur das mindeste, so können die andern es aufgreifen und sich erklären, warum man sich abgesetzt hat. — Sie war so radikal wie nur möglich verschwunden. Sie hatte sich nicht etwa ›heimlich aus dem Staube gemacht‹; denn sie hatte keinerlei Schulden oder sonst etwas hinterlassen; aber sie hatte damit getan, was man sehr wohl ›Staub aufwirbeln‹ nennen konnte. Der Staub wirbelte auf; aber sie kam nicht wieder. Zwar lief die Zungenmühle leer; aber sie lief, und sie zermahlte grausam den Ruf, dem bislang niemand etwas hatte anhaben können. Man nahm ihn sich also vor; man zerpflückte ihn, siebte ihn und krempelte ihn um ... Auf welche Weise und mit wem war dieses so korrekte und stolze Mädchen auf und davon gegangen? ... Wer hatte sie entführt? Denn sicherlich war sie doch entführt worden ... Keiner wußte eine Antwort darauf. Das hätte hingereicht, um eine Kleinstadt rasend vor Wut zu machen; und das geschah auch tatsächlich in V... Man hatte ja auch allen Grund, aufgebracht zu sein! Erstens war einem alles entgangen, was geschehen war. Alsdann hatte man sich gründlich in einem jungen Mädchen getäuscht, das man zu kennen gemeint und das man keineswegs gekannt hatte, weil man nämlich der Meinung gewesen war, es sei unfähig, ›so‹ zu verschwinden ... Des weiteren hatte man ein junges Mädchen verloren, von dem man gemeint hatte, man werde erleben, wie es altere oder heirate, gleich den andern jungen Mädchen der Stadt — die in dieses Provinznest eingepfercht waren wie Pferde in ein Schiffszwischendeck. Schließlich aber büßte man, indem man Fräulein Stassin verlor, die jetzt nur noch ›diese Stassin‹ war, eine weit und breit berühmte Fechtschule ein, die den Ruhm, den Schmuck, die Ehre der Stadt gebildet hatte, ihre Kokarde am Hut, ihre Fahne auf dem Kirchturm. Ja, sie waren hart, alle diese Verluste! Und alle diese Gründe vereinigten sich in einem einzigen, um den mehr oder weniger schlammigen Strom allen möglichen Argwohns sich über das Andenken an diese untadelhafte Hauteclaire ergießen zu lassen! So geschah es denn auch ... Außer ein paar alten Herrn, wirklichen Edelleuten, die, wie ihr Pate, der Graf d'Avice, sie von Kindheit an gekannt hatten und sich im übrigen durch nichts aus der Fassung bringen ließen, einfach der Meinung waren, sie habe einen Schuh gefunden, der ihrem Fuß besser anstehe als die Sandale der Fechtlehrerin, die sie getragen, hatte Hauteclaire Stassin nach ihrem Verschwinden niemanden, der für sie eingetreten wäre. Mit ihrem Davongehen hatte sie die Eigenliebe aller beleidigt; und zumal die jungen Herren hegten gehässige Gedanken und erbosten sich gegen sie, weil sie mit keinem von ihnen durchgegangen war.

Und das war lange ihr großer Kummer und ihre Qual. Mit wem war sie durchgegangen? ... Mehrere dieser jungen Herren verlebten alljährlich einen oder zwei Wintermonate in Paris, und zwei oder drei von ihnen behaupteten, sie gesehen und wiedererkannt zu haben — im Schauspiel — oder zu Pferd auf den Champs-Elysées — in Begleitung oder allein —, aber ganz sicher waren sie ihrer Sache nicht. Sie konnten es nicht beschwören. Vielleicht war sie es gewesen, vielleicht auch nicht; aber sie beschäftigten sich unausgesetzt mit ihr ... Sie alle mußten unaufhörlich an dieses Mädchen denken, das sie bewundert hatten und durch dessen Verschwinden diese Fechterstadt in Trauer versetzt worden war, als deren große Künstlerin, deren besondere Diva, deren Sonne sie gestrahlt hatte. Nachdem diese Sonne erloschen, oder, um es anders auszudrücken, nachdem diese berühmte Hauteclaire verschwunden war, versank die Stadt V... wieder in die Langweiligkeit und Farblosigkeit aller Kleinstädte, denen ein Zentrum der Aktivität fehlt, dem alle Leidenschaften und Neigungen zuströmen ... Die Liebe zur Fechtkunst ließ nach. Die Stadt V..., die kurz zuvor noch durch ihre kriegerische Jugend belebt worden war, wurde wieder ein trauriges Nest. Die jungen

Herrn, die auf ihren Schlössern wohnten und täglich zum Fechten hereingekommen waren, vertauschten das Florett mit dem Jagdgewehr. Sie wurden Jäger und blieben auf ihren Feldern oder in ihren Wäldern, der Graf de Savigny wie alle andern auch. Er kam immer seltener nach V..., und wenn ich ihm gelegentlich begegnete, dann geschah es nur in der Familie seiner Frau, deren Hausarzt ich war. Und da ich zu jener Zeit nicht die leiseste Ahnung davon hatte, daß zwischen ihm und jener so jäh verschwundenen Hauteclaire irgendein Zusammenhang bestehe, hatte ich nicht die mindeste Veranlassung, mit ihm über jenes plötzliche Verschwinden zu sprechen, über das das Schweigen, das Kind der müde gewordenen Zungen, sich zu breiten begann; — und ebensowenig erwähnte er mir gegenüber jemals Hauteclaire und die Zeiten, da wir einander bei ihr begegnet waren; ebensowenig gestattete er sich damals, auf all das auch nur die geringste Anspielung zu machen!«

»Nachtigall, ich hör dich laufen!« warf ich ein, indem ich mich einer Redensart aus der Gegend bediente, von der der Doktor mir erzählte und aus der ich stamme. — »Er also hatte sie entführt!«

»Bewahre!« sagte der Doktor. »In Wirklichkeit war es weit besser! Aber was eigentlich geschehen ist, das ahnen Sie nicht ...

Überdies ist zumal in der Provinz eine Entführung, ohne daß jemand es merkt, alles andere als einfach; und dann war der Graf de Savigny seit seiner Verheiratung kaum je aus seinem Schloß Savigny herausgekommen.

Dort lebte er, wie jedermann wußte, in der Geborgenheit einer Ehe, die ins Unendliche verlängerten Flitterwochen glich, und da in der Provinz alles zitiert und bezeichnet wird, wurde Savigny als einer jener Ehemänner bezeichnet, die man, obwohl sie selten sind, verbrennen müsse (ein Provinzscherz), um alle andern mit ihrer Asche zu bestreuen. Weiß der Himmel, wie lange selbst ich an diese fromme Sage geglaubt hätte, wenn ich nicht — ein gutes Jahr nach Hauteclaires Verschwinden — dringlichst nach Schloß Savigny gerufen worden wäre, weil die Schloßherrin erkrankt sei. Ich machte mich sogleich auf den Weg, und sobald ich angelangt war, wurde ich zur Gräfin geleitet, die tatsächlich in bedenklichem Zustand an einem schwer bestimmbaren, vieldeutigen Leiden darniederlag, das stets gefährlicher ist als eine Krankheit mit deutlich wahrnehmbaren Symptomen. Sie war eine jener kraftlosen, eleganten, vornehmen, hochmütigen Frauen aus altem Geschlecht, die aus der Tiefe ihrer Blässe und ihrer Magerkeit zu sagen scheinen: ›Die Zeit hat mich besiegt wie mein Geschlecht; ich sterbe, aber ich verachte euch alle!‹, und, hol mich der Teufel, wenn ich auch mit Haut und Haar ein Plebejer bin und mein Standpunkt alles andere als philosophisch ist: ich kann nicht umhin, das schön zu finden. Die Gräfin lag auf einem Ruhebett, und zwar in einer Art Wohnzimmer mit schwerer Balkendecke und weißen Wänden; es war sehr weitläufig, sehr hoch und mit alten Kunstwerken ausgestattet, die dem Geschmack der Grafen de Savigny alle Ehre machten. Eine einzige Lampe erhellte den großen Raum, und ihr Licht, das ein grüner Schirm, der es dämpfte, doppelt geheimnisvoll machte, fiel auf das Gesicht der Gräfin, deren Wangen im Fieber brannten. Sie war bereits seit einigen Tagen krank, und Savigny — um sie besser pflegen zu können — hatte neben dem Bett seiner geliebten Ehehälfte im Wohnzimmer für sich selbst ein kleines Bett aufschlagen lassen. Erst als das Fieber, zäher als all seine Sorgfalt, eine Hartnäckigkeit bezeigt hatte, mit der er nicht gerechnet, hatte er sich entschlossen, mich holen zu lassen. Er war anwesend; er stand mit dem Rücken gegen den Kamin, mit düsterer und unruhiger Miene, so daß ich meinen mußte, er liebe seine Frau leidenschaftlich und glaube sie in Gefahr. Aber die Unruhe, die auf seiner Stirn lastete, galt nicht ihr, sondern einer andern, die ich nicht auf Schloß Savigny vermutet hatte und deren Anblick mich zum Schwindel verblüffte. Sie galt Hauteclaire!«

»Den Teufel auch! Das nenne ich gewagt!« sagte ich.

»So gewagt«, fuhr der Doktor fort, »daß ich bei ihrem Anblick zu träumen meinte! Die Gräfin hatte ihren Gatten gebeten, nach der Kammerfrau zu schellen, der sie kurz vor meiner Ankunft aufgetragen hatte, ihr einen Aufguß zu bereiten, zu dem ich meinerseits eben geraten hatte; — und ein paar Sekunden danach hatte die Tür sich aufgetan:

›Eulalie, mein Aufguß?‹ fragte kurz die ungeduldige Gräfin.

›Hier, Frau Gräfin!‹ sagte eine Stimme, die ich wiederzuerkennen glaubte und die kaum mein Ohr getroffen hatte, als ich aus dem Dunkel, darin die Weitläufigkeit des Wohnzimmers ertrank, Hauteclaire Stassin auftauchen und bis an den Rand des Lichtkreises vortreten sah, den die Lampe rings um das Bett warf; — ja, Hauteclaire in Person! — Sie hielt in ihren schönen Händen ein silbernes Tablett, auf dem der von der Gräfin befohlene Aufguß dampfte. Es war ein Anblick, um einem den Atem zu verschlagen! Eulalie! ... Glücklicherweise sagte mir dieser durchaus natürlich ausgesprochene Name Eulalie alles; er wirkte auf mich wie ein Schlag mit dem Eisenhammer, der mir meine Kaltblütigkeit wiedergab, die zu verlieren ich im Begriff stand, und damit meine passive Haltung als Arzt und Beobachter. Aus Hauteclaire war Eulalie geworden, und die Kammerzofe der Gräfin de Savigny! ... Ihre Verkleidung — soweit solch eine Frau sich überhaupt verkleiden konnte — war vollkommen. Sie war angezogen wie die Grisetten der Stadt V... und trug auch deren Haube, die wie ein Helm aussah, und deren lange Korkzieherlocken, die zu beiden Seiten der Wangen niederhingen — jene Korkzieherlocken, die die Geistlichen jener Zeit Schlangen zu nennen pflegten, um den hübschen Mädchen Ekel davor einzuflößen, was ihnen indessen nie gelungen ist. — Und in dieser Tracht war sie von zurückhaltender Schönheit, von einem Adel mit niedergeschlagenen Augen, was mir wieder einmal bewies, daß sie mit ihren satanischen Leibern alles, was sie wollen, zuwege bringen, diese weiblichen Nattern, wenn sie nur das geringste Interesse daran haben. Nachdem ich übrigens wieder völlig Gewalt über mich gewonnen und meiner selbst sicher war wie ein Mann, der sich gerade auf die Zunge gebissen hat, damit ihm kein Schrei der Überraschung entfuhr, packte mich indessen die kleine Schwäche, dem kühnen Mädchen wenigstens anzudeuten, daß ich es erkannt habe; und während die Gräfin ihren Aufguß trank, die Stirn über die Tasse geneigt, bohrte ich meinen Blick in Hauteclaires Blick, als wolle ich sie zwingen standzuhalten; aber ihre Augen — sie waren an jenem Abend sanft wie die einer Hindin — wurden fester und starrer als die der Pantherin, die sie vor ein paar Minuten dazu gebracht hat, sich zu senken. Sie zuckte nicht mit der Wimper. Nur ein kleines, kaum wahrnehmbares Zittern hatte ihre das Tablett haltenden Hände durchronnen. Die Gräfin trank sehr langsam, und als sie fertig war, sagte sie: ›Danke. Tragen Sie das da hinaus.‹

Und Hauteclaire-Eulalie wandte sich um, mit jener Haltung, die ich unter den zwanzigtausend Haltungen der Töchter Ahasvers wiedererkannt haben würde, und trug das Tablett hinaus. Ich gestehe, daß ich es eine Weile vermied, den Grafen de Savigny anzuschauen, weil ich fühlte, wie mein Blick in einem solchen Augenblick auf ihn hätte wirken müssen; aber als ich es dann dennoch wagte, fand ich den seinen starr auf mich gerichtet: es vollzog sich darin der Wechsel von der grausigsten Angst zum Ausdruck des Befreitseins. Er hatte gesehen, daß ich sie erkannt hatte; aber er hatte zugleich gesehen, daß ich nicht hatte wahrnehmen wollen, was ich erblickt hatte; und deswegen atmete er auf. Er war einer undurchdringlichen Verschwiegenheit sicher, die er sich möglicherweise (aber das war mir völlig gleichgültig!) durch das Interesse des Arztes erklärte, der einen Klienten wie ihn nicht verlieren wollte, während es sich doch bei mir einzig um das Interesse des Beobachters handelte, der nicht wollte, daß sich ihm die Tür eines Hauses verschloß, wo es, ohne daß ein Mensch auf Gottes Erdboden es ahnte, dergleichen Dinge zu beobachten gab.

Den Finger auf dem Mund kam ich heim, fest entschlossen, keinem Menschen ein Sterbenswort von dem zu sagen, wovon niemand in weiter Runde auch nur die leiseste Ahnung hatte. Ach, es geht nichts über die Freuden des Beobachters! Die unpersönlichen und einsamen Freuden des Beobachters, die ich von jeher über alle andern gestellt habe, sie würde ich mir jetzt in diesem Erdenwinkel in vollem Ausmaße verschaffen können, in diesem alten, abgelegenen Schlosse, wo ich als Arzt nach Belieben Zutritt hatte ... — Savigny, der nur zu glücklich war, von einer großen Sorge befreit zu sein, hatte mir gesagt: ›Kommen Sie jeden Tag, Doktor, bis wir es anders vereinbaren.‹ Somit konnte ich das Geheimnis einer Situation, das, wenn mir irgend jemand davon erzählt hätte, mich als unmöglich angemutet haben würde, mit dem gleichen Interesse, der gleichen Regelmäßigkeit studieren wie eine Krankheit ... Und da jenes Geheimnis bereits vom ersten Tage an, da ich ihm auf die Spur gekommen war, meine Fähigkeit zum Schlüsseziehen reizte, die der Blindenstab des Wissenschaftlers und zumal des Arztes in der angespannten Neugier ihres Forschungsdranges ist, begann ich sogleich, jene Situation vernunftgemäß zu zergliedern, um Licht in die Sache zu bringen ... Seit wie lange bestand sie schon? ... Seit Hauteclaires Verschwinden? ... Spielte das alles bereits über ein Jahr, und war Hauteclaire Stassin schon so lange Kammerzofe bei der Gräfin de Savigny? Wie war es möglich, daß bis auf mich, der gezwungenermaßen herbeigerufen worden war, niemand gesehen hatte, was ich so leicht und so schnell erkannt hatte? ... Das alles sind Fragen, die mit mir gemeinsam zu Pferde stiegen und nach V... ritten, begleitet von mancherlei anderen, die sich erhoben und die ich unterwegs auflas. Graf und Gräfin de Savigny, von denen man wußte, daß sie einander vergötterten, lebten zwar ziemlich zurückgezogen. Aber schließlich konnte doch von Zeit zu Zeit ein unerwarteter Besuch ins Schloß kommen. Zwar mußte bedacht werden, daß, wenn es sich um Herrenbesuch handelte, Hauteclaire wohl schwerlich in Erscheinung trat. Und wenn es Damenbesuch war: die meisten Damen von V... hatten das jahrelang durch seine Lehrstunden auf den Fechtboden verwiesene Mädchen niemals so deutlich gesehen, daß sie es hätten wiedererkennen können, und wenn sie sie von weitem gesehen hatten, beim Reiten oder in der Kirche, dann hatte Hauteclaire stets einen Schleier getragen, den sie absichtlich vor das Gesicht zog — denn (ich habe es Ihnen bereits gesagt) sie hatte von jeher den Stolz jener Wesen besessen, die durch allzuviel Neugier beleidigt werden und die sich desto mehr verbergen, je mehr sie sich als Zielscheibe der Blicke fühlen. Was die Dienerschaft der Savignys betrifft, mit der zusammenzuleben sie wohl oder übel gezwungen war, so kannte sie, sofern sie aus V... stammte, Hauteclaire nicht, und vielleicht stammte sie nicht einmal daher... Auf solche Weise beantwortete ich mir während des Heimritts die ersten Fragen, die nach einer gewissen Zeit, wenn ich ein Stück Weges hinter mich gebracht hatte, ihre Antwort fanden, und noch ehe ich aus dem Sattel stieg, hatte ich bereits ein ganzes Gebäude mehr oder weniger einleuchtender Vermutungen errichtet, um zu entwirren, was einem andern als mir, der ich die Vernunft walten ließ, als unerklärlich erschienen wäre. Vielleicht das einzige, was mir nicht völlig klar wurde, war der Umstand, daß Hauteclaires ungewöhnliche Schönheit kein Hinderungsgrund bei ihrem Eintritt in den Dienst der Gräfin de Savigny gewesen war, die doch ihren Mann liebte und auf sie hätte eifersüchtig sein müssen. Aber abgesehen davon, daß die Aristokratinnen von V... mindestens ebenso stolz waren wie die Gemahlinnen der Paladine Karls des Großen und gar nicht auf den Gedanken kamen (ein schwerer Irrtum! Aber sie hatten ja nicht ›Figaros Hochzeit‹ gelesen!), daß das schönste Kammermädchen ihren Gatten mehr bedeuten könne als ihnen der schönste Lakai, sagte ich mir schließlich, als ich absaß, daß die Gräfin de Savigny wohl gute Gründe habe, an die Liebe ihres Mannes zu glauben, und daß, alles in allem, dieser tolle Bursche Savigny wohl Manns genug sei, für den Fall, daß ihr einmal Zweifel kämen, ihren Gründen noch stichhaltigere hinzuzufügen.«

»Hm!« machte ich skeptisch; ich konnte nicht umhin, den Doktor zu unterbrechen; »all das ist gut und schön, lieber Doktor, aber es mindert nicht das Gefährliche der Sachlage.«

»Freilich nicht!« erwiderte er. »Aber wenn nun gerade die Gefahr erst die Sachlage geschaffen hätte?« fügte der große Kenner der menschlichen Natur hinzu. — »Es gibt Leidenschaften, die erst durch die Gefahr entzündet werden und die ohne das Gefährliche gar nicht existieren. Im 16. Jahrhundert, das so leidenschaftlich war, wie es ein Zeitalter nur sein kann, war der großartigste Antrieb zur Liebe gerade die mit der Liebe verbundene Gefahr. Wenn man aus den Armen einer Geliebten kam, lief man

Gefahr, erdolcht zu werden; oder der Gatte vergiftete einen durch den Mund seiner Frau, den man geküßt und mit dem man die landläufigen Narrheiten angestellt hatte; und weit davon entfernt, die Liebe abzuschrecken, stachelte diese unaufhörliche Gefahr sie an, entfachte sie und machte sie unwiderstehlich! In unseren platten, modernen Sitten, wo die Leidenschaft durch das Gesetz ersetzt worden ist, bildet der Gesetzesparagraph, der sich auf den schuldigen Gatten bezieht, indem er ihm vorwirft — wie das Gesetz sich grob ausdrückt —, ›eine Konkubine in die eheliche Wohnung gebracht zu haben‹, eine recht unedle Gefahr; aber für edle Seelen ist jene Gefahr, gerade weil sie unedel ist, nur desto größer; und indem Savigny sich ihr aussetzte, empfand er eben darin vielleicht jene wollüstige Angst, an der starke Seelen sich berauschen.

Am folgenden Tag, das können Sie mir glauben«, fuhr Doktor Torty fort, »war ich beizeiten im Schloß; aber weder an jenem Tag noch an den folgenden nahm ich etwas wahr, das nicht auch in anderen Häusern, wo alles seinen normalen und regelmäßigen Verlauf nimmt, üblich gewesen wäre. Weder auf seiten der Kranken noch auf seiten des Grafen, noch selbst auf seiten der falschen Eulalie, die ihren Dienst versah, wie wenn sie eigens dazu erzogen worden sei, bemerkte ich das mindeste, was mich über das Geheimnis hätte unterrichten können, daß Graf Savigny und Hauteclaire die schamloseste aller Komödien mit der Schlichtheit routinierter Schauspieler aufführten und wie sie sich darüber verständigten. Was indessen nicht feststand und was ich zunächst herausbekommen wollte, war, ob die Gräfin sich tatsächlich hinters Licht führen ließ, und wenn ja, wie lange das noch möglich sein würde. Deshalb konzentrierte ich meine Aufmerksamkeit auf die Gräfin. Ich hatte um so weniger Mühe, in sie zu dringen, als sie ja meine Patientin und durch ihre Krankheit ohnehin Gegenstand meiner Beobachtungen war. Sie war, wie ich Ihnen bereits gesagt habe, eine adlige Dame aus der Stadt V..., die nur das eine wußte: nämlich, daß sie adlig und daß die Welt außerhalb des Adels keines Blickes würdig sei... Das Bewußtsein ihres Adels ist die einzige Leidenschaft der Damen der höchsten Kreise von V..., das im übrigen in allen Kreisen sehr wenig leidenschaftlich ist. Fräulein Delphine de Cantor war bei den Benediktinerinnen erzogen worden, wo sie sich, da sie keinerlei religiöses Gefühl besaß, schrecklich gelangweilt hatte, und sie hatte das Kloster verlassen, um sich im Schloß ihrer Familie weiter zu langweilen, bis zu dem Augenblick, da sie den Grafen de Savigny geheiratet hatte, den sie liebte oder zu lieben glaubte, mit der Behendigkeit junger, sich langweilender Mädchen, die sich in den ersten besten verlieben, der ihnen vorgesetzt wird. Sie war eine blasse Frau mit welkem Fleisch, aber festen Knochen; ihr Teint hatte die Farbe von Milch, in der Kleie aufgelöst ist, denn die kleinen Sommersprossen, mit denen ihr Gesicht übersät war, waren dunkler als ihr mildrötliches Haar. Als sie mir den blassen Arm, der geädert war wie bläuliche Perlmutter, mit dem schmalen, rassigen Handgelenk hinhielt, in dem der Puls auch im Normalzustand nur träge pochte, machte sie mir den Eindruck, als sei sie auf die Welt gekommen und geschaffen worden, ein Opfer zu sein...

um unter den Füßen der stolzen Hauteclaire zertreten zu werden, die sich vor ihr so tief erniedrigt hatte, daß sie die Rolle der Dienerin spielte. Freilich widersetzten sich diesem Gedanken, der sich anfänglich einstellte, wenn man sie anschaute, ihr in dem winzigen Gesicht kräftig vorgeschobenes Kinn — ein Kinn, wie das der Fulvia auf römischen Münzen, das sich in dieses zugleich unregelmäßige und ansprechende Gesicht verirrt hatte — und des weiteren ihre eigenwillig gewölbte Stirn unter dem glanzlosen Haar. All das ließ zu keinem Endurteil kommen. Vielleicht würde sich von hier aus für Hauteclaires Füße ein Hindernis ergeben; wenn es auch durchaus möglich war, daß eine Situation, wie ich sie in diesem — gegenwärtig so ruhigen — Hause gewahrte, zu irgendeiner grausigen Katastrophe führte ... Angesichts einer künftigen Katastrophe bemühte ich mich also doppelt um die kleine Frau, die schwerlich allzulange für ihren Arzt ein Buch mit sieben Siegeln bleiben konnte. Wer dem Körper die Beichte abnimmt, hält sehr bald das Herz in der Hand. Wenn für das gegenwärtige Leiden der Gräfin moralische oder unmoralische Ursachen bestanden, so half es ihr nichts, wenn sie sich mir gegenüber zusammenrollte wie ein Igel und ihre Eindrücke und Gedanken in sich verschloß: Einmal würde sie sie schon preisgeben müssen. So dachte ich bei mir; aber, darauf können Sie sich verlassen, ich drehte sie vergeblich in meinen ärztlichen Klauen hin und her. Nach Ablauf einiger Tage war mir klar, daß sie nicht das mindeste von der Verschwörung ahnte, die ihr Mann und Hauteclaire in dem verbrecherischen Drama angezettelt hatten, dessen stummer und verschwiegener

Schauplatz ihr Haus war ... Handelte es sich dabei auf ihrer Seite um einen Mangel an Scharfsinn? War ihre Eifersucht müde geworden? Wie verhielt sich das? ... Sie bezeigte jedermann eine ein wenig hochmütige Zurückhaltung, nur nicht ihrem Mann. Die sie bedienende falsche Eulalie behandelte sie gebieterisch, aber freundlich. Das scheint ein Widerspruch zu sein. Es ist aber keiner; es ist lediglich wahr. Sie sprach kurz und knapp, ohne dabei die Stimme zu erheben, wie eben eine Frau, die an Gehorsam gewöhnt und dessen sicher ist ... Sie war dessen auf eine bewundernswerte Weise sicher. Eulalie, die Schrecken erregende Eulalie, die, ich wußte nicht wie, bei ihr eingedrungen war, sich bei ihr eingeschlichen hatte, hüllte sie in eine Sorgfalt ein, die gerade noch haltmachte, ehe sie derjenigen, die sie empfing, lästig wurde, und bei den Einzelheiten ihres Dienstes zeigte sie eine Geschmeidigkeit und ein Eingehen auf den Charakter ihrer Herrin, die in gleicher Weise von genialem Willen und von Klugheit zeugten ... Schließlich sprach ich sogar mit der Gräfin über jene Eulalie, die ich während meiner Besuche so ungezwungen im Zimmer sich bewegen sah und bei deren Anblick es mir kalt über den Rücken lief, wie beim Anblick einer Schlange, die sich ohne das mindeste Geräusch entrollt und ausstreckt und sich an das Bett einer Schlafenden heranschlängelt ... Eines Abends, als die Gräfin ihr auftrug, irgend etwas zu holen, nahm ich die Gelegenheit wahr, die sich mir durch Eulaliens Hinausgehen und die leise, leichtfüßige Art und Weise bot, mit der es sich vollzog, und ich wagte ein Wort, das vielleicht Licht in die Sache zu bringen vermochte:

›Wie auf Samtpfötchen‹, sagte ich und sah der Hinausgehenden nach. ›Sie haben eine Kammerzofe, Frau Gräfin, die um sich zu haben sehr angenehm sein muß, wie ich glaube. Gestatten Sie mir wohl die Frage, wie Sie an sie gekommen sind? Stammt es etwa aus V. . ., das Mädchen?‹

›Ja, ich bin sehr zufrieden mit ihr‹, antwortete die Gräfin beiläufig und beschaute sich dann in einem kleinen, mit grünem Samt und Pfauenfedern gerahmten Handspiegel, wobei sie jenen impertinenten Gesichtsausdruck annahm, den man stets hat, wenn man sich innerlich mit andern Dingen beschäftigt als denen, wovon man spricht. ›Ich kann wirklich nicht über sie klagen. Aus V. . . stammt sie nicht, aber woher sie eigentlich ist, daß weiß ich nicht. Fragen Sie doch Herrn de Savigny, Herr Doktor, wenn Sie es durchaus wissen möchten; denn er selbst hat sie mir einige Zeit nach unserer Hochzeit ins Haus gebracht. Sie ist früher — das hat er mir gesagt, als er sie mir vorstellte — bei einer seiner alten Tanten gewesen, die damals gerade gestorben war, und danach war sie stellungslos. Ich habe sie dann übernommen und recht daran getan. Sie ist eine denkbar vollkommene Kammerfrau. Ich habe an ihr noch keinen Fehler entdeckt.‹

›Aber ich, Frau Gräfin‹, sagte ich mit gespieltem Ernst.

›Siehe da! Und welchen?‹ fragte sie gelangweilt und ohne alles Interesse an ihrer Frage, wobei sie unausgesetzt in ihren kleinen Spiegel schaute und aufmerksam prüfend ihre blassen Lippen betrachtete.

›Sie ist zu schön‹, sagte ich. ›Sie ist wirklich zu

schön für eine Kammerzofe. Eines Tages wird sie Ihnen entführt werden.‹

›Glauben Sie?‹ fragte sie, schaute sich immerfort an und hörte nach wie vor kaum auf das, was ich sagte.

›Und vielleicht gar von einem Herrn aus Ihren Kreisen, der sich in sie verliebt, Frau Gräfin. Sie ist so schön, daß sie einem Herzog den Kopf verdrehen könnte.‹

Ich bemaß meine Worte genau, als ich sie aussprach. Es war wie ein Sondieren; aber wenn ich auf nichts stieß, so konnte ich schwerlich einen zweiten Versuch unternehmen.

›In V... gibt es keinen Herzog‹, sagte die Gräfin, deren Stirn ebenso glatt blieb wie der Spiegel, den sie in der Hand hielt. — ›Und, übrigens, Herr Doktor‹, fügte sie hinzu und fuhr sich glättend über eine ihrer Augenbrauen, ›wenn diese Mädchen auf und davon wollen, so hält die ihnen von unsereinem entgegengebrachte Zuneigung sie schwerlich zurück. Eulalie hat eine ganz reizende Art und Weise; aber sie würde wie jede beliebige die Zuneigung mißbrauchen, die man ihr entgegenbrächte, und darum hüte ich mich, allzuviel Gewicht auf sie zu legen.‹

Und an diesem Tage war dann nicht mehr die Rede von Eulalie. Die Gräfin war völlig ahnungslos. Wer wäre es denn übrigens auch nicht gewesen? Selbst für mich — der ich diese Hauteclaire auf den ersten Blick wiedererkannt, die mir auf ihres Vaters Fechtboden so oft auf eine Degenlänge Abstand gegenübergestanden hatte — gab es Augenblicke, da ich versucht war, an Eulalies Wirklichkeit zu glauben. Savigny legte in der Lüge sehr viel weniger Freiheit,

Ungezwungenheit und Natürlichkeit an den Tag als sie, und dabei hätte doch das Gegenteil der Fall sein müssen; aber sie! ach! sie bewegte sich und lebte darin wie der geschmeidigste Fisch im Wasser. Sicherlich mußte sie ihn lieben, ihn auf eine seltsame Weise lieben, um zu tun, was sie tat, um ein ausgeglichenes Dasein aufzugeben, das ihrer Eitelkeit nur schmeicheln konnte, weil es die Blicke einer kleinen Stadt — die für sie die Welt bedeutete — auf sie lenkte, und innerhalb dessen sie später unter den sie bewundernden und sie anbetenden jungen Herrn einen hätte finden können, der sie aus Liebe geheiratet und ihr den Eingang in die gehobenere Gesellschaftsklasse ermöglicht hätte, aus der sie bislang lediglich die Herren kannte. Da Savigny sie liebte, war sein Einsatz schwerlich weniger hoch als der ihrige. Seine Hingabe hatte die schwächere Stellung inne. Sein Männerstolz mußte darunter leiden, daß er der Geliebten das Unwürdige einer sie demütigenden Stellung nicht ersparen konnte. In alledem fand sich sogar etwas, das mit dem Savigny nachgesagten ungestümen Charakter nicht übereinstimmte. Wenn er Hauteclaire so sehr liebte, daß er ihr seine junge Frau aufopferte, so hätte er sie entführen und mit ihr in Italien leben können — was auch damals schon des öfteren geschehen ist —, ohne die Erniedrigung eines schmachvollen, versteckten Konkubinats auf sich nehmen zu müssen. War also seine Liebe weniger stark? ... Ließ er sich nicht vielleicht von Hauteclaire mit einer Zuneigung lieben, die stärker war als die seine? ... War sie vielleicht von sich aus in den Frieden des ehelichen Hauses eingebrochen? Und er, der die Sache kühn und pikant fand, hatte diese mächtige Potiphar gewähren lassen, die ihn immerfort aufs neue in Versuchung führte? ... Was ich zu sehen bekam, gab mir nur wenig Aufschluß über Savigny und Hauteclaire ... Verschworene — das, zum Donnerwetter, waren sie bestimmt in diesem wie auch immer beschaffenen Ehebruch; welcher Art aber waren die Gefühle, die diesem Ehebruch zugrunde lagen? ... In welchem Verhältnis standen diese beiden Wesen zueinander? ... Das war die Unbekannte in meiner Algebra-Aufgabe, und ich nahm mir vor, sie zu finden. Savigny benahm sich seiner Frau gegenüber untadelig; wenn indessen Hauteclaire-Eulalie zugegen war, so bezeigte er mir gegenüber, der ich ihn aus den Augenwinkeln beobachtete, eine Vorsicht, die verriet, daß es mit seinem inneren Gleichgewicht übel bestellt war. Wenn er im Einerlei des Tagesablaufs die Kammerzofe seiner Frau ein Buch, eine Zeitung oder sonst etwas holen ließ, so hatte er eine Art und Weise, das ihm Gebrachte entgegenzunehmen, die jeder anderen Frau als dieser bei den Benediktinerinnen erzogenen Klosterschülerin, mit der er verheiratet war, alles enthüllt hätte ... Man merkte, daß seine Hand sich fürchtete, der Hand Hauteclaires zu begegnen, als wäre es ihm unmöglich, sie nicht zu ergreifen, wenn er sie zufällig berührte. Hauteclaire kannte dergleichen Hemmungen und ängstliche Vorsicht durchaus nicht ... Sie war eine Versucherin, wie alle Frauen es sind, die Gott im Himmel, sofern es ihn gibt, in Versuchung führen würden, und ebenso den Teufel in der Hölle; es schien, als wolle sie alles, Lust und Gefahr, auf die Spitze treiben. Ein- oder zweimal, an Tagen, da mein Besuch in die Essenszeit fiel und Savigny geduldig am Bett seiner Frau saß, habe ich sie beobachtet. Sie servierte; denn die übrige Dienerschaft durfte das Zimmer der Gräfin nicht betreten. Um die Schüsseln auf den Tisch zu setzen, mußte sie sich ein wenig über Savignys Schulter neigen, und da überraschte ich sie, wie sie dabei mit den Spitzen ihres Mieders den Nacken und die Ohren des Grafen streifte, der ganz blaß wurde ... und nach seiner Frau hinsah, ob sie es auch nicht gemerkt habe. Zum Kuckuck, ich war damals noch jung, und das Rasen der Moleküle im Organismus, das man die Heftigkeit des sinnlichen Verlangens nennt, schien mir das einzige zu sein, was das Leben lebenswert macht. So malte ich mir denn aus, daß es in diesem heimlichen Konkubinat mit einer vorgeblichen Zofe unter den Augen einer betrogenen Frau, die alles erraten konnte, erlesene Genüsse geben müsse. Ja, erst in diesem Augenblick verstand ich, was der alte Gesetzgeber Prudhomme mit einem Konkubinat in der ehelichen Wohnung meinte!

Aber abgesehen von dem Erblassen und der unterdrückten Unruhe Savignys nahm ich nichts von dem Roman wahr, der sich zwischen den beiden abspielte und der meiner Meinung nach zu einem Drama und einer Katastrophe führen mußte ... ich hielt beides für unvermeidlich. Wie weit war es mit den beiden gekommen? Hier lag für mich das Geheimnis ihres Romans, das ich ergründen wollte. Dieses Problem hielt mein Denken wie mit einer Sphinxtatze umkrallt, und es wurde so stark, daß mein Beobachten zur Spionage gedieh, die nichts ist als ein Beobachten um jeden Preis. Haha, ein lebhaftes Verlangen führt einen nur zu bald auf Abwege ... Um herauszubekommen, was ich nicht wußte, nahm ich mir bald kleine Gemeinheiten heraus, wie sie meiner unwürdig waren, was mir durchaus bewußt war, und die ich mir dennoch erlaubte. Ja, mein Lieber, das sind die Folgen des dauernden Umgangs mit der Sonde! Überall führte ich sie ein. Wenn ich bei meinen Besuchen auf dem Schloß mein Pferd in den Stall führte, brachte ich unauffällig die Diener zum Schwatzen über ihre Herrschaft. Ich schnüffelte (ich erspare mir das Wort nicht) herum, um meine Neugier zu befriedigen. Aber die Diener waren in der gleichen Täuschung befangen wie die Gräfin. Sie hielten Hauteclaire gutgläubig für ihresgleichen, und meine Neugier wäre niemals auf ihre Kosten gekommen ohne einen Zufall, der, wie stets, ein übriges tat, sich als stärker erwies denn alle meine Kombinationen und mich mehr herausfinden ließ als all mein Spionieren.

Seit gut zwei Monaten behandelte ich bereits die Gräfin, deren Zustand sich nicht besserte und in immer stärkerem Maße die Symptome der heutzutage so weit verbreiteten Entkräftung zeigte, die die Ärzte unserer entarteten Zeit als Anämie bezeichnen. Savigny und Hauteclaire fuhren mit der gleichen Vollendung fort, ihre schwierige Komödie zu spielen, die weder meine Ankunft noch meine fortgesetzten Besuche im Schloß durcheinandergebracht hatten. Dennoch hatte es den Anschein, als seien die Spieler ein wenig müde geworden. Serlon war abgemagert, und ich hatte in V... sagen hören: ›Welch ein Mustergatte ist doch Herr de Savigny! Die Krankheit seiner Frau hat ihn schon völlig verändert. Wie schön ist doch solch eine Liebe!‹ Hauteclaire, deren

Schönheit unantastbar war, hatte umschattete Augen, nicht jene Schatten, die vom vielen Weinen herrühren; denn ihre Augen haben vielleicht ihr Leben lang nicht geweint; vielmehr Schatten, wie man sie nach schlaflosen Nächten hat, nach denen die Augen in ihren bläulichen Rahmen wilder glühen. Übrigens konnten Savignys Magerkeit und Hauteclaires umschattete Augen andere Ursachen haben als das zwanghafte Leben, das sie auf sich genommen hatten. Es konnte in Anbetracht des Lebens auf einem Vulkan, tausenderlei Ursachen haben! Ich beobachtete die verräterischen Anzeichen auf ihren Gesichtern und stellte mir heimliche Fragen, ohne eine Antwort zu wissen, als ich eines Abends nach Erledigung meiner Krankenbesuche in der Umgegend nach Schloß Savigny kam. Es war meine Absicht gewesen, wie gewöhnlich im Schloß vorzusprechen. Aber die sehr schwierige Entbindung einer Bauersfrau hatte mich lange aufgehalten, und als ich am Schloß vorbeiritt, war es schon zu spät für einen Besuch. Ich wußte nicht einmal genau, wie spät es eigentlich war. Meine Jägeruhr war stehengeblieben. Doch der Mond, der im Begriff stand, die andere Seite seiner Himmelsbahn hinabzusteigen, zeigte auf dem weiten blauen Zifferblatt an, daß es kurz nach Mitternacht sein mußte; er berührte mit der unteren Spitze seiner Sichel beinahe die hohen Tannenwipfel von Savigny, hinter denen er bald verschwinden mußte ...

... Sind Sie häufiger in Savigny gewesen?« unterbrach der Doktor sich unvermittelt und sah mich an. — »Ja«, fuhr er auf mein Nicken hin fort. »Dann wissen Sie wohl, daß man durch den Tannenwald hindurch und dann an der Schloßmauer entlang also sozusagen ein Kap umschiffen muß, um auf die Straße zu kommen, die geradewegs nach V. . . führt. Plötzlich drang in der Dichte dieses dunklen Waldes, in dem ich weder ein Licht sah noch einen Laut hörte, etwas wie das Geräusch eines Wäscheschlegels an mein Ohr — des Wäscheschlegels einer armen Frau, die tagsüber auf dem Felde zu tun hat und sich jetzt das Mondlicht zunutze machte, um ihre Wäsche an einer Waschstelle oder an einem Graben zu waschen ... Erst als ich näher an das Schloß herankam, mischte sich in das regelmäßige Klappern ein anderes Geräusch, das mich die Natur des ersteren erkenne nließ. Es war ein Klirren sich kreuzender, gegeneinanderschlagender, einander streifender Degen. Sie wissen, wie deutlich man alles im Schweigen und in der klaren Luft der Nacht wahrnimmt, wie auch die geringsten Geräusche genau und seltsam unterscheidbar werden! Ich hörte unmißverständlich Stahl gegen Stahl klirren. Mir schoß ein Gedanke durch den Kopf; doch als ich aus dem Tannenwald beim Schloß, das bleich im Mondenschein dalag und an dem ein Fenster offenstand, herankam, da sagte ich mir, indem ich die Macht der Neigung und der Gewohnheit bewunderte:

›Siehe da! Die beiden frönen der Liebe immer noch auf ihre alte Weise!‹

Es war offensichtlich, daß es Serlon und Hauteclaire waren, die zu dieser Nachtstunde fochten. Ich hörte die Degen so deutlich, als hätte ich sie gesehen. Was ich für das Geräusch eines Wäscheschlegels gehalten hatte, war das Aufstampfen der Fechter beim Ausfall gewesen. Das offene Fenster befand sich in dem am weitesten vom Zimmer der Gräfin entfernten der vier Pavillons. Das schlafende Schloß, das still und weiß im Mondlicht dalag, wirkte wie erstorben ... Um den Pavillon herum, den die beiden sich wohlüberlegt ausgesucht hatten und vor dessen Glastür mit den halbgeschlossenen Läden sich ein Balkon befand, herrschte Schweigen und Dunkelheit; hinter den Läden aber erscholl das Doppelgeräusch der stampfenden Füße und der klirrenden Florette. Es war so deutlich und drang so laut an mein Ohr, daß ich mit Recht, wie Sie gleich sehen werden, annahm, daß die beiden der Wärme wegen (es war Juli) die Balkontür hinter den Läden geöffnet hatten. Ich hatte mein Pferd am Waldrand angehalten und lauschte ihrem Kampfe, der sehr lebhaft zu sein schien, voller Anteilnahme an dem Waffengang der Liebenden, die mit der Waffe in der Hand gelernt hatten, einander zu lieben, und die damit auf die gleiche Weise fortfuhren, als nach einer gewissen Zeit das Klirren der Florette und das klatschende Aufstampfen der Füße verstummten. Die Läden der Glastür des Balkons wurden zurückgestoßen, und ich hatte gerade noch Zeit, mein Pferd in den Schatten des Tannenwaldes zurücktreten zu lassen. Serlon und Hauteclaire traten heraus und stützten sich auf die eiserne Balkonrampe. Ich konnte die beiden wunderbar erkennen. Der Mond sank hinter dem Wäldchen, aber das Licht eines Leuchters, den ich hinter ihnen im Zimmer erblickte, ließ ihre Doppelsilhouette reliefartig hervortreten. Hauteclaire war gekleidet, sofern man das als gekleidet bezeichnen kann, wie ich sie so oft bei ihren Unterrichtsstunden in V... gesehen hatte; das gamslederne Fechtwams umschloß sie wie ein Küraß, und die Beine steckten in seidenen Trikots, in denen ihr muskelkräftiger Umriß sich abhob. Savigny trug fast den gleichen Anzug. In ihrer Schlankheit und Kraft wirkten beide gegen den sie umrahmenden, hellen Hintergrund wie zwei schöne Statuen der Jugend und der Stärke. Sie haben vorhin im Garten die hoffärtige Schönheit der beiden bewundert, die die Zeit bis jetzt nicht hat zerstören können. Nun, erinnern Sie sich an diesen Eindruck, um sich ein Bild von der Herrlichkeit des Paares zu machen, das ich damals auf jenem Balkon erblickt habe, in der enganliegenden Beinkleidung, in der sie wie nackt wirkten. Während sie an dem Gitter lehnten, sprachen sie miteinander, jedoch zu leise, als daß ich ihre Worte hätte verstehen können; aber ihrer beider Körperhaltung sprach statt dessen. Einen Augenblick schlang Savigny leidenschaftlich die Arme um ihre Amazonengestalt, die wie geschaffen für jeden Widerstand schien und ihn dennoch nicht leistete ... Und da die stolze Hauteclaire beinahe gleichzeitig Savignys Hals umfing, bildeten die beiden Canovas berühmte, wollüstige Gruppe, die jedermann kennt, und so standen sie wie gemeißelt Mund auf Mund und tranken ohne Unterbrechung und ohne abzusetzen, wahrhaftig! mindestens eine ganze Flasche voller Küsse leer. Das dauerte wohl sechzig Pulsschläge lang, gemessen an meinem Puls, der damals schneller ging als heute und den jener Anblick noch beschleunigte ...

›Oh! Oh!‹, sagte ich vor mich hin, als ich aus meinem Wald herauskam und die beiden immer noch eng aneinandergedrängt, wieder ins Zimmer gegangen waren, dessen Vorhänge, große, düstere Vorhänge, sie hinter sich schlossen. ›An einem der nächsten Morgen müssen sie sich mir anvertrauen. Bald werden sie noch anderes als sich selber zu verbergen haben.‹ — Beim Anblick dieser Zärtlichkeiten und dieses vertrauten Miteinanders, die mir alles offenbarten, zog ich als Arzt meine Schlüsse. Aber ihrer beider Glut sollte das, was ich vorausgesehen hatte, als falsch erweisen. Sie wissen wie ich, daß Wesen, die einander allzusehr lieben (der zynische Doktor bediente sich eines sehr viel kräftigeren Ausdrucks), keine Kinder zuwege bringen. Am nächsten Morgen ritt ich wiederum nach Savigny. Hauteclaire war, wie ich sah, wieder Eulalie geworden; sie saß in der Nische eines der Fenster des langen Korridors, der nach dem Zimmer ihrer Herrin führte; vor ihr lag auf einem Stuhl ein Haufen Wäsche und Flickzeug, und die Florettfechterin der Nacht war beim Nähen und Ausbessern. Sollte man es für möglich halten, dachte ich, als ich sie jetzt in ihrer weißen Schürze und einem Kleide vor mir sah, dessen Falten ihre Gestalt, die ich im hellen Rahmen der Balkontür gewissermaßen nackt gesehen hatte, nicht zu verbergen vermochten ... Ich ging vorüber, ohne sie anzusprechen; denn ich pflegte so wenig wie möglich mit ihr zu sprechen, weil ich sie nicht merken lassen wollte, daß ich wisse, was mir bekannt war und was ich vielleicht in meiner Stimme oder meinem Blick angedeutet hätte. Ich wußte, daß ich über weit weniger schauspielerische Begabung verfügte als sie, und ich fürchtete mich ... Wenn ich den langen Korridor durchschritt, wo sie immer arbeitete, wenn sie nicht ihren Dienst bei der Gräfin versah, erkannte sie für gewöhnlich meinen Schritt so gut, war sie so sicher, daß ich es sei, daß sie niemals den Kopf hob. Sie hielt ihn mit seiner gestärkten Batisthaube oder der anderen normannischen Kopfbedeckung, die sie an gewissen Tagen trug und die an die Kappe der Isabeau von Bayern erinnerte, stets geneigt und heftete die Augen auf ihre Arbeit, wobei ihre Wangen von den langen, blauschwarzen Korkzieherlocken verhüllt wurden, die über das blasse Oval ihres Gesichts hingen, so daß sich meinem Blick nur die zarte Kurve ihres Nackens mit dem dichten Kraushaar darbot, das sich wand wie die Wünsche, die es erregte. Bei Hauteclaire ist gerade das in ihr steckende Tier großartig. Keine Frau außer ihr hat wohl diese besondere Art von Schönheit besessen ... Die Männer, die ja untereinander keine Geheimnisse haben, hatten das oft festgestellt. Als sie noch in V... Fechtstunden gab, hatten die Herren sie untereinander ›Fräulein Esau‹ genannt ... Der Teufel lehrt die Frauen, was sie sind, oder vielmehr: sie würden es den Teufel lehren, sofern er es noch nicht wissen sollte ... Sowenig kokett Hauteclaire auch war, wenn sie aber jemandem, der mit ihr sprach, zuhörte, dann griff sie sich in das üppige Haar, das sich über ihrem Nacken krauste, und wickelte es sich auf eine nur ihr eigentümliche Art um die Finger — jenes Haar, das sich dem Kamm widersetzte und von dem, wie es in der Bibel heißt, ein einziges hingereicht hätte, um die Seele zu verwirren. Sie wußte nur zu gut, welche Gedanken dieses Spiel erweckte! Jetzt aber, da sie Kammerzofe war, hatte ich kein einziges Mal gesehen, daß sie sich diese Geste erlaubt hätte, die ein Spiel mit dem Feuer war; nicht einmal, wenn sie Savigny anblickte.

Mein Lieber, was ich da eingeschoben habe, ist breit ausgesponnen; aber es lehrt Sie desto besser erkennen, was Hauteclaire Stassin für meine Geschichte bedeutet ... An jenem Tage aber konnte sie nicht umhin, ihren Platz zu verlassen und mir ihr Gesicht zu zeigen; denn die Gräfin klingelte nach ihr und trug ihr auf, mir Tinte und Papier zu bringen; ich brauchte beides, um ein Rezept zu schreiben; und sie kam. Sie kam und hatte noch den stählernen Fingerhut auf dem Finger, den abzustreifen sie sich nicht die Zeit genommen hatte, und die eingefädelte Nadel steckte an ihrem aufreizenden Busen, wohin sie sich noch eine Menge weiterer Nadeln gesteckt hatte, deren Stahlglanz ihn verschönte. Selbst der Stahl der Nadeln stand diesem Teufelsmädchen wohl an, das für den Stahl geschaffen war und im Mittelalter sicherlich einen Panzer getragen hätte. Während ich schrieb, stand sie vor mir und hielt mir das Schreibzeug mit jener edlen, weichen Bewegung der Unterarme hin, die ihr der stete Umgang mit den Fechterwaffen in stärkerem Maße als jeder anderen hatte zuteil werden lassen. Als ich fertig war, hob ich die Augen und sah sie an, als wisse ich von nichts, und ich merkte, daß ihr Gesicht Zeichen der Ermüdung von der hinter ihr liegenden Nacht trug. Plötzlich trat Savigny, der bei meiner Ankunft nicht anwesend war, ins Zimmer. Er sah womöglich noch angegriffener aus als sie ... Er sprach mit mir über das Befinden der Gräfin, das sich nicht bessern wollte. Er sprach mit mir darüber wie ein Mann, den die Ungeduld verzehrte, daß sie noch immer nicht gesund sei. Seine Stimme war bitter, heftig, knapp und verkrampft wie die eines

Mannes, der am Ende seiner Geduld ist. Während er sprach, ging er auf und ab. Ich sah ihn kühl an, da mich sein Verhalten bei dieser Sachlage zu stark dünkte, und der napoleonische Ton, den er mir gegenüber anschlug, mir recht unpassend vorkam. Wenn ich dir deine Frau gesund machte, dachte ich frech, dann könntest du nicht die ganze Nacht hindurch mit deiner Geliebten fechten und ... der Liebe frönen. Ich hätte ihn in die Wirklichkeit zurückrufen und an die Höflichkeit erinnern können, die er vergaß; ich hätte ihm, wenn ich gewollt hätte, das Riechsalz einer passenden Antwort unter die Nase halten können. Ich begnügte mich damit, ihn anzusehen. Er schien mir interessanter denn je; denn mir wurde nur zu sehr bewußt, daß er mehr denn je Komödie spielte.«

Und der Doktor flocht abermals eine Pause ein. Er tauchte den breiten Daumen und den Zeigefinger in seine mit Kreisornamenten verzierte Silberdose und nahm eine Prise Macoubac, wie er seinen Tabak pompös zu benennen pflegte. Er selbst kam mir so interessant vor, daß ich keine Zwischenbemerkung machte; und nachdem er seine Prise genommen und sich mit dem gekrümmten Finger über den Rücken seiner gierigen Rabenschnabelnase gefahren war, fuhr er fort:

»Ja, ungeduldig war er in der Tat; aber nicht etwa, weil die Gesundung seiner Frau auf sich warten ließ, seiner Frau, der er mit solcher Entschlossenheit untreu war! Zum Teufel! Er, der im eigenen Hause nachts mit einer Zofe zusammenlag, hatte doch wirklich keinen Grund, wütend zu werden, wenn seine Frau nicht wieder gesund wurde! Mußte nicht, wenn sie gesund war, der Ehebruch sehr viel schwieriger werden? Dabei mußte ihm schließlich andererseits der langsame Verlauf dieses sich hinschleppenden Leidens auf die Nerven fallen. Hatte er damit gerechnet, daß es schneller gehen werde? Und wenn ich mir seither überlegt habe, ob der Gedanke, gewaltsam ein Ende herbeizuführen, von ihm oder von ihr oder von beiden gemeinsam ausgegangen sei, da die Krankheit oder der Arzt zu langsam arbeiteten, dann meine ich, daß dieser Gedanke vielleicht in diesem Augenblick gefaßt worden ist . . .«

»Was, Doktor? Die beiden hätten . . .«

Ich brachte den Satz nicht zu Ende, so sehr verschlug mir der Gedanke, der mir gekommen war, den Atem!

Er nickte und sah dabei genauso tragisch aus wie die Statue des Komturs in »Don Giovanni«, wenn sie die Einladung zum Abendessen annimmt.

»Ja«, schnaufte er langsam und leise und beantwortete damit meinen Gedanken. »Wenigstens erfuhr ein paar Tage danach die ganze Gegend mit Entsetzen, die Gräfin sei vergiftet worden . . .«

»Vergiftet!« rief ich.

». . . vergiftet von ihrer Zofe Eulalie, die versehentlich ein falsches Fläschchen genommen und, wie es hieß, ihrer Herrin statt der von mir verschriebenen Medizin Kopiertinte eingegeben habe. Solch ein Irrtum lag immerhin im Bereich des Möglichen. Ich nun aber wußte, daß Eulalie Hauteclaire war! Ich hatte die beiden auf dem Balkon in der Haltung von Canovas Gruppe gesehen! Niemand wußte, was ich gesehen hatte. Jeder glaubte zunächst an einen gräßlichen Unglücksfall. Aber als dann zwei Jahre nach der Katastrophe bekannt wurde, der Graf

Serlon de Savigny wollte in aller Öffentlichkeit Stassins Tochter heiraten — denn nun mußte damit herausgerückt werden, wer die vorgebliche Eulalie in Wirklichkeit war — und sie in die noch warmen Laken seiner ersten Frau betten, des Fräulein Delphine de Cantor, oh! da grollte der Donner verhohlenen Argwohns, als habe man Angst vor dem, was man sagte, und vor dem, was man dachte. Dabei wußte im Grunde niemand Genaueres. Man wußte nur, daß die ungeheuerliche Mesalliance zur Folge hatte, daß man mit dem Finger auf den Grafen de Savigny wies und ihn mied wie einen Pestkranken. Übrigens genügte das vollauf. Sie wissen, welche Schande es bedeutet — oder vielmehr: bedeutet hat, denn auch in dieser Beziehung hat sich bei uns zu Lande mancherlei geändert —, wenn es von jemand heißt: er hat sein Dienstmädchen geheiratet! Jene Schande wurde immer größer und haftete Savigny an wie ein Schmutzfleck. Was das furchtbare Gerücht von einem angeblichen Verbrechen betrifft, das im Umlauf gewesen war, so verstummte es bald wie das Summen einer Hornisse, die ermattet in eine Wagenspur fällt. Dennoch lebte jemand, der genau Bescheid wußte und seiner Sache sicher war . . .«

»Und das konnte niemand anders als Sie sein, Herr Doktor?« unterbrach ich ihn.

»Natürlich«, entgegnete er, »aber nicht ich allein. Wenn ich der einzige Wissende gewesen wäre, so würde alles mehr oder weniger auf Vermutungen beruht haben, die schlimmer sind als Nichtwissen . . . Ich wäre meiner Sache nie sicher gewesen, aber —«, sagte er im Brustton der Überzeugung, »ich bin meiner Sache sicher!

Und hören Sie nur weiter, wie sicher ich meiner Sache sein kann!« fügte er hinzu, wobei er mit seinen knochigen Fingern mein Knie wie mit einer Zange packte. Nun aber fesselte mich seine Geschichte weit mehr als jenes krabbenartige Gelenksystem, das seine furchtbare Hand bildete.

»Sie können sich wohl vorstellen«, fuhr er fort, »daß ich der erste gewesen bin, der von der Vergiftung der Gräfin erfuhr. Ob die beiden nun schuldig waren oder nicht: sie mußten mich holen lassen; denn schließlich war ich der Hausarzt. Nicht einmal ein Pferd wurde gesattelt. Ein Stallknecht kam auf ungesatteltem Pferde zu mir nach V... galoppiert, von wo aus ich ihm, gleichfalls im Galopp, nach Savigny folgte. Als ich anlangte — ob das berechnet worden war? —, erwies es sich als unmöglich, den Verheerungen der Vergiftung noch Einhalt zu gebieten. Serlon kam mir mit erstorbenem Gesicht im Hof entgegen und sagte, kaum daß ich aus den Bügeln war, als trage er Scheu vor den Worten, deren er sich bediente:

›Eine Zofe hat fehlgegriffen. (Er vermied es, Eulalie zu nennen, die anderntags von jedermann als Täterin bezeichnet wurde.) Aber das kann doch nicht sein, Doktor! Ist Kopiertinte denn wirklich ein Gift?...‹

›Das hängt ganz und gar von ihrer Zusammensetzung ab‹, entgegnete ich. Er geleitete mich zur Gräfin, die von den Schmerzen ziemlich matt dalag und deren verzerrtes Gesicht einem wirren Knäuel weißen Garns glich, das in grüne Farbe gefallen ist... Sie sah geradezu erschreckend aus. Sie lächelte mich mit ihren schwarzen Lippen gramvoll an, mit jenem Lächeln, das einem schweigenden Mann sagt: ›Ich weiß genau, was du denkst ...‹ Mit einem Spähblick suchte ich festzustellen, ob Eulalie im Zimmer sei oder nicht. Ich hätte gern gesehen, wie sie sich in solch einem Augenblick verhalten hätte. Sie war indessen nicht da. Hatte sie trotz aller ihrer Tapferkeit Angst vor mir? ... Ach, in jenem Augenblick hegte ich höchstens Vermutungen ...

Als die Gräfin mich gewahrte, stützte sie sich mühsam auf den Ellbogen.

›Ach, da sind Sie, Herr Doktor‹, sagte sie ›aber Sie kommen zu spät. Mit mir ist es aus. Du hättest nicht den Arzt holen lassen sollen, sondern den Priester. Ordne an, daß er geholt wird, und zuvor will ich mit dem Doktor ein paar Minuten allein sein. Ich will es!‹

Sie sagte dieses ›Ich will es‹ in einem Ton, wie ich ihn niemals von ihr gehört hatte — wie eben eine Frau mit der Stirn und dem Kinn, wie ich sie Ihnen geschildert habe.

›Soll ich ebenfalls draußen bleiben?‹ fragte Savigny matt.

›Du ebenfalls‹, sagte sie. Und beinahe zärtlich fügte sie hinzu: ›Du weißt, mein Freund, wie schamhaft Frauen zumal denen gegenüber sind, die sie lieben.‹

Kaum war er draußen, als sich in ihr eine wüste Veränderung vollzog. Aus der sanften Frau wurde ein wildes Tier.

›Doktor‹, sagte sie mit haßerfüllter Stimme, ›mein Tod ist kein unglücklicher Zufall, sondern ein Verbrechen. Serlon liebt Eulalie, und sie hat mich vergiftet! Ich habe Ihnen nicht geglaubt, als Sie mir sagten, das Mädchen sei zu schön für eine Kammerzofe. Ich habe unrecht gehabt. Er liebt diese Verbrecherin, diese gemeine Hure, die mich umgebracht hat. Er ist schuldiger als sie, da er sie liebt und mich mit ihr betrogen hat. Seit ein paar Tagen haben mir das die Blicke verraten, die sie einander über mein Bett hinweg zugeworfen haben. Und mehr noch der furchtbare Geschmack der Tinte, mit der sie mich vergiftet haben! ... Aber ich habe sie ganz ausgetrunken, ganz und gar, trotz des fürchterlichen Geschmacks, weil ich nur zu einverstanden damit bin, daß ich sterbe! Sprechen Sie nicht von Gegengift! Ich will keins Ihrer Mittel. Ich will sterben.‹

›Und warum haben Sie mich dann rufen lassen, Frau Gräfin?‹

›Aus folgendem Grunde‹, antwortete sie keuchend, ›nämlich um Ihnen zu sagen, daß die beiden mich vergiftet haben und damit Sie mir Ihr Ehrenwort geben, daß Sie es geheimhalten. All das hätte einen gräßlichen Skandal zur Folge. Das erübrigt sich. Sie sind mein Arzt, und Ihnen wird man Glauben schenken, wenn Sie von dem Mißgriff sprechen, den die beiden sich ausgedacht haben, und auch, wenn Sie sagen, daß ich nicht gestorben wäre, daß ich hätte gerettet werden können, wenn ich nicht meiner Krankheit wegen schon seit langem verloren gewesen wäre. Das sollen Sie mir schwören, Doktor!‹

Und als ich nicht antwortete, wurde ihr deutlich, was in mir vorging. Ich dachte, sie liebe ihren Mann so sehr, daß sie ihn zu retten wünsche. Das war der Gedanke, der mir gekommen war, ein an sich ganz natürlicher und banaler Gedanke; denn es gibt

Frauen, deren Liebe und Selbstlosigkeit so tief sind, daß sie den tödlichen Hieb nicht parieren. Aber die Gräfin de Savigny hatte mir niemals den Eindruck gemacht, als gehöre sie zu dieser Art von Frauen!

›Ach, Doktor, nicht was Sie glauben, veranlaßt mich, Sie um Ihr Wort zu bitten! O nein! Ich hasse Serlon in diesem Augenblick seiner Untreue wegen allzusehr, als daß ich ihn dennoch liebte ... Aber so feige, ihm zu verzeihen, bin ich denn doch nicht! Ich gehe eifersüchtig und unversöhnlich aus dem Leben. Aber es handelt sich nicht um Serlon, Doktor‹, fuhr sie voller Energie fort und enthüllte mir damit eine Seite ihres Charakters, die ich zwar vermutet, aber deren vollen Umfang ich bislang nicht erkannt hatte. — ›Es handelt sich um den Grafen de Savigny. Ich will nicht, wenn ich tot bin, daß der Graf de Savigny als der Mörder seiner Frau gilt. Ich will nicht, daß er vor Gericht geschleppt wird, daß er der Mittäterschaft am Verbrechen einer Dienstmagd, die eine Ehebrecherin und Giftmischerin ist, bezichtigt wird! Ich will nicht, daß dieser Makel dem Namen Savigny anhaftet, den ich getragen habe. Oh, wenn es sich nur um ihn handelte: Er verdiente das Schafott. Ihm würde ich nur zu gern das Herz aus dem Leibe reißen! Aber es handelt sich um uns alle, um den Adel des Landes! Wären wir noch, was wir eigentlich sein müßten, so ließe ich diese Eulalie in einen der Kerker des Schlosses Savigny werfen, und es würde nie wieder die Rede von ihr sein! Aber heutzutage sind wir ja nicht mehr die Herren im eigenen Hause. Wir üben nicht mehr unsere rasche, verschwiegene Gerichtsbarkeit aus, und ich wünsche um keinen Preis die Skandale und die Öffentlichkeit Ihrer Gerichte, Doktor; lieber sollen sie glücklich und von mir befreit einander in den Armen liegen, und lieber will ich mit der Wut im Herzen sterben, so wie ich jetzt sterbe, als denken zu müssen, der Adel von V... werde der Schande ausgesetzt, einen Giftmörder in seinen Reihen zu haben.‹

Sie sprach mit unerhörter Eindringlichkeit, trotz des unregelmäßigen Zitterns ihres Kinnes, das ihre Zähne heftig aufeinanderschlagen ließ! Ich erkannte ihr wahres Selbst wieder; aber ich lernte etwas dabei! Sie war die Adlige und nichts als das, die Adlige, die noch im Tode stärker war als die eifersüchtige Frau. Sie starb als eine echte Tochter der Stadt V..., der letzten Adelsstadt Frankreichs! Und das rührte mich tiefer, als es wohl hätte geschehen dürfen, und so versprach und schwur ich ihr denn, für den Fall, daß ich sie nicht rettete, zu tun, um was sie mich gebeten hatte.

Und ich habe Wort gehalten, mein Lieber. Ich habe sie nicht gerettet. Ich habe sie nicht retten können; sie hat hartnäckig jedes Gegenmittel verweigert. Ich habe nach ihrem Tode ausgesagt, wie sie es gewollt hatte, und ich bin damit durchgedrungen ... Das ist jetzt an die fünfundzwanzig Jahre her ... Jetzt ist alles still und ruhig um dieses furchtbare Abenteuer geworden; es ist vergessen. Viele von denen, die es miterlebt haben, sind tot. Auf ihren Gräbern sind andere Generationen gewachsen, die nichts von alledem wissen, denen es gleichgültig ist, und Sie sind der erste, dem ich diese düstere Geschichte erzählt habe!

Und dazu hat es überdies noch unseres Erlebnisses von vorhin bedurft, es hat dieser beiden Wesen bedurft, die trotz der Zeit unverändert schön, trotz ihres Verbrechens unverändert glücklich, kraftvoll, leidenschaftlich, einzig für einander da sind, die ebenso stolz durch das Leben schreiten wie durch den Jardin des Plantes, die wie zwei Altarengel sind, die sich im goldenen Schatten ihrer vier Flügel gemeinsam aufschwingen!«

Ich war entsetzt ... — »Aber«, entfuhr es mir, »wenn das wahr ist, Doktor, was Sie mir da erzählt haben, dann bildet das Glück jener beiden Menschen ja doch einen grausigen Mißklang in der Schöpfung.«

»Mißklang oder Harmonie, ganz wie Sie wollen«, antwortete Doktor Torty, dieser absolute Atheist, der ebenso unerschütterlich war wie die beiden, von denen er erzählt hatte, »aber eine Tatsache ist es dennoch. Sie sind außergewöhnlich glücklich und geradezu unverschämt glücklich. Ich bin ziemlich alt und habe in meinem Leben manches Glück gesehen, das nicht von Dauer gewesen ist; aber ein so tiefes und dauerhaftes Glück wie das jener beiden habe ich nie gesehen!

Und Sie müssen mir schon glauben, daß ich es genau studiert, durchforscht und immer wieder durchforscht habe. Sie müssen mir schon glauben, daß ich nach Kräften nach dem Wurm gesucht habe, der an diesem Glück nagte! Sehen Sie mir den Ausdruck nach: aber ich kann wohl sagen, daß ich dieses Glück seziert habe ... Mit beiden Füßen und mit beiden Augen bin ich in das Leben jener beiden Wesen eingedrungen, so tief ich konnte, um herauszubekommen, ob ihr erstaunliches und empörendes Glück nicht an einer verborgenen Stelle einen noch so kleine Fehler, einen noch so kleinen Riß aufweise; aber ich habe nichts entdeckt als ein neiderregendes Glück, das ein trefflicher und triumphierender Scherz des Teufels wider Gott wäre, wenn es einen Gott und einen Teufel gäbe! Nach dem Tode der Gräfin habe ich, wie Sie sich denken können, mit Savigny in gutem Einvernehmen gelebt. Da ich es auf mich genommen hatte, das von ihnen erdachte Märchen zur Erklärung der Vergiftung zu bekräftigen, hatten sie kein Interesse daran, mich beiseite zu schieben; ich hingegen hatte ein nur zu großes Interesse daran zu erfahren, was nun käme, was sie anfingen, was aus ihnen werden würde. Mich überrieselte ein kalter Schauer; aber das nahm ich auf mich ... Es kam zunächst Savignys Trauerzeit, die die üblichen zwei Jahre währte und der Savigny sich auf eine Weise unterzog, daß die Öffentlichkeit in ihrer Meinung bestärkt wurde, er sei der trefflichste Gatte der Vergangenheit, Gegenwart und Zukunft gewesen ... Während dieser beiden Jahre verkehrte er tatsächlich mit niemandem. Er vergrub sich mit einem so hartnäckigen Willen zur Einsamkeit in sein Schloß, daß niemand erfuhr, daß er Eulalie, die unfreiwillige Todesursache der Gräfin, Eulalie, die er allein schon aus Gründen der Schicklichkeit hätte vor die Tür setzen müssen, selbst wenn er von ihrer Unschuld überzeugt gewesen wäre, bei sich auf Savigny behalten hatte. Diese Unvorsichtigkeit, nach einer solchen Katastrophe das Mädchen bei sich zu behalten, bewies mir die wahnwitzige Leidenschaft, die ich von jeher in Serlon vermutet hatte. Daher war ich denn durchaus nicht überrascht, daß ich eines Tages auf dem Heimweg von meinen Krankenbesuchen auf der Straße nach Savigny einem Diener begegnete, den ich fragte, was es im Schlosse neues gebe, und der mir erzählte, Eulalie sei noch immer dort ... Aus der Gleichgültigkeit, mit der er mir das sagte, ersah ich, daß kein einziger von den Leuten des Grafen ahnte, daß Eulalie seine Geliebte sei. ›Sie spielen also nach wie vor ihre Komödie‹, sagte ich mir. ›Aber warum gehen sie nicht aus der Gegend hier fort? Der Graf ist reich. Er könnte überall herrlich und in Freuden leben. Warum machte er sich nicht mit dieser schönen Teufelin aus dem Staube (an Teufelinnen glaube ich nämlich), die, um ihn ganz für sich zu haben, lieber auf alle Gefahr hin im Hause ihres Geliebten gewohnt hat, als zu V... in irgendeiner abgelegenen Wohnung seine Geliebte zu sein, wo er sie in aller Ruhe heimlich hätte besuchen können?‹ Es gab da eine versteckte Einzelheit, die ich mir nicht erklären konnte. War ihrer beider Wahnsinnsrausch, war ihr Aufgehen ineinander so groß, daß sie alle Vorsicht und Klugheit, die das Leben nun einmal verlangt, außer acht ließen? ... Wollte Hauteclaire, deren Charakter ich für stärker hielt als den Serlons, wollte Hauteclaire, die wohl der männliche Teil in ihrer beider Liebesbeziehungen war, in dem Schlosse bleiben, wo man sie als Magd gesehen hatte und wo man sie auch als Herrin sehen sollte? Wollte sie durch ihr Bleiben, sofern es herauskam und einen Skandal verursachte, die öffentliche Meinung auf einen noch furchtbareren Skandal vorbereiten, nämlich auf ihre Eheschließung mit dem Grafen de Savigny? Wenn dieser Gedanke vielleicht auch ihr gekommen war: mir war er in jenem Augenblick meiner Geschichte noch nicht gekommen.

Hauteclaire Stassin, die Tochter des alten Meisters der Fechtkunst, des ›Aufspießers‹ — die wir alle zu V... in enganliegenden Trikots hatten Fechtstunden geben sehen —, Gräfin de Savigny! Na, hören Sie! Wer hätte je eine solche Umwertung aller Werte, einen solchen Weltuntergang für möglich gehalten? Oh, zum Teufel, ich meinerseits hatte gemeint, daß das Konkubinat zwischen diesen beiden stolzen Wesen weiterbestehen werde, die auf den ersten Blick erkannt hatten, daß sie der gleichen Gattung angehörten und die den Ehebruch unter den Augen der Gräfin gewagt hatten. Aber eine Heirat, eine Heirat, die frech vor der Nase Gottes und der Menschen vollzogen wurde, die eine Herausforderung eines ganzen, in seinen heiligsten Gefühlen und Sitten gekränkten Landstrichs bedeutete: von dieser Annahme war ich, Ehrenwort!, tausend Meilen weit entfernt, so weit, daß, als nach Ablauf von Serlons beiden Trauerjahren die Sache brüsk in die Tat umgesetzt wurde, der Donnerschlag der Überraschung auf mein Haupt niederschmetterte, als sei ich einer der Dummköpfe gewesen, die niemals auf das gefaßt sind, was geschieht, und die bei uns zu Lande aufheulen wie nachts geprügelte Hunde an den Kreuzwegen.

Übrigens habe ich während jener beiden Trauerjahre Serlons, die strikt durchgehalten und, als offenbar wurde, was dabei schließlich herauskam, so voller Wut als eitel Heuchelei und Niedrigkeit bezeichnet wurden, Schloß Savigny nicht allzuoft betreten... Was hätte ich dort auch zu suchen gehabt? ... Es ging dort alles gut, und bis zu dem vielleicht nicht mehr allzu fernen Augenblick, da man mich ärgerlicherweise mitten in der Nacht einer Geburt wegen holen würde, die es vorher noch geheimzuhalten galt, bedurfte man meiner Dienste nicht. Dennoch wagte ich im Lauf der Zeit einen Besuch beim Grafen. Das war eine Höflichkeit, hinter der sich meine ewige Neugier verbarg. Wenn ich kam, empfing Serlon mich hier oder dort, wie der Zufall es mit sich brachte oder wo er sich gerade befand. Er bezeigte mir gegenüber nicht die mindeste Befangenheit. Er hatte seine alte Liebenswürdigkeit wiedergewonnen. Er war ernst. Ich hatte bereits gemerkt, daß glückliche Menschen ernst zu sein pflegen. Sie tragen in ihrem Innern ihr Herz so behutsam, als sei es ein volles Glas, das die geringste Bewegung zum Überfließen bringen oder zerbrechen kann ... Trotz seines Ernstes und seiner schwarzen Kleidung aber wiesen Serlons Augen das unbändige Leuchten eines ungeheuren Glücks. Es war nicht länger der Ausdruck der Erleichterung und Befreiung, der darin leuchtete, wie an dem Tage, da er, als ich bei seiner Frau gewesen, sich bewußt geworden war, ich habe Hauteclaire erkannt, indessen den Beschluß gefaßt, es mir nicht anmerken zu lassen. Nein, zum Donnerwetter, jetzt leuchteten sie wirklich vor Glück! Obwohl wir uns bei diesen förmlichen und hastigen Besuchen nur über oberflächliche und entlegene Dinge unterhielten, hatte die Stimme des Grafen, wenn er sich über jene Dinge äußerte, einen anderen Klang als zu Lebzeiten seiner Frau. Jetzt offenbarte sie durch die beinahe warme Fülle ihres Tonfalls, daß er mit knapper Not Gefühle meisterte, die heftig danach verlangten, seiner Brust zu entströmen. Was nun Hauteclaire betrifft (die sich nach wie vor Eulalie nannte und sich noch immer im

Schloß befand, wie der Diener mir berichtet hatte), so dauerte es ziemlich lange, bis ich ihr wieder begegnete. Wenn ich hindurchging, sah ich sie nicht mehr in dem Korridor sitzen, wo sie sich zu Lebzeiten der Gräfin in der Fensternische arbeitend aufzuhalten pflegte. Und dennoch ließen der Wäschestapel an der gleichen Stelle, die Schere, das Etui und der Fingerhut auf der Fensterbank erkennen, daß sie noch immer dort arbeiten, daß sie auf dem leeren und vielleicht noch warmen Stuhl gesessen haben müsse, von dem sie wohl aufgestanden war, als sie mich hatte kommen hören. Sie erinnern sich, daß ich mir einbildete, sie fürchte meinen durchdringenden Blick; jetzt aber brauchte sie ihn nicht mehr zu fürchten. Sie wußte ja nicht, daß ich das entsetzliche Bekenntnis der Gräfin empfangen hatte. Bei ihrem kühnen und stolzen Charakter, den ich sehr wohl kannte, mußte sie sogar befriedigt sein, daß sie meinem Scharfsinn Trotz bieten konnte, der sie durchschaut hatte. Und wirklich entsprach, was ich vermutet hatte, der Wahrheit; denn an dem Tage, da ich ihr endlich begegnete, stand ihr das Glück so leuchtend auf der Stirn geschrieben, daß selbst die ganze Flasche Kopiertinte, mit der sie die Gräfin vergiftet hatte, es nicht hätte verdecken können!

Zum ersten Male begegnete ich ihr auf der großen Schloßtreppe. Sie kam herunter und ich stieg hinauf. Sie kam schnell herab; doch als sie mich erblickte, verlangsamte sie ihre Bewegung und legte zweifellos Wert darauf, mich ihr Gesicht sehen zu lassen und mit jenen Augen anzusehen, die zwar ein Pantherweibchen, nicht aber mich zwingen konnten, die Augen zu schließen. Als sie die Treppenstufen herunterkam, bauschte ihr Kleid sich im Windzug der schnellen Bewegung hinter ihr, und es sah aus, als schwebe sie aus dem Himmel herab. Mit ihrem glücklichen Gesicht wirkte sie geradezu erhaben. Ach, ihr Gesicht stand an fünfzehntausend Meilen über dem Serlons! Dennoch ging ich an ihr vorüber, ohne ihr die geringste Höflichkeitsbezeigung zu erweisen; denn wenn Ludwig XIV. auch auf der Treppe die Kammerfrauen zu grüßen pflegte, so waren es doch keine Giftmischerinnen. Ihrer Kleidung und der weißen Schürze nach zu urteilen, war sie an jenem Tag immer noch Zofe; aber das glückliche Gesicht der triumphierenden und despotischen Geliebten war an die Stelle des gleichgültig-gefühllosen der Dienerin getreten. Dieser Ausdruck ist nie wieder von ihr gewichen. Vorhin habe ich ihn wieder wahrgenommen, und auch Sie haben sich davon überzeugen können. Er ist noch auffallender als die Schönheit der Gesichter, auf dem er strahlt. Diesen Ausdruck übermenschlichen Stolzes im Glück der Liebe, den sie wohl auch Serlon, der ihn anfangs nicht besaß, mitgeteilt hat — den hat sie noch heute, nach zwanzig Jahren, und ich habe nie bemerkt, daß er auf den Gesichtern dieser beiden seltsamen Lieblingskinder des Lebens auch nur einen Augenblick schwächer geworden wäre oder sich verschleiert hätte. Mit diesem Ausdruck haben sie sieghaft auf alles geantwortet, auf Einsamkeit, übles Gerede, Verachtung der empörten öffentlichen Meinung; mit diesem Ausdruck bringen sie es fertig, daß jeder, der ihnen begegnet, das Verbrechen, dessen sie ein paar Tage lang angeklagt waren, für eine gemeine Verleumdung hält.«

»Aber Sie, Doktor«, unterbrach ich ihn, »Sie haben sich doch nach allem, was Sie wußten, nicht von jenem Ausdruck täuschen lassen können? Sind Sie den beiden nicht überallhin gefolgt? Haben Sie sie nicht immerfort gesehen?«

»Immerfort — nur nicht nachts in ihrem Schlafzimmer«, sagte Doktor Torty spöttisch, »und dort ist jener Ausdruck schwerlich aus ihrem Gesicht verschwunden. Ich habe sie, wie ich wohl glaube, in allen Augenblicken ihres Daseins gesehen, seit ihrer Hochzeit, die sie irgendwo begangen haben, um den ›Kundgebungen‹ zu entgehen, die die Bevölkerung von V..., die auf ihre Art genauso empört war wie der Adel, ihnen zugedacht hatte. Als sie dann als Vermählte zurückkehrten, als sie amtlich Gräfin de Savigny und er durch die Eheschließung mit einer Zofe für alle Zeit entehrt war, ließ man sie, ohne sich um sie zu kümmern, ihr Schloß Savigny beziehen. Man kehrte ihnen den Rücken. Man ließ sie einander genießen, soviel sie wollten ... Nur sind sie, wie es scheint, einander nie überdrüssig geworden; selbst heute noch ist ihr Hunger aufeinander nicht gestillt. Was nun mich betrifft, der ich nicht sterben will, ehe ich nicht in meiner Eigenschaft als Arzt einen Traktat über Teratologie geschrieben habe, mich, den die beiden als ... Ungeheuer interessierten, so habe ich mich ganz und gar nicht denen angeschlossen, die sie mieden. Als ich die falsche Eulalie, die vom Scheitel bis zur Sohle Gräfin geworden war, wiedersah, empfing sie mich, als sei sie es ihr Lebtag gewesen. Sie machte sich nicht das mindeste daraus, daß ich mich ihrer in weißer Schürze und mit dem Tablett erinnerte! ›Jetzt bin ich nicht mehr Eulalie‹, sagte sie zu mir. ›Ich bin Hauteclaire, Hauteclaire, die glücklich ist, um seinetwillen Zofe gewesen zu sein ...‹ Ich dachte daran, daß sie auch noch etwas anderes gewesen sei; aber da ich als einziger aus der Gegend nach der Rückkehr der beiden auf Savigny vorgesprochen hatte, hatte ich damit meinen Teil an der Schande auf mich genommen und ging schließlich öfter hin. Ich kann getrost sagen, daß ich mich nach wie vor darauf versteifte, das Miteinander dieser beiden Wesen zu beobachten und zu durchschauen, die die Liebe so vollkommen glücklich machte. Ja, mein Lieber, ob Sie es mir nun glauben oder nicht; ich habe nie bemerkt, daß die Reinheit dieses Glückes, das, dessen war ich sicher, durch ein Verbrechen besudelt war, auch nur für die Dauer einer einzigen Minute, eines einzigen Tages — ich will nicht sagen — getrübt, aber doch verdüstert worden wäre. Kein einziges Mal habe ich den Schmutz eines feigen Verbrechens, das nicht den Mut gehabt hatte, blutig zu sein, als Flecken auf dem Azur ihres Glückes erblickt! Nicht wahr, das müßte doch alle Moralisten der Erde, die das schöne Axiom vom bestraften Laster und der belohnten Tugend erfunden haben, zu Boden schmettern! In ihrer Einsamkeit und Abgeschiedenheit sahen sie niemanden als mich, dem gegenüber sie sich nicht mehr Zwang auferlegten als gegenüber einem Arzt, der infolge gemeinsam überstandener Leiden beinahe ein Freund geworden ist; sie ließen sich gehen. Sie vergaßen mich und lebten in vollen Zügen, auch wenn ich zugegen war, im Rausch einer Leidenschaft, der ich, sehen Sie, trotz aller meiner Erinnerungen, nichts zu vergleichen vermag ... Sie selbst sind ja vor einem Augenblick noch Zeuge gewesen: sie sind an uns vorübergegangen, und sie haben mich nicht einmal bemerkt, obwohl sie mich mit dem Ellbogen gestreift haben! Während des Teils meines Lebens, den ich mit ihnen verbrachte, haben sie mich genauso wenig bemerkt ... Sie waren höflich, liebenswürdig, aber nur zu häufig mit dem Gedanken anderswo, und ihr Benehmen mir gegenüber war derart, daß ich nicht wieder nach Savigny gegangen wäre, wenn ich es mir nicht hätte angelegen sein lassen, bis in die mikroskopischen Einzelheiten hinein ihr unglaubhaftes Glück zu studieren und darin, zu meiner persönlichen Erbauung, das Sandkorn einer Ermüdung, eines Leidens und, sprechen wir getrost das große Wort aus: eines Gewissensbisses zu entdecken. Aber ich fand nichts, nichts! Die Liebe beherrschte alles, erfüllte alles, tötete alles in ihnen, das Moralgefühl und das Gewissen — wie ihr es nennt; und wenn ich sie mir ansah, diese beiden Glücklichen, dann begriff ich den Ernst im Scherzwort meines alten Freundes Broussais, wenn er vom Gewissen behauptete: ›Seit dreißig Jahren stehe ich am Seziertisch, und nicht einmal das Ohr dieses Tierchens habe ich entdeckt‹.

Und glauben Sie ja nicht«, fuhr der alte Teufel, der Doktor Torty, fort, als habe er in meinen Gedanken gelesen, »das, was ich Ihnen da gesagt habe, sei eine These ... der Beweis für eine Lehre, die ich für wahr halte und die das Gewissen so entschieden leugnet wie Broussais es geleugnet hat. Meine Erzählung birgt keinerlei These. Ich will Ihrem Glauben keinesfalls zu nahe treten ... Sie enthält lediglich Tatsachen, die mich genauso in Erstaunen versetzt haben wie Sie. Sie enthält lediglich das Phänomen eines beständigen Glücks, einer Seifenblase, die immer größer wird und dennoch niemals platzt! Wenn ein Glück von Dauer ist, so ist das an sich schon etwas Überraschendes; aber diesem Glück im Verbrechen wohnt etwas Verblüffendes inne, und damit werde ich seit zwanzig Jahren nicht fertig. Der alte Arzt, der alte Beobachter, der alte Moralist ... oder Immoralist« (wie er verbesserte, als er mein Lächeln wahrnahm), »ist völlig durch das Schauspiel außer Fassung gebracht, dem er seit so vielen Jahren beiwohnt und das er Ihnen nicht in allen seinen Einzelheiten schildern kann; denn wenn ein Wort seine Berechtigung hat, dann dieses: das Glück hat keine Geschichte. Es vermag auch nicht geschildert oder beschrieben zu werden. Man kann das Glück, diese Einsickerung eines höheren Lebens in unser Leben, ebensowenig ausmalen wie den Kreislauf des Blutes in unsern Adern. Lediglich am Pulsschlag stellt man fest, daß das Blut kreist, und auf die gleiche Weise überzeuge ich mich vom Glück der beiden Wesen, die Sie vorhin gesehen haben, diesem unbegreiflichen Glück, dessen Pulsschlag ich schon seit so langer Zeit fühle. Tagtäglich, und ohne sich dessen bewußt zu sein, schaffen Graf und Gräfin de Savigny Madame de Staëls herrliches Kapitel über die Liebe in der Ehe oder die noch herrlicheren Verse Miltons aus dem ›Verlorenen Paradies‹ nach. Ich meinerseits bin niemals ein allzu sentimentaler oder poetisch angehauchter Mensch gewesen; diese beiden nun aber haben es durch das von ihnen in die Wirklichkeit umgesetzte Ideal, das ich für unmöglich gehalten hätte, fertiggebracht, daß mir der Geschmack an den besten Ehen, die ich kennengelernt habe, Ehen, die ganz allgemein als reizend bezeichnet werden, vergangen ist. Der ihrigen gegenüber sind sie mir immer nur inferior, farblos und kalt vorgekommen! Ihr Schicksal, ihr Stern, der Zufall, was weiß ich? haben es gestattet, daß sie ganz für einander leben konnten. Da sie reich sind, haben sie die Gnadengabe der Muße, ohne die keine Liebe möglich ist, die aber ebensooft die Liebe tötet wie sie für deren Entstehung notwendig ist ... Ausnahmsweise hat die Muße ihre Liebe nicht getötet. Die Liebe, die alles vereinfacht, hat aus ihrem Leben eine erhabene Vereinfachung gemacht. Im Dasein dieser beiden Gatten, die, wie es scheint, gleich allen Schloßherren der Erde fern von der Welt leben, von der sie nichts verlangen und um deren Achtung oder Verachtung sie sich nicht kümmern, gibt es nichts von jenen ungeschlachten Zwischenfällen, die als Ereignisse bezeichnet zu werden pflegen. Sie haben sich nie getrennt. Wohin der eine auch gehen mag: der andere begleitet ihn. Wie zur Zeit des alten ›Aufspießers‹ haben die Straßen und Wege in der Umgebung von V... Hauteclaire zu Pferde wiedergesehen; doch jetzt reitet der Graf de Savigny neben ihr, und die Frauen der Stadt, die, wie ehedem, im Wagen vorüberfahren, betrachten sie vielleicht mit noch größerem Interesse als damals, als sie das hochgewachsene, geheimnisumwitterte junge Mädchen mit dem dunkelblauen Schleier war, dessen Gesicht niemand zu sehen bekam. Jetzt lüftet sie den Schleier und zeigt ihnen kühn das Gesicht der Zofe, die es verstanden hat, sich heiraten zu lassen; und empört, wenngleich nachdenklich, fahren die Damen nach Hause ... Graf und Gräfin de Savigny unternehmen keine Reisen; manchmal kommen sie nach Paris; aber sie halten sich hier immer nur ein paar Tage auf. Ihr Leben beschränkt sich ganz und gar auf Schloß Savigny, das der Schauplatz eines Verbrechens gewesen ist, dessen Erinnerung sie vielleicht in die unergründlichen Tiefen ihrer Herzen versenkt haben . . .«

»Und Kinder haben sie nie gehabt, Doktor?« fragte ich.

»Ach!« entgegnete Doktor Torty. »Sie meinen, da sei die Fehlstelle, die Rache des Schicksals, und das, was Sie die göttliche Vergeltung oder Gerechtigkeit nennen? Nein, sie haben niemals Kinder gehabt. Erinnern Sie sich? Einmal war mir eingefallen, daß sie nie welche haben würden. Sie lieben sich zu leidenschaftlich ... Das Feuer, das verzehrt und vernichtet, bringt nichts hervor. Eines Tages habe ich Hauteclaire gefragt:

›Sie sind also nicht bekümmert, Frau Gräfin, daß Sie kein Kind haben?‹

›Ich will keins‹, hat sie herrisch geantwortet. ›Dann nämlich würde ich Serlon weniger lieben. Kinder‹, hat sie beinahe verächtlich hinzugefügt, ›taugen nur für unglückliche Frauen.‹«

Und mit diesem Wort, das er für tief hielt, brach Doktor Torty unvermittelt seine Geschichte ab.

Er hatte mich gefesselt, und ich sagte es ihm. »So verbrecherisch sie auch sein mag«, bemerkte ich, »man nimmt Anteil an dieser Hauteclaire. Ohne das Verbrechen könnte ich Serlons Liebe verstehen.«

»Und vielleicht gar mit dem Verbrechen«, sagte der Arzt. »Und mir geht es genauso«, fügte der beherzte Biedermann hinzu.

DIE HINTERGRÜNDE EINER WHISTPARTIE

»Wollen Sie sich mit einer solchen Geschichte über uns lustig machen?«

— »Gibt es nicht eine Sorte Tüll, die man Illusionstüll nennt?«

(Auf einer Abendgesellschaft beim Fürsten T . . .)

I

An einem Abend des vergangenen Sommers war ich bei der Baronin de Mascranny, einer jener Pariserinnen, die den Geist, wie er früher gepflegt wurde, über alles schätzen und dem wenigen, was heutzutage noch davon übrig ist, beide Flügel — einer würde genügen — ihrer Salontür öffnen. Hat sich der Geist nicht unlängst in eine anspruchsvolle Bestie verwandelt, die den Namen ›Intelligenz‹ führt? . . . Die Baronin de Mascranny gehörte durch ihren Gemahl einer alten, höchst illustren Familie an, die ursprünglich in Graubünden ansässig gewesen ist. Wie allgemein bekannt ist, führte sie im Wappen drei Balken im roten Feld, die quadriert sind von silbernen Adlern im roten Feld; diese wiederum sind beseitet rechts von einem silbernen Schlüssel, links von einem silbernen Helm; der Herzschild weist eine goldene Lilie in blauem Feld; dieses Schildhaupt sowie die Stücke, die das Wappen enthält, sind der Familie Mascranny von mehreren europäischen Herrschern als Belohnung für Dienste verliehen worden, die sie ihnen in verschiedenen Zeitläuften der Geschichte erwiesen hat. Wenn die Herrscher Europas sich heutzutage nicht mit der Lösung so vieler anderer Angelegenheiten zu befassen hätten, so könnten sie dieses ohnehin schon auf eine so adlige Weise kompliziertc Wappen bereichern, zur Belohnung der wahrhaft heroischen Mühe, deren die Baronin sich unterzieht, um die Konversation, die hinsiechende Tochter mußegesegneten Adels und absoluter Monarchie, am Leben zu erhalten. Mit dem Geist und den Gepflogenheiten, die von ihrem Namen untrennbar sind, hat die Baronin de Mascranny aus ihrem Salon gewissermaßen ein köstliches Koblenz gemacht, wohin die Konversation von ehedem sich geflüchtet hat, der letzte Ruhm des französischen Geistes, den die utilitaristischen und hastgeplagten Sitten unserer Zeit zur Emigration gezwungen haben. Dort singt er allabendlich, bis er plötzlich verstummt, seinen Schwanengesang. Wie in den wenigen französischen Häusern, wo die große Tradition der Causerie noch gepflegt wird, spreizt man sich dort nicht mit leeren Redensarten, und der Monolog ist nahezu unbekannt. Dort erinnert nichts an Zeitungsartikel und politische Reden, die beiden vulgären Denkformen des 19. Jahrhunderts. Der Geist bescheidet sich, in bezaubernden oder tiefen, aber behend hingesagten Worten zu glänzen; bisweilen auch nur durch den Tonfall und oft sogar durch noch weniger, durch eine kleine, geistvolle Geste nämlich. Diesem gepriesenen Salon danke ich es, daß ich eine Macht eingehend kennengelernt habe, die mir zuvor ziemlich fremd war: die Macht der Einsilbigkeit. Wie oft habe ich hier gehört, daß ein Wort hingeworfen oder leicht hingesagt wurde — mit weit mehr Talent, als Mademoiselle Mars besitzt, die Königin der Einsilbigkeit auf der Bühne, die indessen im Faubourg Saint-Germain, wenn sie dort hätte erscheinen können, schnell entthront worden wäre; denn dort sind die Frauen zu sehr große Damen, um zu ›überspitzen‹ wie eine Schauspielerin, die Marivaux spielt.

An jenem Abend nun aber war der Wind der Einsilbigkeit nicht eben günstig. Als ich bei der Baronin de Mascranny eintrat, waren schon ziemlich viele der Leute dort, die sie ihre ›Intimen‹ nennt, und die Unterhaltung war so lebhaft, wie sie dort für gewöhnlich ist. Wie die exotischen Blumen, die die Jaspisvasen ihrer Konsolen schmücken, stammen die Intimen der Baronin beinahe aus aller Herren Länder. Es finden sich unter ihnen Engländer, Polen, Russen; aber in bezug auf Sprache, Geisteshaltung und Umgangsformen, die in einer gewissen gesellschaftlichen Höhenlage immer die gleichen sind, waren sie sämtlich Franzosen. Ich weiß nicht, welches der Ausgangspunkt der Unterhaltung war; aber bei meinem Kommen wurde gerade von Romanen gesprochen. Von Romanen sprechen bedeutet dasselbe, als erzähle jedermann aus seinem eigenen Leben. Muß ausdrücklich bemerkt werden, daß man in dieser Versammlung von Damen und Herren der Gesellschaft nicht so pedantisch war, Literarisches zu erörtern? Man befaßte sich einzig mit dem Wesen der Dinge und nicht mit der Form. Jeder dieser überlegenen Moralisten, dieser mannigfach abgestuften Praktiker der Leidenschaft und des Lebens, die ernsthafte Erfahrungen unter leicht hingesprochenen Worten und losgelöstem Gehaben verbargen, betrachtete damals einen Roman lediglich als eine

Fragen aufwerfende Darstellung der menschlichen Natur, der Sitten und der Geschichte. Als nichts sonst. Aber ist das nicht auch alles? ... Übrigens mußte man schon lange bei diesem Thema verweilt haben; denn die Gesichter wiesen bereits jene physiognomische Spannung auf, wie sie einem seit langem angefachten Interesse erwächst. Alle hatten einander auf eine delikate Weise aufgepeitscht, und so hatten diese Geister zu schäumen begonnen. Nur einige besonders lebhaft empfindende Seelen — ich konnte ihrer drei oder vier in diesem Salon zählen — bewahrten Schweigen, die einen mit gesenkter Stirn, die andern mit träumerisch-starrem Auge die Ringe einer auf ihrem Knie liegenden Hand betrachtend. Vielleicht versuchten sie, ihren Träumereien Gestalt zu geben, was ebenso schwierig ist, wie seine Gefühle zu vergeistigen. Im Schutze der Diskussion glitt ich, ohne gesehen zu werden, hinter den schimmernden samtweichen Rücken der Gräfin de Damnaglia, die mit gespitzten Lippen am Rande ihres zusammengefalteten Fächers knabberte, wobei sie zuhörte wie alle andern auch; denn Zuhörenkönnen bedeutet in dieser Gesellschaft einen Reiz. Der Tag neigte sich, ein rosenfarbener Tag, der sich schließlich dunkel zu tönen begann wie ein glückliches Leben. Man saß im Kreis und bildete im Dämmerdunkel des Salons gleichsam ein Blumengewinde aus Damen und Herren, die sämtlich unterschiedliche Haltungen innehatten und lässig lauschten. Es war eine Art lebendigen Armbandes, dessen Agraffe die Herrin des Hauses bildete, die, wie stets, mit ihrem ägyptischen Profil gleich Kleopatra auf ihrem Ruhebett lag. Ein offenes Fenster ließ ein Stückchen des Himmels und den Balkon sehen, auf dem sich einige der Damen aufhielten. Und die Luft war so rein und der Quai d'Orsay in diesem Augenblick so über die Maßen still, daß sie keine Silbe der vom Salon her vernehmbaren Stimme verloren, trotz der Vorhänge aus venezianischer Seide vor dem Fenster, die doch jene sonore Stimme dämpfen und die Schallschwingungen in ihren Falten zurückhalten mußten. Als ich den Sprecher erkannt hatte, wunderte ich mich weder über diese Aufmerksamkeit — die nicht lediglich das Ergebnis guter Erziehung war — noch über die Kühnheit dessen, der länger das Wort behielt, als es in diesem Salon üblich war, in dem ein so erlesener Ton herrschte.

Er war in der Tat der am stärksten funkelnde Causeur in diesem Königreich der Causerie. Wenn ich auch seinen Namen nicht verrate, so doch hiermit seinen Titel! Verzeihung. Er hatte auch noch einen andern ... Die Medisance oder die Verleumdung, diese Zwillingsschwestern, die einander so sehr gleichen, daß man sie nicht zu unterscheiden vermag, und die ihre Zeitung von rechts nach links schreiben, als sei es Hebräisch (ist es das nicht auch des öfteren?), berichteten voller Ingrimm, er sei der Held mehr als eines Abenteuers gewesen, das er an jenem Abend sicherlich nicht gern erzählt hätte.

»... Die schönsten Romane des Lebens«, sagte er, als ich mich im Schutze der Schultern der Gräfin de Damnaglia auf den Sofakissen niederließ, »sind Wirklichkeiten, die man im Vorübergehen mit dem Ellbogen oder gar mit dem Fuß gestreift hat. Wir alle haben sie erlebt. Der Roman ist alltäglicher als die Geschichte. Ich spreche nicht von solchen Romanen, die in wilden Katastrophen endeten, Dramen, in denen die kühnsten und ausgefallensten Gefühle vor der majestätischen Nase der öffentlichen Meinung ihre Rolle spielten; aber abgesehen von den sehr seltenen, geräuschvollen Geschehnissen, die sich in einer Gesellschaft wie der unsrigen zu Skandalen auswachsen, einer Gesellschaft, die gestern heuchlerisch war und heute nur noch feige ist, gibt es niemand unter uns, der nicht Zeuge jener geheimnisvollen, vom Gefühl oder von der Leidenschaft bestimmten Vorfälle gewesen wäre, die einem Schicksal den Untergang bereiten, jenes Brechens eines Herzens, das nur einen dumpfen Laut erzeugt, der wie derjenige eines Körpers ist, der in den verborgenen Abgrund eines Verließes gestoßen wird, darüber die Welt ihre tausend Stimmen oder ihr Schweigen breitet. Man kann vom Roman sehr häufig sagen, was Molière von der Tugend gesagt hat: ›Mag der Teufel wissen, wo sie sich verkriecht!‹ Dort, wo man es am wenigsten vermutet, dort stöbert man sie auf! Ich, der ich zu Ihnen spreche, habe in meiner Kindheit gesehen . . . nein, ›gesehen‹ ist nicht das richtige Wort! Ich habe es erraten, habe es geahnt — eines jener grausamen, entsetzlichen Dramen, die sich nicht vor der Öffentlichkeit abspielen, obwohl die Öffentlichkeit die darin Mitwirkenden tagtäglich vor Augen hat; eine jener ›blutigen Komödien‹, wie Pascal sie nannte, die indessen bei geschlossenen Türen, hinter einem Vorhang von Ränken, dem Vorhang des Privatlebens und der häuslichen Abgeschiedenheit, gespielt werden. Was von diesen sich in der Verborgenheit abspielenden, erstickten Dramen durchsickert, die ich ›nach innen geschlagenen Schweiß‹ nennen möchte, ist düster und wirkt weit heftiger auf die Einbildungskraft und die Erinnerung, als wenn das ganze Drama sich offen vor unsern Augen abgespielt hätte. Was man nicht weiß, verstärkt den Eindruck dessen, was man weiß, um vieles. Irre ich mich? Aber ich bin nun einmal der Meinung, daß die Hölle, die man durch ein Kellerloch erblickt, erschreckender wirken müsse als die Hölle, die man mit einem einzigen umfassenden Blick wahrnimmt.«

Hier machte er eine kurze Pause. Er verlieh einer so menschlichen Tatsache Ausdruck, einer solchen Erfahrung der Imagination für Menschen, die davon wenig besitzen, daß sich keinerlei Widerspruch erhob. In allen Gesichtern malte sich lebhafteste Neugier. Die junge Sibylle, die vor dem Ruhebett kauerte, auf dem ihre Mutter lag, rückte erschrocken näher an sie heran, als sei ihr eine Natter zwischen die flache Kinderbrust und das Korsett geschlüpft.

»Laß ihn schweigen, Mama«, sagte sie mit der Ungeniertheit eines verwöhnten, zur künftigen Despotin erzogenen Mädchens; »er soll uns nicht so grauenvolle Geschichten erzählen, bei denen es einen eiskalt überläuft.«

»Ich schweige, wenn Sie es wünschen, Fräulein Sibylle«, antwortete der, den sie in ihrer naiven und beinahe zärtlichen Ungeniertheit nicht bei Namen genannt hatte.

Er, der in so unmittelbarer Nähe dieser jungen Seele lebte, wußte um deren Neugier und Ängste; denn sie war allen Dingen gegenüber zu jener Art von Erregung geneigt, wie man sie empfindet, wenn man die Füße in ein Bad eintaucht, das kälter ist als die Außenluft und das einem im gleichen Maße den Atem nimmt, wie man in die packende Kühle des Wassers gleitet.

»Soviel ich weiß, maßt Sibylle sich nicht an, meinen Freunden Schweigen zu gebieten«, sagte die Baronin und streichelte dabei den Kopf ihrer mit frühreifem Nachdenken begabten Tochter. »Wenn sie Angst hat, bleibt ihr der Ausweg aller Ängstlichkeit: die Flucht; sie kann ja gehen.«

Aber das kapriziöse Mädchen, das vielleicht ebenso begierig auf die Geschichte war wie ihre Mutter, ergriff nicht die Flucht, sondern reckte den mageren Körper, der noch vor erschrockenem Interesse bebte, und sah mit ihren schwarzen, tiefen Augen nach dem Erzähler hin, als neige sie sich über einen Abgrund.

»Dann erzählen Sie also«, sagte Fräulein Sophie de Revistal und wandte ihm ihre großen, braunen, lichtgebadeten Augen zu, die trotz ihrer Feuchtigkeit teuflisch funkelten. »Sie sehen ja«, fügte sie mit einer kaum wahrnehmbaren Handbewegung hinzu, »daß wir alle ganz Ohr sind.«

Und da erzählte er dann das Folgende. Aber ob ich wohl imstande bin, die durch Stimme und Gestik des Erzählers sorglich abgestufte Geschichte unabgeschwächt wiederzugeben und zumal den starken Eindruck zu schildern, den sie auf alle in der sympathischen Atmosphäre dieses Salons Versammelten machte?

»Ich bin in der Provinz aufgewachsen«, sagte der Erzähler, dem allgemeinen Wunsch willfahrend, »und zwar im väterlichen Hause. Mein Vater wohnte in einem Marktflecken, der sich lässig, die Füße im

Wasser, längs einer Bergkette hinzieht, in einer Gegend, die ich nicht näher bezeichnen will, und nahe einer Kleinstadt, die Sie leicht erkennen werden, wenn ich sage, daß sie die am tiefsten und am leidenschaftlichsten adelsstolze Stadt Frankreichs ist oder zumindest in der damaligen Zeit gewesen ist. Ich habe seither nichts Ähnliches wieder zu sehen bekommen. Weder unser Faubourg Saint-Germain noch die Place Bellecour zu Lyon, noch die drei oder vier großen Städte, die man um ihres exklusiven und hochmütigen aristokratischen Geistes willen zitiert, können eine Vorstellung von dieser kleinen Stadt mit ihren sechstausend Seelen vermitteln, die vor 1789 sechzig wappengeschmückte Wagen aufwies, die stolz über ihr Pflaster rollten.

Es schien, als habe sich der Adel des ganzen Landes bei seinem Rückzug vor einem sich täglich unverschämter gebärdenden Bürgertum hier zusammengefunden wie in einem Schmelztiegel, aus dem er mit eigensinnigem Glanze strahlte wie ein Rubin im Feuer, der so lange funkelt, wie das Stoffliche des Steins vorhält, und erst mit ihm erlischt.

Der Adel dieses Adelsnestes, der vielleicht in jenen Vorurteilen stirbt oder schon gestorben ist, die ich für erhabene, soziale Wahrheiten halte, war unzugänglich wie Gott. Er kannte nicht die größte Schande für allen Adel, die Ungeheuerlichkeiten der Mesalliance.

Die durch die Revolution ruinierten jungen Mädchen starben stoisch, auf ihren Wappenschild gestützt, der ihnen Genugtuung gegenüber allem bedeutete, als alte Jungfern. Meine Reifejahre sind von der brennenden Glut dieser schönen, reizvollen

Mädchen entzündet worden, die wußten, daß ihre Schönheit zwecklos sei, und die fühlten, daß das Blut, das in ihren Herzen pulste und ihre ernsten Gesichter rötete, umsonst wallte.

Als Dreizehnjähriger habe ich angesichts dieser armen Mädchen, deren ganzes Vermögen in dem geschlossenen Kronreif ihrer Wappen bestand und die seit ihren ersten Schritten ins Leben von majestätischer Trauer erfüllt waren, wie es sich für die Verdammten des Schicksals geziemt, von der romantischsten Aufopferung geträumt. Außerhalb seiner Kreise verkehrte dieser Adel, der rein war wie ein Felsenquell, mit niemand.

›Wie könnten wir‹, hieß es, ›mit diesen Bürgern Umgang haben, deren Väter die unsern bei Tisch bedienten?‹

Sie hatten recht; es war unmöglich; denn für jene kleine Stadt entsprach es den Tatsachen. Auf einem ausgedehnteren Gebiet vermag eine Lockerung annehmbar zu sein; aber in einem Bezirk von der Größe eines Taschentuchs ergibt sich für die Gesellschaftsschichten eine Trennung gerade durch die Nähe. Sie verkehrten untereinander sowie mit einigen Engländern.

Denn die Engländer fühlten sich von jener kleinen Stadt angezogen, die sie an gewisse Orte ihrer Grafschaften erinnerte. Sie liebten sie um ihrer Stille, um ihrer strengen Haltung, um der kalten Förmlichkeit der Einwohnerschaft, um der paar Schritte, die sie vom Meer trennten, über das sie hergekommen waren, und schließlich auch um der Möglichkeit willen, durch die niedrigeren Kosten der Lebenshaltung die ungenügenden Erträgnisse zu verdoppeln, die ihre in ihrer Heimat als mittelmäßig geltenden Vermögen abwarfen.

Da sie Söhne des gleichen Seeräuberschiffes wie die Normannen waren, galt jene normannische Stadt ihnen als eine Art ›continental England‹, und sie pflegten dort lange zu verweilen.

Die kleinen Misses lernten dort Französisch und schlugen unter den kümmerlichen Linden der Place d'Armes ihre Reifen; aber wenn sie achtzehn waren, flogen sie davon nach England; denn jener verarmte Adel konnte sich schwerlich den Luxus gestatten, Mädchen zu heiraten, die, wie alle Engländerinnen, nur über eine bescheidene Mitgift verfügten. Sie reisten also ab; aber bald kamen andere Einwanderer und bezogen deren verlassene Wohnungen, und die stillen Straßen, in denen das Gras sproßte wie in Versailles, wiesen stets ungefähr die gleiche Zahl von Spaziergängerinnen mit grünen Schleiern, karierten Kleidern und schottischen Plaids auf. Abgesehen vom Aufenthalt jener englischen Familien, der durchschnittlich sieben bis zehn Jahre dauerte und die nach diesen langen Zeiträumen nahezu sämtlich wechselten, unterbrach nichts das einförmige Dasein der kleinen Stadt, von der hier die Rede ist. Diese Einförmigkeit war grausig.

Es ist oft von dem engen Kreis, in dem das Provinzleben sich abspielt, gesprochen worden — und was ist nicht darüber geschwatzt worden! Aber hier war dieses Leben, das überall arm an Ereignissen ist, es um so mehr, als der Klassenhaß, die Gegnerschaft aus Eitelkeit, sich hier nicht wie in vielen andern Orten bekundete, wo Eifersucht, Haß, verletzte Eigenliebe einen geheimen Gärungsprozeß unterhalten, der sich bisweilen in einem Skandal entlädt; in einer Anschwärzung, in einer jener kleinen Schurkereien, für die es keine Gerichte gibt.

Hier war die trennende Kluft zwischen dem, was adlig, und dem, was bürgerlich war, so tief, so scharfgezogen, so unüberschreitbar, daß ein Zusammenstoß zwischen dem Adel und den Bürgern unmöglich war.

Denn schließlich bedarf es zu einem Zusammenstoß eines gemeinsamen Gebiets und widerstreitender Interessen, und eben das gab es hier nicht. Der Teufel, wie man zu sagen pflegt, verlor nichts dabei.

In den Herzenstiefen dieser Bürger, deren Väter noch ›bei Tisch bedient hatten‹, in den Köpfen dieser Söhne von Bedienten, die frei und reich geworden waren, goren Kloaken von Haß und Neid, und aus diesen Kloaken stiegen oft Gestank und üble Geräusche auf und schwollen gegen die Adligen an, die jene, seit sie ihre Livreen ausgezogen, so völlig aus ihrem Gesichtskreis verbannt hatten.

Aber all das gelangte nicht an die Patrizier heran, die sich in die Festungen ihrer Stadthäuser zurückgezogen hatten und sie nur für ihresgleichen auftaten; denn für sie endete alles Leben mit der Grenze ihrer Kaste. Was ging es sie an, was über sie geredet wurde und was niedriger war als sie? ... Sie hörten es nicht. Die jungen Leute, die einander hätten beleidigen, in die Haare geraten können, kamen an öffentlichen Orten, diesen durch die Anwesenheit und die Augen der Frauen bis zur Rotglut erhitzten Arenen, ja doch niemals zusammen.

Ein Theater gab es nicht. Da es an einem geeigneten Saal mangelte, kam nie eine Schauspielertruppe in die Stadt. Die Cafés waren jämmerlich, wie Provinzcafés eben sind; sie sahen um ihre Billarde nur den Abschaum des Bürgertums, ein paar übel beleumdete Krakeeler und verabschiedete Offiziere, müde Überbleibsel der Kriege des Kaiserreichs. Übrigens hatten diese auf Gleichheit versessenen Bürger (dieses Gefühl erklärt an sich schon alle Schrecken der Revolution) sich wider Willen den Aberglauben an einen Respekt bewahrt, den sie nicht mehr besaßen.

Der Respekt des Volkes ähnelt ein wenig der heiligen Ampulle, über die mit so geistvoller Borniertheit gespottet worden ist. Wenn es sie auch nicht mehr gibt, so existiert sie dennoch immer. Der Sohn des Spielwarenhändlers schimpft auf die Ungleichheit der Stände; aber unbegleitet würde er es niemals riskieren, den Marktplatz seiner Vaterstadt, wo einer den andern kennt und wo er von Kindesbeinen an gelebt hat, zu überqueren, um leichtherzig beispielsweise den Sohn eines Clamorgan-Taillefer zu beleidigen, der mit seiner Schwester am Arm vorübergeht. Er würde die ganze Stadt gegen sich haben. Wie alles, was gehaßt und beneidet wird, übt auch vornehme Geburt physisch auf diejenigen, die sie verabscheuen, einen Einfluß aus, der vielleicht der beste Beweis für die mit ihr verbundenen Rechte ist. In Revolutionszeiten wehrt man sich gegen diese Rechte, was beweist, daß man ihnen unterworfen ist; aber in ruhigen Zeiten nimmt man sie einfach in Kauf.

Nun aber herrschte um das Jahr 182 . . eine jener ruhigen Perioden. Der Liberalismus, der im Schatten seiner konstitutionellen Verfassung gedieh wie die Welpen einer Jagdhündin im fremden Stall, hatte noch nicht den Royalismus erstickt, den der Durchzug der aus dem Exil heimkehrenden Prinzen in allen Herzen bis zur Begeisterung angefacht hatte. Was man auch über jene Episode gesagt haben mag: sie war ein köstlicher Augenblick für das genesende monarchistische Frankreich, dem das Fallbeil der Revolution die Brüste abgeschnitten hatte, das aber dennoch hoffnungsfroh glaubte, auch so weiterleben zu können, und das in seinen Adern nicht die geheimnisvollen Keime des Krebses spürte, der es bereits angenagt hatte und der es später töten sollte.

Für die kleine Stadt, die ich Ihnen anschaulich zu machen versuche, war es eine Zeitspanne tiefen, ungestörten Friedens. Eine unlängst abgeschlossene Folge von Missionspredigten hatte in der adligen Gesellschaft das letzte Anzeichen des Lebens erstickt, nämlich die Unruhe und die Freuden der Jugend. Es wurde nicht mehr getanzt. Die Bälle waren mit Acht und Bann belegt wie eine Todsünde. Die jungen Mädchen trugen Missionskreuze unter den Halskragen und gründeten religiöse Vereinigungen unter der Leitung einer Präsidentin. Man war so sehr allem ›Ernsten‹ geneigt, daß man darüber hätte lachen können, sofern jemand das gewagt hätte. Wenn die vier Whisttische für die alten Damen und Herren und die beiden Ecartétische für die jungen Herren aufgestellt waren, zogen jene jungen Damen sich, genau wie in der Kirche, in ihre Kapellen zurück, wo sie von den Männern abgesondert saßen, und bildeten in einem Winkel des Salons eine schweigsame Gruppe ... schweigsam, zumindest für ihr Geschlecht (denn alles ist relativ), denn wenn sie sprachen, flüsterten sie höchstens und gähnten so

›verstohlen‹, daß ihnen die Augen rot wurden; ihre ein wenig steife Haltung stach von der Geschmeidigkeit ihrer Körper, dem Rosa und Lila ihrer Kleider und der tollen Leichtigkeit ihrer hellfarbenen Spitzenumhänge und Bänder ab.«

II

»Das einzige«, fuhr der Erzähler dieser Geschichte fort, in der alles wahr und wirklich ist wie die kleine Stadt, in der sie sich ereignet und die er so ähnlich geschildert hatte, daß jemand, der weniger diskret war als er, gerade ihren Namen genannt hatte (Valognes), »das einzige in dieser seltsamen Gesellschaft, wo die jungen Mädchen in ihren hellen, ungetrübten Seelen die Langeweile von Achtzigjährigen bargen, was, ich möchte nicht sagen: die Züge der Leidenschaft trug, wohl aber Ähnlichkeit mit einer inneren Regung, einem Verlangen, der Intensität einer starken Empfindung hatte, war das Spiel, die letzte Leidenschaft verbrauchter Seelen.

Das Spiel war das Beherrschende für die altmodischen Adligen, die da meinten, sie lebten als Grandseigneurs, während sie müßig dahinsiechten wie blinde alte Frauen. Sie spielten eben wie Normannen, die Vorfahren der Engländer, der spielwütigsten Nation der Welt. Ihre Rassenverwandtschaft mit den Engländern, die Emigration nach England, das Würdevolle dieses Spiels, das so still und verhalten ist wie die hohe Diplomatie, hatten sie dahin gebracht, sich das Whist zu erwählen. Das Whistspiel hatten sie in den unendlichen Abgrund ihrer leeren Tage geworfen, um ihn auszufüllen. Sie spielten allabendlich nach dem Essen bis Mitternacht oder ein Uhr morgens, was für die Provinz die reine Saturnalie bedeutet. Das Ereignis jeden Tages war die Partie des Marquis de Saint-Albans. Der Marquis schien der Feudalherr aller dieser Adligen zu sein, und sie umgaben ihn mit der ehrerbietigen Hochachtung, die wie eine Aureole ist, wenn diejenigen, die sie erweisen, sie ihrerseits verdienen.

Der Marquis war ein vortrefflicher Whistspieler. Er war neunundsiebzig Jahre alt. Mit wem hatte er nicht schon gespielt? ... Er hatte mit Maurepas gespielt, mit dem Grafen von Artois in Person, der ein ebenso guter Whist- wie Ballspieler war, mit dem Fürsten de Polignac, mit dem Bischof Louis de Rohan, mit Cagliostro, mit dem Fürsten Ligne, mit Fox, mit Dundas, mit Sheridan, mit dem Prinzen von Wales, mit Talleyrand, mit dem Teufel, als er sich in den schlimmsten Tagen der Emigration allen Teufeln preisgegeben hatte. Es brauchte also seiner würdige Gegner. Meist stellten die Engländer, die von den Adligen empfangen wurden, ihr Kontingent zu dieser Partie, die ›das Whist des Herrn de Saint-Albans‹ genannt wurde, gerade wie man bei Hofe vom ›Whist des Königs‹ gesprochen hätte.

Eines Abends waren bei Madame de Beaumont die grünen Tische aufgestellt worden; es wurde ein Engländer erwartet, ein Mister Hartford, der mit dem großen Marquis spielen wollte. Jener Engländer war eine Art Industrieller, der zu Pont-aux-Arches eine Baumwollspinnerei betrieb — nebenbei gesagt eine der ersten Fabriken in dieser Gegend, die sich allem Neuen verschließt, nicht so sehr aus Unkenntnis oder Mangel an Verständnis, sondern aus der Vorsicht heraus, wie sie für den normannischen Schlag bezeichnend ist. — Gestatten Sie mir noch eine Einfügung: die Normannen lassen mich immer an den Fuchs bei Montaigne denken, dessen Stärke die logischen Schlüsse sind. Wo sie den Fuß hinsetzen, dort kann man sicher sein, daß das Eis des gefrorenen Flusses trägt und daß sie ihn auf ihren kräftigen Pfoten überqueren können.

Um nun aber wieder auf unseren Engländer zurückzukommen, diesen Mister Hartford — den die jungen Herrn kurzweg Hartford nannten, obwohl die Fünfzig schon über sein silberschimmerndes Haar hereingebrochen waren; ich sehe ihn heute noch vor mir mit seinem kurzgeschnittenen Haar, das wie eine Seidenkappe glänzte —, so war er einer der Lieblinge des Marquis. War daran etwas Verwunderliches? Er war ein Spieler großen Stils, ein Mann, dessen Leben (eine wahre Phantasmagorie übrigens) nur dann von Bedeutung war und Wirklichkeit besaß, wenn er die Karten in der Hand hielt; ein Mann, mit einem Wort, der unaufhörlich wiederholte, das erste Glück sei, beim Spiel zu gewinnen; das zweite, dabei zu verlieren; ein herrliches Axiom, das er Sheridan entlehnt hatte, das er indessen so anwandte, daß man ihm diese Entlehnung gern nachsah. Abgesehen von dieser Spielwut (um derentwillen der Marquis de Saint-Albans ihm die hervorstechendsten Tugenden verziehen hätte) besaß dieser Mister Hartford wohl sämtliche pharisäischen und protestantischen Eigenschaften, die die Engländer in dem Sammelbegriff ›honorability‹ zusammenfassen. Er galt als ein vollkommener Gentleman. Der Marquis lud ihn wochenlang auf sein Schloß La Vanillière ein; aber in der Stadt sahen die beiden einander jeden Abend. An jenem Abend aber wunderte man sich, und zumal der Marquis, daß der pünktliche und gewissenhafte Freund auf sich warten ließ . . .

Es war August. Die Fenster standen offen; man schaute auf einen der schönen Gärten, wie es sie nur in der Provinz gibt, und die jungen Mädchen standen mit auf ihre Festons gesenkten Köpfen in den Fensternischen und plauderten miteinander. Der Marquis saß am Spieltisch und runzelte seine langen, weißen Brauen. Er hatte die Ellbogen auf den Tisch gelehnt. Seine Hände, die von greisenhafter Schönheit waren und die er unter dem Kinn verschränkt hielt, stützten sein abwartende Verwunderung verratendes, imposantes Gesicht, das in seiner Majestät an das Ludwigs XIV. erinnerte. Schließlich meldete ein Diener Mister Hartford. Er kam, wie stets in tadelloser Haltung, mit blendend weißer Wäsche, Ringe an allen Fingern, wie wir es von Bulwer kannten, ein Seidentuch in der Hand und zwischen den Lippen (denn er kam vom Abendessen) die parfümierte Pastille, deren Duft den Geruch von Anchovis, Harveysauce und Portwein verhüllte.

Aber er war nicht allein. Er ging auf den Marquis zu, begrüßte ihn und stellte ihm, als Schild gegen jeden etwaigen Vorwurf, einen seiner schottischen Freunde vor, Marmor de Karkoël, der während des Essens bei ihm hereingeschneit sei, der beste Whistspieler der Vereinigten Königreiche.

Der Umstand, den besten Whistspieler des dreigeteilten England vor sich zu sehen, ließ auf den fahlen Lippen des Marquis ein bezauberndes Lächeln entstehen. Alsbald war die Partie im Gange. In seiner Begierde, sich zum Spiel zu setzen, zog de Karkoël nicht einmal seine Handschuhe aus, die in ihrer Vollkommenheit an die berühmten Handschuhe Bryan Brummells erinnerten, die von drei Spezialarbeitern gefertigt wurden: zweien für die Hand und einem für den Daumen. Karkoël war der Partner des Marquis de Saint-Albans. Die verwitwete Madame de Hautcardon, die diesen Platz innegehabt hatte, trat ihn an ihn ab.

Nun war dieser Marmor de Karkoël, meine Damen, seinem Wuchs nach zu urteilen, ein Mann von ungefähr achtundzwanzig Jahren; aber eine brennende Sonne, unbekannte Strapazen oder vielleicht auch Leidenschaften hatten seinem Gesicht die Maske eines Fünfunddreißigjährigen aufgeheftet. Es war nicht schön, aber es war ausdrucksvoll. Sein Haar war schwarz, sehr hart, dicht, kurz gehalten, und er strich es des öfteren mit der Hand von den Schläfen weg und warf es zurück. Dieser Geste wohnte eine ungespielte, aber düstere Beredsamkeit inne. Es war, als wische er Gewissensbisse weg. Sie machte anfangs betroffen, und wie alles Bedeutsame verringerte sich diese Wirkung nicht.

Ich bin mit diesem Karkoël eine ganze Reihe von Jahren hindurch bekannt gewesen, und ich kann versichern, daß jene düstere Geste, die er im Verlauf einer Stunde an die zehnmal vollführte, niemals ihre Wirkung verfehlte und in hundert Menschen immer wieder den gleichen Gedanken entstehen ließ. Seine regelmäßige, aber niedrige Stirn verriet Kühnheit. Seine rasierte Lippe (damals trug man keinen Schnurrbart wie heutzutage) war von einer Unbeweglichkeit, die Lavater und alle, die daran glauben, daß der Charakter des Menschen sich eher in den beweglichen Linien des Mundes offenbare als im Augenausdruck, zur Verzweiflung gebracht haben würde. Wenn er lächelte, so lächelte sein Blick nicht mit, aber er wies jene perlweißen Zähne, wie die Engländer, die Söhne des Meeres, sie bisweilen haben, und die sie dann entweder verlieren oder sich nach Art der Chinesen in den Fluten ihres gräßlichen Tees schwarz färben. Sein Gesicht war länglich, die Backen waren hohl und gewissermaßen olivenfarben, was bei ihm natürlich wirkte, aber überdies sonnengebräunt, und zwar von den Strahlen einer Sonne, die, um sich so sichtbar auswirken zu können, schwerlich die stumpfe Sonne des nebligen England gewesen sein konnte. Eine lange, gerade Nase, die unter der gewölbten Stirn vorsprang, schied seine dunklen Augen, Augen, wie wohl Macbeth sie gehabt hat; sie waren noch dunkler als schwarz und standen sehr dicht nebeneinander, was, wie es heißt, das Kennzeichen eines extravaganten Charakters oder eines geistigen Defekts ist. Er war erlesen gekleidet. Wie er da lässig am Whisttisch saß, wirkte er, infolge eines leichten Proportionsfehlers seines Oberkörpers, größer, als er in Wirklichkeit war, denn er war eher klein; aber abgesehen von diesem soeben angemerkten Fehler war er tadellos gebaut und von einer geschmeidig-schläfrigen Kraft wie ein Tiger mit samtigem Fell. Ob er gut französisch gesprochen hat? Harmonierte seine Stimme, dieser Goldmeißel, mit dem wir unsere Gedanken in der Seele unserer Zuhörer plastisch formen und unsere verführerische Wirkung steigern, mit jener Geste, deren ich mich auch heute noch nicht erinnern kann, ohne in träumerisches Sinnen zu verfallen? Jedenfalls steht fest, daß sie an jenem Abend niemand zum Erbeben brachte. Sie sagte nur in gewöhnlichem Tonfall die geheiligten Worte, die ›Tricks‹ und ›Honneurs‹, die beim Whist in gleichmäßigen Zwischenräumen das erhabene Schweigen unterbrechen, in dessen Umhüllung gespielt wird.

So beachtete denn in dem großen Salon voller Menschen, für den das Kommen eines Engländers nichts Außergewöhnliches bedeutete, niemand, abgesehen von den Personen am Tisch des Marquis, diesen unbekannten Whistspieler, den Hartford eingeführt hatte. Die jungen Mädchen wandten nicht einmal den Kopf, um ihn anzusehen. Sie diskutierten gerade (in jener Zeit begann man zu diskutieren) über die Zusammensetzung des Vorstandes ihres Vereins und den Rücktritt einer der Vizepräsidentinnen, die an jenem Abend nicht bei Madame de Beaumont war. Das war wichtiger, als sich einen Engländer oder Schotten anzuschauen. Sie waren, was das ewige Wichtignehmen von Engländern oder Schotten betraf, ein wenig blasiert. Noch dazu, da es sich um einen Mann zu handeln schien, der sich einzig mit Karo- oder Treffdamen befaßte! Und zu allem Überfluß um einen Protestanten, einen Ketzer! Wäre er wenigstens ein katholischer irischer Lord gewesen! Was nun die Bejahrteren betrifft, die beim Spiel an den andern Tischen saßen, als Mister Hartford gemeldet wurde, so warfen sie einen beiläufigen Blick auf den Fremden, der ihm folgte, und versenkten ihre ganze Aufmerksamkeit dann wieder in ihre Karten, wie Schwäne, die die volle Länge ihrer Hälse ins Wasser tauchen.

Da de Karkoël zum Partner des Marquis de Saint-Albans bestimmt worden war, wurde Hartfords Partnerin die Gräfin du Tremblay de Stasseville, deren Tochter Herminie, die süßeste Blume der Jugend, die sich in den Fensternischen des Salons entfaltete, gerade mit Mademoiselle Ernestine de Beaumont sprach. Zufällig schauten Herminies Augen nach dem Tisch hinüber, an dem ihre Mutter spielte.

›Sehen Sie, Ernestine‹, sagte sie leise, ›wie dieser Schotte gibt!‹

De Karkoël hatte die Handschuhe ausgezogen. Er hatte aus ihrer parfümierten Gamslederhülle weiße und wohlgeformte Hände gezogen, die jede Geliebte, die sie besessen, zur Anbetung hingerissen hätten, und teilte die Karten aus, wie man sie beim Whist gibt, eine nach der andern, aber mit einer kreisenden Bewegung von so erstaunlicher Geschwindigkeit, daß es einen verblüffte wie das Fingerspiel Liszts. Der Mann, der die Karten auf diese Weise handhabte, mußte ihr Meister sein ... Eine zehnjährige Übung in Spielhöllen sprach aus dieser blitzschnellen, augurenhaften Art des Gebens.

›Geschicklichkeit im Kampf mit schlechter Lebensart‹, sagte die hochmütige Ernestine mit verächtlich verzogener Lippe, ›aber die schlechte Lebensart trägt den Sieg davon‹.

Das war ein hartes Urteil aus dem Munde einer so jungen Dame; aber den ›bon ton‹ zu haben galt diesem hübschen Köpfchen mehr als der Blitz von Voltaires Geist. Ernestine de Beaumont hat ihren Beruf verfehlt, und sie ist sicher aus Herzeleid darüber gestorben, daß sie nicht die camerera mayor einer Königin von Spanien hat sein können.

Marmor de Karkoëls Art zu spielen hielt seinem bewundernswerten Kartengeben durchaus die Waage. Er bezeigte eine Überlegenheit, die den alten Marquis vor Begeisterung völlig berauschte; denn er steigerte den Spielstil von Fox' ehemaligem Partner und erhob ihn bis zu seinem eigenen. Überlegenheit ist eine unwiderstehliche Verführung, die einen packt und in ihren Bann zieht. Aber das ist noch nicht alles. Indem sie mitreißt, befruchtet sie. Sehen sie sich nur die großen Causeure an! Sie legen einem die Replik in den Mund, sie inspirieren sie. Wenn sie zu sprechen aufhören, diese Dummköpfe, so berauben sie sich des sie vergoldenden Strahls und schwimmen an der Öffentlichkeit der seichten Unterhaltung wie auf dem Rücken liegende tote Fische, die ihren schuppenlosen Bauch zeigen. Karkoël vollbrachte viel mehr, als einem Mann, der sie alle erschöpft hatte, eine neue Sensation zuteil werden zu lassen: Er steigerte die Vorstellung, die der Marquis von sich selbst hatte; er erhöhte durch einen weiteren Stein den bereits seit langem fertigen Obelisken, den dieser Whistkönig in der geheimen Einsamkeit seines Stolzes errichtet hatte.

Trotz der ihn verjüngenden Erregung beobachtete der Marquis den Fremden während der Partie aus der Tiefe der Krähenfüße heraus (wie wir die Klauenspuren der Zeit nennen, um ihr die Unverschämtheit heimzuzahlen, mit der sie sie uns ins Gesicht gekrallt hat), die seine geistvollen Augen umgaben. Der Schotte vermochte nur von einem Spieler sehr hohen Ranges gewürdigt, geschätzt und genossen zu werden. Er war jener tiefen, überlegten Aufmerksamkeit teilhaftig, die alle Kombinationen, wie das

Spiel sie mit sich bringt, genau erwog und hinter einer großartigen Ungerührtheit verbarg. Neben ihm hätten die in der Lava ihres Basalts kauernden Sphinxe wie Statuen der Genien des Vertrauens und der Hingabe gewirkt. Er spielte, als hielte er die Karten in drei Händepaaren, ohne sich darum zu kümmern, wem die Hände gehörten. Die letzten Brisen dieses Augustabends strichen weich und duftend über die Frisuren der dreißig jungen Mädchen, die ohne Hut waren, um, mit neuen Düften beladen, die sie von den strahlenden Köpfen mitgenommen hatten, gegen die kupferfarbene, breite, niedrige Stirn zu branden, diese Klippe aus menschlichem Marmor, die keine einzige Falte durchzog. Er bemerkte es nicht einmal. Seine Nerven blieben stumm. In diesem Augenblick, wie man gestehen muß, trug er seinen Namen Marmor zu Recht. Unnütz zu sagen, daß er gewann.

Der Marquis zog sich stets gegen Mitternacht zurück. Der beflissene Hartford geleitete ihn; er bot ihm den Arm und brachte ihn bis an seinen Wagen.

›Er ist der Gott des Schlemm, dieser Karkoël!‹ sagte er überrascht und bezaubert. ›Sorgen Sie dafür, daß er uns so bald nicht wieder verläßt.‹

Hartford versprach es, und trotz seines Alters und seines Geschlechts bereitete der alte Marquis sich darauf vor, die Rolle einer gastfreundlichen Sirene zu spielen.

Ich habe diesen ersten Abend eines Aufenthaltes, der mehrere Jahre dauern sollte, besonders ausführlich geschildert. Ich selbst habe daran nicht teilgenommen; aber sein Verlauf ist mir von einem älteren Verwandten erzählt worden, der ein Spieler war gleich allen jungen Leuten jener kleinen Stadt, wo das Spiel das einzige Mittel gegen die Hungersnot an allen sonstigen Leidenschaften war, und der Gefallen an jenem ›Gott des Schlemm‹ fand. Wenn man rückschauend und unter Einbeziehung dieser Eindrücke, die ihren eigenen Zauber haben, jenen vom Prosaischen und nur zu Bekannten einer gewonnenen Whistpartie erfüllten Abend betrachtet, so nimmt er Ausmaße an, die wohl geeignet sein könnten, Sie in Erstaunen zu versetzen. — Die vierte Teilnehmerin dieser Partie, die Gräfin de Stasseville, so hat mein Verwandter noch gesagt, verlor ihr Geld mit jener aristokratischen Gleichgültigkeit, die all ihr Tun bestimmte. Vielleicht war es diese Whistpartie, die ihr Schicksal dort entschied, wo alle Schicksale ihren Ursprung haben. Wer begreift auch nur ein einziges Wort von diesem Lebensgeheimnis ...? Damals hatte niemand ein Interesse daran, die Gräfin zu beobachten. Der Salon wurde durch nichts als durch das Klappern der Spielmarken und das Klatschen der Karten belebt ... Sicher wäre es merkwürdig gewesen, an dieser Frau, die damals für ein glattes, scharfkantiges Eisstück gehalten wurde, festzustellen, ob das, was man seither von ihr geglaubt und leise und voller Entsetzen immer wieder erzählt, in jenem Augenblick begonnen hat.

Die Gräfin du Tremblay de Stasseville war eine Frau von ungefähr vierzig Jahren, von sehr schwacher Gesundheit, bleich und zart, aber von einer Zartheit und Blässe, wie ich sie nur bei ihr gesehen habe. Ihre ein wenig spitze Bourbonennase, ihr hellbraunes Haar, ihre sehr feinen Lippen verrieten eine Dame aus alter Familie, bei der indessen der

Stolz leicht grausam werden konnte. Ihre schwefelgelbe Gesichtsfarbe war krankhaft.

›Hätte sie Constance geheißen‹, sagte Ernestine de Beaumont, die bei der Auswahl von Epigrammen sogar bis auf Gibbon zurückgriff, ›so wäre sie das Abbild der Constance Chlore.‹

Wer mit der Geistesart der Mademoiselle de Beaumont vertraut war, dem stand es frei, hinter diesem Einwurf eine böse Absicht zu vermuten. Aber trotz der Blässe, trotz der Farbe ihrer Lippen, die wie verwelkte Hortensien waren, oder vielmehr gerade aus diesen kaum angedeuteten, schmalen und wie eine Bogensehne vibrierenden Lippen der Gräfin du Tremblay de Stasseville vermochte ein erfahrener Beobachter ein erschreckendes Gesicht voll unterdrückter Leidenschaft und Willenskraft wahrzunehmen. Die Provinzgesellschaft sah von alledem nichts. Sie sah in der Starrheit dieser schmalen, mörderischen Lippen lediglich die stählerne Sehne, auf der ohne Unterlaß der gefiederte Pfeil des Epigramms tanzte. Zwei goldgrün schillernde Augen (denn die Gräfin führte goldene Sterne im grünen Feld in ihrem Blick wie in ihrem Wappen) krönten wie zwei Fixsterne dieses Gesicht, ohne es zu erwärmen. Diese beiden gelbgestreiften, von fahlblonden Brauen unter gewölbter Stirn eingefaßten Smaragde waren so kalt, als hätte man sie eben aus Bauch und Laich des Fisches des Polykrates hervorgeholt. Einzig der Geist, ein funkelnder Geist, damasziert und geschliffen wie ein Degen, entzündete dann und wann in diesem gläsernen Blick Blitze wie jenes kreisende Schwert, von dem die Bibel erzählt. Die Frauen haßten den Geist der Gräfin du Tremblay, als wäre er Schönheit.

Und wirklich, er war ihre Schönheit! Wie Mademoiselle de Retz, von der uns der Kardinal das Bildnis eines Liebhabers hinterlassen hat, dem die letzten Schuppen der Jugend von den Augen gefallen sind, hatte sie einen körperlichen Fehler, der strenggenommen, ein Gebrechen war. Ihr Vermögen war ansehnlich. Ihr Mann hatte ihr bei seinem Tode die sehr geringe Last von zwei Kindern hinterlassen: es waren ein kleiner, entzückend dummer Junge, der der sehr väterlichen und sehr unnützen Obhut eines alten Abbé anvertraut war, der ihm nichts beibrachte, und ihre Tochter Herminie, deren Schönheit in den anspruchsvollsten und kunstsinnigsten Pariser Kreisen Bewunderung erregt haben würde. Was nun diese Tochter betrifft, so hatte sie sie untadelig erzogen, vom herkömmlichen Standpunkt aus betrachtet. Das Untadelige der Madame de Stasseville ähnelte immer ein wenig der Impertinenz. Selbst ihre Tugend hatte etwas Impertinentes, und wer weiß, ob das nicht ihr einziger Grund war, so großen Wert darauf zu legen? Auf jeden Fall aber war sie tugendhaft; ihr Ruf trotzte aller üblen Nachrede. Jeder Schlangenzahn hätte sich an dieser Raspel abgeschliffen. Und aus Ärger darüber, daß man ihr in dieser Beziehung nichts anhaben konnte, begnügte man sich damit, sie unablässig der Kälte zu zeihen. Sie hänge zweifellos, pflegte man zu sagen (man sprach des langen und breiten darüber; man ging dabei sozusagen wissenschaftlich zu Werke!), mit der Farblosigkeit ihres Blutes zusammen. Hätte man nur ihren besten Freundinnen ein wenig zugesetzt, so hätten sie im Herzen der Gräfin jene ›historische Schranke‹ entdeckt, die in bezug auf eine höchst reizvolle und berühmte Frau des vergangenen Jahrhunderts erfunden worden ist, als Erklärung dafür, daß sie das gesamte elegante Europa zehn Jahre lang hat schmachten lassen, ohne es auch nur eine Stufe höher steigen zu lassen.«

Durch die Heiterkeit seines Tonfalles milderte der Erzähler das Gewagte seiner letzten Worte, die ein reizendes kleines Aufwallen gekränkter Prüderie verursachten. Und ich bediene mich des Ausdrucks Prüderie ohne Hintergedanken; denn die Prüderie von Frauen von Rang, die nicht so tun als ob, ist etwas sehr Anmutiges. Inzwischen war es übrigens so dunkel geworden, daß man jenes Aufwallen mehr spürte als sah.

»Auf mein Wort: die Gräfin de Stasseville ist genauso gewesen, wie Sie sie schildern«, stotterte, wie er es stets tat, der alte Vicomte de Rassy, der bucklig, zungenlahm und so geistvoll war, als hätte er überdies noch gehinkt. Wer in Paris kennt nicht den Vicomte de Rassy, dieses noch lebende Memorandum der kleinen Verderbtheiten des achtzehnten Jahrhunderts? In seiner Jugend war er schön von Angesicht wie der Marschall de Luxembourg gewesen, und gleich diesem hatte er seine Kehrseite der Medaille gehabt; aber es war ihm nur die Kehrseite der Medaille verblieben. Wo mochte wohl seine Bildseite geblieben sein ...? Wenn ihn die jungen Leute jener Zeit bei einem Anachronismus in seinem Verhalten ertappten, sagte er, er beschmutze wenigstens nicht sein weißes Haar; denn trage er nicht etwa eine kastanienbraune Perücke à la Ninon mit einem fleischfarbenen Scheitel und die unglaublichsten und unbeschreiblichsten Locken?

»Ach, Sie haben sie gekannt?« fragte der unterbrochene Erzähler. »Nun, dann wissen Sie, Vicomte, ob ich auch nur mit einem Worte von der Wahrheit abweiche.«

»Wie durch eine Glasscheibe gezeichnet ist ihr Po ... porträt«, antwortete der Vicomte und gab sich aus Ärger über sein Stottern einen leichten Backenstreich, auf die Gefahr hin, den roten Puder zu verwischen, den er, wie es hieß, auflegte ohne die mindeste Scham, wie bei allem, was er tat. »Ich habe sie un ... ungefähr um die Zeit gekannt, da Ihre Geschichte spielt. Sie kam allwinterlich für ein paar Tage nach Paris. Ich bin ihr bei der Prinzessin de Cou ... ourt ... tenay begegnet, mit der sie weitläufig verwandt war. Sie war Geist auf Eis, eine so kalte Frau, daß man in ihrer Nähe husten mußte.«

»Bis auf diese wenigen Tage, die sie jeden Winter in Paris verbrachte«, fuhr der verwegene Erzähler fort, der seine Gestalten nicht einmal mit Arlechinos Halbmaske versah, »war das Leben der Gräfin du Tremblay de Stasseville genauso regelmäßig eingeteilt wie das Notenpapier jenes langweiligen Musikstückes, als das man in der Provinz das Dasein einer anständigen Frau bezeichnet. Sechs Monate des Jahres vergrub sie sich in ihrem Haus in der Stadt, dessen geistiges Gepräge ich Ihnen geschildert habe, und während der restlichen sechs Monate vertauschte sie die Verborgenheit in ihrem Stadthaus gegen die Verborgenheit in einem Schlosse, das sie nebst einem schönen Stück Land etwa vier Meilen von der Stadt entfernt besaß. Alle zwei Jahre nahm sie zu Beginn des Winters ihre Tochter mit nach Paris, die sie, wenn sie allein hinfuhr, der Obhut einer alten Tante überließ, einer Mademoiselle de Triflevas; aber niemals reiste sie nach Spa, Plombières oder in die Pyrenäen! In den Badeorten bekam man sie nie zu Gesicht. Geschah das aus Furcht vor übler Nachrede? Was wird nicht alles in der Provinz vermutet, wenn eine alleinstehende Frau vom Range der Gräfin Stasseville ein entlegenes Bad aufsucht...! Was wird nicht alles geargwöhnt! Der Neid derer, die daheim bleiben müssen, rächt sich auf seine Weise am Vergnügen derer, die verreisen. Seltsame Winde, ein merkwürdiges Geflüster kräuseln die Reinheit jener Wässer. Setzt man in China die Kinder im Gelben oder im Blauen Flusse aus...? In Frankreich gleichen die Heilquellen ein wenig jenen Flüssen. Wenn nicht gerade ein Kind, so setzt man dort stets irgend etwas den Blicken derer aus, die nicht hinreisen. Die spottsüchtige Gräfin du Tremblay war viel zu stolz, als daß sie auch nur eine einzige ihrer Launen der öffentlichen Meinung geopfert hätte; doch nach den Badeorten stand ihr Sinn nicht; und ihr Arzt wußte sie lieber in der Nähe, als zweihundert Meilen von sich entfernt; denn bei einer Entfernung von zweihundert Meilen konnte er seine häufigen scheinheiligen Besuche zu je zehn Franken nicht gut abstatten. Es fragt sich überhaupt, ob die Gräfin irgendwelche Launen hatte. Geist ist nicht Phantasie. Der ihrige war so klar, so scharf, so positiv, selbst im Scherz, daß der Gedanke an eine Laune ausgeschlossen war. Wenn ihr Geist heiter war (was selten geschah), so klang er wie klappernde Ebenholzkastagnetten oder wie ein baskisches Tamburin, das aus nichts als aufgespanntem Pergament und Messingschellen besteht, und man konnte sich nicht vorstellen, daß in diesem trockenen Hirn, das nicht wie der Rücken, sondern wie die Schneide eines Messers war, etwas an Phantasie erinnere, an die träumerischen Regungen der Neugier, die uns dazu drängen, unsern Wohnort zu verlassen und dorthin zu gehen, wo wir noch nicht gewesen sind. Seit zehn Jahren war sie reich und Witwe und infolgedessen Herrin ihrer selbst und vieler anderer Dinge, und so hätte sie ihr ereignisloses Leben weit weg von diesem Adelsschlupfloch verlegen können, wo sie ihre Abende damit hinbringen mußte, mit alten Jungfern Boston und Whist zu spielen, die noch die Chouannerie erlebt, und mit alten Kavalieren, unbekannten Helden, die bei der Befreiung des Chevalier Destouches mitgewirkt hatten.

Gleich Lord Byron hätte sie die Welt mit einer Bibliothek, einer Küche und einem großen Vogelkäfig im Wagen durchreisen können; doch dazu hatte sie nicht die mindeste Lust. Sie war mehr als indolent; sie war indifferent; genauso indifferent wie Marmor de Karkoël, wenn er Whist spielte. Nur war Marmor dem Whist gegenüber durchaus nicht indifferent, und in ihrem Leben gab es kein Whistspiel: ihr war alles einerlei! Sie war eine stagnierende Natur, eine Art weiblichen Dandys, wie die Engländer gesagt haben würden. Abgesehen von ihren Epigrammen existierte sie nur im Zustand einer eleganten Larve. ›Sie gehört zur Gattung der Kaltblütler‹, flüsterte ihr Arzt einem immer wieder ins Ohr; er glaubte, ihr Wesen durch einen Vergleich verdeutlichen zu können, so wie man dazu neigt, eine Krankheit durch ihre Symptome zu erklären. Obwohl sie kränklich aussah, leugnete der Arzt, der nie recht klug aus ihr wurde, daß sie krank war. Geschah das aus übertriebener Diskretion? Oder erkannte er tatsächlich nichts? Nie klagte sie über körperliche oder seelische Nöte. Sie war sogar von jenem beinahe physischen Schatten der Melancholie frei, der sich für gewöhnlich über die gemarterte Stirn der Frauen über vierzig breitet. Ihre Tage lösten sich von ihr los, aber sie rissen sich nicht von ihr ab. Sie sah sie mit ihrem grünen, spöttischen Nixenblick abfallen, mit dem sie alle Dinge betrachtete. Sie schien ihren Ruf, eine geistvolle Frau zu sein, Lügen zu strafen; denn nie stufte sie ihr Verhalten durch eine jener persönlichen Formen des Gehabens ab, die man Exzentrizitäten nennt. Auf eine natürliche und schlichte Weise tat sie alles, was die andern Frauen ihres Standes auch taten, nicht mehr und nicht weniger. Sie wollte beweisen, daß die Gleichheit, diese Chimäre des gemeinen Volkes, in Wahrheit nur beim Adel existiert. Nur dort gibt der eine so viel wie der andere; denn die Vornehmheit der Geburt, die Notwendigkeit von vier adligen Geschlechterfolgen, um Edelmann zu sein, schaffen Niveau. ›Ich bin lediglich der erste Edelmann Frankreichs‹, pflegte Heinrich IV. zu sagen, und durch diesen Ausspruch legte er die Ansprüche jedes einzelnen dem Range aller zu Füßen. Wie die andern Damen ihrer Kaste, denen gegenüber sie zu aristokratisch war, um ihnen etwas voraushaben zu wollen, erfüllte die Gräfin ihre äußeren Pflichten der Religion und der Gesellschaft mit jener pünktlichen Bescheidenheit, die die höchste Regel des Schicklichen in jener Gesellschaft bildet, die alle Überschwenglichkeiten streng ausschließt. Sie blieb in nichts hinter ihrer Gesellschaft zurück, noch ging sie in irgend etwas darüber hinaus. War es ihr schwergefallen, sich zu dem gleichmäßigen Leben in dieser Provinzstadt zu bescheiden, wo, was ihr an Jugend verblieben war, wie ein schlafendes Wasser unter Seerosen versickerte? Die Motive, die sie zu ihrem Handeln bestimmten, Motive der Vernunft, des Gewissens, des Instinkts, des Nachdenkens, des Temperaments, des Geschmacks, alle jene inneren Fackeln, die ihr Licht auf das werfen, was wir tun, warfen ihren Schein in keiner Weise auf das, was sie tat. Nichts strahlte aus dem Innern auf das Äußere dieser Frau. Nichts vom Äußeren spiegelte sich im Innern wider! Der langen Beschäftigung mit der Gräfin de Stasseville müde, bei der nichts herauskam, hatten die Provinzler, obwohl sie doch, wenn sie etwas herausfinden wollen, die Geduld eines Gefangenen oder eines Anglers an den Tag legen, es schließlich aufgegeben, dieses Rätsel zu lösen, so wie man eine Handschrift, die man nicht zu entziffern vermag, hinter einen Koffer wirft.

›Wir sind schön dumm‹, hatte eines Abends dogmatisch die Gräfin de Hautcardon erklärt, und dieser Ausspruch lag bereits einige Jahre zurück, ›daß wir uns den Kopf darüber zerbrechen, was in den letzten Tiefen der Seele dieser Frau vorgeht: wahrscheinlich gar nichts.‹«

III

»Und die Meinung der verwitweten Gräfin de Hautcardon war alsbald Gemeingut geworden. Sie hatte Gesetzeskraft erlangt über alle jene verärgerten und ob der Nutzlosigkeit ihrer Beobachtungen enttäuschten Geister, die nunmehr nach einem Grunde suchten, wieder in ihre bisherige Ruhe zu verfallen. Diese Meinung herrschte noch immer, aber nach Art untätiger Könige, als Marmor de Karkoël, vielleicht gerade der Mann, der den Lebensweg der Gräfin du Tremblay de Stasseville am allerwenigsten hätte kreuzen sollen, vom andern Ende der Welt herkam und an dem grünen Tisch Platz nahm, wo es eben an einem Partner mangelte. Wie sein Geleitsmann Hartford erzählte, war er in den Nebelbergen der Shetland-Inseln geboren worden. Er entstammte dem Lande, das der Schauplatz jener wundersamen Erzählung Walter Scotts ist, die die Taten des ›Piraten‹ schildert, die Marmor in einer kleinen, unbekannten Stadt an der Kanalküste mit einigen Abwandlungen wiederholen sollte. Er war am Gestade jenes Meeres aufgewachsen, das Clevelands Schiff durchpflügt hatte. In seiner Jugend hatte er die Tänze des jungen Mordaunt mit den Töchtern des alten Troil getanzt. Er hatte sie nicht verlernt, und mehr als einmal hat er sie vor meinen Augen auf dem Eichenparkett dieser prosaischen, aber würdigen Kleinstadt vorgeführt, die so gar nicht zu der wilden, bizarren Poesie dieser hyperboreischen Tänze paßte. Als er fünfzehn gewesen war, war ihm ein Leutnantspatent in einem nach Indien abgehenden englischen Regiment gekauft worden, und er hatte sich zwölf Jahre lang mit den Maratten herumgeschlagen. Das alles erfuhr man nach und nach von ihm und von Hartford, und auch, daß er ein Edelmann sei, ein Abkömmling der berühmten schottischen Douglas ›mit dem blutigen Herzen‹. Aber das war auch alles. Was den Rest betrifft, so wußte man nichts, und dabei sollte es in Zukunft sein Bewenden haben. Nie erzählte er von seinen Abenteuern in Indien, diesem großartigen und schrecklichen Lande, wo Menschen mit breiter Brust auf eine Art zu atmen lernen, daß die Luft des Okzidents für sie nicht mehr ausreicht. Sie standen in geheimnisvollen Schriftzeichen auf der Wölbung seiner goldbraunen Stirn, die sich ebensowenig auftat wie die Dosen mit asiatischem Gift, die in den Schreinen der indischen Sultane für den Tag der Niederlage oder des Unglücks bereitstehen. Sie enthüllten sich einzig durch ein grelles Aufblitzen seiner dunklen Augen, das er zum Erlöschen zu bringen wußte, sobald man ihn ansah, so wie man eine Kerze ausbläst, wenn man nicht gesehen zu werden wünscht, oder durch jene ebenfalls wie ein Blitz wirkende Geste, mit der er sich beim Whist während eines Robbers oder einer Partie Ecarté zehnmal hintereinander durchs Schläfenhaar fuhr. Aber abgesehen von diesen Hieroglyphen der Geste und des Gesichtsausdrucks, die einzig kundige Beobachter zu entziffern wissen und die, wie eben die Sprache der Hieroglyphen, nur einen beschränkten Wortschatz haben, war Marmor de Karkoël auf seine Art genauso unenträtselbar wie die Gräfin du Tremblay auf die ihrige. Er war ein schweigsamer Cleveland. Alle jungen Adligen der Stadt, in der er wohnte, und es war eine ganze Anzahl sehr geistreicher darunter, die zudem neugierig wie Frauen und geschmeidig wie Ringelnattern waren, wurden von dem Wunsch verzehrt, ihn zwischen zwei Maryland-Zigaretten zum Erzählen seiner geheimgehaltenen Jugenderinnerungen zu bringen. Aber sie waren stets abgeblitzt. Dieser Seelöwe von den Hebriden, den die Sonne von Lahore gebräunt hatte, ging weder in die Salonmausefallen, wie sie der lüsternen Eitelkeit gestellt werden, noch in die Pfauenschlingen, in denen die französische Selbstgefälligkeit so gern alle Federn läßt, wenn sie nur damit hat prunken können. Dieser Schwierigkeit wurden sie nie Herr. Er war mäßig wie ein korangläubiger Türke. Er war eine Art Stummer, der den Serail seiner Gedanken sorglich bewacht! Nie habe ich ihn etwas anderes trinken sehen als Kaffee oder Wasser. Waren die Karten, die seine Leidenschaft zu sein schienen, wirklich seine wahre Leidenschaft oder nur eine, die er sich zugelegt hatte? Denn man kann sich Leidenschaften zulegen wie Krankheiten. Waren sie eine Art Schutzschirm, den er aufspannte, um seine Seele zu verbergen? Das habe ich stets geglaubt, wenn ich ihn so spielen sah. Er entwickelte, züchtete und pflegte in der ohnehin schon spielwütigen Stadt die Spielleidenschaft dermaßen, daß sie, als er abgereist war, von einem furchtbaren Spleen heimgesucht wurde, dem Spleen der enttäuschten Leidenschaften, der sie überfiel wie ein verfluchter Schirokko und sie einer englischen Stadt noch ähnlicher machte. In seiner Wohnung war der Whisttisch vom Morgen an bereit. Sofern er nicht auf La Vanillière oder irgendeinem andern Schloß der Umgebung weilte, war sein Tagesablauf so schlicht wie bei Menschen, die von einer fixen Idee verbrannt werden. Er stand um neun Uhr auf, trank zusammen mit einem zum Whist hergekommenen Freund Tee und begann dann mit dem Spiel, das erst um fünf Uhr nachmittags endete. Da an diesen Zusammenkünften immer viele Leute teilnahmen, löste man sich bei jedem Robber ab, und wer nicht spielte, schloß Wetten ab. Übrigens nahmen an diesen Matineen nicht nur die jungen Leute teil, sondern auch die würdevollsten Männer der Stadt. Familienväter, wie die Frauen von dreißig sagten, wagten es, ihre Tage in dieser Spielhölle zu verbringen, und die Frauen ließen keine Gelegenheit ungenutzt, sich in Heucheleien, perfiden Anspielungen und tausenderlei hämischen Bemerkungen über diesen Schotten zu ergehen, als habe er ihre Ehemänner mit der Pest angesteckt. Dabei waren sie es gewohnt, sie spielen zu sehen, wenn auch nicht mit einer solchen Hartnäckigkeit und Wut. Gegen fünf Uhr ging man auseinander, um sich abends in der Gesellschaft wiederzutreffen, wo man sich, dem Anschein nach, dem offiziellen Spiel hingab, wie es die Herrinnen der Häuser, in die man ging, billigten und wie es zur Gewohnheit geworden war; aber in Wahrheit und unter der Hand wurde das schon am Morgen betriebene Spiel, das ›Karkoël-Whist‹, weitergespielt. Ich überlasse es Ihnen, sich auszudenken, zu welchem Maß an Vollkommenheit diese Männer gelangten, die nichts anderes taten, als zu spielen. Sie steigerten das Whist bis hinauf zum Range der schwierigsten und herrlichsten Fechtkunst. Zweifellos kamen beträchtliche Verluste vor; aber gerade die Leidenschaft und die Überlegenheit der Spieler verhinderten Katastrophen und Zusammenbrüche, wie das Spiel sie stets mit sich bringt. Schließlich und endlich hoben sich alle diese Kräfte untereinander auf; und des weiteren war in einem so kleinen Kreis der eine so oft Partner des anderen, daß nach einer gewissen Zeit, wie die Spieler zu sagen pflegten, die Verluste sich ausglichen.

Der Einfluß Marmor de Karkoëls, gegen den die

vernünftigen Frauen sich insgeheim zur Wehr setzten, nahm nicht ab; im Gegenteil: er wuchs noch. Das ist begreiflich. Er ging weniger von Marmor und seiner ganz persönlichen Art aus, als vielmehr von einer Leidenschaft, die er hier bereits vorgefunden und die seine Anwesenheit gesteigert hatte, da er selber ihr frönte. Das beste Mittel, das einzige vielleicht, die Menschen zu beherrschen, besteht darin, sie bei ihren Leidenschaften zu packen. Wie also hätte Karkoël nicht Macht ausüben sollen? Er besaß das, was die Macht aller Regierungen bildet, und überdies ließ er es sich nicht einfallen, herrisch aufzutreten. Daher gelangte er denn zu einer Art Herrschaft, die einer Behexung glich. Man riß sich um ihn. Während der ganzen Zeit, die er in jener Stadt blieb, wurde er mit der gleichen Freude willkommen geheißen, und diese Bewillkommnung glich einer fiebrigen Seuche. Die Frauen, die ihn fürchteten, sahen ihn weit lieber bei sich als ihre Söhne oder Männer bei ihm, und sie empfingen ihn, wie Frauen — auch wenn sie ihn nicht mögen — einen Mann empfangen, der den Mittelpunkt irgendeiner Aufmerksamkeit, einer Unruhe, einer Bewegung bildet. Sommers verbrachte er vierzehn Tage, auch einen Monat, auf dem Lande. Der Marquis de Saint-Albans ließ ihm nicht nur seinen Schutz, das besagt zu wenig, sondern seine ganz besondere Bewunderung zuteil werden. Auf dem Lande wie in der Stadt gab es ein ewiges Whistspielen. Ich erinnere mich, daß ich (ich war damals Schüler und hatte Ferien) an einem großartigen Lachsfang in den funkelnden Wassern der Douve teilgenommen habe, währenddessen Marmor de Karkoël in einem Boot mit einem Edelmann aus jener Gegend Whist ›mit zwei Toten‹ (double dummy) spielte. Und wenn er ins Wasser gefallen wäre, er hätte weitergespielt! ... Eine einzige Dame der Gesellschaft empfing den Schotten auf dem Lande überhaupt nicht und in der Stadt nur selten. Das war die Gräfin du Tremblay.

Wen hätte das wundern können? Niemanden. Sie war Witwe, sie hatte eine reizende Tochter. In der Provinz, in jener neidischen und auf sich selbst angewiesenen Gesellschaft, wo jeder in das Leben des anderen taucht, kann man nicht genug auf der Hut sein gegen die Schlüsse, die nur zu leicht aus dem gezogen werden, was man sieht und was man nicht sieht. Die Gräfin du Tremblay tat das, indem sie Marmor de Karkoël niemals auf ihr Schloß Stasseville einlud und ihn in der Stadt lediglich in aller Öffentlichkeit empfing, an den Tagen, da sie alle ihre Bekannten bei sich sah. Ihre Höflichkeit ihm gegenüber war kühl, unpersönlich. Das war eine Folge jener guten Manieren, die man allen bezeigen muß, nicht um ihretwillen, sondern um seiner selbst willen. Er aber beantwortete das mit einer Höflichkeit von gleicher Art; und das geschah so wenig affektiert und von beiden Seiten so natürlich, daß man sich davon vier Jahre lang hat täuschen lassen. Ich habe es bereits gesagt: außerhalb des Spiels schien Karkoël nicht zu existieren. Er sprach wenig. Falls er etwas zu verbergen hatte, so tat er es vortrefflich durch seine zur Gewohnheit gewordene Schweigsamkeit. Aber der Geist der Gräfin war, wie Sie sich erinnern werden, sehr auf das Äußere gerichtet und überaus bissig. Für Geister dieser Art, die stets nach außen wirken, die immer glänzen und angreifen wollen, ist es sehr schwer, sich zusammenzunehmen und zu verstecken. Ist dieses sich Verstecken nicht bereits eine Form des sich Verratens? Aber wenn sie die faszinierenden Schuppen und die dreigespaltene Zunge der Schlange besaß, so war sie auch deren Klugheit teilhaftig. Nichts änderte somit das wilde Auffunkeln und die Bissigkeit der Scherze, die man bei ihr gewohnt war. Wenn in ihrer Gegenwart von Karkoël gesprochen wurde, so bedachte sie ihn mit jenen spitzen und schneidenden Worten, um die Mademoiselle de Beaumont, ihre Rivalin in epigrammatischen Wortprägungen, sie beneidete. Wenn das eine weitere Lüge bedeutete, so ist keine Lüge je gewagter gewesen. Entsprang diese erschreckende Fähigkeit zur Heuchelei ihrem trockenen, engen Wesen? Aber warum bediente sie sich ihrer, sie, die auf Grund ihrer Stellung und ihres spöttisch-stolzen Charakters die Unabhängigkeit in Person war? Wenn sie Karkoël liebte und von ihm geliebt wurde: warum verbarg sie es dann hinter Bosheiten, wie sie sie ihm von Zeit zu Zeit an den Kopf warf, und unter apostaten, renegaten, unfrommen Scherzreden, die das angebetete Idol herabsetzen ... die schlimmsten Schändungen in der Liebe?

Mein Gott, wer weiß das? Vielleicht beruhte gerade darin ihr Glück ... Wenn man, Herr Doktor«, sagte der Erzähler und wandte sich dem Arzt Beylasset zu, der an einem Boule-Möbel lehnte und dessen schöner, kahler Schädel das Licht eines Kandelabers zurückstrahlte, den die Diener in diesem Augenblick über seinem Kopfe angezündet hatten, »wenn man auf die Gräfin de Stasseville einen jener guten physiologischen Blicke werfen würde — über die ihr Mediziner verfügt und die die Moralisten von euch ausleihen sollten —, dann würde offenbar, daß sich bei dieser Frau alle Eindrücke nach innen kehrten, daß sie in sie hineinkrochen wie die hortensienfarbenen Linien, die ihre Lippen bildeten, so sehr zog sie sie zusammen; wie ihre Nasenflügel, die sich zusammenzogen, anstatt sich zu weiten, und unbeweglich blieben, anstatt zu vibrieren; wie ihre Augen, die sich in gewissen Momenten in ihre Augenhöhlen zurückziehen und im Hirn zu verschwinden schienen. Trotz ihrer augenscheinlichen Zartheit und eines körperlichen Leidens, dessen Auswirkungen in ihrem ganzen Wesen spürbar waren wie das Geäder eines Risses in einer allzu trockenen Substanz, war sie das treffendste Beispiel für die Willenskraft, jene Voltaische Säule des Innern, an der unsere Nerven enden. Alles in ihr bezeugte dies in stärkerem Maße als bei jedem andern Lebewesen, das ich jemals beobachtet habe. Dieses Strömen des schlummernden Willens kreiste sogar — lassen Sie mir den Ausdruck hingehen; er ist recht geschraubt! — auf eine machtausübungsmäßige Weise in ihren aristokratischen, um ihrer matten Weiße, ihrer opalen, irisierenden Nägel, ihrer Eleganz willen fürstlichen Händen, die indessen durch ihre Magerkeit, die tausend leicht geschwellten, bläulichen Adern und vor allem durch die eigentümliche Art der Bewegung, mit der sie nach allem langten, an die Klauen der Fabeltiere erinnerten, wie die erstaunliche Dichtkunst der Alten sie gewissen Ungeheuern mit Frauenantlitz und Frauenbrüsten zuschrieb. Wenn sie eines ihrer Scherzworte geäußert hatte, einen jener Pfeile, die fein waren und funkelten wie die vergifteten Fischgräten, deren sich die Wilden bedienen, dann glitt die Spitze ihrer Schlangenzunge zwischen ihren Lippen hervor; man fühlte, daß bei einer großen Gelegenheit, im entscheidenden Augenblick des Schicksals beispielsweise, diese zugleich gebrechliche und starke Frau imstande gewesen wäre, das Verfahren der Neger zu enträtseln und ihren festen Willen so weit vorzutreiben, daß sie sich die geschmeidige Zunge abgebissen hatte, um zu sterben. Wenn man sie sah, konnte man nicht daran zweifeln, daß sie, als Frau, zu jenen Wesen gehörte, wie es sie in allen Bereichen der Natur gibt, Wesen, die aus Neugier oder Instinkt den Grund anstatt der Oberfläche der Dinge aufsuchen müssen; daß sie zu jenen Wesen gehörte, die für okkulte Heimsuchungen bestimmt sind; die in das Leben tauchen wie geübte Schwimmer ins Wasser, unter dessen Oberfläche sie zu schwimmen wissen; wie Bergleute, die unter der Erde atmen; um ihrer Tiefe willen lieben sie leidenschaftlich das Geheimnis; sie erschaffen es rings um sich und leben es bis zur Lüge; denn die Liebe ist doppeltes Geheimnis, dichter Schleier, Dunkelheit um jeden Preis! Vielleicht lieben Wesen dieser Art die Lüge um der Lüge willen, wie man die Kunst um der Kunst willen liebt, wie die Polen die Schlachten lieben. — (Der Arzt neigte ernsthaft den Kopf zum Zeichen der Zustimmung.) — Nicht wahr, das ist auch Ihre Meinung? Die meine ist es jedenfalls. Ich bin überzeugt, daß für gewisse Seelen im Betrügen Genuß liegt. Es liegt eine furchtbare, aber berauschende Glückseligkeit in dem Gedanken, daß man lügt und betrügt; in dem Gedanken, daß einzig man selbst um sich weiß und daß man der Gesellschaft eine Komödie vorspielt, durch die sie genarrt wird und deren Inszenierungskosten man durch alle Wollüste der Verachtung wieder hereinholt.«

»Aber was Sie das sagen, ist furchtbar«, unterbrach ihn plötzlich die Baronin de Mascranny mit dem Aufschrei empörter Anständigkeit.

Bei den letzten Worten des Erzählers hatten alle ihm lauschenden Frauen (und es befanden sich darunter sicherlich einige Kennerinnen geheimer Freuden) etwas wie einen Schauer empfunden. Das gewahrte ich an dem nackten Rücken der Gräfin de Damnaglia unmittelbar vor mir. Diese Art nervösen Erschauerns kennt jeder, und jeder hat sie empfunden. Bisweilen bezeichnet man es mit dem poetischen Ausdruck: ›Der Tod geht vorüber!‹ War in jenem Augenblick etwa die Wahrheit vorübergegangen? ...

»Ja«, sagte der Erzähler, »es ist furchtbar, aber ist es nicht wahr? Naturen, die immerfort das Herz auf der Zunge tragen, machen sich keine Vorstellung von den geheimen Genüssen der Heuchelei, die jene empfinden, die mit von einer Maske bedecktem Gesicht leben und atmen können. Aber wenn man daran denkt, versteht man dann nicht, daß ihre Empfindungen etwas von der glühenden Tiefe der Hölle haben? Nun aber ist die Hölle ein Himmel mit umgekehrtem Vorzeichen. Wenn die Worte ›teuflisch‹ oder ›göttlich‹ zur Bezeichnung der Intensität der Genüsse gebraucht werden, so drücken sie das gleiche aus, nämlich Empfindungen, die ans Übernatürliche grenzen. Gehörte die Gräfin de Stasseville zu jener Art von Seelen? ... Ich will sie weder anklagen noch rechtfertigen. Ich erzähle ihre Geschichte, die niemand genauer erfahren hat, nach bestem Vermögen, und ich suche mittels einer Studie à la Cuvier ihr Charakterbild zu erhellen. Nichts sonst.

Übrigens habe ich die Analyse, die ich jetzt von der Gräfin du Tremblay nach dem Erinnerungsbilde entwerfe, das sich meinem Gedächtnis eingeprägt hat, als sei es durch ein scharfgeschnittenes Onyx-Siegel in Wachs gedrückt worden, damals noch nicht durchgeführt. Wenn ich diese Frau überhaupt verstanden habe, dann erst sehr viel später ... Der allmächtige Wille, den ich erst durch nachträgliches Nachdenken erkannt habe, seit die Erfahrung mich gelehrt hat, wie sehr der Körper die Gußform der Seele ist, hat ihr in stille Gewohnheiten eingeschlossenes Dasein nicht mehr erregt und in Spannung versetzt, als der Wind die Wasser einer von Steilufern umgebenen Meeresbucht anschwellen läßt. Ohne das Kommen Karkoëls, dieses englischen Infanterieoffiziers, den seine Landsleute dahin gebracht hatten, seine Pension in einer normannischen Stadt zu verzehren, die würdig gewesen wäre, eine englische Stadt zu sein, hätte die schwächliche, bleiche Spötterin, die man lachend ›Frau von Rauhreif‹ nannte, schwerlich je erfahren, welch gebieterischen Willen sie in ihrem Busen aus geschmolzenem Schnee trug, wie Mademoiselle Ernestine de Beaumont zu sagen pflegte, einem Busen, an dem indessen, im moralischen Sinne, alles wie an dem härtesten Eisblock des Polarmeeres abgeglitten war. Was mochte sie bei seinem Auftauchen wohl empfunden haben? Lernte sie plötzlich, daß für eine Natur wie die ihrige ›stark empfinden‹ gleichbedeutend mit ›wollen‹ war? Riß sie durch ihre Willenskraft einen Mann mit sich fort, der völlig dem Spiel verfallen schien? ... Wie brachte sie es fertig, eine Intimität in die Tat umzusetzen, die in der Provinz schwerlich geheimbleiben konnte? ... Das alles sind Geheimnisse, die es immer bleiben werden, die jedoch, wenn man sie auch späterhin zu wittern begann, gegen Ende des Jahres 182 ... noch von niemand geahnt wurden. Und dabei muß sich damals in einem der friedlichsten Adelshäuser jener Stadt, wo das Spiel jeden Tag und nahezu jede Nacht die Hauptsache war, hinter den verschwiegenen Fensterläden und den bestickten Musselinvorhängen, reinen, eleganten, nur zur Hälfte ein geruhsames Leben verdeckenden Schleiern, seit langem ein Roman abgespielt haben, von dem man geschworen hätte, er sei völlig unmöglich. Ja, es gab einen Roman in diesem korrekten, tadellosen, geregelten, spöttischen, bis zum Krankhaften kalten Leben, wo der Geist alles, die Seele nichts zu sein schien. Es gab einen Roman, und er zerfraß dieses Leben im Schutze des äußeren Scheins und des guten Rufes, wie Würmer, die im Kadaver eines Menschen nagen, noch ehe er tot ist.«

»Welch abscheulicher Vergleich«, warf abermals die Baronin de Mascranny ein. »Meine arme Sibylle hatte beinahe recht, als sie Ihre Geschichte nicht hören wollte. Ihre Phantasie ist heute abend entschieden garstig.«

»Soll ich aufhören?« erwiderte der Erzähler mit der hinterhältigen Höflichkeit und der gelinden Häme eines Menschen, der des Interesses sicher ist, das er erweckt hat.

»Aber hören Sie mal!« antwortete die Baronin.

»Sollen wir jetzt mit gespitztem Ohr und einer halben Geschichte sitzen bleiben?«

»Das wäre wirklich langweilig«, sagte Mademoiselle Laure d'Alzanne und spielte mit einer ihrer langen, wunderbar schönen, blauschwarzen Locken; sie war das verführerischste Bild glücklicher Trägheit und bezeigte anmutige Erschrockenheit über die Bedrohung ihrer wohligen Lässigkeit.

»Und es wäre überdies eine Enttäuschung«, fügte der Arzt heiter hinzu. »Wäre es nicht, wie wenn ein Friseur, nachdem er die eine Gesichtshälfte rasiert hätte, in aller Ruhe sein Messer zusammenklappte und einem bedeutete, er könne leider nicht weiterrasieren?«

»So fahre ich denn fort«, sagte der Erzähler mit der Schlichtheit jener höchsten Kunst, die darin besteht, daß der Schilderer selbst sich im Hintergrund hält ... »Im Jahre 182 ... war ich im Salon eines meiner Onkel, der damals Bürgermeister jener kleinen Stadt war, von der ich Ihnen gesagt habe, daß sie allen Leidenschaften und dem Abenteuer höchst abhold gewesen sei; und obwohl es ein Feiertag war, ein Königstag, ein Tag des heiligen Ludwig, der von diesen Ultras der Emigration, diesen politischen Quietisten, den Erfindern des mystischen Wortes reiner Liebe: ›Vive le roi quand même!‹, stets überaus feierlich begangen wurde, tat man in diesem Salon genau dasselbe wie alle Tage. Man spielte. Ich bitte um Verzeihung, wenn ich von mir spreche; es zeugt von schlechtem Geschmack; aber es muß nun einmal sein. Ich war damals noch ein sehr junger Mensch. Aber dank einer ganz außergewöhnlichen Erziehung ahnte ich von den Leidenschaften und der Welt mehr, als das für gewöhnlich in meinem Alter der Fall ist. Ich glich weniger einem jener linkischen Schüler, die alles lediglich aus ihren Schulbüchern kennen, als vielmehr einem jener neugierigen jungen Mädchen, die Erfahrungen sammeln, indem sie an den Türen lauschen und dann von dem träumen, was sie dort gehört haben. Die ganze Stadt drängte sich an jenem Abend im Salon meines Onkels, und wie stets — denn in dieser Welt von Mumien, die ihre Bandagen einzig ablegten, um Karten zu spielen, gab es nichts, was dem Wechsel unterworfen gewesen wäre — schied die Gesellschaft sich in zwei Gruppen: eine, die spielte, und die jungen Mädchen, die nicht spielten. Aber auch diese jungen Mädchen waren Mumien; eins nach dem andern mußten sie sich in die Katakomben der Ehelosigkeit zurückziehen; doch ihre Gesichter, in denen zweckloses Leben und eine Frische strahlten, die sie nicht atmen sollten, bezauberten meine gierigen Blicke. Unter ihnen allen war vielleicht Herminie de Stasseville die einzige, der das Glück gestattet hätte, an das Wunder einer Liebesheirat zu glauben, ohne dabei auf ihren Rang zu verzichten. Ich war noch nicht alt genug oder ich war schon zu alt, um mich zu diesem Schwarm junger Mädchen zu gesellen, deren Getuschel dann und wann von einem unverhohlenen oder unterdrückten Gekicher unterbrochen wurde. Ich war eine Beute jener brennenden Schüchternheit, die gleichzeitig Wollust und Qual ist, und ich hatte in der Nähe des ›Gottes des Schlemm‹, jenes Marmor de Karkoël, Zuflucht gesucht, zu dem ich mich in hohem Maße hingezogen fühlte. Zu einer Freundschaft zwischen ihm und mir konnte es nicht kommen. Aber die Gefühle haben ihre geheime Hierarchie. Bei noch nicht völlig entwickelten Menschen gewahrt man nicht selten jene Sympathien, die nichts Positives, nichts Beweisbares rechtfertigt und die lediglich erkennen lassen, daß junge Menschen genau wie die Völker, die trotz ihres Alters immer ein wenig wie die Kinder sind, eines Führers bedürfen. Der rechte Führer für mich wäre Karkoël gewesen. Er kam häufig zu meinem Vater, der, wie alle Männer dieser Gesellschaft, ein großer Spieler war. Er hatte sich oft meinen und meiner Brüder turnerischen Übungen zugesellt und dabei eine Kraft und Geschmeidigkeit an den Tag gelegt, die geradezu ein Wunder waren. Gleich dem Herzog d'Enghien sprang er ohne Schwierigkeit über einen siebzehn Fuß breiten Bach. Schon dies allein mußte auf so junge Menschen, wie wir es waren, die wir noch dazu zum Kriegshandwerk erzogen wurden, einen geradezu verführerischen Reiz ausüben; für mich indessen beruhte nicht darauf das Geheimnis von Karkoëls Anziehungskraft. Er mußte auf meine Phantasie mit der Macht eines Ausnahmemenschen wirken; denn Vulgarität schützt gegen höher geartete Einflüsse wie ein Sandsack gegen Gewehrkugeln. Ich vermag nicht zu sagen, welchen Traum ich mit dieser Stirn verband, die wie aus jenem Stoff geformt wirkte, den die Maler Terra di Siena nennen; mit seinen düsteren, kurzbewimperten Augen; mit all den Merkmalen, die unbekannte Leidenschaften auf der Person des Schotten hinterlassen hatten wie die vier Schläge des Henkers mit der Eisenstange auf den Gliedern eines Geräderten; und zumal mit den Händen, diesen überfeinen, gepflegten Männerhänden; denn bei Karkoël hörte alles

Wilde beim Handgelenk auf; Händen, die den Karten jene schnelle, dem Wirbel einer Flamme ähnelnde Drehbewegung zu geben wußten, die Herminie de Stasseville so betroffen gemacht, als sie sie zum erstenmal wahrgenommen hatte. Nun war an diesem Abend, in dem Winkel, wo der Spieltisch stand, der Fensterladen halb geschlossen. Die Partie war düster, wie das Halbdunkel, das sich über sie breitete. Es war das Whist der Auserlesenen. Der Methusalem unter den Marquis, Monsieur de Saint-Albans, war Marmors Partner. Derjenige der Gräfin du Tremblay war der Chevalier de Tharsis, der vor der Revolution Offizier in einem provenzalischen Regiment und Ritter des Heiligen Ludwig gewesen war, einer jener Greise, wie es sie heute nicht mehr gibt, einer der Männer, die sozusagen mit gespreizten Beinen auf zwei Jahrhunderten stehen, ohne deswegen Kolosse zu sein. In einem gewissen Augenblick der Partie, als die Gräfin du Tremblay de Stasseville eine Bewegung machte, um ihre Karten aufzunehmen, wurde eine der Facetten des Diamanten, der an ihrem Finger funkelte, in jenem von dem Fensterladen auf den grünen Tisch, der dadurch noch grüner wurde, geworfenen Schatten so von einem jähen Lichtstrahl getroffen und von dem Stein in einer Weise aufgefangen, wie menschliche Kunst es unmöglich hervorzubringen vermag, und es sprang daraus ein Schwall von weißem elektrischen Feuer hervor, daß es die Augen beinahe so schmerzte wie ein Blitz.

›Oh, oh! Was funkelt denn da?‹ fragte mit dünner Flötenstimme der Chevalier de Tharsis, dessen Stimme war wie seine Beine waren.

›Und wer hustet denn da?‹ fragte gleichgültig der Marquis de Saint-Albans, den ein erschreckend dumpfes Husten aus seiner Spielversunkenheit aufstörte, und blickte zu Herminie hinüber, die an einem Halskragen für ihre Mutter stickte.

›Mein Diamant und meine Tochter‹, antwortete mit einem Lächeln ihrer schmalen Lippen die Gräfin du Tremblay beiden zugleich.

›Mein Gott, was für einen schönen Diamanten haben Sie, Gräfin‹, fing der Chevalier wieder an. ›Noch nie habe ich ihn so funkeln sehen wie heute abend; selbst dem Kurzsichtigsten müßte es auffallen.‹

Während dieser Worte war die Partie zu Ende gegangen, und der Chevalier de Tharsis ergriff die Hand der Gräfin.

›Gestatten Sie?‹ fragte er.

Die Gräfin streifte langsam den Ring ab und warf ihn dem Chevalier auf den Spieltisch.

Der alte Emigrant prüfte ihn eingehend, indem er ihn vor den Augen hin und her wandte wie ein Kaleidoskop. Aber das Licht hat seine Zufälle und Launen. Während es über die Facetten des Steins glitt, entlockte es ihm kein zweites gebrochenes Aufstrahlen, das dem ersten, ihm so jäh entspringenden, ähnlich gewesen wäre.

Herminie erhob sich und stieß den Fensterladen auf, damit das Licht voller auf den Ring der Mutter falle und man dessen Schönheit besser würdigen könne.

Und dann setzte sie sich wieder, stützte den Ellbogen auf den Tisch und betrachtete gleichfalls den feingeschliffenen Stein; aber sie mußte abermals husten; es war ein pfeifender Husten, der ihr das

Blut in das Perlmutt ihrer schönen blauen Augen trieb, deren feuchte Tiefe so rein war.

›Wo haben Sie sich nur diesen gräßlichen Husten geholt, liebes Kind?‹ fragte der Marquis de Saint-Albans, der sich mehr mit dem jungen Mädchen als mit dem Ring beschäftigte, mehr mit dem menschlichen Juwel als mit dem mineralischen.

›Ich weiß nicht, Herr Marquis‹, entgegnete sie mit der Leichtfertigkeit der Jugend, die meint, das Leben währe ewig. ›Vielleicht bei einem Abendspaziergang am Teichufer in Stasseville.‹

Ich war damals betroffen von der Gruppe, die wir bildeten.

Der rote Schein der untergehenden Sonne strömte durch das offene Fenster herein. Der Chevalier de Tharsis betrachtete den Diamanten; Monsieur de Saint-Albans Herminie; die Gräfin du Tremblay Karkoël, der abwesend auf seine Karo-Dame schaute. Am meisten betroffen war ich über Herminie. Die ›Rose von Stasseville‹ war blaß, blasser noch als ihre Mutter. Das Purpurrot des sterbenden Tages, der seinen durchscheinenden Glanz auf ihre blassen Wangen goß, lieh ihrem Kopf das Aussehen eines Opfers, den ein Spiegel auffängt, dessen Belag aus Blut zu bestehen schien.

Plötzlich durchrieselte es mich eiskalt, und durch ich weiß nicht, welche erschütternde und unwillkürliche Eingebung packte mich jäh eine Erinnerung mit der unwiderstehlichen, rohen Gewalt solcher Einfälle, die das empörte Denken befruchten, indem sie es vergewaltigen.

Vor etwa vierzehn Tagen war ich eines Morgens zu Marmor de Karkoël gegangen. Er war allein. Es war noch früh. Keiner der Spieler, die sonst immer morgens bei ihm spielten, war schon erschienen. Bei meinem Kommen stand er an seinem Sekretär und schien eine äußerst schwierige Prozedur vorzunehmen, die größte Achtsamkeit und Sicherheit der Hand erforderte. Sein Gesicht konnte ich nicht sehen; er hielt den Kopf vorgebeugt. In den Fingern der rechten Hand hielt er ein winziges Fläschchen aus einer schwarzen, glänzenden Substanz, das aussah wie die Spitze eines abgebrochenen Dolches, und aus diesem mikroskopisch kleinen Fläschchen ließ er irgendeine Flüssigkeit in einen hohlen Ring tropfen.

›Zum Teufel, was machen Sie da?‹ fragte ich und trat näher heran. Aber er rief mit herrischer Stimme zu: ›Kommen Sie nicht näher, bleiben Sie, wo Sie sind, sonst könnte mir die Hand zittern, und was ich hier tue, ist schwieriger und gefährlicher, als auf vierzig Schritt mit einer Pistole, die platzen könnte, auf einen Korkenzieher zu schießen.‹

Das war eine Anspielung auf etwas, das uns vor einiger Zeit geschehen war. Wir hatten uns den Spaß gemacht, mit den schlechtesten Pistolen zu schießen, die wir nur auftreiben konnten, damit die Geschicklichkeit des Schützen sich an der Minderwertigkeit der Waffe desto besser erweise, und dabei hätte uns beinahe ein platzender Pistolenlauf den Schädel eingeschlagen.

So konnte er denn die Tropfen der unbekannten Flüssigkeit, die er aus dem schmalen Schnabel seines Fläschchens fallen ließ, in den Ring einträufeln. Als er damit fertig war, schloß er den Ring und warf ihn in eines der Schubfächer des Sekretärs, als wolle er ihn verbergen.

Ich erkannte, daß er eine gläserne Maske trug.

›Seit wann‹, fragte ich ihn scherzend, ›beschäftigen Sie sich mit Chemie? Und ist, was Sie da zusammengebraut haben, ein Schutzmittel gegen Spielerlüste?‹

›Ich braue nichts zusammen‹, antwortete er mir, ›aber was hier drinnen ist (und er wies mir das schwarze Fläschchen), hilft gegen alles. Es ist‹, fügte er mit der düsteren Heiterkeit des Landes der Selbstmorde hinzu, dem er entstammte, ›das Spiel mit den gezinkten Karten, mit denen man unfehlbar die letzte Partie gegen das Schicksal gewinnt.‹

›Was für ein Gift ist es denn?‹ fragte ich und langte nach dem Fläschchen, dessen bizarre Form mich lockte.

›Es ist das großartigste aller indischen Gifte‹, erwiderte er und nahm dabei seine Maske ab. — ›Es einzuatmen, kann bereits den Tod bringen; und auf welche Weise man es auch zu sich nimmt: wenn es nicht augenblicklich tötet, so verliert man nichts, wenn man wartet; seine Wirkung ist ebenso sicher wie geheim. Es greift langsam, fast schleichend, aber unfehlbar das Leben an seinen Wurzeln an, indem es sie durchdringt und in den Organen, auf die es sich wirft, jene Krankheiten hervorbringt, die allgemein bekannt und deren Symptome der Wissenschaft vertraut sind; auf diese Weise kann kein Verdacht aufkommen, und eine Anklage auf Vergiftung, sofern eine solche überhaupt erhoben würde, bräche in sich zusammen. In Indien heißt es, daß Bettler-Fakire es aus außerordentlich seltenen Substanzen mischen, die nur sie kennen und die einzig auf der Hochebene von Tibet gefunden werden. Es löst die Fäden des Lebens, anstatt sie zu zerreißen. Auf diese

Weise entspricht es der Natur der apathischen und weichen Inder, die den Tod lieben, als sei er ein Schlummer, und die sich darein sinken lassen, als sei er ein Lotosbett. Übrigens ist es sehr schwierig und beinahe unmöglich, seiner habhaft zu werden. Wenn Sie wüßten, was ich auf mich genommen habe, um dieses Fläschchen von einer Frau zu bekommen, die behauptete, sie liebe mich! ... Ich habe einen Freund, der gleich mir Offizier in der englischen Armee und gleich mir aus Indien zurückgekehrt war, wo er sieben Jahre verbracht hatte. Er hat dieses Gift mit dem wütenden Verlangen gesucht, wie nur eine englische Phantasie es aufbringt — und später, wenn Sie erst mehr vom Leben wissen, wird Ihnen deutlich werden, was das heißt. Nun, gefunden hat er es nie. Er hat elende Nachahmungen mit Gold aufgewogen. Völlig verzweifelt hat er mir aus England geschrieben, mir einen seiner Ringe geschickt und mich angefleht, ein paar Tropfen dieses Todesnektars hineinzufüllen. Eben das habe ich bei Ihrem Kommen getan.‹

Was er mir da sagte, wunderte mich nicht allzusehr. Die Menschen sind nun einmal so beschaffen, daß sie ohne jede böse Absicht, ohne finstere Gedanken gern Gift im Hause haben, genauso, wie man gern im Besitz einer Waffe ist. Sie sammeln Vernichtungsmittel wie Geizhälse Reichtümer. Die einen sagen: ›Wenn ich morden wollte!‹ wie andere sagen ›Wenn ich genießen wollte!‹ Es ist hier wie dort der gleiche kindische Idealismus. Da ich selbst zu jener Zeit noch ein Kind war, kam es mir nicht weiter sonderbar vor, daß der aus Indien gekommene Marmor de Karkoël außer seinen Kandschars und

Pfeilen, die er in seinem Offizierskoffer mit sich führte, auch dieses sonderbare Gift besaß, wie es nirgendwo sonst existierte, dieses Fläschchen aus schwarzem Stein, dieses hübsche Spielzeug der Zerstörung, das glatt war wie ein Achat, das vielleicht eine indische Tänzerin zwischen den topasenen Halbkugeln ihrer Brüste getragen, dessen poröse Substanz sie mit ihrem Goldschweiß getränkt hatte; und ich legte es in eine auf dem Kaminsims stehende Schale und dachte nicht mehr daran.

Ja, ob Sie es wohl glauben? Ich mußte unvermittelt an jenes Fläschchen denken! ... Herminies leidendes Gesicht, ihre Blässe, dieser Husten, der aus einer schwammigen, in Auflösung begriffenen Lunge zu kommen schien, die vielleicht schon jene tiefen Verletzungen aufwies, die die Medizin — nicht wahr, Herr Doktor? — in ihrer an pittoresken Schrecklichkeiten reichen Sprache ›Kavernen‹ nennt; dieser Ring, der durch ein unerklärliches Zusammentreffen von Umständen plötzlich mit einem so absonderlichen Strahlen in dem Augenblick auffunkelte, da das junge Mädchen hustete, als sei das Glitzern des mörderischen Steins ein freudiges Erschauern des Mörders gewesen; die Geschehnisse eines Morgens, die ich fast vergessen hatte, die aber plötzlich wieder vor mir standen: das alles überschwemmte jetzt, eine Gedankenflut, mein Gehirn. Ein Band, um das früher Geschehene mit der gegenwärtigen Stunde zu verknüpfen, gab es nicht. Die unwillkürliche Verbindung, die sich in meinem Kopf vollzog, war unsinnig. Ich erschrak vor meinen eigenen Gedanken. Daher bemühte ich mich, in mir jenes falsche Licht, jenes Aufflammen, das sich in meiner Seele vollzogen und das sie durchzuckt hatte, wie das Blitzen des Diamanten über den grünen Tisch hinweg, zu ersticken und auszulöschen! ... Um meinem Willen zu Hilfe zu kommen und den wahnwitzigen, verbrecherischen Augenblicksglauben zu zermalmen, betrachtete ich gespannt Marmor de Karkoël und die Gräfin du Tremblay.

Beide gaben mir durch Haltung und Miene die Antwort, daß das, was ich zu denken gewagt hatte, unmöglich sei! Marmor war wie immer Marmor. Er fuhr fort, seine Karo-Dame anzuschauen, als sei sie die letzte, endgültige Liebe seines ganzen Lebens. Stirn, Lippen und Blick der Gräfin du Tremblay wiesen jene Ruhe, die nie von ihr wich, selbst nicht, wenn sie ein Epigramm aussprach; denn ihr Scherzen glich einer Kugel, der einzigen Waffe, die leidenschaftslos tötet, wogegen der Degen die Leidenschaft der Hand teilt. Sie und er, er und sie waren zwei einander gegenüberliegende Abgründe; nur war der eine, Karkoël, schwarz und finster wie die Nacht; und der andere, die bleiche Frau, war fahl und unerforschlich wie der Weltenraum. Nach wie vor hielt sie ihre teilnahmslosen Augen, in denen ein kaum wahrnehmbares Funkeln glühte, auf den Partner gerichtet. Nur als der Chevalier de Tharsis kein Ende fand bei der Betrachtung des Ringes, der das Geheimnis in sich barg, das ich so gern ergründet hätte, nahm sie aus ihrem Gürtel einen dicken Resedastrauß, dessen Duft sie mit einer Sinnlichkeit einzusaugen begann, die man bei einer Frau wie ihr, die so wenig für wollüstige Träumereien geschaffen schien, nicht erwartet hätte. Ihre Augen schlossen sich, nachdem sie sich in unsagbarer Verzückung verdreht hatten; mit gieriger Leidenschaft ergriff sie mit ihren schmalen, farblosen Lippen einige Stengel der duftenden Blumen und zermalmte sie zwischen den Zähnen, wobei sie einen Ausdruck wilder Anbetung annahm, als sie die wiedergeöffneten Augen auf Karkoël richtete. Waren diese schweigend zerkauten und verzehrten Blumen ein Zeichen, irgendein Einverständnis, ein Verschworensein, wie Liebende es unter sich verabreden? ... Offen gesagt: ich hielt es dafür. Ruhig steckte sie den Ring wieder an den Finger, als der Chevalier ihn zur Genüge bewundert hatte, und das Whistspiel nahm seinen Fortgang, verschlossen, stumm und düster, als ob nichts es unterbrochen hätte.«

Hier machte der Erzähler abermals eine Pause. Jetzt brauchte er sich nicht mehr zu beeilen. Er hielt nun alle in den Klauen seiner Erzählung. Vielleicht lag der Hauptreiz seiner Geschichte gerade in der Art und Weise, wie er sie vortrug ... Als er schwieg, konnte man in der Stille des Salons das Auf und Ab der Atemzüge hören. Ich, der ich die Blicke über meinen Alabasterwall, die Schultern der Gräfin Damnaglia, schweifen ließ, konnte sehen, wie die Erregung sich in mannigfachen Abschattungen auf allen Gesichtern malte. Unwillkürlich suchte ich das der ganz jungen Sibylle, des scheuen und zugleich ungestümen Mädchens, das sich bei den ersten Worten dieser Erzählung dagegen aufgebäumt hatte. Nur zu gern hätte ich das Wetterleuchten des Grauens in ihren dunklen Augen gesehen, die an den düsteren, verhängnisumwitterten Canal Orfano zu Venedig denken lassen; denn es wird sich mehr als ein Herz in ihnen ertränken. Doch sie saß nicht mehr auf dem Sofa ihrer Mutter. Voller Ungewißheit über das, was noch kommen würde, hatte die besorgte Baronin der Tochter sicherlich durch ein Zeichen zu verstehen gegeben, sie möge heimlich weggehen, und sie war verschwunden.

»Kurzum«, begann der Erzähler wieder, »was lag in alledem beschlossen, daß es mich so stark zu erregen und sich in mich einzuätzen vermochte wie die Zeichnung einer Radierung? Denn die Zeit hat keine einzige Linie dieser Szene in mir ausgelöscht. Noch immer sehe ich Marmors Gesicht vor mir, den Ausdruck kristallisierter Ruhe im Gesicht der Gräfin, der nur für eine Minute dahinschmolz, als sie voller Sinnlichkeit an den Reseden roch und sie mit einem nahezu wollüstigen Schauer zerbiß. Alles das ist mir in Erinnerung geblieben, und Sie sollen gleich erfahren, aus welchem Grunde. Jene Tatsachen, deren Beziehung zueinander ich nicht durchschaute, jene Tatsachen, die durch eine Intuition, daraus ich mir einen Vorwurf machte, in ein schlechtes Licht gerieten, die Tatsachen, in deren verstricktem Durcheinander das Mögliche neben dem Unbegreiflichen stand, empfingen in der Folgezeit eine Aufhellung, die für mich das Chaos für alle Zeiten entwirrte.

Ich habe Ihnen, glaube ich, gesagt, daß ich erst sehr spät aufs Gymnasium gekommen bin. Die beiden letzten Jahre meiner Ausbildungszeit verrannen dort, ohne daß ich nach Hause kam. Auf dem Gymnasium also erfuhr ich durch Briefe von daheim, daß Herminie de Stasseville gestorben sei, als Opfer einer schleichenden Krankheit, die bis zuletzt, als die Krankheit sich als unheilbar erwiesen hatte, niemand geahnt habe. Diese Nachricht, die mir ohne den mindesten Kommentar übermittelt wurde, ließ mir das Blut genau wie damals im Salon meines Onkels in den Adern gerinnen, als ich zum erstenmal jenen Husten gehört hatte, der den Tod kündete und der in mir plötzlich einen so furchtbaren Argwohn erweckt hatte. Wer einige Erfahrungen in seelischen Dingen besitzt, wird mich verstehen, wenn ich sage, daß ich mich keine einzige Frage nach dem Hinscheiden des jungen Mädchens zu stellen getraute, das der Fürsorge der Mutter und den schönsten Lebenserwartungen so jäh entrissen war. Ich dachte darüber auf eine zu schmerzliche Weise nach, als daß ich mit irgend jemandem darüber hätte sprechen können. Als ich wieder daheim bei meinen Eltern war, nahm ich wahr, daß sich in der Stadt V... mancherlei geändert hatte; denn die Städte ändern sich im Lauf der Jahre wie die Frauen: man erkennt sie nicht wieder. Es war nach 1830. Seit der Durchreise Karls X., der durch die Stadt gekommen war, um sich in Cherbourg einzuschiffen, hatten sich die meisten Adelsfamilien, die ich in meiner Kindheit gekannt hatte, in ihre umliegenden Schlösser zurückgezogen. Die plötzlichen Ereignisse hatten jene Familien um so schwerer getroffen, als sie an den Sieg ihrer Partei geglaubt hatten und nun das Scheitern einer großen Hoffnung erfahren mußten. Sie hatten den Augenblick erlebt, da auf Grund des Erstgeburtsrechts, das der einzige Staatsmann, den die Restauration hervorgebracht, wieder in Kraft gesetzt hatte, die französische Gesellschaft im Begriff gewesen war, einzig auf der Grundlage ihrer Größe und ihrer Kraft wiederzuerstehen; dann plötzlich war diese in gleicher Weise richtige und gerechte Idee, die vor den Augen jener Männer, der erhabenen Opfer ihrer Treue zur Monarchie, als eine Entschädigung für ihr Leiden und ihren Ruin, als ein letztes Fetzchen Pelz und Hermelin geschimmert hatte, womit ihr Sarg ausgeschlagen werden sollte, damit ihr letzter Schlummer weniger hart sei — plötzlich war diese Idee durch die öffentliche Meinung zuschanden gemacht worden, die man weder hatte aufklären noch bändigen können. Die kleine Stadt, von der in dieser Geschichte so oft die Rede gewesen ist, wirkte wie ausgestorben mit ihren geschlossenen Fensterläden und ihren Türen, die sich nicht mehr auftaten. Die Juli-Revolution hatte die Engländer erschreckt, und sie hatten die Stadt verlassen, deren Sitten und Gewohnheiten durch den Umsturz einen so argen Stoß erlitten hatten. Meine erste Sorge war gewesen, zu fragen, was aus Marmor de Karkoël geworden sei. Man antwortete mir, er sei auf Befehl seiner Regierung wieder nach Indien gegangen. Das erzählte mir niemand anders als der ewige Chevalier de Tharsis, einer der vier Teilnehmer der berühmten ›Diamantenpartie‹ (jedenfalls war sie für mich berühmt), und als er mir das mitteilte, sah er mich an mit der Miene eines Mannes, der gern weiter gefragt werden möchte. Daher fragte ich ihn fast wider Willen, denn die Seelen erraten einander, lange bevor der Wille sich einmischt:

›Und Madame du Tremblay de Stasseville?‹

›Also haben Sie etwas gewußt?‹ antwortete er geheimnisvoll, als hätten uns hundert Ohren zugehört.

›Nein‹, sagte ich, ›ich weiß von nichts‹.

›Sie ist tot‹, fuhr er fort, ›an der Schwindsucht gestorben wie ihre Tochter, einen Monat nach der Abreise dieses Satans von Marmor de Karkoël.‹

›Warum diese Zeitangabe?‹ fragte ich da. ›Und warum erwähnen Sie Marmor de Karkoël?‹

›Es stimmt also‹, antwortete er, ›Sie wissen tatsächlich von nichts! Ja, mein Bester, sie scheint seine Geliebte gewesen zu sein. Jedenfalls hat man das hier geäußert, wenn darüber geflüstert wurde. Gegenwärtig wagt man nicht mehr, darüber zu reden. Sie war eine Heuchlerin ersten Ranges, die Gräfin. Sie war es, wie man blond oder braun ist; es war ihr angeboren. Daher handhabte sie die Lüge auf eine Weise, daß sie eine Wahrheit daraus machte; so einfach und natürlich gab sie sich, so unbefangen und ohne alles Getue. Aber trotz dieser abgefeimten Geschicklichkeit, von der man erst seit kurzem weiß, daß es nichts als Geschicklichkeit war, sickerten Gerüchte durch, die aber bald durch das Entsetzen erstickt wurden, das sie erregten ... Diesen Gerüchten nach ist der Schotte, der nur die Karten liebte, nicht nur der Geliebte der Gräfin gewesen, die ihn nie bei sich empfangen hat, wie es alle andern taten, und die, durchtrieben wie ein böser Geist, ihm bei jeder Gelegenheit Epigramme anheftete wie keinem von uns! ... Mein Gott, auch das wäre noch gegangen; aber das andere! Das Schlimmste nämlich, heißt es, sei gewesen, daß der ›König des Schlemm‹ Schlemm mit der ganzen Familie gemacht habe. Die arme kleine Herminie hat ihn heimlich angebetet. Ernestine de Beaumont kann Ihnen das bestätigen, wenn Sie wollen. Es war geradezu ein Verhängnis. Hat er sie geliebt? Hat er die Mutter geliebt? Hat er alle beide geliebt? Hat er keine von beiden geliebt?

Hat er die Mutter für gerade gut genug gehalten, um für seine Spieleinsätze aufzukommen? ... Wer kann das wissen? Hier ist die Geschichte sehr undurchsichtig. Fest steht nur, daß die Mutter, deren Seele ebenso verdorrt gewesen ist wie ihr Körper, von einem Haß gegen die Tochter ergriffen worden ist, der nicht wenig an deren Tode schuld ist.‹

›So heißt es‹, erwiderte ich, viel entsetzter darüber, daß ich das Richtige gedacht hatte, als ich es gewesen wäre, wenn ich mich getäuscht hätte. ›Aber wer kann das wissen: Karkoël war kein leerer Schwätzer. Er würde es sich niemals gestattet haben, über sehr persönliche Dinge zu reden. Über sein Leben hat man nie Genaueres herausbekommen können. Er wird schwerlich gerade in bezug auf die Gräfin de Stasseville vertrauensselig oder indiskret gewesen sein.‹

›Nein‹, antwortete der Chevalier de Tharsis. ›Die beiden Heuchler haben fest zusammengehalten. Er ist abgereist, wie er gekommen ist, ohne daß irgendeiner von uns hätte sagen können: er ist nicht nur ein Spieler gewesen. Aber so vollkommen in Ton und Haltung die makellose Gräfin in der Gesellschaft auch dastand: die Kammerfrauen, für die es keine Heroinen gibt, haben erzählt, daß sie sich mit ihrer Tochter einzuschließen pflegte und daß nach langen Stunden des Tête-à-tête die eine bleicher als die andere wieder zum Vorschein gekommen sei; aber stets sei die Tochter doch noch bleicher gewesen und haben tränendunkle Augen gehabt.‹

›Haben Sie keine andern Beweise oder Anhaltspunkte, Chevalier?‹ fragte ich, um ihn zu drängen und um klarer zu sehen. ›Sie wissen doch ganz genau, was Dienstbotengeschwätz wert ist ... Vielleicht könnte man durch Mademoiselle de Beaumont Näheres erfahren.‹

›Mademoiselle de Beaumont!‹ rief de Tharsis. ›Ach die beiden mochten einander nicht, die Gräfin und sie; denn sie hatten beide die gleiche Geistesart! Daher spricht die Überlebende von der Toten nur mit bösen Blicken und schändlichen Andeutungen. Sicherlich will sie einen die entsetzlichsten Dinge glauben machen ... und dabei weiß sie nur von einem, und das ist nicht schlimm ... nämlich von Herminies Liebe zu Karkoël.‹

›Dann weiß sie also nicht eben viel, Chevalier‹, entgegnete ich. ›Wüßte man alles, was junge Mädchen einander anvertrauen, so müßte man die erste beste kleine Schwärmerei für Liebe halten. Nun müssen Sie aber zugeben, daß ein Mann wie Karkoël alles besaß, wovon die jungen Mädchen träumen.‹

›Das stimmt‹, sagte der alte Tharsis, ›aber es ist mehr bekannt als nur das, was junge Mädchen einander anvertrauen. Sie erinnern sich wohl ... nein, dazu waren Sie noch zu jung; aber in unserer Gesellschaft hat man es nur zu deutlich bemerkt ... daß Madame de Stasseville, die niemals etwas geliebt hat, weder Blumen noch sonst etwas, denn ich wüßte wirklich nicht, welche Vorliebe diese Frau gehegt hätte, gegen Ende ihres Lebens immerfort einen Resedastrauß am Gürtel zu tragen pflegte und daß sie beim Whistspiel und überall ein paar Stengel davon zerbiß, so daß eines schönen Tages Mademoiselle de Beaumont Herminie mit einem leichten Anflug von Spott in der Stimme gefragt hat, seit wann ihre Mutter denn Vegetarierin sei ...‹

›Ja, das weiß ich noch‹, antwortete ich. Und tatsächlich habe ich niemals die wilde und beinahe erotisch grausame Art und Weise vergessen, mit der die Gräfin den Duft der Blumen ihres Straußes eingeatmet und sie dann, bei jener Whistpartie, die für mich zum Ereignis geworden war, gegessen hatte.

›Ja‹, sagte der alte Herr, ›diese Reseden stammten aus einer herrlichen Jardinière, die Madame de Stasseville in ihrem Salon stehen hatte. Oh, die Zeiten, da ihr Blumenduft Unbehagen verursachte, waren längst vergangen. Wir hatten beobachtet, daß sie ihn seit ihrem letzten Wochenbett nicht ausstehen konnte; damals, so erzählte sie uns schmachtend, hätte ein Strauß Tuberosen sie fast das Leben gekostet. Jetzt aber liebte sie sie und war fast versessen darauf. In Ihrem Salon war es zum Ersticken, wie in einem Treibhaus, bevor man zur Mittagszeit die Glasfenster aufmachte. Deswegen gingen zwei oder drei empfindliche Damen nicht mehr zu ihr. Das war schon eine Veränderung! Aber man schrieb es ihrer Krankheit und ihren Nerven zu. Als sie dann tot war und ihr Salon verschlossen werden mußte — denn der Vormund ihres Sohnes hatte den kleinen Dummkopf, der nun so reich ist, wie nur ein Dummkopf es sein kann, ins Gymnasium gesteckt — hat man die schönen Reseden in den Garten pflanzen wollen, und da hat man in dem Kasten, raten Sie mal! ... die Leiche eines Kindes gefunden, das gelebt hatte ...«

Der Erzähler wurde durch den ungehemmten Aufschrei von zwei oder drei Damen unterbrochen, die sich eigentlich mit dem Natürlichen überworfen hatten. Seit langem schon war es von ihnen gewichen; aber wahrhaftig: bei dieser Gelegenheit wurde es wieder lebendig. Die andern, die sich besser in der Gewalt hatten, gestatteten sich nur ein Zusammenfahren; aber es war beinahe verkrampft.

»Welch eine Vergeßlichkeit und welch ein Versteck!« rief mit seiner alles ins Lächerliche ziehenden Leichtfertigkeit das liebenswürdige Ekel, der Marquis de Gourdes, den wir ›den letzten Marquis‹ nennen, einer jener Menschen, die ihre zweifelhaften Witze auch an einem Sarg und selbst im Sarg machen.

»›Woher kam das Kind?‹ fuhr der Chevalier de Tharsis fort und lockerte den Tabak in seiner Schildpattdose. ›Von wem war es? War es eines natürlichen Todes gestorben? War es getötet worden? ... Wer hatte es getötet? ... Das kann man unmöglich wissen, und es ist die Ursache schrecklichster, wenn auch nur geflüsterter Vermutungen!

›Da haben Sie recht, Chevalier‹, antwortete ich, indem ich das, was ich besser als er zu wissen glaubte, noch tiefer in mir vergrub. ›Es wird stets ein Geheimnis bleiben, und man sollte Sorge tragen, daß dieses Geheimnis immer undurchdringlicher wird bis zu dem Tage, da niemand mehr davon sprechen wird.‹

›Wirklich,‹ sagte er, ›es gibt auf der Welt nur zwei Menschen, die tatsächlich wissen, was da vorgegangen ist; und es ist nicht wahrscheinlich, daß sie es laut werden lassen‹, fügte er mit einem kleinen Lächeln hinzu. ›Der eine ist Marmor de Karkoël, der nach Indien abgereist ist, mit dem Koffer voll Gold, das er uns abgewonnen hat. Ihn werden wir niemals wiedersehen. Der andere ...‹

›Der andere?‹ fragte ich.

›Ach, der andere‹, antwortete er mit einem Augenzwinkern, das er wohl für sehr geistreich hielt, ›der andere ist noch ungefährlicher. Es ist der Beichtvater der Gräfin. Sie wissen, der dicke Abbé de Trudaine, der neulich Bischof von Bayeux geworden ist.‹

›Chevalier‹, sagte ich in einer jähen Eingebung, die mir besser als alles andere die von Natur aus so geheimnisvolle Frau deutlich machte, die ein bebrillter Beobachter wie der Chevalier de Tharsis als eine Heuchlerin bezeichnete, weil sie es verstanden hatte, ihren energischen Willen über ihre Leidenschaften zu breiten, vielleicht, um deren gewitterndes Glück zu verdoppeln, ›Chevalier, Sie haben sich geirrt. Die Nachbarschaft des Todes hat die versiegelte und eingemauerte Seele dieser Frau nicht geöffnet, die des Italien des dreizehnten Jahrhunderts würdiger gewesen wäre als unserer Zeit. Die Gräfin du Tremblay de Stasseville ist gestorben ... wie sie gelebt hat. Die Stimme des Priesters ist an dieser undurchdringlichen Natur, die ihr Geheimnis mit sich genommen hat, zerschellt. Hätte die Reue sie dahingebracht, es in das Herz des Dieners der ewigen Barmherzigkeit einströmen zu lassen, so würde man in der Jardinière des Salons schwerlich etwas gefunden haben.‹«

Der Erzähler hatte seine Geschichte beendet, den Roman, den er versprochen und von dem er nur das aufgezeigt hatte, was er selbst wußte, nämlich den Anfang und das Ende. Die Erschütterung verlängerte das Schweigen. Jeder verharrte in Gedanken versunken und ergänzte je nach Art der Phantasie, über die er verfügte, diesen Roman, der sich tatsächlich abgespielt hatte und für dessen Wertung nur ein paar zusammenhanglose Einzelheiten zur Verfügung standen. In Paris, wo der Geist so behend alles Erschütternde von sich abstreift, ist nach einer Geschichte in einem geistreichen Salon das Schweigen der schmeichelhafteste Erfolg.

»Welch liebenswerte Hintergründe haben doch Ihre Whistpartien!« sagte die Baronin de Saint-Albin, die dem Spiel ergeben war wie eine alte Botschaftersgattin. »Was Sie gesagt haben, ist überaus wahr. Das nur halb Angedeutete macht stärkeren Eindruck, als wenn alle Karten aufgedeckt vor uns gelegen und wir hätten sehen können, was im Spiel war.«

»Das eben ist die Phantastik des Wirklichen«, sagte ernst der Arzt.

»Ach!« warf Mademoiselle Sophie de Revistal leidenschaftlich ein. »Es ist mit dem Leben genau wie mit der Musik. Bei beiden sind die Pausen ausdrucksvoller als die Akkorde.«

Sie sah zu ihrer besten Freundin hinüber, der unnahbaren Gräfin de Damnaglia mit der unbeugsamen Gestalt, die noch immer an dem elfenbeinernen, mit Gold ausgelegten Griff ihres Fächers nagte. Was brachte wohl das stahlblaue Auge der Gräfin zum Ausdruck? ... Ich sah sie nicht, wohl aber ihren Rücken, auf dem leichter Schweiß perlte und der gewissermaßen ein Gesicht hatte. Es heißt, daß die Gräfin de Damnaglia gerade wie Madame de Stasseville die Kraft besitze, sehr viele Leidenschaften und sehr viel Glück zu verbergen.

»Sie haben mir die Freude an meinen Lieblingsblumen vergällt«, sagte die Baronin de Mascranny und wandte sich dem Erzähler halb zu. Und indem sie eine unschuldige Rose zerpflückte, die sie aus ihrem Gürtel zog und deren Blütenblätter sie in einer Art träumerischen Entsetzens verstreute, sagte sie noch: »Damit ist es jetzt aus! Nie wieder trage ich Reseden.«

DAS GASTMAHL DER GOTTLOSEN

So etwas können nur Menschen tun, die keinen Gott haben.
Allen

Seit einer Weile sank die Dämmerung in die Straßen von ***. Aber in der Kirche dieser kleinen, typischen Stadt der westlichen Normandie war es schon völlig dunkel. Fast immer tritt in den Kirchen die Nacht früher ein. Sie senkt sich dort schneller nieder als anderswo, sei es des düsteren Schimmers der farbigen Glasfenster, sofern die Kirche Glasfenster hat, sei es des Gewirrs der Pfeiler, die so oft mit Waldbäumen verglichen worden sind, oder der Schatten wegen, die von den Gewölben getragen werden. Diese Nacht der Kirchen, die dem endgültigen Absterben des Tages draußen vorangeht, führt indessen kaum irgendwo dazu, daß die Türen geschlossen werden. Im allgemeinen bleiben sie offen, auch wenn das Angelus geläutet worden ist — und in den frommen Städten bisweilen gar sehr lange, beispielsweise am Vorabend hoher Feste, wenn um der Kommunion des folgenden Tages willen die Gläubigen in großer Zahl zur Beichte gehen. Niemals, zu keiner Tageszeit, werden in der Provinz die Kirchen von denen, die häufig hingehen, stärker besucht als zu dieser Vesperstunde, da die Arbeit ruht, da das Licht im Sterben liegt und die christliche Seele sich auf die Nacht vorbereitet — auf die Nacht, die dem Tode ähnelt und in der der Tod nahen kann. Zu jener Stunde empfindet man wahrhaft, daß die christliche Religion die Tochter der

Katakomben ist und daß ihr stets etwas von der Schwermut ihres Ursprungs innewohnt. Ja, das war die Stunde, da alle, die noch an das Gebet glauben, niederknien, die Ellbogen aufstützen und die Stirn in den Händen bergen, in jener geheimnisvollen Dunkelheit der leeren Kirchenschiffe, die sicherlich dem tiefsten Bedürfnis der menschlichen Seele entsprechen; denn wenn uns leidenschafterfüllten Weltkindern das heimliche Beieinander mit der geliebten Frau in der Dunkelheit inniger und verwirrender erscheint, warum sollte nicht das gleiche bei den frommen Seelen in bezug auf Gott der Fall sein, wenn es vor seinen Tabernakeln dunkel ist und wenn sie, den Mund an seinem Ohr, in der Finsternis mit ihm sprechen?

So nun schienen sie an jenem Tage in der Kirche von *** zu ihm zu sprechen, die frommen Seelen, die hergekommen waren, um ihr Abendgebet zu verrichten, wie es ihr Brauch war. Obwohl in der von nebelgrauer Herbstdämmerung erfüllten Stadt die Laternen noch nicht angezündet waren — ebensowenig brannte die kleine, vergitterte Lampe vor der Statue der Jungfrau, die an der Fassade des Hauses der Damen de la Varengerie angebracht war, sich aber heute nicht mehr dort befindet —, waren bereits zwei Stunden seit der Vesper vergangen; denn jener Tag war ein Sonntag, und die Weihrauchwolke, die noch lange nach dem Hochamt einen bläulichen Himmel in der Höhe der Wölbungen des Chors bildet, war hingeschwunden. Die Dunkelheit, die in der Kirche schon sehr dicht war, breitete darin ihre große Schattendraperie aus, die aus den Gewölben niederzusinken schien wie ein vom Maste fallendes

Segel. Zwei magere Kerzen, die an den Ecken zweier ziemlich weit auseinanderstehender Pfeiler des Schiffes brannten, und die ewige Lampe, deren winziger, regloser Stern das Dunkel des Chors durchstach, das tiefer war als alles Dunkel ringsum, ließen über der Finsternis, darin Haupt- und Seitenschiff ertranken, mehr einen gespenstischen Schein denn ein Licht kriechen. Bei diesem Einsickern ungewisser Helligkeit konnte man einander wohl zweifelhaft und verschwommen sehen; allein es war unmöglich, einander zu erkennen ... Wohl gewahrte man hie und dort im Helldunkel Gruppen, die dichter waren als der Hintergrund, von dem sie sich vage lösten — gebeugte Rücken — ein paar weiße Hauben von am Boden knienden Frauen aus dem Volke — zwei oder drei Umhänge mit herabgezogenen Kapuzen; aber das war auch alles. Man hörte einander eher, als daß man sich sah. All diese Münder, die leise in dem großen, schweigenden, hallenden Schiff beteten, das die Stille um so hallender machte, erzeugten jenes sonderbare Summen, das wie das Geräusch eines Ameisenhaufens von Seelen ist, die einzig Gottes Auge sieht. Dieses anhaltende leise Summen, das bisweilen von Seufzern unterbrochen wurde, dieses Summen der Lippen — das in den Finsternissen einer stummen Kirche so eindrucksvoll wirkt — wurde durch nichts gestört, bis auf das dann und wann laut werdende Knarren einer Tür in den Seitenschiffen, die in den Angeln knirschte und hinter dem Eingetretenen zuklappte; oder das flinke, helle Klappern eines Holzschuhs, der an den Kapelleneingängen vorbeieilte; das Umfallen eines Stuhles, gegen den in der Dunkelheit jemand gestoßen war; und hin und wieder durch ein- oder zweimaliges Husten, das verhaltene Husten der Frommen, das aus Scheu vor dem heiligen Echo im Hause des Herrn musiziert und geflötet wird. Doch jene Geräusche, die nichts waren als das rasche Vorübergleiten eines Tons, störten die hingebungsvollen und eifrigen Seelen nicht im Abhaspeln ihrer Gebete und der Ewigkeit ihres Gesummes.

Und daher kam es denn auch, daß keiner aus dieser Schar von Gläubigen, die sich allabendlich in der Kirche von *** sammelten und versammelten, eines Mannes gewahr wurde, der sicherlich mehr als einen unter ihnen in Staunen versetzt haben würde, wenn in der Kirche genug Tageslicht oder Beleuchtung gewesen wäre, daß man ihn hätte erkennen können. Er war alles andere als ein eifriger Kirchgänger. Nie sah man ihn dort. Seit er nach jahrelanger Abwesenheit zurückgekommen war, um vorübergehend in seiner Vaterstadt zu wohnen, hatte er noch nicht den Fuß in die Kirche gesetzt. Warum war er an gerade diesem Abend gekommen? ... Welches Gefühl, welcher Einfall, welcher Plan hatte ihn bewogen, die Schwelle dieser Tür zu überschreiten, an der er täglich mehrmals vorüberzugehen pflegte, als gebe es sie nicht? ... Es war ein in jeder Hinsicht hochgewachsener Mann, der in gleicher Weise seinen Stolz und seine hohe Gestalt hatte beugen müssen, als er die schmale, niedrige, gewölbte Tür durchschritten, die infolge der Feuchtigkeit des regenreichen Westklimas eine grünliche Tönung angenommen und die er als Eingang gewählt hatte. Somit fehlte es seinem Feuerkopf nicht an Romantik. Machte ihn, als er die ihm wahrscheinlich fremdgewordene Stätte betrat, der beinahe gruftähnliche Anblick dieser Kirche betroffen, die in ihrer Bauart an eine Krypta erinnert, weil sie tiefer als das Pflaster des Platzes liegt, auf dem sie errichtet worden ist, während ihr Portal, von dem aus ein paar Stufen ins Innere führen, höher als der Hauptaltar liegt? ... Er hatte die heilige Brigitte nicht gelesen. Hätte er sie gelesen, so würde er beim Eintritt in die nächtliche Atmosphäre, die erfüllt war von geheimnisvollem Geflüster, an ihre Vision vom Fegefeuer gedacht haben, an jenen traurigen und grausigen Schlafsaal, wo man niemanden sieht und wo man aus den Mauern kommende leise Stimmen und Seufzer vernimmt ... Wie übrigens auch sein Eindruck gewesen sein mag: sicher ist, daß er, seiner selbst und seiner Erinnerungen, sofern er welche hatte, ungewiß, mitten in dem Seitengang stehenblieb, bis zu dem er gekommen war. Wer ihn betrachtete, mußte meinen, er suche irgend jemanden oder irgend etwas, ohne sich in der Dunkelheit zurechtfinden zu können ... Als indessen seine Augen sich ein wenig daran gewöhnt hatten und er die Umrisse der Dinge rings um ihn zu erkennen vermochte, sah er schließlich am äußersten Ende der Armenbank eine alte Bettlerin mehr kauern als knien und ihren Rosenkranz beten, und indem er ihre Schulter berührte, fragte er sie nach der Kapelle der heiligen Jungfrau und dem Beichtstuhl eines Priesters der Gemeinde, dessen Namen er nannte. Die Alte, die wohl seit einem halben Jahrhundert Stammgast der Armenbank war und zum Inventar der Kirche von *** zu gehören schien wie die Fratzen der Wasserspeier, wies ihm den Weg, und ohne große Schwierigkeiten gelangte der Mann zwischen den in Unordnung geratenen und nach dem Hochamt noch nicht wieder zurechtgestellten Stühlen hindurch nach dem Beichtstuhl im Hintergrund der Kapelle, vor dem er stehenblieb. Er verharrte dort mit verschränkten Armen, wie es in der Kirche fast alle Männer tun, die nicht zum Beten hineingehen und dennoch eine geziemende und ernste Haltung einnehmen wollen. Mehrere Damen der Rosenkranz-Kongregation, die vor jener Kapelle beteten, würden, falls ihnen jener Mann aufgefallen wäre, aus seiner Haltung höchstens auf Unfrömmigkeit, nicht aber auf Gottlosigkeit geschlossen haben. Für gewöhnlich brannte an Beichtabenden neben dem bändergeschmückten Spinnrocken der Madonna eine gewundene, gelbe Wachskerze, die die Kapelle erhellte; aber da am Morgen schon scharenweise kommuniziert worden war und sich niemand mehr am Beichtstuhl eingefunden hatte, war der einsam und meditierend in jenem Beichtstuhl sitzende Priester hinausgegangen, hatte die gelbe Wachskerze gelöscht und war in seine hölzerne Zelle zurückgekehrt, um dort unter der Einwirkung der Dunkelheit, die aller Ablenkung von außen wehrt und die innere Sammlung befruchtet, seine Meditationen wieder aufzunehmen. War dies der Grund, war es Zufall, Laune, Sparsamkeit oder irgend etwas anderes, ähnliches, was das einsame Tun des Priesters bestimmt hatte? Auf alle Fälle aber rettete dieser Umstand das Inkognito — sofern er Wert darauf legte — des in die Kapelle gekommenen Mannes, der übrigens nur ein paar Augenblicke darin blieb ... Der Priester, der vor seiner Ankunft die Kerze gelöscht hatte, öffnete, als er ihn durch das Gitterwerk seiner Tür hindurch erblickte, jene Tür ganz weit, ohne aus dem Dunkel des Beichtstuhles, darin er saß, herauszukommen; und der Mann löste seine Arme aus der Verschränkung, reichte dem Priester einen unkenntlichen Gegenstand, den er aus der Brusttasche gezogen hatte, und sagte leise, aber deutlich: »Nehmen Sie, Ehrwürden! Ich schleppe es schon recht lange mit mir herum!«

Mehr wurde nicht gesprochen. Als habe er gewußt, um was es sich handle, nahm der Priester den Gegenstand und schloß ruhig die Tür seines Beichtstuhls. Die Damen der Rosenkranz-Kongregation glaubten, der Mann, der mit dem Priester gesprochen hatte, werde nun niederknien und beichten, und sie waren überaus erstaunt, als sie ihn leichten Fußes die Kapellenstufen hinabsteigen und wieder in den Seitengang gelangen sahen, durch den er gekommen war.

Aber wenn sie überrascht waren, so war er noch überraschter als sie; denn mitten in jenem Seitengang, den er hinabging, um die Kirche zu verlassen, wurde er unvermittelt von zwei kräftigen Armen gepackt, und zwei Daumen breit vor seinem Gesicht erscholl ein Lachen, das an einem so heiligen Ort abscheulich frevelhaft klang. Es war ein Glück für die so dicht vor seinen Augen lachenden Zähne, daß er sie erkannte.

»Gott verdamm mich!« sagte gleichzeitig der Lacher mit einer Stimme, die leise klingen sollte, aber dennoch so laut war, daß die in der Nähe Knienden die Lästerung und die folgenden unehrerbietigen Worte hören mußten: »Was drückst du dich denn zu einer solchen Stunde in der Kirche herum, Mesnil? Wir sind doch nicht mehr in Spanien wie damals,

als wir so hübsch die Busenschleier der Nonnen von Avila zerknüllten.«

Der mit ›Mesnil‹ Angeredete tat eine zornige Geste.

»Schweig«, sagte er mit einer Stimme, die sehr viel lieber gebrüllt hätte. »Bist du betrunken? ... Du fluchst in einer Kirche wie in einer Wachstube. Los, mach keine Dummheiten! Wir wollen beide diese Stätte mit allem Anstand verlassen.«

Und er beschleunigte den Schritt, erreichte, während der andere hinter ihm herging, die schmale, niedrige Pforte, und erst als die beiden draußen mit der freien Luft der Straße waren, wo sie ihre Stimmen mit voller Kraft erschallen lassen konnten, fuhr der andere fort, als sei er in höchster Wut:

»Alle Blitze der Hölle sollen dich versengen, Mesnil! Willst du etwa Kapuziner werden? ... Willst du Hostien fressen? ... Du, Mesnilgrand, der Rittmeister der Chamborans, wie ein Kuttenträger in einer Kirche?«

»Du warst ja ebenfalls drinnen«, sagte Mesnil ruhig.

»Ich war drin, weil ich dir nachgegangen bin. Ich habe dich hineingehen sehen, und das hat mich, mein Ehrenwort, mehr verblüfft, als wenn ich hätte zusehen müssen, wie meine Mutter vergewaltigt würde. Ich habe mir gesagt: Was will er bloß in der Pfaffenscheune? ... Dann habe ich gemeint, es stecke wohl irgendein verdammter Weiberrock dahinter, und ich habe mit eigenen Augen sehen wollen, hinter welcher Grisette oder großen Dame aus der Stadt du herläufst.«

»Ich bin einzig um meinetwillen hineingegangen, mein Lieber«, sagte Mesnil mit der kalten Unverschämtheit vollkommenster Verachtung, jener Verachtung, die genau zum Ausdruck bringt, was man denkt.

»Dann muß ich mich noch verteufelter denn je wundern!«

»Mein Lieber«, entgegnete Mesnil und blieb stehen, »Männer ... wie ich sind eigens dazu geschaffen, daß Männer ... wie du sich in alle Ewigkeit über sie wundern.«

Und er wandte sich um und beschleunigte den Schritt wie jemand, der nicht hören will, daß ihm einer folgt, ging die Rue de Gisors hinauf und gelangte auf die Place Thurin, an deren einer Ecke er wohnte.

Er wohnte bei seinem Vater, dem alten Mesnilgrand, wie er in der Stadt genannt wurde, wenn man von ihm sprach. Das war ein reicher, geiziger Greis (so wurde wenigstens behauptet), ein rechter Knicker — das war der Ausdruck, dessen man sich bediente —, der sich schon seit langen Jahren jeder Art von Geselligkeit ferngehalten hatte, ausgenommen während der drei Monate, die sein Sohn, der für gewöhnlich in Paris lebte, in der Stadt *** verbrachte. Dann lud der alte Mesnilgrand, der sonst keine Katze bei sich sah, die alten Freunde und Regimentskameraden des Sohnes zu sich ein, empfing sie und ließ jene pompösen Geizhals-Diners auffahren, die es überall gab, wie die Rabelais-Verehrer der kleinen Stadt behaupteten, scharfzüngig und undankbar, wie sie waren, denn das Essen (›der Tisch des alten Knickers‹, von dem das Sprichwort sagt) war stets vortrefflich.

Um Ihnen eine Vorstellung davon zu geben, sei darauf hingewiesen, daß zu jener Zeit in der Stadt *** ein bekannter Steuerpächter lebte, der bei seiner Ankunft das gleiche Staunen erregte, wie wenn etwa eine sechsspännige Karosse in eine Kirche gefahren wäre. Dieser dicke Mann war nur ein sehr kleiner Finanzgewaltiger, doch die Natur hatte sich den Spaß erlaubt, ihn mit den Gaben eines großen Kochkünstlers auszustatten. Es wurde erzählt, daß er 1815 dem nach Genf flüchtenden Ludwig XVIII. mit der einen Hand die Kasse seines Arrondissements und mit der andern eine Trüffelkraftbrühe überreicht habe, die von den Teufeln der sieben Todsünden gekocht zu sein schien, so köstlich war sie! Ludwig XVIII. hatte, ganz wie es sich gebührte, die Kasse entgegengenommen, ohne auch nur danke zu sagen; aber aus Dankbarkeit für die Brühe hatte er den gewölbten Bauch dieses genialen Meisterkochs, der in die Finanzwelt geraten war, mit dem schwarzen Band des Großkreuzes seines Sankt-Michael-Ordens geschmückt, das sonst nur Gelehrten und Künstlern verliehen wurde. Mit diesem breiten Moiréband, das er ständig auf seiner weißen Weste trug, und dem goldenen, funkelnden Orden auf dem Schmerbauch war dieser Turcaret von Deltocq (er hieß Deltocq), der am Tag des heiligen Ludwig den Degen und den Samtanzug à la française so hochmütig und unverschämt trug wie sechsunddreißig silbergepuderte englische Kutscher, und der glaubte, daß alles der Herrlichkeit seiner Saucen weichen müsse, für die Stadt *** eine Persönlichkeit von fast sonnenhaftem Glanz, auf die man stolz sein durfte ... Nun, mit dieser auf kulinarischem Gebiet so illustren Persönlichkeit, die sich rühmte, neunundvierzig verschiedene Fastensuppen bereiten zu können, die aber die Zahl ihrer fetten Suppen überhaupt nicht angeben konnte — denn sie kam nahe an die Unendlichkeit heran! —, nahm die Köchin des alten Mesnilgrand den Kampf auf und schuf ihr Unruhe, solange der Sohn des alten Knickers in *** weilte!

Er war stolz auf seinen Sohn, dieser hochgewachsene, greise Vater; aber er war seinetwegen auch bekümmert, und zwar mit gutem Grunde! Seinem ›Jungen‹, wie er ihn zu nennen pflegte, obwohl er schon über vierzig zählte, war das Leben durch den gleichen Schlag zertrümmert worden, der das Kaiserreich zerstört und das Glück dessen vernichtet hatte, der nun nur noch ›der Kaiser‹ war, als habe er seinen Namen in seinem Amt und seinem Ruhm eingebüßt! Mit achtzehn Jahren war der junge Mesnilgrand, der aus dem Holze war, aus dem die Marschälle jener Zeit geschnitzt wurden, Soldat geworden und hatte die Kriege des Kaiserreiches mitgemacht; auf seinem Kolpak flatterten die Federbüsche der höchsten Hoffnungen; aber das abschließende Ungewitter von Waterloo hatte seinen letzten Ehrgeiz mit Stumpf und Stiel niedergebrannt. Er gehörte zu denen, die die Restauration nicht in ihre Dienste nahm, weil sie dem Faszinierenden der Rückkehr aus Elba nicht hatten widerstehen können, die die stärksten Männer ihren Eid vergessen ließ, als hätten sie ihren freien Willen verloren. Der Eskadron-Chef Mesnilgrand, derjenige, von dem die Offiziere des legendär tapferen Regiments Chamboran sagten: ›Man kann ebenso tapfer wie Mesnilgrand sein, aber tapferer, das ist unmöglich‹, mußte es erleben, daß seine Regimentskameraden, die bei weitem nicht die gleichen Verdienste aufweisen konnten wie er, vor seiner Nase Obersten der schönsten Regimenter der Königlichen Garde wurden; und obwohl er nicht eifersüchtig war, so bedeutete ihm das doch eine grausame Qual ... Er war von Natur ein zügelloser Draufgänger. Einzig die militärische Disziplin seines Zeitalters, da sie fast römisch war, konnte die Leidenschaftlichkeit dieses Unbändigen zähmen, der — mit seinen unaussprechlichen Gelüsten — vor achtzehn Jahren seine Vaterstadt empört hatte und fast daran zugrunde gegangen wäre. Tatsächlich hatte er sich vor achtzehn Jahren durch Ausschweifungen mit Frauen, unsinnigen Ausschweifungen, ein Nervenleiden zugezogen, eine Art Rückenmarksstarre, zu deren Heilung sein Rückgrat mit Brennkegeln hätte behandelt werden müssen. Diese grauenhafte Kur, die die Stadt *** ebenso entsetzte, wie seine Ausschweifungen sie entsetzt hatten, wurde als eine exemplarische Marter betrachtet, der beizuwohnen die Familienväter ihre Söhne zwangen, um ihre Moral zu stärken, gerade wie man Völker durch den Terror zu moralisieren versucht. Sie nahmen sie mit, damit sie den jungen Mesnilgrand ›brennen sahen‹, der dieses Höllenfeuer, wie die Ärzte sagten, einzig dank seiner eisernen Konstitution zu überstehen vermochte; ›eisern‹ war das richtige Wort, weil sie so gut der Flamme widerstanden hatte. Mit dieser ans Wunderbare grenzenden Ausnahmekonstitution, die nach den Brennkegeln später den Strapazen, den Wunden und allen Geißeln widerstand, die einem Kriegsmann zusetzen können, sah Mesnilgrand sich, noch immer rüstig, in voller Manneskraft, der großen militärischen Zukunft beraubt, von der er geträumt hatte, und fortan ohne Ziel, gewissermaßen mit zerschmetterten Armen und in der Scheide festgenageltem Degen, so daß seine Verbitterung sich bis zu wildester Wut steigerte ... Müßte man, um ihn verständlich zu machen, in der Geschichte nach einem Manne suchen, mit dem man Mesnilgrand vergleichen könnte, so würde man gezwungen, bis auf den berühmten Karl den Kühnen, den Herzog von Burgund, zurückzugreifen. Ein geistreicher Moralist, der sich mancherlei Gedanken über die Sinnlosigkeit unseres Schicksals gemacht hat, um sie darzulegen, behauptet, die Menschen glichen Bildnissen, denen entweder durch Rahmen, die nicht mit der natürlichen Größe der Dargestellten in Einklang stünden, Kopf oder Brust zerschnitten würde, während andere durch die alberne, maßlose Größe ihrer Rahmen schier verschwänden und wie Zwerge wirkten.

Mesnilgrand, der Sohn eines schlichten, niedernormannischen Edelmannes, der im Dunkel privaten Lebens sterben sollte, nachdem er den großen geschichtlichen Ruhm verpaßt hatte, für den er geboren war, besaß — und was hätte er damit anfangen sollen? — die furchtbare Kraft beständiger Wut, den bitterbösen Ingrimm, wie er jenem ›Kühnen‹ eigentümlich gewesen ist, den die Geschichte auch den ›Schrecklichen‹ nennt. Waterloo, das ihn auf die Straße gesetzt hatte, wurde für ihn, alles in allem, was Granson und Murten, zwei Ereignisse mithin, für jenen menschlichen Blitz gewesen sind, der auf den Schneefeldern vor Nancy erlosch. Nur daß es für Mesnilgrand, den ›heruntergekommenen‹ Rittmeister, wie die Leute sagten, die allein schon durch ihre gemeine Ausdrucksweise alles erniedrigen, keinen

Schnee und kein Nancy gab. Zu jener Zeit glaubte man, er werde Selbstmord begehen oder verrückt werden. Aber er brachte sich nicht um, und sein Kopf hielt stand. Er wurde nicht verrückt. Er sei es schon, behaupteten die bösen Zungen; denn böse Zungen gibt es immer. Wenn er sich nicht umbrachte — und bei seiner Veranlagung hätten seine Freunde ihn fragen können, warum nicht; aber sie fragten ihn nicht —, so nur deshalb nicht, weil er nicht der Mann war, sich von einem Geier das Herz aus der Brust hacken zu lassen, ohne daß er nicht wenigstens versucht hätte, den Schnabel des Geiers zu zermalmen. Gleich Alfieri, dem unglaublich willensstarken Alfieri, der nichts verstand als Pferde zuzureiten, aber noch mit vierzig Jahren Griechisch lernte und sogar griechische Verse schrieb, warf oder vielmehr stürzte Mesnilgrand sich auf die Malerei, das heißt auf das, was ihm das Fernstliegende war, wie einer, der in das siebente Stockwerk hinaufsteigt, um desto gründlicher tot zu sein, weil er aus größerer Höhe hinabstürzt, sofern es ihn verlangt, aus dem Fenster zu springen. Er hatte nicht die mindeste Ahnung vom Zeichnen und doch wurde er Maler wie Géricault, den er, wie ich glaube, bei den Musketieren kennengelernt hatte. Er arbeitete ... mit der Wut der Flucht vor dem Feinde — so sagte er mit bitterem Lachen —, stellte aus, wurde verrissen, stellte nicht mehr aus, vernichtete seine Bilder, nachdem er sie gemalt hatte, und begann mit unermüdlicher Besessenheit abermals zu arbeiten. Dieser Offizier, der immer nur mit dem Säbel in der Hand gelebt, den sein Pferd durch Europa getragen hatte, verbrachte jetzt sein Leben vor der Staffelei; säbelte mit dem Pinsel über die Leinwand und hatte einen solchen Ekel vor dem Kriege — den Ekel jener, die ihn vergötterten! —, daß er meist nur Landschaften malte, Landschaften gleich denen, die er verwüstet hatte. Während er malte, kaute er irgendein Opiumpräparat, das er unter den Tabak mischte, den er Tag und Nacht rauchte; denn er hatte sich eine Art Huka eigener Erfindung anfertigen lassen, aus der er auch während des Schlafes rauchen konnte. Aber weder die erregenden noch die betäubenden Mittel, noch die Gifte, durch die der Mensch sich lähmt und nach und nach tötet, vermochten das Ungeheuer Wut zur Ruhe zu bringen, das sich in seinem Innern niemals beschwichtigte und das er das Krokodil in seinem Teiche nannte, ein phosphoreszierendes Krokodil in einem Glutteich! Die ihn nur flüchtig kannten, hielten ihn lange für einen Carbonaro. Aber für diejenigen, die ihn besser kannten, war im Carbonarotum zuviel Deklamatorisches und zuviel dummer Liberalismus enthalten, als daß ein so sehr dem Absolutismus zugetaner Mensch auf diese Albernheiten hereingefallen wäre, die er mit dem den Bewohnern dieser Gegend eigenen sicheren Urteilsvermögen anschaute. Und wirklich besaß er jenseits seiner Leidenschaften, deren Extravaganz bisweilen grenzenlos gewesen war, das klare Tatsachenbewußtsein, das die Menschen normannischer Rasse auszeichnet. Auf das Illusorische von Verschwörungen gab er nichts. Dem General Berton hatte er sein Geschick vorausgesagt. Andererseits stießen ihn instinktiv die demokratischen Ideen ab, auf die die Imperialisten sich während der Restauration stützten. Er war aus tiefster Seele Aristokrat. Er war es nicht nur der Geburt, der Kaste, dem sozialen Rang nach; er war es von Natur aus, so wie er er selbst und kein anderer war und wie er es auch noch als der letzte Seiler seiner Vaterstadt gewesen wäre. Er war es, mit einem Wort, wie Heinrich Heine sagt, »durch seine große Art des Empfindens«, die alles andere als bürgerlich war, nach der Weise der Emporkömmlinge, die großen Wert auf Äußerlichkeiten legen. Seine Orden trug er nie. Sein Vater, der mit der nahen Beförderung seines Sohnes zum Oberst gerechnet hatte, als das Kaiserreich zusammenbrach, hatte ihm ein Majorat und den Baronstitel gesichert; aber er hat den Titel nie geführt, und auf seiner Visitenkarte und für jedermann ist er immer nur der ›Chevalier de Mesnilgrand‹ gewesen. In seinen Augen waren Titel ohne die politischen Vorrechte, mit denen sie ehedem verbunden gewesen waren und die sie zu wahren Kriegswaffen gemacht hatten, genauso wertlos wie Orangenschalen, wenn die Orange nicht mehr darin ist, und selbst in Gegenwart von Leuten, die sie noch respektierten, machte er sich darüber weidlich lustig. Dafür legte er eines Tages den Beweis in jener kleinen Stadt *** ab, der adelsstolzen, in der die ehemaligen Großgrundbesitzer der Gegend, die durch die Revolution ruiniert und bettelarm geworden waren, der harmlosen Sucht frönten, vielleicht um sich zu trösten, einander mit den Titeln Graf und Marquis anzureden, die ihre sehr alten Familien, die dessen nicht bedurften, um ihren Adel zu erweisen, niemals geführt hatten. Mesnilgrand, dem diese Usurpation lächerlich vorkam, nahm seine Zuflucht zu einem kühnen Mittel, um damit aufzuräumen. Gelegentlich eines Abendempfanges in einem der aristokratischsten Häuser der Stadt sagte er zu dem Diener: »Melden Sie den Herzog de Mesnilgrand.« Und der verblüffte Diener verkündete mit Stentorstimme: »Der Herr Herzog de Mesnilgrand!« Ein allgemeines Auffahren war die Folge. »Ja, ja«, sagte er, als er die Wirkung dessen sah, was er angerichtet hatte, »da jeder sich hier einen Titel gibt, habe ich mir den Herzogstitel zugelegt!« Alles wagte kaum zu atmen. Und selbst ein paar Wohlgelaunte lächelten nur mit den Mundwinkeln; aber die Titelsucht hörte auf. Es gibt immer noch fahrende Ritter in der Welt. Zwar gleichen sie kein Unrecht mit der Lanze aus; aber sie gehen dem Lächerlichen mit dem Spott zu Leibe, und einer dieser Ritter war Mesnilgrand.

Er besaß die Gabe des Sarkasmus. Doch das war nicht die einzige Gabe, die der Gott der Kraft ihm vermacht hatte. Wenn auch in seiner Gesamterscheinung der Charakter vorherrschte, wie bei fast allen Tatmenschen, und der Geist erst an zweiter Stelle kam, so war der Geist doch für ihn und gegen die andern eine Macht. Es läßt sich nicht bezweifeln: Ein glücklicher Chevalier de Mesnilgrand wäre sehr geistreich gewesen; aber da er unglücklich war, hatte er die Anschauungen eines Verzweifelten, und war er einmal fröhlich, was selten geschah, so war seine Fröhlichkeit die eines Verzweifelten; und nichts als die fixe Idee, unglücklich zu sein, zerbricht besser das Kaleidoskop des Geistes und hemmt sein Funkeln. Darüber hinaus nun aber, neben den in seinem Innern gärenden Leidenschaften, besaß er eine ungewöhnliche Beredsamkeit. Was man von Mirabeau gesagt hat, und was für alle Redner gilt: »Wenn Sie ihn gehört hätten ...!«, schien eigens für ihn geprägt zu sein. Man mußte ihn sehen, wie auch bei der belanglosesten Diskussion seine Vulkanbrust sich wölbte, wie seine Blässe einer noch tieferen Blässe wich, wie über seine Stirn Wogen von Furchen hinwegbrausten — gleich dem Meer unter dem Sturm seines Zornes —, wie seine Pupillen aus der Hornhaut zu springen schienen, als wollten sie den Gesprächspartner treffen — zwei flammende Kugeln! Man mußte ihn sehen, wie er keuchte, bebte, kurzatmig, mit einer Stimme, die desto pathetischer wurde, je mehr sie sich brach; wie die Ironie seine Lippen erzittern ließ, die noch lange, nachdem er gesprochen hatte, vibrierten; wie er nach einem solchen Anfall in seiner Erschöpfung erhabener wirkte als Talma in ›Oreste‹, herrlicher getötet und dennoch nicht sterbend, da der Zorn ihn nicht unterjocht hatte; denn schon am folgenden Tage, nach einer Stunde, nach einer Minute wurde er abermals gepackt, ein Phönix der Wut, der immer wieder aus seiner Asche stieg! ... Und wahrhaftig, ganz einerlei, in welchem Augenblick auch immer man gewisse, in steter Spannung befindliche Saiten seines Innern anschlug; es klangen Töne auf, die denjenigen umwarfen, der so unklug gewesen war, sie aufzustören.

»Er hat den gestrigen Abend bei uns verbracht«, sagte ein junges Mädchen zu einer Freundin. »Meine Liebe, die ganze Zeit über hat er getobt. Der ist vom Teufel besessen. Es wird schließlich darauf hinauslaufen, daß man Monsieur de Mesnilgrand nicht mehr einlädt.« Ohne dieses ungehörige Toben, für das weder die Salons noch ihre Besucher geschaffen sind, hätte er vielleicht die jungen Mädchen interessiert, die mit so spöttischer Strenge über ihn sprachen. Um jene Zeit begann Lord Byron die große Mode zu werden, und wenn Mesnilgrand ruhig und verhalten war, hatte er etwas von Byrons Helden. Die jungen Mädchen mit der kalten Seele waren nicht auf regelmäßige Schönheit erpicht. Er war von einer rauhen Häßlichkeit; aber sein bleiches, verwüstetes Gesicht unter dem sehr jung gebliebenen braunen Haar, seine vor der Zeit von Furchen durchzogene Stirn wie die Laras oder die des Korsaren, seine platte Leopardennase, seine meergrünen Augen, die wie bei sehr feurigen Rennpferden von roten Äderchen durchzogen waren, hatten einen Ausdruck, der auch die spöttischsten Zungen der Stadt *** verwirrt machte. Wenn er dabei war, verging den Spöttern das Grinsen. Er war groß, stark und gut gebaut, wenngleich sein Rücken ein wenig gewölbt war, als sei das auf ihm lastende Leben eine zu schwere Rüstung; und so hatte der Chevalier de Mesnilgrand in seinem modernen Anzug jenes verlorene Aussehen, dem man auf gewissen majestätischen Familienbildnissen begegnet. »Er ist ein wandelndes Porträt«, sagte ein anderes junges Mädchen, das ihn zum ersten Male in einen Salon treten sah. Übrigens krönte Mesnilgrand alle diese Vorzüge durch einen, der sie in den Augen dieser jungen Mädchen sämtlich überragte: er war immer geradezu prächtig angezogen. War es eine letzte Koketterie seines Lebens als homme à femmes, die das beendete, eingescharrte Leben dieses Verzweifelten überlebte, wie die sinkende Sonne einen letzten, rosafarbenen Strahl auf die Ballungen der Wolken wirft, hinter denen sie untergegangen ist? . . . War es ein Rest des satrapischen Luxus, den der Chamboran-Offizier ehemals zur Schau getragen hatte, dessen alter, geiziger Vater bei der Auflösung des Regiments allein für Tigerfelle für seine Schabracken und für seine roten Stiefel zwanzigtausend Franken hatte zahlen müssen? Jedenfalls steht fest, daß kein junger Herr in Paris oder London es diesem Misanthropen, der nicht mehr zur Gesellschaft gehörte und der während der drei Monate seines Aufenthaltes in *** nur ein paar Besuche und späterhin überhaupt keine mehr machte, an Eleganz gleichzutun vermochte.

Er lebte in *** wie in Paris: er war bis in die Nacht hinein mit seiner Malerei beschäftigt. Er ging wenig spazieren in dieser sauberen, reizvollen, verträumt anmutenden Stadt, die eigens für Träumer erbaut zu sein schien, dieser Stadt der Dichter, in der vielleicht kein einziger Dichter lebte. Bisweilen durchschlenderte er ein paar Straßen, und dann sagte wohl ein Ladenbesitzer einem Fremden, dem die hohe Gestalt aufgefallen war: »Er ist der Kommandeur Mesnilgrand«, als sei der Kommandeur Mesnilgrand eine Weltberühmtheit! Wer ihn einmal gesehen hatte, vergaß ihn nie wieder. Er machte Eindruck, gleich allen Menschen, die nichts mehr vom Leben verlangen; denn wer nichts mehr vom Leben verlangt, steht über dem Leben, das mit uns andern seine Gemeinheiten treibt. Nie ging er mit den übrigen Offizieren, die die Restauration aus den Ranglisten gestrichen hatte, ins Café, obwohl er es nicht versäumte, ihnen die Hand zu schütteln, wenn er ihnen begegnete. Die Provinzcafés stießen sein aristokratisches Wesen ab. Es war für ihn eine Frage des Geschmacks, sie zu meiden. Niemand nahm daran Anstoß. Die Kameraden waren sicher, ihn stets bei seinem Vater anzutreffen, der während des Aufenthaltes des Sohnes aus dem Geizhals, der er während seiner Abwesenheit war, sich in einen Verschwender verwandelte und ihnen Feste gab, die sie ›Belsazar-Mähler‹ nannten, obwohl sie nie die Bibel gelesen hatten.

Er nahm daran teil und saß dabei dem Sohn gegenüber, und obwohl er alt war und durch seine Art und Weise wie eine Komödiantengestalt wirkte, merkte man doch, daß dieser Vater seiner Zeit würdig gewesen sein mußte, diesen Sproß zu erzeugen, auf den er so stolz war ... Er war ein hochgewachsener, hagerer alter Mann, der dem Alter stolz die Stirn bot, aufrecht wie ein Schiffsmast. Stets trug er einen langen, dunkelfarbenen Gehrock, der ihn noch größer erscheinen ließ als er ohnehin schon war; und so wirkte er seinem Äußern nach streng wie ein Denker oder ein Mann, dem die Welt keinen Reiz und keine Möglichkeit zum Tun mehr bietet. Ohne sie jemals abzulegen, trug er seit Jahren eine Baumwollmütze und ein großes, veilchenfarbenes Kopftuch; aber es wäre keinem Witzbold in den Sinn gekommen, über die Baumwollmütze, die traditionelle Kopfbedeckung des ›malade imaginaire‹, zu lachen. Dem alten Mesnilgrand haftete für niemanden etwas Komisches an. Er hätte das Lachen auf den fröhlichen Lippen Regnards ersterben lassen und den nachdenklichen Blick Molières noch nachdenklicher gemacht. Wie auch immer die Jugend dieses Géronte oder dieses beinahe majestätischen Harpagon gewesen sein mochte: sie lag schon allzu weit zurück, als daß man sich ihrer erinnerte. Er habe (so hieß es) mit der Revolution geliebäugelt, obwohl er mit Vicq d'Azir, dem Leibarzt der Marie-Antoinette, verwandt war; aber das konnte unmöglich lange gedauert haben. Der Mann der ›Tatsachen‹ (die Normannen nennen ihren Besitz ihre ›Tatsachen‹; ein bedeutsamer Ausdruck!), der Besitzer, der Grundeigentümer in ihm hatte sich sehr bald als stärker erwiesen denn der Mann der ›Idee‹. Indessen war er aus der Revolution als politischer Atheist hervorgegangen, wie er sich als religiöser Atheist an ihr beteiligt hatte, und das Zusammenwirken dieser beiden Atheismen hatte ihn zu einem heftigen Verneiner gemacht, der selbst Voltaire entsetzt hätte. Er sprach übrigens wenig von seinen Meinungen, ausgenommen bei jenen Herrenessen, die er zu Ehren seines Sohnes gab, bei denen er sich unter Gesinnungsgenossen befand und sich hin und wieder Meinungsbekundungen entschlüpfen ließ, die vollauf rechtfertigten, was in der Stadt über ihn geredet wurde. Für die Frommen und die zahlreichen Adligen galt er tatsächlich als ein alter Verworfener, den man unmöglich bei sich empfangen konnte und der sich selbst ein gerechtes Urteil gesprochen hatte, indem er niemanden besuchte ... Sein Leben war sehr einfach. Er ging niemals aus. Die Grenzen seines Gartens und seines Hofes bedeuteten ihm das Ende der Welt. Im Winter saß er, in einen großen Mantel gewickelt, am Kamin seiner Küche, wohin er einen ungefügen, rotbraunen, mit Utrechter Samt bezogenen Backensessel hatte rücken lassen, stumm vor seinen Dienern, die sich durch seine Anwesenheit beklommen fühlten; denn wenn er da war, wagten sie nicht laut zu sprechen, sondern unterhielten sich im Flüsterton wie in der Kirche. Im Sommer erlöste er sie von seiner Gegenwart und hielt sich in seinem kühlen Eßzimmer auf, wo er Zeitungen oder ein paar Schmöker aus einer ehemaligen Mönchsbibliothek las, die er auf einer Versteigerung erworben hatte, oder er saß an einem kleinen Ahornsekretär mit bronzenen Eckbeschlägen, den er hatte hineinschaffen lassen, damit er nicht ein Stockwerk höher zu steigen brauchte, wenn seine Pächter kamen, obwohl jener Sekretär kein Eßzimmermöbel war, und ordnete Quittungen. Ob sich in seinem Hirn noch etwas anderes als Zinsberechnungen vollzog, das wußte niemand. Sein kurznasiges, ein wenig eingefallenes, bleiweißes und blatternarbiges Gesicht ließ keinen seiner Gedanken erahnen, die ebenso rätselhaft waren wie die einer schnurrend neben dem Ofen liegenden Katze. Die Blattern, die ihn durchlöchert, hatten ihm die Augen gerötet und die Wimpern einwärts gebogen, so daß er gezwungen war, sie abzuschneiden; und diese gräßliche Operation, die häufig wiederholt werden mußte, war die Ursache eines ständigen Zwinkerns, so daß er, wenn er mit jemandem sprach, die Hand wie einen Schirm über die Brauen legen mußte, um seinem Blicke Stetigkeit zu geben, wobei er sich ein wenig nach rückwärts neigte, was ihn über die Maßen stolz und anmaßend erscheinen ließ. Sicherlich hätte man mit keinem Lorgnon so anmaßend zu wirken vermocht, wie es der alte Mesnilgrand mittels seiner zittrigen Hand zuwege brachte, wenn er sie flach an die Brauen legte, um einen anzuvisieren und besser zu sehen, wenn er mit einem sprach ... Seine Stimme war die eines Mannes, der von jeher Befehlsgewalt über andere gehabt hatte, mehr eine Kopf- als eine Bruststimme, wie die eines Menschen, der mehr Kopf als Herz hat; aber er bediente sich ihrer nicht häufig. Man konnte sagen, daß er mit ihr genauso geize wie mit seinen Talern. Er ging sparsam damit um, wenn auch nicht so sparsam wie der hundertjährige Fontenelle, der, wenn ein Wagen vorbeifuhr, sie mitten im Satz unterbrach, um fortzufahren, wenn das Wagenrollen aufgehört hatte. Der alte Mesnilgrand war nicht wie der alte Fontenelle ein Biedermann aus schadhaftem Porzellan, der andauernd damit beschäftigt war, auf seine Risse aufzupassen. Er war vielmehr ein altes Hünengrab aus festem Granit, und wenn er wenig sprach, so nur, weil Hünengräber wenig sprechen, gleich den Gärten La Fontaines. Wenn es übrigens geschah, dann nur in der kurzen Art des Tacitus. Im Gespräch meißelte er jedes Wort. Sein Stil war steinern — und selbst steinigend; denn er war kaustisch von Natur, und die Steine, die er in den Garten der andern warf, trafen stets jemanden. Früher hatte er gleich vielen Vätern Kormoranschreie über die Ausgaben und Tollheiten seines Sohnes ausgestoßen; aber seit Mesnil — so nannte er ihn, indem er den Familiennamen abkürzte — wie ein Titan unter dem zusammengestürzten Berg des Kaiserreiches lag, empfand er für ihn die Achtung eines Menschen, der das Leben auf allen Waagen der Verachtung nachgewogen und dabei festgestellt hat, daß es schließlich nichts Schöneres gebe als durch ein stumpfsinniges Schicksal zerschmetterte menschliche Kraft!

Und das bezeigte er ihm auf seine Weise, und diese Weise war ausdrucksvoll. Wenn der Sohn in seiner Gegenwart sprach, so ließ sein kaltes, bleiches Gesicht, das wie ein mit weißer Kreide auf graues Papier gezeichneter Mond aussah, dessen von den Blattern gerötete Augen mit Rotstift nachgemalt schienen, eine leidenschaftliche Aufmerksamkeit erkennen. Der beste Beweis übrigens, den er von der seinem Sohn Mesnil bezeigten Hochachtung zu geben vermochte, war, daß er, solange der Sohn bei ihm war, seinen Geiz völlig vergaß, jene Leidenschaft, die am seltensten den Menschen, den sie einmal gepackt hat, aus ihren kalten Klauen entläßt. Eben diese berühmten Gastmäler ließen Monsieur Deltocq nicht schlafen und die Lorbeeren seiner ... Schinken über seinem Haupte rauschen. Es waren Gastmähler, wie sie einzig der Teufel für seine Lieblinge herrichten kann ... Und waren denn nicht auch tatsächlich die Teilnehmer an diesen Gastmählern des Teufels erkorene Lieblinge? ... »Was die Stadt und das Arrondissement an Bettlern und Schurken aufzuweisen hat, findet sich dort ein«, brummten die Royalisten und die Frommen, in denen noch die Leidenschaften von 1815 lebten. »Wahrscheinlich werden dort die wüsten Gemeinheiten nicht nur gesagt, sondern vielleicht gar begangen«, fügten sie hinzu. Die Diener, die beim Nachtisch nicht hinausgeschickt wurden wie bei den Soupers des Barons Holbach, verbreiteten in der Stadt tatsächlich Schauergeschichten über das, was bei diesen Gelagen geredet wurde; und das alles wirkte so stark auf die öffentliche Meinung, daß die Köchin des alten Mesnilgrand von ihren Freundinnen überlistet und damit bedroht wurde, daß während des Besuches des jungen Mesnilgrand bei seinem Vater der Herr Pfarrer sie nicht zum Sakrament zulassen würde. Man empfand damals in der Stadt *** vor den verschrienen Liebesmählern der Place Thurin nahezu das gleiche Entsetzen wie die Christen des Mittelalters vor den Mählern der Juden, bei denen, wie es hieß, Hostien geschändet und Kinder geschlachtet wurden. Allerdings wurde dieses Entsetzen durch die Begehrlichkeit einer sehr wachen Lüsternheit ein wenig gemäßigt, und ferner durch die Berichte, die den Vielfraßen der Stadt das Wasser im Munde zusammenlaufen ließen, wenn in ihrer Gegenwart von den Gastmählern des alten Mesnilgrand gesprochen wurde. In der Provinz und in einer kleinen Stadt weiß einer alles vom andern. Die Markthalle übertrifft dort noch das Glashaus der Römer: sie ist ein Haus ohne Wände. Man wußte bis auf jedes einzelne Rebhuhn und jede Bekassine genau, was es bei den wöchentlichen Gastmählern an der Place Thurin ›geben würde‹ oder ›gegeben hatte‹. Die Essen, die gewöhnlich jeden Freitag stattfanden, beraubten die Markthalle der besten Fische und der besten Muscheln; denn bei diesen grausigen und erlesenen Schmausereien aß man schamloserweise Fisch und Fleisch zugleich. Man vermählte auf ausschweifende Weise den Fisch dem Fleisch, damit das Gesetz der Enthaltsamkeit und der Abtötung, das die Kirche vorschreibt, desto gründlicher übertreten werde ... Und dieser Gedanke war natürlich der Leitgedanke des alten Mesnilgrand und seiner satanischen Gäste! Es war die Würze ihres Gelages, daß sie an Fastentagen schwelgten, die sie, darüber hinaus, durch Fleischgenuß verhöhnten und durch köstliche Fastensuppen feierten. Es waren Fastenspeisen, wie sie eines Kardinals würdig gewesen wären! Sie glichen jener Neapolitanerin, die zu sagen pflegte, ihr Sorbet sei zwar gut, aber er würde ihr noch besser schmekken, wenn sein Genuß eine Sünde wäre. Was sage ich? Eine Sünde? Für die Gottlosen hätten es schon ihrer mehrere sein müssen; denn alle, so viele ihrer auch sein mochten, die sich an diese verfluchte Tafel setzten, waren Gottlose — schwelgerische Gottlose, denen der Kamm schwoll, Todfeinde des Priesters, in dem sich für sie die ganze Kirche verkörperte, Atheisten — unbedingt und wütend —, wie man es zu jener Zeit war; denn der Atheismus von damals war ein Atheismus ganz besonderer Art. Wirklich, es war der Atheismus eines Zeitalters von Tatmenschen voll der ungeheuersten Energie, die durch die Revolution und die Kriege des Kaiserreiches hindurchgegangen waren und sich in allen Ausschweifungen jener schrecklichen Zeiten gewälzt hatten. Es war ganz und gar nicht der Atheismus des achtzehnten Jahrhunderts, von dem er indessen seinen Ausgang genommen hatte. Der Atheismus des achtzehnten Jahrhunderts strebte nach der Wahrheit und dem Gedanken. Er ließ die Vernunft sprechen, war sophistisch, deklamatorisch und vor allem impertinent. Aber es wohnte ihm nichts von der Anmaßung der Söldner des Kaiserreichs und der apostaten Königsmörder von Anno 93 inne. Auch wir, die nach jenen Leuten gekommen sind, haben unseren absoluten, konzentrierten, wissenschaftlichen, eiskalten, unversöhnlich haßerfüllten Atheismus, der gegen alles Religiöse von dem Haß des Käfers wider den Balken erfüllt ist, den er durchbohrt. Doch weder dieser noch der andere Atheismus kann einen Begriff von dem rasenden Atheismus der Menschen zu Beginn des neunzehnten Jahrhunderts geben, die von ihren Vätern, den Voltairianern, aufgezogen waren wie Hunde, und die, seit sie Männer waren, ihre Hände bis zu den Schultern in alle Schrecken der Politik und des Krieges und ihrer beider Verderbtheiten gesteckt hatten. Nachdem man drei oder vier Stunden auf eine gotteslästerliche Weise gesoffen und gefressen hatte, herrschte in dem lärmerfüllten Eßzimmer des alten Mesnilgrand eine ganz besondere Atmosphäre, zeigte es ein ganz anderes Aussehen als jene kleine Gasthausstube, wo unlängst ein paar Mandarine der Literatur zu fünf Franken pro Kopf eine kleine Orgie gegen Gott gefeiert haben. Hier ging es höher her! Und da es derartiges wahrscheinlich nie wieder geben wird, wenigstens nicht in denselben Formen, ist es interessant und notwendig für die Sittengeschichte, sie sich zu vergegenwärtigen.

Die Veranstalter dieser gotteslästerlichen Feste sind tot und zwar schon lange; aber zu jener Zeit waren sie lebendig, und es ist sogar die Zeit, da sie am lebendigsten waren; denn das Leben ist am stärksten nicht dann, wenn die Kräfte abzunehmen beginnen, sondern wenn das Ungemach zunimmt. Alle Freunde Mesnilgrands, alle Zechgenossen im Hause seines Vaters standen in gleicher Weise in der Fülle ihrer Kraft, die mächtiger war denn je zuvor, um so mehr, als sie ihre Kräfte geübt, als sie am Spunde des Fasses aller Überschwänge der Lüste und Genüsse getrunken hatten, ohne von den berauschenden Getränken zu Boden geworfen zu werden; jetzt aber hielten sie den Spund nicht mehr zwischen den Zähnen und den verkrampften Händen, an dem sie sich festgebissen hatten — wie Cynegirus in sein

Schiff, um es zurückzuhalten. Die Umstände hatten ihnen die Brust, daran sie gesaugt, ohne sie zu erschöpfen, aus den Zähnen gerissen, und nun hatten sie nur desto stärkeren Durst, eben weil sie daran gesogen hatten! Es war für sie wie für Mesnilgrand die ›Stunde der Wut‹. Sie besaßen nicht die Seelengröße Mesnils, dieses Rasenden Rolands, dessen Ariost, sofern er einen Ariost gehabt hätte, dem tragischen Genie Shakespeares hätte ähnlich sein müssen. Aber bei ihrer seelischen Beschaffenheit, ihrem Grad der Leidenschaft und der Intelligenz, hatten sie, gleich ihm, ihr Leben vor dem Tode beendet — der ja nicht das Ende des Lebens ist und der nur zu oft lange vor seinem Ende eintritt. Sie waren Entwaffnete, die aller zum Waffentragen erforderlichen Kräfte teilhaftig waren. Alle diese Offiziere waren nicht nur aus der Loire-Armee entlassen worden; sie waren Verabschiedete des Lebens und der Hoffnung. Als das Kaiserreich untergegangen, als die Revolution durch jene Reaktion zermalmt worden war, die sie nicht unter ihrem Fuß festzuhalten gewußt hat, wie der heilige Michael den Drachen, waren alle diese aus ihren Stellungen, ihrer Arbeit, ihrem Ehrgeiz, allen Pfründen der Vergangenheit geworfenen Männer ohnmächtig, besiegt und gedemütigt in ihre Vaterstadt zurückgeschleudert worden, wohin sie gekommen waren, um »elend wie die Hunde zu verrecken«, wie sie voller Wut sagten. Im Mittelalter wären sie Bauernführer, Straßenräuber oder Banditenhäuptlinge geworden; aber man kann sich sein Zeitalter nicht aussuchen; und wenn man in das Getriebe einer Zivilisation geraten ist, die geometrische Proportionen und gebieterische Präzisionen hat, so bleibt einem nichts anderes übrig, als sich ruhig zu verhalten, an seinem Ärger zu kauen, im Stillstehen zu schäumen, sich vom eigenen Blut zu nähren und mit ihm zugleich den Ekel hinunterzuschlucken! Wohl blieb ihnen der Ausweg des Duells; aber was bedeuten ein paar Säbelhiebe oder Pistolenschüsse, wo es für sie doch ganzer Ströme vergossenen Blutes bedurft hätte, genug, um die Erde darin zu ertränken, damit sie den Ansturm ihrer Wut und ihrer Ressentiments hätten lindern können? Nun vermag man sich wohl vorzustellen, wie das Oremus geklungen hat, das sie an Gott richteten, wenn sie von ihm sprachen; denn wenn sie auch nicht an ihn glaubten, so glaubten doch die andern an ihn, ihre Feinde. Und das allein schon reichte hin, um in ihren Reden alles, was den Menschen geweiht und heilig ist, zu verfluchen, zu lästern und in den Schmutz zu ziehen. Mesnilgrand sagte ihnen eines Abends, als er sie beim Glosen eines gigantischen Punsches um den Tisch seines Vaters sitzen sah, man könne mit ihnen ein prächtiges Kaperschiff bemannen. — »Nichts würde fehlen«, fügte er hinzu, indem er sich an zwei oder drei ehemalige Geistliche wandte, die inmitten dieser Offiziere in Zivil saßen, »nicht einmal die Schiffskapläne, sofern Seeräuber auf Schiffskapläne erpicht wären!« Aber nach Aufhebung der Kontinentalsperre und nach der darauffolgenden verrückten Friedensspanne fehlte es weniger an einem Schiff als an einem Reeder, der es ausgerüstet hätte.

Wie dem auch sei: diese Freitagsgäste, die allwöchentlich die Stadt *** in Empörung versetzten, kamen, wie es ihnen zur Gewohnheit geworden war, eines Freitags, und zwar an dem, der jenem Sonntag folgte, da Mesnil so jäh von einem seiner alten Kameraden zu dessen Verblüffung und Wut in der Kirche überrascht worden war, zum Essen ins Stadthaus Mesnilgrand. Jener alte Kamerad war der Rittmeister Rançonnet von den 8. Dragonern, der, wie nebenbei bemerkt sei, sich an jenem Tage als einer der ersten Gäste einfand, da er Mesnilgrand während der ganzen Woche nicht zu Gesicht bekommen und sich noch immer nicht über dessen Besuch in der Kirche und die Art und Weise hinweggesetzt hatte, wie Mesnil ihm dort begegnet und wie er von ihm auf seine Bitte um Erklärungen behandelt worden war. Er hatte sich fest vorgenommen, auf den erstaunlichen Vorfall, dessen Zeuge er gewesen, zurückzukommen, und er legte Wert darauf, ihn in Gegenwart aller Freitagsgäste aufzuklären, denen er mit dieser Geschichte aufwarten wollte. Rittmeister Rançonnet war nicht der Schlimmste unter den ›schlimmen Gesellen‹ der Freitagsrunde. Aber er war einer der rücksichtslosesten Großsprecher und, was die Gottlosigkeit betraf, einer der naivsten. Obwohl er nicht dumm war, war er in dieser Beziehung zum Narren geworden. Der Gottesbegriff beunruhigte seinen Geist wie eine Fliege die Nase. Er war vom Scheitel bis zur Sohle ein Offizier jener Zeit, mit allen ihren Fehlern und Vorzügen, vom Kriege für den Krieg geschaffen; er glaubte nur an den Krieg und liebte nur den Krieg; er war einer jener Dragoner, die ihre großen Sporen klingen lassen — wie es in dem alten Dragonerlied heißt. Unter den fünfundzwanzig, die an diesem Abend im Hause Mesnilgrand speisten, war er vielleicht derjenige, der Mesnil am meisten zugetan war, obwohl er den ›Faden‹ zu ›seinem Mesnil‹ verloren hatte, seit er ihn in eine Kirche hatte gehen sehen. Muß es besonders betont werden? ... Die meisten der fünfundzwanzig Geladenen waren Offiziere; aber es nahmen nicht nur Offiziere an dem Gastmahl teil. Es kamen auch Ärzte — die materialistischen Ärzte der Stadt —, ein paar ehemalige Mönche, die aus dem Kloster entwichen waren und ihr Gelübde gebrochen hatten; sie waren Altersgenossen des Vaters Mesnilgrand — zwei oder drei sozusagen verheiratete Priester, die aber in Wirklichkeit in wilder Ehe lebten, und obendrein ein ehemaliger Volksrepräsentant, der für den Tod des Königs gestimmt hatte ... Ob sie nun rote Mützen oder Tschakos trugen, ob die einen wilde Revolutionäre, die andern wütende Bonapartisten waren, bereit, sich zu raufen und sich die Eingeweide aus dem Leib zu reißen: Atheisten waren sie alle, und was die Verneinung Gottes und die Verachtung aller Kirchen betrifft, waren sie von geradezu rührender Einmütigkeit. In diesem Synedrium von Teufeln mit mannigfachen Arten von Hörnern führte der lange Teufel mit der Baumwollmütze den Vorsitz, der alte Mesnilgrand mit dem unter dieser Kopfbedeckung fahl und schrecklich wirkenden Gesicht; auf diesem Kopfe aber haftete der Mütze nichts Lächerliches mehr an; und ihr Träger saß mitten am Tisch aufrecht wie der Bischof mit der Mitra bei der Sabbatmesse, seinem Mesnil gegenüber, dessen Antlitz müde war wie das eines ruhenden Löwen, dessen Muskeln unter der faltigen Gesichtshaut indessen stets bereit waren, zu spielen und Blitze zu schleudern! ...

Was ihn angeht, sagen wir es offen: er hob sich — auf eine kaiserliche Weise — von den andern ab.

Diese Offiziere, diese ehemaligen ›Beaux‹ des Kaiserreiches, das so viele ›Beaux‹ gehabt hat, waren sicherlich schön und sogar elegant; aber ihre Schönheit war regelmäßig, war Mittelware, mehr oder minder rein physisch, und ihre Eleganz soldatisch. Obwohl sie Zivilkleidung trugen, hatten sie sich das Steife der Uniform bewahrt, die sie ihr Leben lang getragen hatten. Nach einem Ausdruck ihres Vokabulars waren sie ein wenig gar zu ›geschnürt‹. Die andern Gäste, Wissenschaftler wie die Ärzte oder diejenigen, die alles über Bord geworfen hatten wie die ehemaligen Mönche, die sich bemühten, ein gepflegtes Äußeres zur Schau zu tragen, nachdem sie in den heiligen Schmuck priesterlichen Glanzes gekleidet gewesen waren und ihn mit Füßen getreten hatten, ähnelten in ihrer Gewandung würdelosen Lumpenkerlen ... Er indessen, Mesnilgrand, war — so hatten die Frauen gesagt — geradezu prächtig angezogen. Da es noch Vormittag war, trug er einen köstlichen schwarzen Gehrock und als Krawatte (wie es damals Mode war) ein helles, rohseidenfarbenes Halstuch, das mit kaum wahrnehmbaren, handgestickten Goldsternen besät war. Da er daheim war, trug er keine Stiefel. Seine kräftigen und zugleich zierlichen Füße, die die auf den Bordsteinen der Straße sitzenden Armen ›Mein Fürst!‹ sagen ließen, wenn er an ihnen vorüberging, steckten in durchbrochenen Seidenstrümpfen und jenen tief ausgeschnittenen Escarpins mit hohen Absätzen, wie sie Chateaubriand mit Vorliebe trug, der nächst dem Großfürsten Konstantin auf seinen Fuß stolzeste Mann im damaligen Europa. Sein offener Gehrock, den Staub zugeschnitten hatte, ließ eine pfauenfarbene Hose mit

Skabiosenreflexen und einer schlichten schwarzen Kaschmirweste sehen, ohne Goldkette; denn an diesem Tage hatte Mesnilgrand keinerlei Schmuck angelegt, bis auf eine überaus wertvolle antike Kamee mit dem Kopf Alexanders, die auf der Brust die weiten Falten seiner ungeknüpften Krawatte zusammenhielt — sie wirkte beinahe soldatisch, wie ein Ringkragen. Man brauchte ihn nur in dieser von sicherem Geschmack zeugenden Aufmachung zu sehen, um zu wissen, daß der Künstler den Soldaten verwandelt hatte und daß der so gekleidete Mann nicht von der gleichen Art wie die andern war, obgleich er mit vielen unter ihnen auf du und du stand. Dieser geborene Aristokrat, dieser zum ›großen Tier‹, wie sie in ihrer soldatischen Ausdrucksweise sagten, vorbestimmte Offizier hob sich merklich von den kraftvollen, energiegeladenen, über die Maßen tapferen, aber vulgären und für höhere Kommandostellen ungeeigneten Offizieren ab. Als Hausherr — an zweiter Stelle wenigstens, da an der Tafel sein Vater den Vorsitz führte — sprach Mesnilgrand, sofern sich nicht eine jener Diskussionen anspann, die ihn bei den Haaren hochrissen, wie Perseus das Gorgohaupt hochriß, und bei denen die Fluten seiner aufbrausenden Beredsamkeit nur so aus ihm herausströmten, nur wenig bei diesen lärmigen Zusammenkünften, deren Ton nicht völlig der seine war und die schon von den Austern an zu einem solchen Aufwand an Stimmkraft, Witzwortprägungen und Gedanken anschwollen, daß eine weitere Note unmöglich hinzugefügt werden konnte und daß die Decke — dieser Korken des Raumes — nur zu oft Gefahr lief, nach all den andern Korken in die Luft zu fliegen.

Pünktlich mit dem Mittagsglockenschlage wurde zu Tisch gegangen, gemäß dem ironischen Brauch dieser unehrerbietigen Spötter, die sich der geringsten Umstände bedienten, um ihrer Mißachtung der Kirche Ausdruck zu geben. In dieser frommen Stadt glaubt man, um die Mittagsstunde setze der Papst sich zu Tisch und bevor er Platz nehme, teile er seinen Segen über die gesamte christliche Welt aus. Sei dem, wie ihm wolle: Dieses erhabene Benedicte dünkte jene Freidenker überaus komisch. Um es lächerlich zu machen, versäumte daher der alte Mesnilgrand niemals, wenn der erste Glockenschlag vom Zwillingsturm der Stadtkirche erscholl, mit seiner lautesten Kopfstimme und jenem voltairischen Lächeln, das dann und wann sein unbewegliches Mondgesicht spaltete, zu sagen: »Zu Tisch, meine Herren! Christen wie wir dürfen sich des päpstlichen Segens nicht berauben!« Und dieses Wort oder ein ähnliches war wie ein Sprungbrett für all die Lästerungen, die alsdann mitten in die wilden Unterhaltungen eines Herrenessens, eines Essens von Herren, die völlig unter sich waren, hineinsprangen. Ganz allgemein kann man sagen, daß alle Herrenessen, bei denen nicht der harmonische Geist einer Hausherrin den Vorsitz führt, bei denen nicht der beschwichtigende Einfluß einer ihre Anmut verschwendenden Frau sich wie ein Zauberstab auf die plumpen Eitelkeiten, die herausgeschrienen Ansprüche, den blutigen und blöden Zorn auswirkt, wozu sich selbst Leute von Geist hinreißen lassen, wenn Männer unter sich bei Tisch sitzen — daß fast alle Herrenessen eine schreckliche Ansammlung von Persönlichkeiten sind, und dazu neigen, auszugehen wie das Gelage der

Lapithen und Kentauren, an dem wahrscheinlich ebenfalls keine Frau teilgenommen hat. Bei dieser Art von Mahlzeiten, denen die Krönung durch Frauen fehlt, büßen die höflichsten und besterzogenen Männer das Bestrickende ihrer Höflichkeit und ihrer angeborenen Vornehmheit ein; und ist das verwunderlich? ... Es fehlt ihnen ja doch die Galerie, der sie gefallen wollen, und so verfallen sie auf der Stelle einer gewissen Ungeniertheit, die beim geringsten Anstoß, beim geringsten Aufeinanderprallen der Geister ungeschlacht wird. Der Egoismus, der ›nicht zu verbannende‹ Egoismus, den unter liebenswürdigen Formen zu verhüllen die Kunst der Gesellschaft ausmacht, stemmt nur zu bald die Ellbogen auf den Tisch und wartet darauf, sie einem über kurz oder lang in die Rippen zu stoßen. Wenn das nun aber schon bei Männern von athenischer Gesittung der Fall ist; wie mußte es dann erst um die Gäste des Hauses Mesnilgrand bestellt sein, um diese Tierkämpfer und Gladiatoren, diese Männer der Jakobiner-Klubs und der Soldaten-Biwaks, die irgendwie noch immer glaubten, im Biwak oder im Klub zu sein, und manchmal an noch schlimmeren Orten ...? Schwerlich kann man sich, wenn man sie nicht gehört hat, die zerbrochenen Knüppeln und zerschlagenen Scheiben und Gläsern gleichenden Unterhaltungen dieser Männer vorstellen, die sämtlich große Esser, große Trinker waren, vollgestopft mit erhitzender Nahrung, entflammt von berauschenden Weinen, Männer, die schon vor dem dritten Gang allen Einfällen die Zügel schießen ließen und sozusagen mit allen Vieren auf ihre Teller stampften, daß die Funken stoben. Die Grundthemen dieser Unterhaltungen waren durchaus nicht immer Lästerungen; aber diese bildeten die Blüten der Gespräche; und man kann sagen, daß in allen Vasen welche prunkten! ... Man bedenke, daß das alles in der Zeit geschah, da Paul-Louis Couvier, der bei diesen Gastmählern eine gute Figur gemacht hätte, folgenden Satz schrieb, der Frankreichs Blut aufpeitschen sollte: »Es geht jetzt darum, festzustellen, ob wir Kapuziner oder Lakaien sein werden.« Aber das war noch nicht alles. Nächst der Politik, dem Haß gegen die Bourbonen, dem schwarzen Gespenst der Kongregation, der Sehnsucht dieser Besiegten nach der Vergangenheit, allen diesen Lawinen, die donnernd von einem Ende dieser rauchenden Tafel zur andern rollten, gab es auch noch andere Gesprächsstoffe, die nicht minder stürmisch und lärmend waren. Da waren, zum Beispiel, die Frauen. Die Frau ist das ewige Gesprächsthema, wenn Männer unter sich sind, zumal in Frankreich, dem am meisten von der Frau bestimmten Land der Erde. Es gab die Frauen im allgemeinen und die Frauen im besonderen — die Frauen in der weiten Welt und die Frauen von nebenan — die Frauen der Länder, die viele dieser Soldaten durchschweift, wobei sie in ihren sieghaften Paradeuniformen den Beau gespielt hatten, und die der Stadt, zu denen sie vielleicht nicht einmal gingen und die sie dennoch unverschämterweise mit Namen und Vornamen nannten, als seien sie innig mit ihnen bekannt, als brauchten sie, den Teufel auch! sich ihnen gegenüber nicht die mindeste Zurückhaltung aufzuerlegen, und deren Ruf sie beim Nachtisch enthäuteten, wie sie einen Pfirsich enthäuteten, um danach den Kern zu knakken. Alle nahmen an diesen Bombardierungen der Frauen teil, selbst die Ältesten, die Zähesten, die des Weiblichen Überdrüssigsten, wie sie zynisch sagten; denn die Männer können zwar auf die unsaubere Liebe zur Frau, nicht aber auf die durch sie erzeugte Eigenliebe verzichten, und selbst am Rande des offenen Grabes sind sie stets bereit, ihre Schnauzen in den Fraß der Selbstgefälligkeit zu stecken!

Und sie steckten sie an diesem Tag bis zu den Ohren hinein, bei diesem Gastmahl, das, was die Entfesselung der Zungen betrifft, zum Tollsten von allen gedieh, die der alte Mesnilgrand je gegeben hatte. In jenem gegenwärtig stummen Eßzimmer, dessen Wände schöne Geschichten zu erzählen vermöchten, wenn sie sprechen könnten, denn sie haben, was ich nicht habe, die Fühllosigkeit von Wänden, führte die Stunde der Prahlereien, die bei Herrenessen so schnell hereinbricht und die anfangs dezent — bald aber unanständig ist — dann sich die Kleider aufknöpft — schließlich ohne Scham das Hemd hebt, zu ›Geschichten‹, und jeder erzählte die seinige ... Es war wie eine Beichte böser Geister! Alle diese unverschämten Spötter, die über die mit lauter Stimme zu Füßen seines Vorgesetzten und in Anwesenheit der Brüder seines Ordens abgelegte Beichte eines armen Mönches nicht genug hätten höhnen können, taten genau das gleiche, aber nicht um sich zu demütigen wie der Mönch, sondern um sich in die Brust zu werfen und sich der Gemeinheit ihres Lebens zu rühmen — und alle spien sie mehr oder weniger ihre Seele kräftig wider Gott, ihre Seele, die ihnen je nach der Art, wie sie sie ausspien, ins Gesicht zurückklatschte.

Nun aber fand sich inmitten einer Überschwemmung von Prahlereien aller Art eine, die als ... pikanter erschien, wenn man sagen darf. Nein, ›pikanter‹ wäre nicht stark genug; aber gepfefferter, gewürzter, des Feuergaumens dieser Tobsüchtigen würdiger, die, wenn es um Geschichten ging, Vitriol geschluckt haben würden. Derjenige, der sie erzählte, war indessen der kälteste von all diesen Teufeln ... Er war wie der Hintere Satans, denn ungeachtet der Hölle, die ihn anwärmt, ist Satans Hinterer sehr kalt — wie die Hexen sagen, die ihn bei der schwarzen Sabbatmesse küssen. Es war ein gewisser ehemaliger Abbé namens Reniant — ein prophetischer Name; denn er bedeutet ›Leugner!‹ —, der in dieser Gesellschaft im Schatten der Revolution, die alles durcheinanderbrachte, es zu etwas gebracht hatte: er war aus eigener Kraft aus einem Priester ohne Glauben zu einem Arzt ohne Wissenschaft geworden und praktizierte unter der Hand eine verdächtige und, wer weiß, vielleicht mörderische Quacksalberei. Mit unterrichteten Leuten pflegte er über seine Tätigkeit nicht zu sprechen. Aber den armen Leuten der Stadt und der Umgebung hatte er einzureden verstanden, er wisse mehr als alle Ärzte mit Examen und Diplomen ... Heimlich flüsterte man einander zu, er habe geheime Heilmethoden. Geheimmittel! Dieses große Wort, das auf alles antwortet, weil es auf nichts antwortet, ist das Schlachtroß aller Quacksalber, die heutzutage alles sind, was von den Hexenmeistern übriggeblieben ist, die ehedem einen so mächtigen Einfluß auf die Volksphantasie ausgeübt haben. Dieser ehemalige Abbé Reniant — »denn«, pflegte er zornig zu sagen, »der verdammte Titel ›Abbé‹ ist wie eine Flechte auf meinem Namen gewesen, von der sämtliche Teertöpfe ihn nicht hätten reinigen können!« — gab sich nicht aus Gewinnsucht der heimlichen Herstellung von Heilmitteln hin, die auch Gifte sein konnten; er hatte genug zum Leben. Er gehorchte vielmehr dem gefährlichen Experimentierteufel, der zunächst im Menschenleben einen Stoff zum Experimentieren sieht, um am Ende Gestalten wie Saint-Croix und die Brinvilliers hervorzubringen! Da er mit pantentierten Ärzten, wie er sie verächtlichen Tones bezeichnete, nichts zu schaffen haben wollte, war er selber der Apotheker seiner Drogen, und er verkaufte oder verschenkte seine Tränklein — denn nur zu oft verschenkte er sie — unter der Bedingung, daß man ihm die Flaschen zurückbrächte. Dieser Schurke, der kein Dummkopf war, wußte das Interesse seiner Patienten für seine Medizin wachzurufen. Er verabreichte Weißwein, dem irgendwelche Kräuter beigemischt waren, an aus Trunksucht Wassersüchtige und an Mädchen ›in Verlegenheit‹ — wie die Bauern mit einem Augenzwinkern sagten —, Aufgüsse, die jene ›Verlegenheit‹ auflösten. Er war ein Mann mittlerer Größe, mit kalter und zurückhaltender Miene, gekleidet wie der alte Mesnilgrand (aber in Blau) und trug rings um ein Gesicht von der Farbe ungebleichten Flachses rundgeschnittenes (das einzige, was er vom Priester beibehalten hatte), abscheulich wergfarbenes Stoppelhaar; er sprach wenig, und wenn er sich zum Sprechen herbeiließ, dann nur kurz und gedrängt. Er war kalt und sauber wie der Feuerhaken eines holländischen Kamins und erregte bei diesen Gastmählern, wo man aus nichts ein Geheimnis machte und wo er an seiner Tischecke kaum sein Glas berührte, während die andern in vollen Zügen tranken, das Mißfallen dieser Hitzköpfe, die ihn mit dem sauer gewordenen Wein des heiligen Rührmichnichtan verglichen, einer von ihnen erfundenen Weinsorte. Aber das alles gab seiner Geschichte nur desto mehr Würze, als er bescheiden berichtete, das Beste, was er gegen Monsieur de Voltaires ›Inâfme‹ unternommen habe, sei gewesen, daß er eines Tages — verdammt noch mal, man tut, was man kann! — ein Päckchen Hostien den Schweinen vorgeworfen habe!

Bei diesen Worten gab es ein Unwetter triumphierender Zwischenrufe. Doch der alte Mesnilgrand fuhr mit seiner schneidenden, dünnen Stimme dazwischen:

»Das ist sicherlich das letzte Mal gewesen, Abbé, daß Sie die Kommunion gegeben haben?«

Und der Duckmäuser legte seine weiße, trockene Hand über die Augen, um Reniant anzusehen, der hinter seinem Glase zwischen seinen beiden Nachbarn saß, dem Rittmeister Rançonnet, der purpurrot und entflammt wie eine Fackel wirkte, und dem Rittmeister Travers de Mautravers von den 6. Kürassieren, der wie ein Munitionswagen aussah.

»Ich hatte sie schon seit langem nicht mehr gegeben«, nahm der ehemalige Priester wieder das Wort, »und meinen Priesterrock hatte ich bereits in die Brennesseln am Wegrain geworfen. Es war mitten in der Revolution, zu der Zeit, da Sie, Bürger Le Carpentier, auf Ihrer Rundreise als Volksrepräsentant hier gewesen sind. Erinnern Sie sich noch eines jungen Mädchens aus Hémevès, das Sie damals ins

Arresthaus bringen ließen? Einer, die nicht ganz klar im Kopf war? Einer Epileptikerin?«

»Siehe da!« sagte Mautravers. »In die Hostiengeschichte spielt eine Frau hinein! Haben Sie die ebenfalls den Schweinen vorgeworfen?«

»Du hältst dich wohl für geistreich, Mautravers?« fragte Rançonnet. »Unterbrich den Abbé doch nicht. Erzählen Sie Ihre Geschichte zu Ende, Abbé.«

»Ach«, fuhr der Abbé fort, »die ist bald erzählt. Ich hatte Sie gerade gefragt, Monsieur Le Carpentier, ob Sie sich an das Mädchen aus Hémevès erinnern? Sie hieß Tesson . . . Josephine Tesson, wenn mein Gedächtnis mich nicht trügt, eine dicke Person — eine Art Maria Alacoque, ihres sanguinischen Temperamentes wegen —, die verdammte Seele der Chouans und der Priester, die ihr das Blut erhitzt, sie zur Fanatikerin und verrückt gemacht haben . . . Ihr Lebensinhalt war, Priester zu verstecken . . . Wenn es darum gegangen wäre, einen zu retten, so würde sie dreißig Guillotinen getrotzt haben. Ach, sie versteckte die ›Diener des Herrn‹, wie sie sie nannte, in ihrem Hause und überall. Sie hätte sie unter ihrem Bett, in ihrem Bett, unter ihren Röcken versteckt, und wenn sie dort Halt gefunden hätte, so würde sie sie dorthin gezwängt und gequetscht haben, wohin, hol mich der Teufel! sie ihre Hostienbüchse zu stecken pflegte — nämlich zwischen ihre Brüste!«

»Tausend Bomben und Granaten!« rief Rançonnet begeistert.

»Nein, nicht tausend, sondern nur zwei, Monsieur Rançonnet«, sagte über seinen Witz lachend der alte Apostat und Libertiner. »Aber die hatten ein gehöriges Kaliber.«

Der Witz fand Widerhall. Es wurde brüllend gelacht.

»Sonderbares Ziborium, eine Frauenbrust!« meinte Doktor Bleny nachdenklich.

»Ach, ein Not-Ziborium!« fuhr Reniant fort, der inzwischen sein Phlegma wiedergewonnen hatte. — »Alle diese verfolgten, gehetzten, umstellten Priester, die sie verborgen hatte, diese Priester ohne Kirche, ohne Heiligtum, ohne irgendeine Zufluchtstätte, hatten ihr das heilige Sakrament in Verwahrung gegeben, und sie hatten es ihr zwischen die Brüste gesteckt, in der Meinung, daß es dort kaum jemals gesucht werden würde! ... Oh, ihr Vertrauen in sie war grenzenlos. Sie sagten, sie sei eine Heilige. Sie brachten sie dahin, sich selbst dafür zu halten. Sie verdrehten ihr den Kopf und flößten ihr Verlangen nach dem Märtyrertum ein. Sie, die unerschrocken und voll glühenden Eifers war, ging hin und her und bewahrte mutig den Hostienbehälter unterm Brustlatz. Sie trug ihn bei Nacht, bei jedem Wetter, bei Regen, Sturm, Schnee, Nebel über gefährdete Wege zu versteckten Priestern, die den Sterbenden heimlich die Kommunion reichten ... Eines Abends überraschten wir sie auf einem Bauernhof, wo ein Chouan im Sterben lag, ich und ein paar handfeste Burschen von den Colonnes Infernales de Rossignol. Es war einer dabei, den ihre fleischernen Vorposten reizten und der sich einiges bei ihr herausnehmen wollte; aber er hatte die Rechnung ohne den Wirt gemacht; denn sie krallte ihm ihre zehn Klauen so tief ins Gesicht, daß er sein Lebenlang gezeichnet blieb! Aber obwohl der Bursche kräftig blutete, ließ er nicht los, was er in der Hand hielt, und entriß ihr das Hostienkästchen, das er zwischen ihren Brüsten gefunden hatte; und ich fand darin ein gutes Dutzend Hostien, die ich trotz ihres Geschreis und ihres Tobens, denn sie stürzte sich wie eine Furie auf uns, sofort in den Schweinetrog werfen ließ.«

Er hielt inne und warf sich ob seiner Heldentat in die Brust wie eine der kleinen Geschwulst, die ihr Stich hervorruft, sich rühmende Laus.

»Also haben Sie die Herren Schweine des Evangeliums gerächt, in deren Körper Jesus Christus die bösen Geister hat eingehen lassen«, sagte der alte Mesnilgrand mit seiner sarkastischen Kopfstimme. »Sie haben in ihnen den lieben Gott an die Stelle des Teufels treten lassen: damit ist die Rechnung beglichen.«

»Und haben sie davon wohl eine Magenverstimmung bekommen, Monsieur Reniant, oder vielleicht die Leckermäuler, die von dem Schweinefleisch gegessen haben?« fragte tiefsinnig ein widerlicher Kleinbürger namens Le Hay, seines Zeichens Wucherer zu fünfzig Prozent, der zu sagen pflegte, daß man bei allem auf das Ende bedacht sein müsse.

Es gab eine kleine Pause nach dieser Sturzflut unflätiger Lästerungen.

»Und du, Mesnil, sagst du denn gar nichts zu der Geschichte des Abbé Reniant?« fragte Rittmeister Rançonnet, der nach einer Gelegenheit Ausschau hielt, auf irgendeine Weise seine Geschichte von Mesnilgrands Kirchenbesuch an den Mann zu bringen.

Tatsächlich hatte Mesnil nicht das mindeste geäußert. Er hatte mit aufgestützten Ellenbogen, die Wange in die Hand gelehnt, am Tisch gesessen und ohne Gänsehaut, wenngleich ohne Gefallen daran zu finden, all den Scheußlichkeiten zugehört, die diese Hartgesottenen vorgebracht hatten und gegen die er gewappnet war ... Er hatte sein Leben lang in der Umwelt, in der er gelebt, gar zu viel Ähnliches gehört! Für den Menschen bedeutet die Umwelt beinahe ein Schicksal. Im Mittelalter wäre der Chevalier de Mesnilgrand ein glaubensentflammter Kreuzritter gewesen. Im neunzehnten Jahrhundert war er Soldat Bonapartes, dem sein ungläubiger Vater niemals etwas von Gott erzählt und der, zumal in Spanien, in den Reihen einer Armee gestanden hatte, die sich alles erlaubt und die genau so viele Heiligtumschändungen begangen hatte wie die Söldner des Konnetabel de Bourbon beim Sacco di Roma. Glücklicherweise gereicht das Milieu nur vulgären Seelen und Geistern zum Verhängnis. In wahrhaft starken Persönlichkeiten lebt etwas, und sei es auch nur ein Atom, das sich der Umwelt entzieht und ihrem allmächtigen Wirken Widerstand leistet. Dieses Atom schlummerte unbesiegbar in Mesnilgrand. An jenem Tage hätte er am liebsten überhaupt nichts gesagt; mit erzener Gleichgültigkeit hätte er jene lästerliche Schlammflut, die ihn blasenaufwerfend umrollte wie Höllenpech, vorübergleiten lassen mögen; doch als er unmittelbar von Rançonnet angesprochen wurde, sagte er mit einer an Schwermut grenzenden Lässigkeit:

»Was soll ich denn dazu sagen? Was Reniant getan hat, ist nichts so Verwegenes, daß gerade du es bewundern müßtest! Hätte er geglaubt, es sei Gott, der lebendige Gott, der rächende Gott, den er den Schweinen vorgeworfen hat, auf die Gefahr hin, auf der Stelle vom Blitz erschlagen zu werden oder unweigerlich früher oder später in die Hölle zu kommen, so wäre dabei wenigstens Tapferkeit im Spiel gewesen, Verachtung, die über den Tod hinausgeht, da ja Gott, sofern es ihn gibt, die Qual verewigen kann. Es wäre dann eine Verwegenheit dabei gewesen, die sicherlich toll gewesen wäre; aber doch wenigstens eine Verwegenheit, die einen so verwegenen Kerl wie dich hätte reizen können! Doch von solcherlei schönem Zuge kann hier nicht die Rede sein, mein Lieber. Reniant hat nicht geglaubt, die Hostien seien Gott. Darüber hat für ihn nicht der mindeste Zweifel bestanden. Für ihn waren sie ganz einfach Oblaten, die aus einem dummen Aberglauben heraus geweiht waren, und wenn er oder du, mein guter Rançonnet, die Hostienbüchse in den Schweinetrog schüttete, so war das keine größere Heldentat, als den Inhalt einer Tabaksdose hineinzuschütten oder irgendein Waffelbackwerk.«

»Eh! Eh!« stieß der alte Mesnilgrand hervor, lehnte sich im Sessel zurück und visierte den Sohn unter der Hand hervor an, als habe er ihn einen meisterlichen Pistolenschuß abgeben sehen; er war an dem, was sein Sohn sagte, stets interessiert, selbst wenn er dessen Anschauungen nicht teilte; und in diesem Fall teilte er sie. Daher wiederholte er sein Eh! Eh!

»Hier, mein guter Rançonnet«, fuhr Mesnil fort, »handelt es sich lediglich — sprechen wir es getrost aus — um . . . eine Schweinerei. Aber was ich schön finde, und noch dazu sehr schön, was sogar zu bewundern ich mir gestatte, meine Herren, obwohl ich nicht eben viel mehr glaube: das ist jene Tesson, wie Sie sie nennen, Monsieur Reniant, die das, was sie für ihren Gott hält, auf dem Herzen trägt; die diesem Gott der Reinheit aus ihren beiden jungfräulichen Brüsten ein Tabernakel bereitet; die atmet, die lebt, die getrost alle Gemeinheiten und Gefahren des Lebens mit ihrer unerschrockenen und glühenden Brust durchschreitet, der Brust, die mit einem Gott belastet ist, Tabernakel und Altar zugleich, ein Altar, den in jeder Minute ihr eigenes Blut hätte feuchten können! ... Du, Rançonnet, du, Mautravers, du, Sélune, und ich ebenfalls, wir alle haben den Kaiser auf der Brust getragen, denn wir trugen seine Ehrenlegion, und daß wir sie trugen, hat im Feuer mehr als einmal unseren Mut angefacht. Sie nun aber hat nicht das Bild ihres Gottes auf ihrer Brust getragen; denn für sie ist er Wirklichkeit gewesen. Es ist der leibliche Gott gewesen, den man anrühren, den man sich einverleiben, den man essen kann; und sie trug ihn unter Gefahr ihres Lebens zu denen, die Verlangen nach diesem Gott hatten! Nun, bei meiner Ehre, ich finde das ganz einfach erhaben ... Ich denke von diesem Mädchen, wie die Priester von ihr gedacht haben, die ihr ihren Gott zu tragen gaben. Ich wüßte nur zu gern, was aus ihr geworden ist. Vielleicht ist sie tot; vielleicht lebt sie im tiefsten Elend in irgendeinem Dorfwinkel; aber ich weiß ganz genau: Wenn ich Marschall von Frankreich wäre und ihr begegnete, und wenn sie nackten Fußes im Straßenschmutz ihr Brot suchte — so stiege ich vom Pferde und zöge tief den Hut vor diesem edlen Mädchen, als sei es wahrhaft Gott, den sie noch immer auf ihrem Herzen trüge! Heinrich IV. ist damals schwerlich in tieferer Gemütsbewegung vor dem Allerheiligsten im Staube niedergekniet, das einem Armen gebracht wurde, als ich vor jenem Mädchen niederknien würde.«

Er stützte die Wange nicht mehr in die Hand. Er hatte den Kopf zurückgeworfen. Und als er vom Niederknien sprach, wuchs er empor wie die Braut von Korinth in Goethes Gedicht, und ohne daß er sich vom Stuhl erhoben hätte, schien sein Oberkörper sich bis an die Decke gereckt zu haben.

»Da hört denn doch die Weltgeschichte auf!« sagte Mautravers und zerknackte mit der geschlossenen Faust einen Pfirsichkern wie mit einem Hammer. »Jetzt fangen die Husaren-Eskadronchefs an, vor Betschwestern auf die Knie zu fallen.«

»Und wenn es wenigstens so wäre«, sagte Rançonnet, »wie bei der Infanterie, die vor der Kavallerie in die Knie geht, um sich sogleich wieder zu erheben und dem Feind auf den Leib zu rücken! Schließlich sind diese Oremus-Plapperinnen, die den lieben Gott verspeisen und die bei jedem Glück, das sie uns spenden und an dem wir sie teilhaben lassen, sich verdammt glauben, nicht die schlechtesten Geliebten. Aber, Rittmeister Mautravers, es gibt für einen Soldaten Schlimmeres, als ein paar Bigotte auf Abwege zu bringen: wenn man nämlich selbst fromm wird wie ein naßgewordenes Pekinghuhn, nachdem man den Säbel geschwungen hat! ... Was meinen Sie wohl, wo ich ausgerechnet letzten Sonntag um die Dämmerung den hier anwesenden Kommandeur Mesnilgrand gefunden habe ...?«

Niemand gab Antwort. Man überlegte; aber von allen Seiten der Tafel richteten die Blicke sich auf den Rittmeister Rançonnet.

»Bei meinem Degen!« sagte Rançonnet. »Ich bin

ihm ... nein, ich bin ihm nicht begegnet; denn ich habe viel zu viel Hochachtung vor meinen Stiefeln, als daß ich sie dem Dreck ihrer Kapellen aussetzte; aber ich habe ihn von hinten gesehen, wie er sich mit gebeugtem Rücken durch die schmale, niedrige Tür an der Marktecke in die Kirche schlich. Ich war verdutzt, verblüfft. Den Teufel auch! habe ich mir gesagt; bin ich mit Blindheit geschlagen? ... Das ist doch Mesnilgrand? ... Mir galoppierte der Gedanke an unsere früheren Liebesspäße mit den verdammten Beginen der spanischen Kirchen durch den Kopf. Siehe da! dachte ich; ist es denn bei ihm damit noch immer nicht vorbei? Sicher handelte es sich hier um die alte Lockung von Weiberröcken. Aber der Teufel soll mir mit seinen Klauen die Augen ausreißen, wenn ich nicht feststelle, um welche Art von Röcken es geht! Und so bin ich denn in die Meßbude hineingegangen ... Unglücklicherweise war es drinnen finster wie im Höllenschlund. Man stolperte beim Gehen über kniende alte Weiber, die ihr Paternoster leierten. Man konnte nicht erkennen, was vor einem war, bis ich, der ich mich dennoch durch das höllische Durcheinander von Dunkelheit und Wracks betender alter Weiber hindurchtastete, mit der Hand plötzlich meinen Mesnil berührte, der schon im Begriff war, sich durch den Säulengang hinauszuschleichen. Aber glaubt ihr wohl, daß er mir um keinen Preis hat sagen wollen, was er in der Kirche zu suchen gehabt hat? ... Das ist der Grund, weshalb ich ihn heute vor Ihnen allen anschwärze, meine Herren: Sie sollen ihn zu einer Erklärung veranlassen.«

»Los, Mesnil, sprich. Rechtfertige dich. Antworte Rançonnet«, erscholl es von allen Seiten.

»Mich rechtfertigen?« fragte Mesnil heiter. »Ich brauche mein Tun und Lassen nicht zu rechtfertigen. Ihr, die ihr immerfort auf die Inquisition schimpft: wollt ihr, im umgekehrten Sinne, jetzt selbst die Inquisitoren spielen? Ich bin am Sonntagabend in die Kirche gegangen, weil es mir Spaß gemacht hat.«

»Und warum hat es dir Spaß gemacht?« fragte Mautravers, »denn wenn der Teufel logisch denkt, kann ein Kürassierrittmeister es schließlich auch«.

»Ah, sieh da!« sagte Mesnilgrand lachend. »Wer weiß? Vielleicht habe ich beichten wollen ... Wenigstens habe ich eine Beichtstuhltür öffnen lassen. Aber du kannst schwerlich behaupten, Rançonnet, meine Beichte habe lange gedauert!«

Sie erkannten nur zu gut, daß er sich über sie lustig machte ... Aber hinter seinem Spott lauerte etwas Geheimnisvolles, das sie reizte.

»Du, und beichten? Tausend Millionen Flammen! Du hast also doch den Kopfsprung getan?« fragte Rançonnet traurig und niedergeschmettert, weil er die Sache tragisch nahm. Doch dann stemmte er sich gegen den Gedanken und bäumte sich wie ein scheuendes Pferd. »Nein«, rief er, »zum Donnerwetter noch mal! Das ist ausgeschlossen. Stellt euch vor, Herrschaften, der Eskadronchef Mesnilgrand bei der Beichte, wie ein altes Weib, mit beiden Knien auf der Fußleiste des Betpults, die Nase am Gitter, vor einem Priesterschilderhaus? Das ist ein Schauspiel, das mir nicht in den Schädel will! Eher dreißigtausend Kugeln!«

»Das ist sehr nett von dir, und ich danke dir«, sagte Mesnilgrand mit komischer Sanftmut, der Sanftmut eines Lammes.

»Laß das Scherzen«, sagte Mautravers. »Mir geht es wie Rançonnet. Nie und nimmer glaube ich, daß ein Mann deines Kalibers zum Kapuziner wird, mein guter Mesnil. Selbst in der Todesstunde hüpfen Leute wie du nicht wie ein erschreckter Frosch in ein Weihwasserbecken.«

»Was Sie, meine Herren, in der Todesstunde tun, weiß ich nicht«, antwortete Mesnilgrand langsam, »was jedoch mich betrifft, so will ich, ehe ich nach der andern Welt aufbreche, auf alle Fälle meinen Mantelsack schnüren.«

Und diese Worte eines Kavallerieoffiziers wurden so ernst ausgesprochen, daß eine Stille eintrat; sie war wie das Verstummen einer Pistole, die noch vor einer Minute geschossen und geknallt hat und deren Hahn nun plötzlich versagt.

»Aber lassen wir das auf sich beruhen«, fuhr Mesnilgrand fort. »Euch hat, wie es scheint, der Krieg und das Leben, das wir alle geführt haben, noch mehr abgestumpft als mich ... Ich habe euern ungläubigen Seelen nichts zu sagen; aber da du, Rançonnet, mit aller Gewalt wissen willst, warum dein Kamerad Mesnilgrand, den du für einen solchen Atheisten hältst, wie du einer bist, neulich abends in die Kirche gegangen ist, will und werde ich es dir sagen ... Es steckt eine Geschichte dahinter ... Wenn ich sie erzählt habe, wirst du vielleicht verstehen, auch wenn du nicht an Gott glaubst, daß er dabei mitgewirkt hat.«

Er machte eine Pause, als wolle er dem, was zu erzählen er sich anschickte, besondere Feierlichkeit leihen; dann fuhr er fort:

»Du hast Spanien erwähnt, Rançonnet. Und gerade in Spanien hat meine Geschichte sich zugetragen. Mehrere von euch haben an dem unseligen Krieg teilgenommen, mit dem von 1808 an das Unglück des Kaiserreichs und unser aller begonnen hat. Wer jenen Krieg mitgemacht hat, der hat ihn nicht vergessen, und du, nebenbei gesagt, am wenigsten, Sélune! Du trägst die Erinnerung daran so stark im Gesicht, daß du sie nicht auslöschen kannst.«

Der Kommandeur Sélune, der neben dem alten Mesnilgrand saß, wandte Mesnil das Gesicht zu. Er war ein Mann von kräftiger soldatischer Erscheinung und durfte sich mit weit größerem Recht als der Herzog de Guise ›der Mann mit dem Schmiß‹ nennen; denn er hatte in Spanien bei einem Vorpostenscharmützel einen ungeheueren Säbelhieb davongetragen, der sein Gesicht so getroffen hatte, daß es, samt der Nase, von der linken Schläfe bis zum rechten Ohr zerspalten war. Unter normalen Umständen wäre das nur eine furchtbare, aber nobel wirkende Narbe im Gesicht eines Soldaten gewesen; aber der Feldarzt, der es eilig gehabt oder ein Pfuscher gewesen war, hatte die Ränder der klaffenden Wunde nicht richtig aneinandergebracht, und so ist es nun einmal im Kriege! Man war auf dem Marsch, und um schneller fertig zu werden, hatte der Feldscher den zwei Finger breit über die eine Seite der geschlossenen Wunde hängenden Fleischwulst mit der Schere weggeschnitten; auf diese Weise hatte sich in Sélunes Gesicht keine Furche, sondern eine gräßliche Schlucht gebildet. Das wirkte entsetzlich, aber dennoch irgendwie grandios. Wenn Sélune, der zur Heftigkeit neigte, das Blut ins Gesicht stieg, wurde die Narbe rot, und es sah aus, als durchziehe ein breites rotes Band sein bronzefarbenes Gesicht. »Du trägst«, hatte Mesnilgrand seinerzeit gesagt, als noch der gleiche Ehrgeiz die beiden beseelte, »dein Ordensband als Großoffizier der Ehrenlegion im Gesicht, noch ehe du es auf der Brust hast; aber sei nur ganz ruhig, es wird schon noch herabrutschen.«

Es war nicht herabgerutscht; das Kaiserreich war früher zusammengebrochen. Sélune war lediglich Ritter.

»Also, meine Herren«, fuhr Mesnilgrand fort, »wir haben in Spanien mancherlei scheußliche Dinge mit angesehen, und nicht wahr? wir haben sie sogar begangen; ich aber meine nichts Abscheulicheres gesehen zu haben als das, was Ihnen jetzt zu erzählen ich die Ehre habe!«

»Was mich betrifft«, sagte Sélune nachlässig und mit der Aufgeblasenheit eines mit allen Wassern Gewaschenen, der nicht begreift, wie man sich über irgend etwas aufregen kann, »was mich betrifft, so habe ich mit angesehen, wie eines Tages achtzig Nonnen, nachdem sie nach allen Regeln der Kunst von zwei Eskadrons genotzüchtigt worden waren, eine über die andere halbtot in einen Brunnen geworfen worden sind.«

»Viecherei gemeiner Soldaten«, sagte Mesnilgrand kalt. »Aber bei meiner Geschichte handelt es sich um die raffinierte Gemeinheit eines Offiziers.«

Er nippte an seinem Glase, ließ den Blick über die Tafelrunde schweifen, nahm sie damit gefangen und fragte:

»Hat einer von Ihnen, meine Herren, den Major Ydow gekannt?«

Keiner gab Antwort, außer Rançonnet.

»Ich!« sagte er. »Den Major Ydow! Und ob ich ihn gekannt habe! Ja, zum Donnerwetter! Er hat mit mir zusammen bei den 8. Dragonern gestanden.«

»Da du ihn gekannt hast«, fuhr Mesnilgrand fort, »hast du nicht nur ihn gekannt. Er tauchte bei den 8. Dragonern zusammen mit einer Frau auf ...«

»Rosalba, genannt La Pudica«, sagte Rançonnet, »seine berühmte ...« Und er sagte das gemeine Wort rundheraus.

»Ja«, entgegnete Mesnilgrand nachdenklich, »denn ein solches Weibstück verdient den Namen ›Geliebte‹ nicht, nicht einmal den einer Geliebten Ydows ... Der Major hatte sie aus Italien mitgebracht, wo er, ehe er nach Spanien kam, als Rittmeister bei einem Reserve-Korps gestanden hatte. Da unter den Anwesenden du, Rançonnet, der einzige bist, der ihn gekannt hat, diesen Major Ydow, gestattest du mir wohl, daß ich ihn diesen Herren schildere, um ihnen eine Vorstellung von diesem Teufelskerl zu geben, dessen Ankunft bei den 8. Dragonern, zumal mit dieser Frau als Ordensband, gehöriges Aufsehen erregte ... Dem Anschein nach war er nicht Franzose. Das bedeutet für Frankreich keinen Verlust. Er stammte irgendwo her und von irgendwem ab, aus Illyrien oder Böhmen; ganz sicher bin ich meiner Sache nicht. Aber woher er auch stammen mochte: er wirkte befremdend, und das bringt es mit sich, daß man überall ein Fremder ist. Man hätte ihn für das Mischprodukt verschiedener Rassen halten können. Er selber sagte, sein Name müsse griechisch ausgesprochen werden, ›Aidov‹ statt Ydow; denn er sei griechischer Abkunft; und dafür hätte seine Schönheit gezeugt; denn er war schön und vielleicht, hol mich der Teufel, zu schön für einen Soldaten. Wer weiß, ob man, wenn man so schön ist, nicht weniger Wert darauf legt, sich das Gesicht zerhauen zu lassen? Man zollt sich selbst die Achtung wie einem großen Kunstwerk. Aber so sehr er auch wie ein großes Kunstwerk wirkte: er ging dennoch mit den anderen ins Feuer; und wenn man das von dem Major Ydow gesagt hat, dann hat man alles gesagt. Er tat seine Pflicht; aber er tat niemals mehr als seine Pflicht. Er besaß nicht das, was der Kaiser ›das heilige Feuer‹ zu nennen pflegte. Trotz seiner Schönheit, die ich, wohlverstanden, nicht leugne, gefiel mir im Grunde sein Gesicht nicht, ungeachtet seiner herrlichen Züge. Da ich mich in den Museen herumdrückte, wohin ihr andern ja niemals geht, bin ich jemandem begegnet, der dem Major Ydow ähnlich sah. Ich habe eine auffallende Ähnlichkeit zwischen ihm und einer Antinous-Büste festgestellt ... jener, der der Bildhauer aus Laune oder aus schlechtem Geschmack zwei Smaragde in den Marmor der Augäpfel eingefügt hat. Statt in weißem Marmor leuchteten die meergrünen Augen des Majors in einem warmen olivfarbenen Gesicht von klassischem Schnitt; was aber in der Tiefe dieser schwermütigen Abendsterne, die seine Augen waren, wollüstig schlief, war nicht Endymion: es war vielmehr ein Tiger ... und eines Tages habe ich ihn erwachen sehen! ... Der Major Ydow war braun und blond zugleich. Sein sehr dunkles und sich einer niedrigen Stirn dicht anschmiegendes Haar bauschte sich an den Schläfen, während sein langer, seidenweicher Schnurrbart das fahle, fast gelbliche Blond des Zobels wies ... Es ist (so sagt man) ein Zeichen für

Neigung zum Verrat oder zur Perfidie, wenn Kopf- und Barthaar von verschiedener Farbe sind. Verräter? Vielleicht wäre der Major es später geworden. Vielleicht hätte auch er, gleich so vielen andern, den Kaiser verraten; aber dazu sollte er keine Zeit mehr haben! Als er bei den 8. Dragonern auftauchte, war er wahrscheinlich nur falsch, aber nicht falsch genug, als daß man es ihm angesehen hätte, wie der alte Suwarow es behauptete, der sich darauf verstand ... Ob wohl der Gesichtsausdruck der Ausgangspunkt seiner Unbeliebtheit bei den Kameraden war? Fest steht jedenfalls, daß er schon nach sehr kurzer Zeit das schwarze Schaf des Regiments wurde. Eingebildet auf eine Schönheit, der ich die Häßlichkeit einiger meiner Kameraden vorzog, schien er, wie die Soldaten es unumwunden ausdrücken, im ganzen nichts zu sein als ein Spiegel für ... für das, als was du, Rançonnet, vorhin die Rosalba bezeichnet hast. Major Ydow war fünfunddreißig Jahre alt. Ihr könnt euch wohl denken, daß er bei jener Schönheit, die allen Frauen gefällt, selbst den stolzesten — eben darin beruht ja ihre Schwäche —, über die Maßen von ihnen verwöhnt wurde und mit allen Lastern behaftet war, die sie einem zuteil werden lassen; überdies aber, so hieß es, soll er auch die besessen haben, die sie einem nicht zuteil werden lassen und deren man sich nicht rühmt ... Sicherlich waren wir damals keine Kapuziner, wie du sagen würdest, Rançonnet. Wir waren sogar recht üble Burschen, Spieler, Libertiner, Schürzenjäger, Duellanten, Trunkenbolde, wenn es sein mußte, und wir warfen das Geld auf jede nur mögliche Weise zum Fenster hinaus. Wir hatten schwerlich das Recht, die Entrüsteten zu spielen. Nun, wie wir damals auch gewesen sein mögen: er galt als schlimmer denn wir. Wir hatten natürlich mancherlei auf dem Kerbholz — allzuviel war es nicht. Er nun aber hatte ein oder zwei Dinge getan, deren wir, so teuflisch wir auch immer sein mochten, nicht fähig gewesen wären. Er jedoch (so wurde behauptet), er war zu allem fähig. Ich stand nicht bei den 8. Dragonern, ich war lediglich mit ihrem gesamten Offizierskorps bekannt. Alle erzählten böse Dinge von ihm. Sie beschuldigten ihn der Kriecherei vor den Vorgesetzten und des niedrigsten Ehrgeizes. Sie beargwöhnten seinen Charakter. Sie gingen selbst so weit, daß sie ihn der Spionage verdächtigten, und um dieses beiläufig geäußerten Argwohns willen hat er sich zweimal tapfer geschlagen; aber das tat der Meinung, die man von ihm hegte, keinen Abbruch. Es ist immer etwas Nebelhaftes um diesen Mann geblieben, das er nicht hat zerstreuen können. Gerade wie er zugleich braun und blond war, was ziemlich selten ist, hatte er zugleich Glück im Spiel und Glück bei den Frauen; und das verstößt ebenfalls wider die Regel. Übrigens hat man ihn dieses Doppelglück schwer entgelten lassen. Diese zweifachen Erfolge, sein Aussehen à la Lauzun, die Eifersucht, die seine Schönheit einflößte — denn die Männer mögen sich getrost als stark und gleichgültig aufspielen, wenn es sich um Häßlichkeit handelt, und das Trostwort wiederholen, das sie erfunden haben: nämlich daß ein Mann noch immer ziemlich schön sei, wenn er seinem Pferd keine Furcht einflöße, so sind sie untereinander auf genauso kleinliche und feige Weise eifersüchtig wie die Frauen untereinander —, dieses ganze Miteinander von Vorzügen war zweifellos die Erklärung für die Abneigung, deren Gegenstand er war; eine Antipathie, die aus der Haßempfindung heraus die Formen der Verachtung zur Schau trug; denn Verachtung beleidigt tiefer als Haß, und der Haß weiß das nur zu gut! ... Wie oft habe ich ihn in allen Stimmungen als ›gefährliche Kanaille‹ bezeichnen hören, obwohl man sicherlich nicht imstande gewesen wäre, klipp und klar zu beweisen, er sei eine ... Und Tatsache ist, meine Herren, daß noch in diesem Augenblick, da ich zu Ihnen spreche, es für mich durchaus nicht feststeht, ob der Major Ydow wirklich gewesen ist, als was er bezeichnet wurde ... Aber, zum Donnerwetter!« fügte Mesnilgrand mit einer Energie hinzu, in die sich ein sonderbares Entsetzen mischte. »Was nicht von ihm gesagt wurde und was er eines Tages gewesen ist, das weiß ich, und es genügt mir!«

»Dann wird es uns wahrscheinlich ebenfalls genügen«, sagte Rançonnet aufgeräumt, »aber, zum Henker, welche verteufelte Beziehung kann denn bestehen zwischen der Kirche, in die ich dich am Sonntagabend habe hineingehen sehen, und diesem verdammten Major von den 8. Dragonern, der alle Kirchen und alle Kathedralen Spaniens und der Christenheit geplündert hätte, um seinem Weibstück aus dem Gold und den Edelsteinen der Monstranzen Schmuckstücke anfertigen zu lassen?«

»Prell nicht vor und warte ab, Rançonnet!« sagte Mesnil, als kommandiere er eine Schwenkung seiner Eskadron. »Du bist und bleibst nun eben mal ein Hitzkopf und immer ungeduldig, wie damals vor dem Feinde. Laß mich meine Geschichte durchexerzieren, wie ich es verstehe.«

»Dann los, Eskadron Trab«, sagte der hitzige Rittmeister und stürzte zu seiner Beruhigung ein Glas Picardon hinunter. Und Mesnilgrand fuhr fort:

»Wahrscheinlich würde Major Ydow auch ohne dieses Weibstück, das er bei sich hatte und das ›seine Frau‹ genannt wurde, obwohl es nur seine Geliebte war und nicht seinen Namen trug, nur wenig Verkehr mit den Offizieren der 8. Dragoner gepflegt haben. Aber diese Frau, in der man, da sie sich an einen solchen Menschen gehängt hatte, all das vermutete, was sie tatsächlich war, verhinderte es, daß sich um den Major eine Wüste bildete, was ohne sie sicherlich geschehen wäre. Ich habe das in den Regimentern verschiedentlich erlebt. Jemand verfällt einem Argwohn oder in Mißkredit, und schon werden nur noch streng dienstliche Beziehungen zu ihm unterhalten; er wird nicht mehr als Kamerad behandelt; man schüttelt ihm nicht mehr die Hand; selbst im Café, dieser Offiziers-Karawanserei, in der warmen, gemütlichen Atmosphäre der Cafés, wo alle Kälte hinschmilzt, hält man auf Distanz, bleibt zurückhaltend und höflich, bis man es nicht mehr über sich bringt und losplatzt, wenn der Augenblick zum Losplatzen gekommen ist. Wahrscheinlich wäre das auch mit dem Major geschehen; aber eine Frau, die hat es mit dem Teufel! Wer ihm um seinetwillen keinen Blick gegönnt hätte, tat es um ihretwillen. Wer dem Major, sofern die Frau nicht gewesen wäre, im Café kein Glas Schnaps angeboten hätte, tat es und dachte dabei an seine bessere Hälfte, aus der Überlegung heraus, das sei ein Mittel, bei ihm eingeladen zu werden, wo man dann womöglich sie treffen könne ... Es gibt eine arithmetische Moralproportion, die, bevor ein Philosoph sie zu Papier brachte, jedem Manne als eine Ermutigung von seiten des Teufels ins Herz geschrieben worden ist: ›Für eine Frau ist der Weg zu ihrem ersten Liebhaber weiter als der Weg von ihrem ersten zum zehnten.‹ Und das traf, wie es schien, auf die Frau des Majors in weit höherem Maße zu als auf jede andere. Da sie sich ihm hingegeben hatte, konnte sie sich auch einem andern hingeben, und, den Teufel auch, dieser andere konnte jeder beliebige sein! Innerhalb verblüffend kurzer Zeit wußte man bei den 8. Dragonern, daß es für diese Hoffnung nicht allzu großer Kühnheit bedurfte. Von allen, die Witterung für die Frau besitzen, die durch alle weißen, mit Tugend parfümierten Schleier, darein sie sich hüllt, ihren wahren Duft einsaugen, wurde Rosalba sogleich als die Schlimmste aller Schlimmen erkannt — als die Vollendung des Bösen!

Und damit tue ich ihr keineswegs unrecht, nicht wahr, Rançonnet? ... Vielleicht hast du sie gehabt, und wenn du sie gehabt hast, dann weißt du jetzt, ob es jemals eine glänzendere, eine faszinierendere Kristallisation aller Laster gegeben hat! Wo hatte der Major sie aufgegabelt? ... Woher kam sie? Sie war noch so jung! Anfangs wagte man nicht, sich diese Fragen vorzulegen; aber dieses Zaudern dauerte nicht lange! Die Feuersbrunst — denn sie hat nicht nur die 8. Dragoner, sondern auch mein Husarenregiment in Brand gesetzt, und des weiteren, du weißt es wohl noch, Rançonnet, alle Stäbe des Expeditionskorps, dem wir angehörten — die Feuersbrunst, die sie entfachte, nahm sehr rasch befremdliche Ausmaße an ... Wir hatten sehr viele Frauen gesehen, Offiziersliebchen, die den Regimentern folgten, wenn die Offiziere sich den Luxus leisten konnten, zusammen mit ihrem Gepäck eine Frau mitzuführen; die Regimentskommandeure drückten einem solchen Mißstand gegenüber die Augen zu, und manchmal leisteten sie ihn sich selbst. Aber Frauen wie diese Rosalba waren uns nicht einmal im Traum begegnet. Wir waren an schöne Mädchen gewöhnt, laß es gut sein, aber das war beinahe immer der gleiche Typ gewesen: entschlossen, kühn, nahezu männlich, nahezu schamlos; zumeist waren es mehr oder weniger leidenschaftliche Brünetten, die in der Uniform, die die Laune ihrer Liebhaber sie manchmal tragen hieß, wie sehr pikante, sehr wollüstige Knaben wirkten ... Wenn sich die legitimen und anständigen Offiziersfrauen von anderen Frauen durch etwas Besonderes, das ihnen allen gemeinsam und eine Folge des militärischen Milieus ist, darin sie leben, unterscheiden, so prägt dieses Besondere sich in den Geliebten ganz anders aus. Aber die Rosalba des Majors Ydow hatte nichts mit den abenteuernden Weibern gemein, die den Regimentern folgten und an die wir gewöhnt waren. Anfangs hielt man sie für ein schlankes, blasses junges Mädchen — aber diese Blässe hielt nicht lange vor, wie ihr noch sehen werdet — mit einer Fülle blonden Haares. Das war alles. Man brauchte um ihretwillen kein Geschrei zu erheben. Ihre weiße Gesichtsfarbe war nicht weißer als die aller Frauen, unter deren Haut frisches, gesundes Blut strömt. Ihr blondes Haar war nicht von jenem leuchtenden Blond, das das metallische Blitzen des Goldes oder die weichen, schläfrigen Tönungen des grauen Bernsteins aufweist, wie ich es bei manchen Schwedinnen wahrgenommen habe. Sie hatte das klassische Gesicht, das man ein Gemmengesicht nennt; aber es unterschied sich durch kein besonderes Merkmal von den übrigen Gesichtern dieser Art, die durch ihre unveränderliche Korrektheit und Einheitlichkeit auf leidenschaftliche Seelen so tief erregend wirken. Auf jeden Fall war sie wohl das, was man, in der Gesamterscheinung, als ein hübsches Mädchen bezeichnen kann ... Aber die Liebestränke, die sie verabreichte, waren nicht aus ihrer Schönheit destilliert ... Sie waren anderen Ursprungs ... Sie kamen dorther, wo Sie ihren Ursprung niemals vermuten würden ... bei diesem Ungeheuer an Unkeuschheit, das es wagte, sich Rosalba zu nennen, das es wagte, den fleckenlosen Namen Rosalba zu führen, den nur die Unschuld tragen dürfte, und das, nicht zufrieden damit, Rosalba zu sein, die Rosenrote und die Weiße, sich überdies noch die Keusche nannte, La Pudica!«

»Auch Vergil hat sich ›den Keuschen‹ genannt, und dennoch hat er ›Gorydon ardebat Alexim‹ geschrieben«, warf Reniant ein, der sein Latein noch nicht vergessen hatte.

»Und er war keineswegs ironisch gemeint«, fuhr Mesnilgrand fort, »dieser Beiname Rosalbas, der nicht von uns erfunden worden war, sondern den wir vom ersten Tage an auf ihrer Stirn lasen, wohin die Natur ihn mit allen Rosen ihrer Schöpfung geschrieben hatte. Rosalba war nicht allein ein Mädchen von erstaunlich schamhaftem Aussehen; sie war tatsächlich die Keuschheit in Person. Wäre sie so rein wie die himmlischen Jungfrauen gewesen, die vielleicht schon unter den Blicken der Engel erröten, so hätte sie schwerlich in stärkerem Maße als die verkörperte Keuschheit wirken können. Wer hat doch gesagt — es muß ein Engländer gewesen sein —, die Welt sei das Werk eines irrsinnig gewordenen Teufels? Sicherlich hatte eben jener Teufel in einem Wahnsinnsanfall auch Rosalba geschaffen, um sich einen Spaß zu machen ... einen Teufelsspaß, um aus Wollust in der Keuschheit und Keuschheit in der Wollust, eins nach dem andern, ein infernalisches Ragout zu kochen und es mit himmlischem Gewürz zu pfeffern, das Ragout aller Freuden, die eine Frau sterblichen Männern zu geben vermag. Rosalbas Keuschheit lag nicht einfach in ihrem Gesichtsausdruck, der, zum Donnerwetter, Lavaters gesamtes System über den Haufen geworfen hätte. Nein, bei ihr war die Keuschheit nicht nur der Deckel des Körbchens; sie war zugleich das Äußere wie das Innere dieser Frau, und sie durchschauerte und sie durchbebte sowohl ihr Blut als auch ihre Haut. Sie war durchaus nicht geheuchelt. Diese Huldigung hat Rosalbas Laster der Tugend nicht dargebracht. Sie war tatsächlich eine Wahrheit. Rosalba war genauso schamhaft, wie sie wollüstig war, und das sonderbare ist, daß sie beides gleichzeitig war. Wenn sie die gewagtesten ... Dinge sagte oder tat, pflegte sie auf eine geradezu anbetungswürdige Weise zu sagen: ›Ich schäme mich!‹; mir klingt es heute noch in den Ohren. Es war ein unerhörtes Phänomen! Immer wieder war man bei ihr am Anfang, selbst wenn man sich gerade aus ihren Armen gelöst hatte. Sie wäre aus einer Orgie von Bacchantinnen hervorgegangen wie die Unschuld aus ihrer ersten Sünde. Auch noch in der besiegten, der Ohnmacht nahen, halbtoten Frau gewahrte man stets die verwirrte Jungfrau mit der ewig jungen Anmut ihrer Verwirrung und dem an die Morgenröte erinnernden Zauber ihres Erglühens ... Nie wäre ich imstande, Ihnen die wilde Lust begreiflich zu machen, die diese Gegensätze einem im Herzen entfachten; dabei versagt die Sprache!«

Er hielt inne. Er dachte darüber nach, und alle anderen ebenfalls. Durch das, was er gesagt, hatte er — sollte man es für möglich halten? — diese alten Soldaten, die alle Arten von Feuer hinter sich hatten, diese verderbten Mönche, die alten Ärzte, diesen Abschaum des Lebens, die dessen überdrüssig waren, in sinnende Träumer verwandelt. Sogar der ungestüme Rançonnet schwieg. Er hing Erinnerungen nach.

»Sie können sich denken«, fuhr Mesnilgrand fort, »daß dieses Phänomen erst später allgemein bekannt wurde. Als sie bei den 8. Dragonern auftauchte, sah man in ihr zunächst nichts als ein äußerst hübsches, wenn nicht gar schönes Mädchen etwa von der Art der Fürstin Paolina Borghese, der Schwester des Kaisers, der sie übrigens ähnlich sah. Die Fürstin Paolina wirkte ebenfalls auf eine geradezu ideale Weise keusch, und dabei wissen Sie alle, woran sie gestorben ist ... Aber Paolina hatte in sich kein einziges Tröpfchen Scham, das auch nur die kleinste Stelle ihres zauberhaften Körpers rosa gefärbt hätte, während Rosalba in ihren Adern so viel hatte, daß sie jede Stelle des ihrigen hätte scharlachrot färben können. Den naiv-erstaunten Ausspruch der Borghese, als sie gefragt wurde, wie sie Canova nackt habe Modell sitzen können: ›Aber das Atelier war doch warm! Es stand ein Ofen darin!‹ hätte Rosalba nie geäußert.

Wäre die gleiche Frage an sie gerichtet worden, so wäre sie davongelaufen und hätte dabei ihr göttlich purpurnes Gesicht in den göttlich rosenfarbenen Händen verborgen. Aber seien Sie überzeugt: beim Fortgehen hätte ihr Kleid hinten eine Falte geworfen, in der alle Versuchungen der Hölle genistet hätten.

So also war sie beschaffen, diese Rosalba, deren Jungfrauenantlitz uns alle hinters Licht führte, als sie zum Regiment kam. Major Ydow hätte sie als seine angetraute Frau bei uns einführen können, und selbst als seine Tochter, und wir würden es geglaubt haben. Obwohl ihre feuchten blauen Augen herrlich waren, wirkte sie niemals schöner, als wenn sie sie niederschlug. Der Ausdruck der Lider trug über den Ausdruck des Blickes den Sieg davon. Für Männer, die Krieg und Frauen, und was für Frauen! weidlich hatten kennenlernen können, bedeutete dieses Geschöpf eine neue Sensation — dieses Geschöpf, dem man, wie man mit einem drastischen Ausdruck zu sagen pflegt, ›das Abendmahl ohne Beichte gereicht hätte‹. ›Ein verdammt hübsches Mädchen‹, flüsterten die Alten, die Abgebrühten einander zu; ›aber welch eine Zimperliese! Wie mag sie es wohl fertigbringen, den Major glücklich zu machen ...?‹ Er wußte es; aber er sagte es nicht ... Er trank sein Glück schweigend, wie die wahren Zecher, die für sich allein trinken. Er teilte niemandem das heimliche Glück mit, das ihn zum ersten Male in seinem Leben diskret und treu machte, ihn, den Garnison-Lauzun, den albernsten und nichtigsten aller Gecken, den man in Neapel, wie die Offiziere berichteten, die ihn dort gekannt hatten, den Tambourmajor der

Verführung zu nennen pflegte. Wenn alle Mädchen Spaniens ob seiner Schönheit, auf die er so stolz war, ihm zu Füßen gefallen wären, er würde nicht eins aufgehoben haben. Wir standen zu jener Zeit an der spanisch-portugiesischen Grenze; vor uns hatten wir die Engländer, und auf unsern Märschen besetzten wir die Städte, die dem König Joseph am wenigsten feindlich gesonnen waren. Major Ydow und Rosalba wohnten dort zusammen, wie sie es im Frieden in einer Garnisonsstadt getan hätten. Sie erinnern sich wohl der Verbissenheit jenes spanischen Krieges, jenes wütenden und langsamen Krieges, der keinem andern ähnelte; denn hier schlugen wir uns nicht nur um der Eroberung willen, sondern um in einem Lande, das erst erobert werden mußte, eine neue Dynastie und eine neue Verwaltungsform einzusetzen. Keiner von Ihnen hat wohl vergessen, daß es inmitten dieser erbitterten Kämpfe Pausen gab, und daß zwischen zwei über die Maßen furchtbaren Schlachten in jenem eroberten Gebiet, dessen einer Teil uns gehörte, wir uns damit vergnügten, den ›Afrancesadas‹ unter den Spanierinnen der von uns besetzten Städte Feste zu geben. Eben auf diesen Festen wurde die Frau des Majors Ydow, die, wie es hieß, schon beträchtliches Aufsehen erregt hatte, geradezu zur Berühmtheit. Und wirklich glitzerte sie inmitten der dunklen spanischen Mädchen wie ein Diamant in einer Pechkohlensträhne. Hier begann sie in den Männern jene Erbitterung zu wecken, die sicherlich mit der teuflischen Zusammensetzung ihres Wesens zusammenhing und die aus ihr die zügelloseste Kurtisane mit dem Antlitz einer der himmlischsten Madonnen Raffaels machte.

Damals entzündeten sich die Leidenschaften und nahmen ihren Verlauf, wo sie im Dunkel ihr Feuer entfachten. Nach einer gewissen Zeit brannten alle lichterloh, selbst Generale, die in dem Alter waren, da man vernünftig geworden ist; sie alle waren für die ›Pudica‹ entflammt, wie man sie aus Pikanterie nannte. Überall und rings um sie her wurden Ansprüche zur Schau getragen; dann ein Kokettieren; dann kam es zu Duellen: kurzum, zu allen Erschütterungen eines Frauenlebens, das zum Mittelpunkt der leidenschaftlichen Galanterie unbezähmbarer Männer geworden ist, die immerfort den Säbel in der Hand hatten. Sie wurde der Sultan dieser furchterregenden Odalisken, und sie warf ihr Taschentuch dem zu, der ihr gefiel, und es gefielen ihr viele. Was Major Ydow betrifft, so ließ er den Dingen und den Zungen ihren Lauf ... War er zu eingebildet, um eifersüchtig zu sein, oder empfand er, der sich gehaßt und verachtet wußte, aus seinem Besitzerstolz heraus Genuß in den Leidenschaften, die die Frau, deren Herr er war, in seinen Feinden erregte? ... Daß er nichts gemerkt hätte, war kaum möglich. Ich habe seine smaragdgrünen Augen oft zu schwarzen Diamanten werden sehen, wenn er denjenigen unter uns anschaute, den die gerade herrschende öffentliche Meinung als den Geliebten seiner Geliebten verdächtigte; aber er beherrschte sich ... Und da man immer nur das von ihm dachte, was ihm am meisten zur Beleidigung gereichte, schob man seiner gleichgültigen Ruhe oder seiner freiwilligen Blindheit Motive der abscheulichsten Art unter. Man vermutete in seiner Frau weniger ein Piedestal seiner Eitelkeit als eine Leiter seines Ehrgeizes. Das wurde gesagt, wie dergleichen Dinge eben gesagt werden, und er hörte nicht darauf. Ich, der ich gute Gründe hatte, ihn zu beobachten, und der ich den Haß und die Verachtung, die ihm entgegengebracht wurden, für ungerecht hielt, fragte mich, ob die düster-gleichgültige Haltung dieses von seiner Geliebten tagtäglich betrogenen Mannes, der sich die Bißwunden seiner Eifersucht nicht anmerken ließ, auf mehr Schwäche als Kraft oder auf mehr Kraft als Schwäche beruhe. Den Teufel auch, wir alle, meine Herren, haben Männer gekannt, die so fanatisch von einer Frau eingenommen waren, daß sie auch dann noch an sie glaubten, wenn alles gegen sie sprach, und die sich lieber in ihr feiges Glück verkrochen und sich die Schande wie eine Decke über den Kopf zogen, anstatt sich zu rächen, wenn die absolute Gewißheit eines Treuebruchs ihnen die Seele durchbohrte!

Gehörte Major Ydow zu diesen Männern? Vielleicht. Nein, gewiß! Es war sehr wohl möglich, daß die Pudica diesen erniedrigenden Fanatismus in ihm entfacht hatte. Die Kirke der Antike, die die Männer in Tiere verwandelte, war nichts im Vergleich zu dieser Pudica, dieser Messalina, die vor und während des Liebesaktes und hernach eine Jungfrau war. Mit den Leidenschaften, die in ihrem Innern brannten, mit denen sie alle diese in bezug auf Frauen wenig wählerischen Offiziere versengte, war sie rasch kompromittiert, ohne daß sie selbst sich kompromittierte. Auf diesen Unterschied muß man achtgeben. An ihrem Verhalten in der Öffentlichkeit war nichts zu bemängeln. Sofern sie einen Geliebten hatte, war das ein Geheimnis zwischen ihr und ihrem Bette. Nach außen hin hatte Major Ydow nicht den mindesten Anlaß, ihr Szenen zu machen. Liebte sie ihn vielleicht gar? ... Sie blieb bei ihm, und dabei hätte sie sich sicherlich, hätte sie nur gewollt, an das Glück eines andern binden können. Ich habe einen Marschall des Kaiserreiches gekannt, der so toll hinter ihr her war, daß sie sich aus seinem Marschallstab einen Schirmgriff hätte anfertigen lassen können. Er hat wohl zu den Männern gehört, von denen ich erzählt habe. Es gibt Frauen, die lieben ... ich will nicht sagen: ihren Geliebten, aber vielleicht auch ihren Geliebten. Die Karpfen sehnen sich nach ihrem Schlamm, hat Madame de Maintenon gesagt. Rosalba hatte kein Verlangen, sich nach dem ihrigen zu sehnen. Sie blieb gleich drin, und ich, ich bin zu ihr hineingehüpft.«

»Du haust die Übergänge mit dem Säbel zurecht«, sagte Rittmeister Mautravers.

»Zum Teufel!« entgegnete Mesnilgrand. »Warum auch nicht? Sie alle kennen das Lied, das im achtzehnten Jahrhundert gesungen wurde:

Als die Boufflers bei Hofe erschien
Da galt sie als die Königin.
Ein jeder wollte ihr gefallen,
Und so trieb sie es denn — mit allen!

Ich kam also auch an die Reihe. Ich habe haufenweise Frauen gehabt. Aber keine einzige ist wie diese Rosalba gewesen, das weiß ich nur zu gut! Der Schlamm wurde zum Paradies. Ich will mich nicht in Analysen nach Art der Romanschriftsteller verlieren. Ich war ein Draufgänger und in gewisser Beziehung brutal wie Graf Almaviva; ich empfand für die Frauen keinerlei Liebe in dem erhabenen und romantischen Sinne, den man diesem Wort beilegt, ich weniger als alle andern... Weder die Seele noch der Geist, noch die Eitelkeit bedeuten etwas in dem Glück, das sie an mich verschwendete, aber dennoch war in diesem Glück nichts von der Leichtfertigkeit einer Laune. Ich glaubte damals nicht, daß in der Sinnlichkeit Tiefe sein könne. Dabei war es die tiefste Sinnlichkeit. Stellen Sie sich einen schönen, rotfleckigen Pfirsich vor, in den man voller Lust hineinbeißt; oder vielmehr: stellen Sie sich gar nichts vor ... Es gibt keinen Vergleich, der die Lust auszudrücken vermöchte, die aus diesem menschlichen Pfirsich hervorquoll, der unter dem harmlosesten Blick rot wurde, als habe man hineingebissen. Stellen Sie sich vor, was geschah, wenn man anstatt des Blickes mit der Lippe oder dem Zahn der Leidenschaft an dieses erregte, blutvolle Fleisch rührte. Ach, einzig der Körper dieser Frau war ihre Seele! Und mit diesem Körper hat sie mir eines Abends ein Fest bereitet, nach dem Sie sie besser beurteilen können als nach allem, was ich darüber zu sagen vermöchte. Ja, eines Abends besaß sie die Kühnheit und Schamlosigkeit, mich in nichts als einem durchsichtigen, indischen Musselinkleid zu empfangen, einer Wolke, einem Hauch, durch den hindurch man jenen Körper sah, dessen Form eine einzige Reinheit war und den das wechselnde Rot der Wollust und der Scham färbte! ... Der Teufel soll mich holen, wenn sie in ihrer weißen Wolke nicht wie eine Statue aus lebendigen Korallen aussah! Daher reizt mich seitdem die Blässe anderer Frauen nur noch soviel!«

Und Mesnilgrand schnippte ein Stück Orangenschale auf das Sims, gerade über den Kopf des Volksrepräsentanten Le Carpentier hinweg, der den des Königs hatte abschlagen lassen.

»Unser Verhältnis dauerte einige Zeit«, fuhr er fort, »aber glauben Sie nicht, daß ich ihrer überdrüssig geworden wäre. Man wurde ihrer nicht überdrüssig. In das Gefühl, das seine Grenzen hat, wie die Philosophen in ihrem infamen Kauderwelsch sagen, brachte sie das Unbegrenzte, das Unendliche! Nein, wenn ich von ihr gegangen bin, so ist es aus einer Art moralischen Ekels heraus geschehen, aus Stolz, was mich, aus Verachtung, was sie betrifft, sie, die mich auf dem Höhepunkt ihrer wahnwitzigsten Liebesbezeigungen nie dahin gebracht hat, zu glauben, daß sie mich liebe ... Wenn ich sie fragte: ›Liebst du mich?‹, diese Frage, die nicht zu stellen eine Unmöglichkeit ist, ungeachtet aller Beweise, die man dafür erhält, daß man geliebt wird, antwortete sie: ›Nein!‹ oder schüttelte auf eine rätselhafte Weise den Kopf. Sie wälzte sich in ihrer Scham und ihrer Schande, und darunter blieb sie inmitten aller Verwirrungen der aufgepeitschten Sinne undurchdringlich wie die Sphinx. Nur daß die Sphinx kalt war und sie nicht ... Nun, diese Undurchdringlichkeit, die mich mit Ungeduld erfüllte und mich reizte, und dann die Gewißheit, daß sie sich bald Launen im Stil Katharinas II. erlauben würde, waren die Doppelursache für den nachdrücklichen Kandarenruck, den mir zu geben ich die Kraft aufbrachte, um den allmächtigen Armen dieser Frau zu entrinnen, dieser Tränke aller Lüste!

Ich verließ sie, oder vielmehr: ich ging nicht wieder zu ihr. Doch ich wußte nur zu gut, daß es keine zweite Frau wie diese gab; und dieser Gedanke machte mich allen andern Frauen gegenüber sehr ruhig und sehr gleichgültig. Ach, sie hat mich erst richtig zum Offizier gemacht. Als ich diese Affäre hinter mir hatte, habe ich nur noch an meinen Dienst gedacht. Sie hatte mich in den Styx getaucht.«

»Und so bist du denn ganz und gar zum Achilles geworden?« fragte der alte Mesnilgrand voller Stolz.

»Was ich geworden bin, weiß ich nicht«, fuhr Mesnilgrand fort, »aber ich weiß sehr wohl, daß nach unserem Bruch Major Ydow, mit dem ich auf dem gleichen Fuße stand wie alle übrigen Offiziere der Division, uns eines Tages im Café verkündete, seine Frau sei in anderen Umständen, und er werde bald die Freude erleben, Vater zu sein. Bei dieser unerwarteten Nachricht sahen die einen einander an; die anderen lächelten; aber er merkte es nicht; oder, wenn er es bemerkt hatte, so achtete er nicht darauf; denn wahrscheinlich hatte er sich vorgenommen, lediglich auf eine unmittelbare Beleidigung zu reagieren. Als er gegangen war, flüsterte mir einer meiner Kameraden ins Ohr: ›Ist das Kind von dir, Mesnil?‹; und in meinem Gewissen wiederholte eine geheime Stimme, eine deutlichere Stimme als die seine, die gleiche Frage. Ich wagte nicht, sie zu beantworten. Auch in unseren leidenschaftlichsten Stunden hatte Rosalba kein Wort von diesem Kinde laut werden lassen, das von mir sein konnte, vom Major oder auch von irgendeinem anderen . . .«

»Das Regimentskind!« fiel Mautravers ein, als stoße er mit seinem Kürassierpallasch zu.

»Niemals«, fuhr Mesnilgrand fort, »hatte sie auch nur die mindeste Anspielung darauf gemacht, daß sie in anderen Umständen sei; aber ist das verwunderlich? Die Pudica war, wie ich Ihnen bereits gesagt habe, eine Sphinx, die ihre Lust schweigend genoß und ihr Geheimnis bewahrte. Nichts, was das Herz anging, durchdrang die physischen Hüllen dieser Frau, die sich einzig der Lust auftaten ... und bei der die Scham sicherlich die erste Angst, das erste Erschauern, das erste Aufflackern der Wollust war! Es berührte mich sonderbar, sie in anderen Umständen zu wissen. Wir können jetzt, meine Herren, nun das bestialische Leben der Leidenschaften hinter uns liegt, ganz offen zugeben: das scheußlichste bei einer mit anderen geteilten Liebe — diesem allgemeinen Kochgeschirr! — ist nicht nur die mit der Teilung verbundene Unsauberkeit, sondern vor allem das Irregehen des Vatergefühls; es ist die gräßliche Angst, die einen hindert, auf die Stimme der Natur zu hören, und die sie in einem Zweifel erstickt, dem man unmöglich entrinnen kann. Man fragt sich: ›Ob dieses Kind wohl von mir ist?‹ ... Das ist eine Ungewißheit, die einen verfolgt wie die Strafe für die Teilung, die würdelose Teilung, in die man schmählicherweise eingewilligt hat! Wenn man ein Herz hat und lange darüber nachdenkt, müßte man verrückt werden; aber das Leben, das starke, leichte Leben, packt einen wieder mit seiner Woge und trägt einen davon wie den Schwimmer einer zerissenen Angelschnur. — Nach der Enthüllung, die Major Ydow uns allen gemacht hatte, beschwichtigte sich das geringe väterliche Erschauern, das ich in meinem Innern zu verspüren geglaubt hatte. Nichts regte sich mehr ... Freilich hatte ich ein paar Tage später an ganz andere Dinge zu denken als an das Kind der Pudica. Wir schlugen uns bei

Talavera, wo der Eskadronchef Titan von den 9. Husaren schon beim ersten Angriff fiel und ich den Befehl über die Eskadron übernehmen mußte.

Das wüste Gemetzel bei Talavera machte den Krieg, den wir führten, noch härter. Öfter denn je befanden wir uns in eng geschlossener Formation auf dem Marsch, öfter denn je vom Feinde beunruhigt, und das brachte es gezwungenermaßen mit sich, daß bei uns von der Pudica weniger gesprochen wurde. Sie folgte dem Regiment auf einem Bagagewagen, und dort, heißt es, sei auch ihr Kind zur Welt gekommen, das Major Ydow, der von seiner Vaterschaft überzeugt war, zu lieben anfing, als wäre es tatsächlich das seine gewesen. Wenigstens überkam den Major, als das Kind starb — denn es starb ein paar Monate nach der Geburt —, ein übermäßiger Kummer, ein geradezu wahnwitziger Schmerz, und im Regiment wurde nicht darüber gelacht. Zum ersten Male verstummte die Antipathie, deren Gegenstand er war. Man hatte sehr viel mehr Mitleid mit ihm als mit der Mutter, die, wenn sie auch ihr Kind beweinte, deswegen doch immer die Rosalba blieb, die wir alle kannten, diese sonderbare Hure, die der Teufel mit Schamhaftigkeit besprengt und die sich trotz ihres Lebenswandels die ans Wunderbare grenzende Fähigkeit bewahrt hatte, täglich zweihundertmal bis an die Wirbelsäule zu erröten! Ihre Schönheit minderte sich nicht. Sie bot allen Stürmen Trotz. Und dabei hätte das Leben, das sie führte, sehr schnell das aus ihr machen können, was unter uns Reitern als alte Schabracke bezeichnet wird, wenn dieses verworfene Leben von Dauer gewesen wäre.«

»Es ist also nicht von Dauer gewesen? Du weißt also, was aus diesem verworfenen Weibstück geworden ist?« fragte Rançonnet, der vor aufgestachelter Neugier heftig atmete und für einen Augenblick den Besuch in der Kirche vergaß, über den er nicht hinwegkommen konnte.

»Ja«, sagte Mesnilgrand und gab seiner Stimme dabei Nachdruck, als sei er zum Höhepunkt seiner Geschichte gelangt. »Du hast, wie jedermann, geglaubt, sie sei mit Ydow in den Wirbeln des Krieges und der Ereignisse untergegangen, die uns packten und die meisten von uns auseinanderbrachten oder verschwinden ließen. Aber heute will ich dir Rosalbas Schicksal enthüllen.«

Rittmeister Rançonnet stützte sich mit dem Ellbogen auf den Tisch, ergriff mit seiner großen Hand sein Glas, ohne es zu heben, und umklammerte es im begierigen Lauschen wie einen Säbelgriff.

»Der Krieg nahm kein Ende«, fuhr Mesnilgrand fort. »Diese trotz ihrer Wut so geduldigen Spanier, die fünfhundert Jahre daran gesetzt haben, um die Mauren aus ihrem Lande zu vertreiben, hätten, wenn es dessen bedurft hätte, die gleiche Zeit darangesetzt, um uns hinauszuwerfen. Wir konnten in dem Lande nur vorrücken, wenn wir auf jeden Schritt achtgaben, den wir taten. Die von uns besetzten Dörfer wurden auf der Stelle befestigt und galten nun als Stützpunkte gegen den Feind. Der Flecken Alcudia, den wir einnahmen, diente uns ziemlich lange als Standort. Ein ausgedehntes Kloster wurde in eine Kaserne umgewandelt; aber der Regimentsstab wurde auf die Häuser des Fleckens verteilt, und Major Ydow bekam das des Alkalden. Da nun aber dieses Haus besonders geräumig war, empfing der Major Ydow gelegentlich abends das Offizierkorps bei sich; denn wir verkehrten nur noch untereinander. Wir unterhielten keinerlei Beziehungen zu den ›Afrancesados‹ mehr; wir mißtrauten ihnen, so sehr hatte der Haß gegen die Franzosen an Boden gewonnen! Bei diesen Zusammenkünften unter uns, die bisweilen durch Schüsse auf unsere Vorposten gestört wurden, kredenzte Rosalba uns mit dem unvergleichlich keuschen Gesicht, das ich immer für einen Witz des Teufels gehalten habe, den Punsch. Bei dieser Gelegenheit erkor sie sich ihre Opfer; aber ich kümmerte mich nicht um meine Nachfolger. Ich hatte meine Seele aus dieser Liaison gelöst, und überdies schleppte ich ja nicht, wie irgend jemand einmal gesagt hat, die Ketten einer getäuschten Hoffnung hinter mir her. In mir waren weder Zorn noch Eifersucht, noch gehässige Bitterkeit. Ich sah diese Frau, die mich nur noch als Zuschauer interessierte und die das schamloseste Lasterleben unter den Verwirrungen der reizendsten Unschuld verbarg, tun und treiben, was sie wollte. Ich ging also zu ihr, und in Gegenwart der andern sprach sie zu mir mit der beinahe schüchternen Schlichtheit eines jungen Mädchens, dem man zufällig am Brunnen oder im tiefen Walde begegnet. Den Rausch, den Wirbel im Kopf, die Glut der Sinne, die sie in mir entfacht hatte, all diese schrecklichen Dinge gab es nicht mehr. Ich hielt sie für verweht, hingeschwunden, für unmöglich! Nur als ich abermals jene unerschöpfliche Abschattung von Rot gewahrte, die ihr um eines Wortes oder Blickes willen die Stirn färbte, konnte ich nicht umhin, die Empfindung jenes Mannes auszukosten, der in seinem geleerten Glas den letzten Tropfen des rosafarbenen Champagners betrachtet, den er gerade getrunken hat, und der sich versucht fühlt, sich jenen letzten vergessenen Tropfen wie einen Rubin auf den Fingernagel rinnen zu lassen.

Eines Abends habe ich ihr das gesagt. Ich war an jenem Abend allein bei ihr.

Ich war beizeiten aus dem Café weggegangen; das karten- und billardspielende Offizierskorps war dort geblieben; es wurde sehr lebhaft gespielt. Es war Abend, freilich ein spanischer Abend, an dem die glühende Sonne sich nur mühsam vom Himmel löst. Ich fand sie kaum bekleidet, die Schultern dem Winde preisgegeben; sie glühten in der afrikanischen Hitze; ihre Arme waren nackt, die schönen Arme, in die ich so oft gebissen hatte und die in gewissen Augenblicken der Erregung, wie ich sie so oft geweckt hatte, von dem Farbton — wie die Maler sagen — einer Erdbeere übergossen wurden. Ihr von der Hitze schweres Haar flutete voll über den goldenen Nacken, und sie war mit dem aufgelösten Haar, der leichten Kleidung so schön, daß sie Satan hätte verführen und Eva auf diese Weise rächen können! Sie saß, halb über ein Tischchen gebeugt, und schrieb ... Wenn sie aber schrieb, die Pudica, so konnte kein Zweifel daran sein, daß sie an einen Liebhaber schrieb und ihn zu einem Stelldichein bestellte, einer neuen Untreue gegen Major Ydow, der das alles genauso schweigend hinnahm wie sie die Lust. Bei meinem Eintreten war sie mit dem Brief fertig und brachte über einer Kerzenflamme blaues, silbergesprenkeltes Wachs zum Schmelzen, das ich noch heute vor mir sehe; und ihr sollt gleich erfahren, warum die Erinnerung an dieses blaue, silbern gesprenkelte Siegelwachs so überdeutlich in mir haftet.

›Wo ist der Major?‹ fragte sie mich und war schon, als sie mich nur eintreten sah, verwirrt — aber diese Frau, die der Eitelkeit und den Sinnen der Männer weismachte, ihre Nähe mache sie erregt, war ja immer verwirrt!

›Er spielt heute abend wie besessen‹, antwortete ich lachend und betrachtete mit begehrlichen Blicken die flockige Röte, die ihr in die Stirn zu steigen begann, ›und ich bin heute abend auf eine andere Art besessen‹.

Sie verstand mich. Sie wunderte sich über nichts. Sie war geschaffen für die Begierden, die sie in den Männern entfachte, die sie von überallher an sich gerafft hätte.

›Bah‹, sagte sie langsam, obwohl das Rot, das ich nur zu gern von ihrem anbetungswürdigen und abscheulichen Gesicht getrunken hätte, bei dem Gedanken, den ich ihr eingeflößt hatte, noch tiefer geworden war. ›Bah! Mit Ihrer Besessenheit ist es aus!‹ Und sie drückte das Siegel in das brodelnde Wachs auf dem Briefe, das erlosch und fest wurde.

›Sehen Sie‹, sagte sie frech und herausfordernd, ›genauso sind Sie! Vor einer Sekunde noch ist es glühend heiß gewesen, und jetzt ist es kalt.‹

Und während sie das sagte, drehte sie den Brief um und neigte sich, um die Adresse zu schreiben.

Muß ich es bis zum Überdruß wiederholen? Gewiß war ich nicht eifersüchtig auf diese Frau; aber wir sind ja immer dieselben. Wider Willen wollte ich wissen, an wen sie schrieb, und deswegen beugte ich mich, da ich mich noch nicht gesetzt hatte, über ihren Kopf; aber mein Blick wurde abgelenkt durch die Vertiefung zwischen ihren beiden Schultern, durch diese berauschende, zart behaarte Furche, darein ich so viele Küsse hatte rieseln lassen, und wahrhaftig! Von diesem Anblick bezaubert, ließ ich einen weiteren Kuß in diesen Gießbach der Liebe tropfen, und als sie das spürte, hörte sie auf zu schreiben ... Sie hob den Kopf von dem Tisch, über den sie sich geneigt hatte, als habe ein glühendes Eisen ihre Lenden durchbohrt, und lehnte sich mit zurückgeworfenem Kopfe gegen die Lehne des Sessels, sie sah mich an mit jener Mischung aus Begehren und Verwirrung, die ihren Zauber ausmachte, die Augen nach oben und auf mich gerichtet, der ich hinter ihr stand und in das feuchte Rosa ihres halbgeöffneten Mundes senkte, was ich zuvor in die Furche zwischen ihre Schultern hatte tropfen lassen.

Diese sensitive Frau hatte die Nerven einer Tigerin. Plötzlich sprang sie auf: ›Der Major kommt‹, rief sie. ›Sicher hat er verloren, und wenn er verloren hat, ist er eifersüchtig. Er wird mir eine gräßliche Szene machen. Los! Kriechen Sie da hinein ... ich will dafür sorgen, daß er gleich wieder verschwindet.‹ Sie stand auf und öffnete einen großen Wandschrank, in den sie ihre Kleider zu hängen pflegte, und stieß mich hinein. Ich glaube, es gibt nur sehr wenig Männer, die beim Kommen des Mannes oder des rechtmäßigen Besitzers nicht hätten in einen Wandschrank verschwinden müssen ...«

»Du hast mit deinem Wandschrank noch Glück gehabt«, sagte Sélune. »Ich habe eines Tages in einen Kohlensack kriechen müssen! Das war, wohlverstanden, vor meiner verdammten Verwundung.

Ich stand damals bei den weißen Husaren. Bitte stell dir vor, in welchem Zustand ich aus meinem Kohlensack herausgekommen bin!«

»Ja«, fuhr Mesnilgrand bitter fort, »so etwas kommt beim Ehebruch und der Teilerei heraus! In solchen Augenblicken vergessen auch die größten Eisenfresser ihren Stolz, und in ihrem Edelmut gegenüber einer erschrockenen Frau werden sie genauso feige wie jene Frau, und aus dieser Feigheit heraus verstecken sie sich dann. Mir ist noch heute übel zumute, daß ich in den Wandschrank gekrochen bin, in voller Uniform, den Säbel an der Seite, und noch dazu, als Gipfel der Lächerlichkeit! um einer Frau willen, die keinerlei Ehre zu verlieren hatte und die ich nicht liebte!

Aber ich hatte keine Zeit, mich trüben Gedanken über das Erniedrigende hinzugeben, daß ich wie ein Schuljunge in einem dunklen Wandschrank stand, während ihre Kleider, denen der Duft ihres Körpers entströmte und mich berauschte, mein Gesicht streiften. Indessen riß mich das, was ich alsbald zu hören bekam, aus meinen wollüstigen Empfindungen. Der Major war hereingekommen. Sie hatte richtig vermutet: er war schauderhafter Laune und, wie sie gesagt hatte, besessen von Eifersucht, noch dazu einer Eifersucht, von desto stärkerer Explosionskraft, als er sie vor uns allen verbarg. In seiner Bereitschaft zu Argwohn und Wut war sein Blick wahrscheinlich auf den noch auf dem Tisch liegenden Brief gefallen, den zu adressieren ich durch meine Küsse die Pudica gehindert hatte.

›Was ist das für ein Brief?‹ stieß er mit heiserer Stimme hervor.

›Ein Brief nach Italien‹, sagte die Pudica ruhig.

›Das ist nicht wahr‹, sagte er grob; denn man brauchte von dem Lauzun in diesem Manne nicht viel abzukratzen, damit der Söldner zum Vorschein kam; und einzig durch diese Worte offenbarte sich mir das intime Leben dieser beiden Wesen, zwischen denen sich, wenn sie allein waren, alle möglichen Szenen abspielen mußten, von denen ich jetzt eine Probe bekam. Ich bekam sie tatsächlich, während ich in meinem Wandschrank steckte. Ich sah die beiden nicht, aber ich hörte sie; und sie zu hören war für mich das gleiche wie sie zu sehen. Ihre Gesten lagen in ihren Worten und im Klang ihrer Stimmen, in denen schon nach wenigen Augenblicken die höchste Wut schrillte. Der Major bestand darauf, daß sie ihn den unadressierten Brief lesen lasse, und die Pudica, die ihn an sich genommen hatte, weigerte sich hartnäckig, ihn auszuhändigen. Da wollte er ihn ihr mit Gewalt entreißen. Ich hörte, wie sie aneinandergerieten, wie ihre Füße im Ringen aufstampften; aber Sie können sich wohl denken, daß der Major stärker als seine Frau war. So entriß er ihr den Brief und las ihn. Es handelte sich um die Einladung eines Liebhabers, und aus dem Brief ging hervor, daß jener Liebhaber bereits sein Glück genossen habe und es abermals genießen sollte ... Aber sein Name war nicht genannt. Maßlos neugierig wie alle Eifersüchtigen suchte der Major vergebens nach dem Namen des Mannes, mit dem er betrogen worden war ... Und die Pudica wurde dafür gerächt, daß er ihr den Brief abgenommen, daß er ihn ihrer verletzten, wahrscheinlich sogar blutenden Hand entrissen hatte; denn während des Ringens hatte sie geschrien: ›Du reißt mir die Hand ab, du Lump!‹ Außer sich darüber, daß er nichts erfuhr, herausgefordert und verspottet durch den Brief, aus dem für ihn einzig die Tatsache hervorging, daß sie einen Liebhaber hatte — einen weiteren Liebhaber —, geriet Major Ydow in einen jener Wutanfälle, die den, der sich ihnen überläßt, entehren, und überhäufte die Pudica mit gemeinen Schimpfworten, Worten, wie sie nur Kutscher gebrauchen. Ich glaubte, er werde sie prügeln. Er hat sie auch geprügelt, aber erst etwas später. Er warf ihr vor — und in welchen Ausdrücken! —, sie sei ... was sie eben war. Er war brutal, gemein, empörend; und sie antwortete auf diese zügellose Wut als echte Frau, die auf nichts mehr Rücksicht zu nehmen braucht, die den Mann, mit dem sie sich zusammengetan hat, bis ins Innerste kennt und die weiß, daß der Hintergrund eines solchen gemeinen Lebens zu zweit ein ewiger Kampf ist. Sie war weniger gemein, aber wilder, beleidigender und grausamer in ihrer Kälte als er in seiner Wut. Sie war frech, ironisch, lachte in ihrem höchsten Paroxysmus ein hysterisches, haßerfülltes Lachen und antwortete auf die Schmutzflut von Beleidigungen, die der Major ihr ins Gesicht spie, mit Worten, wie Frauen sie finden, wenn sie uns verrückt machen wollen, und die in unsere Heftigkeit und unsere Empörung hineinfahren wie Granaten in ein Pulvermagazin. Von all den kränkenden, kalten Worten, die sie dolchspitz herausschrie, durchbohrte sie ihn am tiefsten mit der Behauptung, sie liebe ihn nicht — sie habe ihn nie geliebt: ›Nie! Nie! Nie!‹ schrie sie immer wieder in freudiger Wut, als tanze sie auf seinem Herzen herum! Der Gedanke aber, daß sie ihn nie geliebt habe, war das Schlimmste, das Niederschmetterndste für diesen glücklichen Fant, für diesen Mann, dessen Schönheit Furore gemacht hatte und hinter dessen Liebe zu ihr die eigene Eitelkeit stand! So kam denn ein Augenblick, da er unter dem Dolchstoß des Wortes, das sie unbarmherzig immer wieder schrie, daß sie ihn nie geliebt habe, was er nicht glauben wollte und immer wieder von sich wies, sich nicht mehr beherrschen konnte.

›Und unser Kind?‹ warf er ein, der Irrsinnige, als sei das ein Beweis gewesen und als beschwöre er damit eine Erinnerung.

›Ach, unser Kind!‹ rief sie und lachte schallend. ›Das war gar nicht von dir!‹

Ich stellte mir vor, was in den grünen Augen des Majors vorgehen mochte, als ich ihn keuchen hörte wie einen erdrosselten Wildkater. Er stieß einen Fluch aus, der den Himmel hätte zum Einsturz bringen müssen. — ›Und von wem war es, du verdammte Hure?‹ fragte er mit einer Stimme, die nichts Menschliches mehr hatte.

Sie aber fuhr fort zu lachen wie eine Hyäne.

›Das sollst du nie erfahren‹, sagte sie höhnisch. Und mit diesem tausendmal wiederholten, ihm um die Ohren geschlagenen ›Das sollst du nie erfahren!‹ geißelte sie ihn; und als sie keine Lust mehr hatte, es auszusprechen — ob Sie es wohl glauben? —, da sang sie es ihm entgegen wie eine Fanfare! Als sie ihn dann genug mit diesen Worten gepeitscht, ihn sich wie einen Kreisel unter der Peitsche dieser Worte hatte drehen lassen, ihn mit diesen Worten durch die Spiralen der Ängste und der Ungewißheit gehetzt hatte, diesen Mann, der völlig außer sich, der in ihren Händen nichts als eine Marionette war, die sie zerbrechen konnte; als sie, zynisch vor Haß, ihm alle ihre Liebhaber bei Namen genannt und ihm gesagt hatte, das ganze Offizierskorps sei der Reihe nach bei ihr gewesen, schrie sie: ›Ich habe alle gehabt — aber mich haben sie nicht gehabt! Und das Kind, das du in deiner Dummheit für das deine gehalten hast, habe ich von dem einzigen Mann, den ich je geliebt, den ich vergöttert habe! Und das hast du nicht geahnt? Und du ahnst noch immer nicht, wer es war?‹

Sie log. Sie hatte niemals einen Mann geliebt. Aber sie fühlte nur zu gut, daß diese Lüge für den Major einen Dolchstoß barg, und sie stieß damit zu, sie durchstach ihn, sie zerfleischte ihn, und als sie genug davon hatte, die Henkerin dieser Qual zu sein, stieß sie, um zum Ende zu kommen, ihr letztes Geständnis ins Herz wie ein Messer, das man bis zum Heft hineinstößt.

›Ja‹, sagte sie, ›da du es nicht errätst, du Dummkopf, so wirf deine Zunge den Hunden vor. Es ist der Rittmeister Mesnilgrand‹.

Wahrscheinlich log sie abermals; aber ich war mir dessen nicht ganz sicher, und als sie meinen Namen sagte, traf er mich in meinem Wandschrank wie ein Geschoß. Nachdem dieser Name gefallen war, entstand ein Schweigen, als sei jemand erwürgt worden. — Ob er sie, statt zu antworten, umgebracht hat? dachte ich, als ich das Klirren eines heftig zu Boden geschleuderten Glases hörte, das in tausend Splitter zerbrach.

Ich hatte Ihnen gesagt, Major Ydow habe für das Kind, das er für das seine hielt, eine maßlose Vaterliebe gehegt und, als er es verloren, jenen an Wahnsinn grenzenden Schmerz gefühlt, dessen Dauer unser Nichts verewigen und verstofflichen möchte. Da es ihm als im Felde stehendem Soldaten nicht möglich war, seinem Sohn ein Grabmal zu errichten, das er jeden Tag hätte besuchen können — daß mit Gräbern solch ein Götzendienst getrieben wird! —, hatte Major Ydow das Herz seines Sohnes einbalsamieren lassen, um es überall bei sich tragen zu können, und er verwahrte es fromm in einer Kristallurne, die gewöhnlich in einem Eckschrank seines Schlafzimmers ihren Platz hatte. Eben jene Urne war in Scherben gegangen.

›Ach, es war also nicht von mir, du erbärmliche Metze?‹ schrie er. Und ich hörte, wie unter seinen schweren Reitstiefeln das Kristall der Urne knirschte und zersprang, wie er das Herz des Kindes, das er für seinen Sohn gehalten hatte, mit Füßen trat!

Sicherlich wollte sie es ihm entreißen, es aufheben, es ihm wegnehmen; denn ich hörte, wie sie sich darauf stürzte; und die Geräusche des Ringens begannen von neuem; aber es trat ein anderes Geräusch hinzu — das von Schlägen.

›Wenn du es denn haben willst, dann nimm es, das Herz deines Balges, du schamlose Hure!‹ sagte der Major. Und er schlug ihr das Herz, das er angebetet hatte, ins Gesicht, und er schleuderte es ihr an den Kopf wie ein Wurfgeschoß. Böses erzeugt Böses, heißt es. Eine Entweihung brachte die andere mit sich. Völlig von Sinnen tat die Pudica, was der Major getan hatte. Sie warf ihm ihrerseits das Herz des Kindes an den Kopf; sie hätte es vielleicht behalten, wenn es nicht von ihm gewesen wäre, dem verabscheuten Manne, dem sie Qual durch Qual, Gemeinheit durch Gemeinheit vergelten wollte! Sicherlich war es das erstemal, daß etwas so Entsetzliches geschah, daß ein Vater und eine Mutter sich gegenseitig das Herz ihres toten Kindes ins Gesicht schlugen!

Er dauerte ein paar Minuten, dieser gottlose Kampf ... Und er war auf eine so verwunderliche Weise tragisch, daß mir gar nicht gleich der Gedanke kam, die Schulter gegen die Schranktür zu stemmen, um sie zu zerbrechen und mich dazwischenzuwerfen ... als ein Schrei, wie weder ich noch Sie, meine Herren, ihn je gehört haben — und dabei haben wir auf den Schlachtfeldern zur Genüge die furchtbarsten Schreie gehört —, mir die Kraft gab, die Schranktür zu sprengen; und da sah ich ... was ich nie wieder sehen werde! Die niedergestürzte Pudica war auf den Tisch gefallen, an dem sie geschrieben hatte, und der Major hielt sie mit eisernem Griff fest; alle Hüllen waren weggeglitten, ihr schöner Körper lag nackt da und wand sich wie eine entzweigeschnittene Schlange unter seinem Griff. Was aber, meine Herren, glauben Sie, tat er mit der freien Hand? ... Der Schreibtisch, die brennende Kerze, das Wachs daneben, all das hatte dem Major den höllischen Gedanken eingegeben — den Gedanken, diese Frau zu versiegeln, wie sie ihren Brief versiegelt hatte — und er war dabei, in tollem Eifer diese ungeheuerliche Versiegelung, diese fürchterliche Rache eines pervers eifersüchtigen Liebenden zu vollziehen!

›Sei dort gestraft, wo du gesündigt hast, du infame Hure‹, brüllte er.

Er sah mich nicht. Er war über sein Opfer gebeugt, das nicht mehr schrie, und er drückte den

Säbelknauf, der ihm als Petschaft diente, in das glühend heiße Wachs!

Ich stürzte mich auf ihn; ich forderte ihn nicht einmal auf, sich zu verteidigen, und ich stieß ihm meinen Säbel bis zum Korb in den Rücken, zwischen die Schultern, und am liebsten hätte ich mit dem Säbel zugleich meine Hand und meinen Arm durch seinen Körper hindurchgestoßen, um ihn desto sicherer zu töten!«

»Daran hast du recht getan, Mesnil«, sagte Kommandeur Sélune; »er hat es nicht verdient, von vorn getötet zu werden, wie unsereiner, der Halunke!«

»Siehe da! Das ist ja Abälards Abenteuer, auf Héloïse übertragen!« bemerkte Abbé Réniant.

»Ein interessanter chirurgischer Fall«, sagte Doktor Bleny, »und selten!«

Aber Mesnilgrand ging darüber hinweg.

»Er war«, fuhr er fort, »tot über den Körper seiner ohnmächtigen Frau gefallen. Ich riß ihn von ihr weg, warf ihn beiseite und gab der Leiche einen Fußtritt. Auf den Schrei hin, den die Pudica ausgestoßen hatte, diesen Schrei, der klang, als sei er aus der Vulva einer Wölfin gedrungen, so wild war er gewesen, und er gellte noch in meinem Innern nach, war eine Aufwarterin nach oben gekommen. ›Holen Sie sofort den Feldscher von den 8. Dragonern; es gibt heute abend etwas für ihn zu tun!‹ Aber mir blieb keine Zeit, auf den Feldscher zu warten. Plötzlich erscholl ein wütendes Alarmsignal und rief zu den Waffen. Der Feind hatte uns überfallen; in aller Stille waren unsere Wachen mit dem Messer erledigt worden. Ich mußte schleunigst aufsitzen. Ich warf einen letzten Blick auf den herrlichen, verstümmelten Körper, der reglos und zum ersten Male blaß vor Männeraugen lag. Aber ehe ich ging, hob ich das arme Herz auf, das am Boden im Staube lag und mit dem sie sich am liebsten erdolcht und zerfleischt hätten, und ich habe das Herz dieses Kindes, von dem sie gesagt hatte, es sei das meinige gewesen, in mein Husarenkoppel gesteckt und mit mir genommen.«

An dieser Stelle hielt der Chevalier de Mesnilgrand inne, von einer Gefühlsaufwallung ergriffen, die diese Materialisten und Lüstlinge achteten.

»Und die Pudica?« fragte beinahe schüchtern Rançonnet, der jetzt sein Glas nicht mehr umfaßt hielt.

»Ich habe von Rosalba, genannt Pudica, nie wieder auch nur das mindeste gehört«, sagte Mesnilgrand. »Ist sie gestorben? Hat sie noch weitergelebt? Hat der Feldscher zu ihr gelangen können? Nach dem Überfall auf Alcudia, der für uns so verhängnisvoll endete, habe ich ihn gesucht. Ich habe ihn nicht gefunden. Er war verschwunden, wie so viele andere, und nicht wieder zu den Resten unseres arg mitgenommenen Regimentes gestoßen.«

»Ist das alles?« fragte Mautravers. »Und wenn es alles ist, so ist es eine tolle Geschichte. Du hast recht gehabt, Mesnil, als du Sélune sagtest, du wolltest seine Geschichte von den achtzig vergewaltigten und in den Brunnen geworfenen Nonnen bei weitem übertreffen. Aber da Rançonnet jetzt hinter seinem Teller sitzt und träumt, möchte ich die Frage aufgreifen, die er dir gestellt hat: welcher Zusammenhang besteht zwischen deiner Geschichte und deinem Besuch neulich in der Kirche?«

»Richtig«, sagte Mesnilgrand. »Das hätte ich beinahe vergessen. Ich muß Rançonnet und dir noch folgendes sagen: mehrere Jahre lang habe ich überall wie eine Reliquie dieses Kinderherz bei mir getragen, an das sich so viele Zweifel knüpften; aber als ich nach der Katastrophe von Waterloo das Offizierskoppel, mit dem ich zu sterben gehofft hatte, ablegen mußte, und nachdem ich das Herz dann noch ein paar Jahre mit mir herumgetragen hatte — und ich versichere dir, Mautravers, daß so etwas schwer lastet, obwohl es leicht an Gewicht ist —, fürchtete ich, da man ja mit fortschreitendem Alter nachdenklich wird, das Herz zu entweihen, das schon so sehr entweiht worden war, und da entschloß ich mich, es in geweihter Erde bestatten zu lassen. Ohne Darlegung all der Einzelheiten wie vor euch heute abend, habe ich einem der Geistlichen dieser Stadt von dem Herzen erzählt, das schon so lange auf dem meinigen lastete; nachdem ich es ihm im Beichtstuhl der Kapelle eingehändigt hatte, lief ich im Seitengang Rançonnet in die Arme.«

Rittmeister Rançonnet war wahrscheinlich damit zufrieden. Er sagte keine Silbe, und auch die andern schwiegen. Keiner wagte eine Randbemerkung. Ein Schweigen, das ausdrucksvoller war als alle Äußerungen, verschloß ihnen allen den Mund.

Sahen diese Atheisten endlich ein, daß, wenn die Kirche einzig dazu da wäre, Herzen zu empfangen — tote oder lebendige —, mit denen man nichts mehr anzufangen wüßte: daß das bereits etwas hinlänglich Schönes wäre?

»Der Kaffee soll gebracht werden!« sagte mit seiner Kopfstimme der alte Mesnilgrand. »Wenn er so stark ist wie deine Geschichte, Mesnil, dann ist er gut.«

DIE RACHE EINER FRAU

Fortiter

Ich habe oft von der Kühnheit der modernen Literatur reden hören; aber ich selbst habe an jene Kühnheit nie geglaubt. Dieser Vorwurf ist nichts als Aufschneiderei — aus moralischen Gründen. Die Literatur, von der seit so langer Zeit behauptet worden ist, sie sei der Ausdruck der Gesellschaft, ist alles andere, sogar eher das Gegenteil; und wenn jemand, der gescheiter als die andern ist, versucht hat, kühner zu sein, so weiß der Himmel, welch ein Geschrei sich dann erhob! Sicherlich, wenn man so will, ist er wissentlich die Ursache des Geschreis gewesen! Sicherlich, wenn man die Sache genauer betrachtet, findet sich in der Literatur nicht die Hälfte der Verbrechen, die die Gesellschaft tagtäglich im geheimen und ungestraft in geradezu faszinierender Häufigkeit und Leichtfertigkeit begeht. Man frage nur die Beichtväter — die die größten Romanschriftsteller der Welt wären, wenn sie die Geschichten erzählen dürften, die ihnen im Beichtstuhl ins Ohr geraunt werden. Man frage sie nur etwa nach den Fällen von Blutschande, die in den stolzesten und angesehensten Familien eingesargt werden, und gebe sich alsdann Rechenschaft, ob die zahlreicher Fälle von unmoralischer Kühnheit beschuldigte Literatur es jemals gewagt hat, sie zu erzählen, und sei es auch nur um der Abschreckung willen! Abgesehen von dem leichten Anhauch — denn es handelt sich nur um einen Anhauch, der vorüberweht — im ›René‹ Chateaubriands — des frommen Chateaubriand — kenne ich kein Buch, in dem die Blutschande, die etwas so Verbreitetes in unserer Gesellschaft ist (bei hoch und niedrig, und vielleicht in den unteren Schichten noch mehr als in den gehobenen), jemals das offen dargelegte Thema einer Erzählung gewesen wäre, die gerade durch jenes Thema zu wahrhaft tragischen moralischen Wirkungen hätte gelangen können. Hat die moderne Literatur, auf die eine alberne Prüderie ihre Steinchen wirft, sich jemals an die Geschichten der Myrrha, der Agrippina und des Ödipus herangewagt, Geschichten, die, wie man mir glauben darf, nach wie vor überaus lebendig sind; denn ich habe — bis jetzt wenigstens — in keiner anderen Hölle als der gesellschaftlichen gelebt und so manche Myrrha und Agrippina, so manchen Ödipus im Privatleben und in der besten Gesellschaft, wie man sie bezeichnet, nur zu gut kennengelernt. Den Teufel auch! das hat sich immer ganz anders abgespielt als auf der Bühne oder in der Geschichtsschreibung. Es schimmerte immerfort durch die gesellschaftliche Oberfläche die Vorsicht, die Angst und die Heuchelei hindurch ... Ich kenne — und ganz Paris kennt sie — eine Madame Henri III., die zu blauen Samtkleidern als Gürtel Rosenkränze aus goldziselierten Totenköpfen trägt, die sich geißelt, und auf solcherlei Weise in das Ragout ihrer Bußübungen das Ragout anderer Lüste mischt, wie sie Henri III. eigentümlich gewesen sind. Wer nun aber würde die Geschichte dieser Frau schreiben, die Andachtsbücher verfaßt und die die Jesuiten für einen

Mann (ein amüsantes Detail!) und selbst für einen Heiligen halten? ... Es sind noch gar nicht so viele Jahre verflossen, daß ganz Paris eine Dame des Faubourg Saint-Germain erlebt hat, die ihrer Mutter den Geliebten nahm und aus Wut darüber, daß jener zu der Mutter zurückkehrte, die zwar alt war, sich aber besser auf die Liebe verstand als die Tochter, überaus leidenschaftliche Briefe der Mutter an jenen allzusehr geliebten Mann diesem stahl, sie lithographieren und zu Tausenden vom Olymp der Oper (der um einer solchen Handlung willen seinen Namen zu Recht führt), wo an jenem Abend eine Premiere stattfand, ins Parkett werfen ließ. Wer hat die Geschichte dieser Frau geschrieben? ... Die arme Literatur wüßte gar nicht, wie solche Geschichten anzupacken wären, wenn sie sie erzählen wollte.

Und solche Geschichten müßte man schreiben, wenn man kühn wäre. Die Geschichtsschreibung hat Männer wie Tacitus und Sueton; der Roman hat sie nicht — wenigstens nicht innerhalb der erhabenen Moralgesetze, die dem Talent und der Literatur vorgeschrieben sind. Allerdings steht fest, daß die lateinische Sprache, als heidnisch, aller Anständigkeit trotzt, während unsere Sprache zusammen mit Chlodwig über dem Taufbecken des heiligen Remigius getauft worden ist und daraus eine unvergängliche Schamhaftigkeit geschöpft hat; denn die gute Alte wird heute noch rot. Dennoch könnten, wenn man es nur wagte, ein Sueton oder ein Tacitus auch als Romanautoren durchaus existieren; denn der Roman ist vor allem Sittengeschichte, die zu einer Erzählung oder zum Drama umgeformt worden ist, wie des öfteren auch die Geschichtsschreibung. Und zwischen beiden besteht nur ein einziger Unterschied: der Roman stellt die Sitten mittels erfundener Personen dar, und die Geschichtsschreibung teilt die Namen und Adressen mit. Nur stößt der Roman tiefer vor als die Geschichte. Er hat ein Ideal, wogegen die Geschichte keines hat: ihr legt die Wirklichkeit den Zügel an. Überdies beherrscht der Roman den Schauplatz länger. Richardson befaßt sich ausdauernder mit Lovelace als Tacitus mit Tiberius. Aber wenn Tacitus den Tiberius ebenso eingehend geschildert hätte wie Richardson den Lovelace: glauben Sie, daß die Geschichte dadurch Einbußen erlitten hätte und daß Tacitus nicht noch fürchterlicher wirken würde? ... Freilich schreibe ich offen, daß Tacitus als Maler nicht vom gleichen Rang ist wie Tiberius als Modell und daß er trotz seines Genies der Unterlegene bleibt.

Und das ist noch nicht alles. Wenn man die Literatur, wie sie in Wirklichkeit ist, mit dem Ruf vergleicht, in dem sie steht, dann möge man ihrer unerklärlichen, aber offensichtlichen Hinfälligkeit die Physiognomie hinzufügen, die das Verbrechen in dieser Zeit des unaustilgbaren und köstlichen Fortschritts sich zugelegt hat! Die übersteigerte Zivilisation beraubt das Verbrechen seiner erschreckenden Romantik und gestattet dem Schriftsteller nicht, sie ihm wieder zu verleihen. Das wäre zu gräßlich, sagen die Seelen, die alles, selbst das Grauenhafte, verniedlichen wollen. Dergleichen kommt eben bei der Philantropie heraus! Verblödete Strafrechtler verringern die Strafbarkeit und alberne Moralisten schwächen das Verbrechen ab, und zwar einzig, um die Strafbarkeit zu verringern. Dabei sind unzweifelhaft die Verbrechen einer übersteigerten Zivilisation durch das Raffinement und die Verderbtheit, die ihre Voraussetzung bilden, und den höheren Grad ihrer Intellektualität weit abscheulicher als diejenigen der tiefsten Barbarei: die Inquisition hat das nur zu gut gewußt. In einem Zeitalter, da der religiöse Glaube und die öffentliche Sittlichkeit stark waren, wußte die Inquisition, das Tribunal, das das Denken verurteilte, diese große Institution, bei deren Vorstellung allein schon unsere schwachen Nerven erbeben und unsere Spatzenhirne der Wahnsinn überkommt — die Inquisition wußte nur zu gut, daß die geistigen Verbrechen die größten sind, und sie bestrafte sie entsprechend ... Und wirklich, wenn jene Verbrechen auch weniger die Sinne ansprechen, so sprechen sie desto eindringlicher das Denken an; und schließlich ist das Denken das Tiefste in uns. Somit könnten die Romanschriftsteller eine ganz neue Art unbekannter Tragik aus diesen mehr intellektuellen als physischen Verbrechen gewinnen, die der Oberflächlichkeit der alten materialistischen Gesellschaft als Verbrechen minderen Grades erscheinen, weil bei ihnen kein Blut vergossen wird und das Gemetzel sich lediglich innerhalb der Gesetzlichkeit von Gefühl und Sitte vollzieht ... Von dieser Art Tragik soll hier eine Probe gegeben werden, indem die Geschichte einer Rache von grauenhafter Originalität erzählt wird, bei der kein Blut vergossen worden ist und in der weder Dolch noch Gift vorkommen; kurzum: es handelt sich um ein ›zivilisiertes‹ Verbrechen, bei dessen Schilderung von dem, der es erzählt, nicht das mindeste erfunden worden ist, bis auf seine Art und Weise des Erzählens.

Gegen Ende der Regierungszeit Louis-Philippes bog eines Abends ein junger Herr in die Rue Basse-du-Rempart ein, die zu jener Zeit ihren Namen Rue Basse durchaus verdiente; denn sie lag tiefer als der Boulevard und bildete einen stets schlecht beleuchteten, dunklen Hohlweg, zu dem man vom Boulevard aus auf zwei Treppen hinabstieg. Dieser Hohlweg, der heute nicht mehr besteht und der sich von der Rue de la Chausée-d'Antin bis nach der Rue Caumartin hin erstreckte, wo sein Niveau das der Straße wieder erreichte, diese Art düstere Schlucht, in die man sich kaum bei Tage hineinwagte, war, wenn es dunkel war, nicht ganz geheuer. Der Teufel ist der Fürst der Finsternis. Dort lag eines seiner Herrschaftsgebiete. Etwa in der Mitte dieses Hohlweges, der auf der einen Seite von dem eine Terrasse bildenden Boulevard und auf der andern von großen, schweigenden Häusern mit Torbogen und ein paar Trödlerläden gesäumt wurde, befand sich ein enger, ungedeckter Durchgang, durch den der Wind, so gelinde er auch wehen mochte, pfiff wie durch eine Flöte; er führte an einer Mauer und an im Bau befindlichen Häusern entlang bis zur Rue Neuve-des-Mathurins. Besagter junger Herr, der übrigens sehr gut gekleidet war und diesen Weg eingeschlagen hatte, der für ihn sicherlich nicht der Pfad der Tugend war, hatte ihn lediglich gewählt, weil er einer Frau nachstieg, die ohne jedes Zögern und jede Verlegenheit sich in das verdächtige Dunkel jenes Durchgangs verloren hatte. Er war ein Dandy, der junge Herr, ein ›gant jaune‹, wie man die jungen Lebemänner damals bezeichnete. Er hatte im Café de Paris ausgiebig diniert und sich danach, an seinem

Zahnstocher knabbernd, an die halbhohe Balustrade von Tortoni (jetzt abgebrochen) gelehnt, und lässig die Frauen beobachtet, die den Boulevard entlanggingen. Jene, um die es sich handelte, war schon einige Male an ihm vorbeigegangen; und obwohl dieser Umstand, genau wie die allzu auffallende Kleidung und ihr wiegender Gang, zur Genüge erkennen ließen, was sie war, und obwohl der junge Herr, der Robert de Tressignies hieß, gräßlich blasiert und gerade aus dem Orient wiedergekommen war — wo er das animalische Geschöpf Weib in allen Abwandlungen seiner Gattung und seiner Rassen kennengelernt hatte —, war er dieser abendlichen Wandlerin, nachdem sie zum fünften Male an ihm vorübergegangen war, nachgestiegen . . . ›hündisch‹, wie er, sich selbst verspottend, sagte; denn er besaß die Fähigkeit, sich bei seinem Tun zu beobachten und zu beurteilen, ohne daß indessen sein Urteil, das sehr oft von seinem Tun abstach, sein Tun verhindert oder sein Tun seinem Urteil geschadet hätte: eine furchtbare Diskrepanz. Tressignies war etwas über Dreißig. Er hatte die alberne erste Jugend hinter sich, die den Mann zum Narren seiner Gefühle macht, so daß die erstbeste Vorübergehende wie ein Magnet auf ihn wirkt. Er war schon ein abgekühlter und sehr komplizierter Libertin unseres positivistischen Zeitalters, ein stark intellektualisierter Libertin, der genügend über seine Gefühle nachgedacht hatte, um nicht länger von ihnen hinters Licht geführt zu werden, und der vor ihnen weder Angst noch Schrecken empfand. Was er gerade gesehen hatte oder gesehen zu haben glaubte, hatte in ihm die Neugier erweckt, die einer neuen Empfindung auf den Grund gehen will. Also hatte er seinen Platz an der Balustrade verlassen und war ihr ›nachgestiegen‹ . . . fest entschlossen, das ihm winkende niedrige Abenteuer bis auf den Grund auszukosten. Für ihn war die Frau, die vor ihm herrauschte wie eine Welle, lediglich eine Dirne niedrigster Art; aber sie war von einer solchen Schönheit, daß man sich wundern mußte, warum diese Schönheit ihr keinen höheren Rang eingetragen, warum sie keinen Liebhaber gefunden hatte, der sie aus dem Pfuhl der Straße gerettet hätte; denn wenn Gott in Paris eine hübsche Frau einpflanzt, so pflanzt als Antwort der Teufel sogleich einen Dummkopf daneben, der sie aushält.

Und überdies hatte dieser Robert de Tressignies noch einen weiteren Grund zum Nachsteigen als die beherrschende Schönheit, die die Pariser, die in bezug auf wahre Schönheit so wenig Kenner sind und deren Ästhetik, die demokratisiert ist wie alles übrige, es vor allem an Größe mangelt, vielleicht nicht einmal gewahrten. Jene Frau ähnelte seiner Meinung nach irgend jemandem. Sie war jener die Nachtigall spielende Spottvogel, von dem Byron in seinen Memoiren mit soviel Schwermut erzählt. Sie erinnerte ihn an eine andere Frau, die er in einer ganz anderen Umgebung gesehen hatte. Er war sicher, völlig sicher, daß sie es nicht sei; aber sie sah ihr zum Verwechseln ähnlich, wenn in diesem Fall eine Verwechslung nicht unmöglich gewesen wäre . . . Und übrigens reizte ihn dies mehr, als es ihn überraschte; denn als Beobachter verfügte er über genügend Erfahrung, um zu wissen, daß im Grunde die Menschengesichter weit weniger verschieden sind als man annimmt; denn ihre Züge sind einer engbegrenzten und unabänderlichen Geometrie unterworfen und lassen sich auf ein paar allgemeine Typen zurückführen. Die Schönheit ist einheitlich. Nur die Häßlichkeit ist mannigfach, aber auch deren Vielfältigkeit ist nur zu bald erschöpft. Gott hat gewollt, daß nur der Ausdruck unendlich sei, weil der Ausdruck der Durchbruch der Seele durch das korrekte oder inkorrekte, reine oder zerquälte Linienspiel des Gesichtes ist. Tressignies überdachte dies alles wirr und unbestimmt, während er seinen Schritt dem jener Frau anglich, die sich über den Boulevard schlängelte und ihn durchschnitt wie eine Sichel, stolzer als Tintorettos Königin von Saba, in ihrem safranfarbenen Kleid mit den Goldtönen — der Farbe, die die jungen Römerinnen liebten —, dessen steife, leuchtende Falten beim Gehen schimmerten und riefen wie ein Alarmsignal! Sie war übermäßig geschnürt, wie es in Frankreich selten ist, und war in einen köstlichen türkischen Schal mit breiten weißen, scharlachroten und goldenen Streifen gehüllt; und die rote Feder ihres weißen Hutes — der großartig in seiner Geschmacklosigkeit war — wippte bis auf ihre Schultern nieder. Man erinnert sich wohl, daß zu jener Zeit die Frauen solche hängenden Federn an den Hüten trugen, die ›Trauerweiden‹ genannt wurden. Aber in dieser Frau war nichts von Trauer; und ihre Feder drückte alles andere als Melancholie aus. Tressignies, der der Meinung war, sie werde in die Rue de la Chausée-d'Antin einbiegen, die im Glanze ihrer tausend Gaslampen strahlte, gewahrte zu seiner Überraschung, daß dieser gespreizt einherschreitende Kurtisanenluxus, diese schamlose Hoffart einer von sich selbst und ihren Seidenkleidern berauschten Dirne, sich in die Rue Basse-du-Rempart verlor, die damals der Schandfleck des Boulevards war! Und der Lebemann mit den Lackschuhen, weniger mutig als die Frau, zögerte, bevor er ihr ›dort hinein‹ folgte ... Aber das dauerte kaum eine Sekunde ... Das Goldkleid, das für eine kurze Weile in der Dunkelheit dieses finsteren Loches verschwand, als es die einzige Straßenlaterne hinter sich hatte, die das Dunkel mit einem leuchtenden Fleck erhellte, schimmerte in der Ferne wieder auf, und er ging ihm hastigen Schrittes nach, um die Frau einzuholen. Das kostete ihn wenig Mühe: sie wartete auf ihn, sicher, daß er kommen werde; und als er sie eingeholt hatte, wandte sie ihm jäh das Gesicht zu, damit er es beurteilen könne, und schaute ihn, Auge in Auge, scharf und frech an, wie es bei ihrem Gewerbe Brauch war. Er war buchstäblich geblendet von der Herrlichkeit dieses Antlitzes, das zwar rot geschminkt war, aber jenes Goldbraun durchschimmern ließ, wie es den Flügeln gewisser Insekten eigen ist, und das in dem fahlen Lichtschimmer, den das magere Strahlen der Straßenlaterne warf, nicht verblaßte.

»Sind Sie Spanierin?« fragte Tressignies, der sogleich eine der schönsten Verkörperungen dieser Rasse erkannte.

»Si«, antwortete sie.

Spanierin zu sein bedeutete zu jener Zeit etwas Besonderes! Das war gangbare Münze. Die damaligen Romane, das Théâtre de Clara Gazul‹, die Dichtungen Alfreds de Musset, die Tänze des Mariano Camprubi und der Dolores Serral hatten die Frauen mit der Orangenhaut und den Granatapfelwangen in den Vordergrund gerückt — und wer sich rühmte, Spanierin zu sein, war es durchaus nicht immer; aber man rühmte sich dessen eben. Doch diese Frau schien genauso wenig Wert auf ihre spanische Abstammung wie auf ihren sonstigen Staat zu legen; auf französisch fragte sie:

»Kommst du mit?« Sie fragte das ohne Übergang, und sie duzte ihn wie die gemeinste Hure aus der Rue de Poulin, die es auch damals schon gab. Erinnern Sie sich? Ein Schandpfuhl!

Der Ton, die schon heisere Stimme, die verfrühte Vertraulichkeit, das göttliche Du — der Himmel, wenn es von den Lippen einer Frau kommt, die einen liebt, und die blutigste Frechheit im Munde eines Geschöpfes, für das man nur der Erstbeste ist — hätten hingereicht, um Tressignies vor Ekel zu ernüchtern; aber der Teufel hielt ihn gepackt. Die von Begehrlichkeit aufgestachelte Neugierde, die ihn gezwickt, als er jene Dirne erblickt hatte, die mehr für ihn war als herrliches, in Seide gehülltes Fleisch, hätte ihn nicht nur Evas Apfel, sondern alle Kröten eines Krötenlochs verzehren lassen!

»Zum Teufel«, sagte er, »und ob ich mitkomme!« Als sei da ein Zweifel möglich gewesen! — Morgen muß ich dann große Wäsche machen, dachte er.

Sie befanden sich am Ende des Durchgangs, durch den man auf die Rue des Mathurins gelangte; in diese gingen sie. Inmitten der riesigen Erdhaufen, die dort lagen, und der Neubauten, die gebaut wurden, stand noch ein einziges Haus auf seinen Fundamenten, schmal, häßlich, verdrossen, wackelig; in allen Stockwerken seiner morschen Mauern schien es eine Menge von Lastern und Verbrechen erlebt zu haben, und vielleicht war es nur stehen gelassen worden, damit es noch mehr davon erlebte; dunkler noch als der ohnehin schon tiefdunkle Himmel ragte es empor. Es war ein schmales, hohes, ein blindes Haus, denn keines seiner Fenster (und die Fenster sind die Augen der Häuser) war erhellt; es mutete an, als taste es in die Nacht und wolle einen festhalten! Jenes gräßliche Haus hatte die bezeichnende, halb offenstehende Tür der verrufenen Stätten, und am äußeren Ende eines kümmerlichen Ganges befand sich die Treppe, von der man nur ein paar Stufen sah; sie wurden von oben her durch ein elendes, schmutziges Licht erhellt. Die Frau ging in den engen Gang hinein, den sie mit der Breite ihrer Schultern und der raschelnden, zitternden Weite ihres Kleides ausfüllte; und mit einem Fuße, der an diesen Aufstieg gewöhnt war, stieg sie lässig die Schneckentreppe hinauf — es war wirklich eine Schneckentreppe, denn sie war schlüpfrig und klebrig ... Ungewöhnlich bei einer solchen Spelunke war der Umstand, daß beim Hinaufsteigen die abscheuliche Treppe heller wurde: Es war nicht länger der trübe Schein der stinkenden Öllampe, der über die Wände des ersten Stockwerkes kroch, sondern ein Licht, das im zweiten Stock immer glänzender und schließlich sogar strahlend wurde. Zwei kerzenbeladene Bronzeleuchter waren in die Wand eingelassen und erhellten absonderlich prunkvoll eine gewöhnlich aussehende Tür, an der sich, damit man wußte, zu wem man ging, die Karte angeheftet befand, auf der die Dirnen ihre Namen zu schreiben pflegen, damit, wenn sie über einigen Ruf und einige Schönheit verfügen, die Flagge die Ware bedecke. Überrascht von diesem für eine solche Stätte unangebrachten Luxus richtete Tressignies sein Augenmerk mehr auf die Leuchter, die von einem nahezu grandiosen Stil waren und die eine kundige Künstlerhand gestaltet hatte, als auf die Karte und den Namen der Frau, den er nicht zu wissen brauchte, da er ja mit ihr zusammen gekommen war. Indem er sich die Leuchter anschaute — während sie den Schlüssel im Schloß dieser auf so absonderliche Weise verzierten, lichtübergossenen Tür umdrehte —, kamen ihm die ›Überraschungen‹ der Häuser für geheime Freuden zur Zeit Ludwigs XV. in den Sinn. Diese Frau, dachte er, hat sicher ein paar Romane oder Memoirenwerke aus jener Zeit gelesen, und dabei ist sie auf den Gedanken gekommen, sich dort, wo niemand es erwartet hätte, eine hübsche Wohnung voll schwelgerischer Koketterien einzurichten ... Was er indessen erblickte, als die Tür sich geöffnet hatte, verdoppelte sein Erstaunen — wenn auch im entgegengesetzten Sinne.

Es war nämlich lediglich das banale und unordentliche Zimmer einer Dirne ... Kleider, die achtlos da und dort auf die Möbel geworfen waren, und ein breites Bett — das Schlachtfeld — mit den unmoralischen Spiegeln dahinter und an der Decke der Bettnische sprachen nur zu deutlich aus, wo man sich befand ... Auf dem Kaminsims standen Parfümflaschen, die zu schließen sie vergessen hatte, bevor sie auf den Strich gegangen war; sie vermischten ihren Duft mit der lauen, abgestandenen Luft des Zimmers, in dem die Kraft der Männer schon beim dritten Atemzug versiegen mußte ... Zwei Leuchter im gleichen Stil wie jene an der Tür brannten zu beiden Seiten des Kamins. Überall lagen Tierfelle auf dem Teppich. Es war an alles gedacht worden.

Schließlich konnte man durch die Vorhänge einer offenen Tür in ein geheimnisvolles Toilettezimmer blicken, die Sakristei dieser Priesterinnen.

Aber alle diese Einzelheiten kamen Tressignies erst später zum Bewußtsein. Zunächst sah er nur die Frau, zu der er heraufgekommen war. Da er wußte, wo er war, tat er sich keinerlei Zwang an. Ungeniert setzte er sich auf das Sofa und zog die Frau, die Hut und Schal abgelegt und auf einen Sessel geworfen hatte, zwischen die Knie. Er umfaßte ihre Taille, so daß er sie mit verschränkten Händen wie eine Schnalle umschloß, und beschaute sie von oben bis unten, wie ein Trinker, der, ehe er trinkt, das Glas Wein zum Lichte hebt, das er sich einverleiben will. Seine Eindrücke auf dem Boulevard hatten nicht getrogen. Für einen Mann mit großem Verbrauch an Frauen, für einen zwar blasierten, aber in der Vollkraft seiner Jahre stehenden Mann, war sie in der Tat köstlich. Die Ähnlichkeit, die ihn im unregelmäßigen, von Schatten durchschnittenen Licht des Boulevards so betroffen gemacht hatte, besaß diese Frau auch noch im vollen, unbeweglichen Licht. Nur hatte die, an die sie ihn erinnert hatte, in ihrem Gesicht, dessen Züge denen der andern so ähnlich waren, daß sie ihm als völlig gleich erschienen, nicht den Ausdruck entschlossenen und fast furchtbaren Stolzes gehabt, den der Teufel, der fröhliche Vater aller Anarchie, einer Herzogin verweigert und — zu welchem Behuf? — einer Boulevardhure gespendet hatte. Ohne Hut erinnerte sie ihn mit ihrem schwarzen Haar, ihrem gelben Kleid, ihren breiten Schultern, deren Breite noch von derjenigen der Hüften übertroffen wurde, an Vernets ›Judith‹ (ein damals berühmtes Gemälde), nur war ihr Körper mehr zur Liebe geschaffen und ihr Gesicht noch wilder. Jene düstere Wildheit rührte vielleicht von einer Falte her, die sich zwischen den beiden schönen Brauen furchte; sie zogen sich bis zu den Schläfen hin, wie Tressignies es in der Türkei bei einigen Asiatinnen gesehen hatte, und sie runzelte sie so unaufhörlich, daß man hätte meinen können, sie seien zusammengewachsen. Ein Widerspruch, der einem förmlich ins Gesicht schlug! Sie hatte zwar die Gestalt, aber nicht das Gesicht einer Dirne. Dieser Kurtisanenkörper, der so beredt sagte: nimm! — dieser Liebesbecher mit den gerundeten Hüften, der Hand und Lippen einlud, wurde von einem Gesicht gekrönt, das durch die Hoheit seines Ausdrucks das Verlangen gehemmt und die brennende Wollust zur Achtung hätte versteinern lassen ... Glücklicherweise lockte das bewußte sanfte Dirnenlächeln, durch das sie die verachtungsvolle Kurve ihrer Lippen zu banalisieren wußte, nur zu schnell auch diejenigen an, die der grausame Stolz ihres Gesichtes erschreckt hätte. Sie stellte dieses zudringlich-versöhnliche Lächeln, das ihre roten Lippen unkeusch umspielte, auf dem Boulevard zur Schau; aber in dem Augenblick, da Tressignies die Stehende zwischen seinen Knien hielt, war sie völlig ernst, und ihr Kopf hauchte eine so seltsame Unversöhnlichkeit aus, daß ihr nichts als das Krummschwert in der Hand fehlte, um den Dandy Tressignies jenseits aller Geckenhaftigkeit dahinzubringen, daß er sich für Holofernes hielt.

Er langte nach ihren waffenlosen Händen und überzeugte sich von ihrer fürstlichen Schönheit. Sie ließ schweigend die Prüfung ihrer Gestalt über sich ergehen und sah ihn ihrerseits an, nicht mit der flüchtigen und schmutzig interessierten Neugier von ihresgleichen, die, wenn sie einen ihrer Besucher anschauen, ihn abzuwägen scheinen wie verdächtiges Gold ... Offenbar dachte sie an etwas ganz anderes als an den Gewinn, der ihr winkte, oder die Lust, die sie spenden würde. In ihren geblähten Nasenflügeln, die ebenso ausdrucksvoll waren wie die Augen, aus denen die Leidenschaft flammen mußte, lag ein letzter, äußerster Entschluß, wie zu einem Verbrechen, das zu begehen man sich anschickt. — Wenn die Unversöhnlichkeit dieses Gesichtes zufällig die Unversöhnlichkeit der Liebe und der Sinne wäre, welch ein Glück würde das für sie und für mich in der Zeit der Erschöpfung sein! dachte Tressignies, der sie, ehe er sie in Besitz nahm, prüfte wie ein englisches Rennpferd... Er, der Erfahrene, der scharfe Frauenkenner, der auf dem Markt zu Adrianopel um die schönsten Mädchen gefeilscht hatte und den Preis menschlichen Fleisches genau kannte, wenn es von dieser Tönung und Festigkeit war, warf, um dieses für zwei Stunden zu besitzen, eine Handvoll Goldstücke in eine blaue Kristallschale, die handgerecht auf einer Konsole neben ihm stand und die wahrscheinlich noch nie so viel Gold in sich aufgenommen hatte.

»Ah! Ich gefalle dir also ...«, rief sie entschlossen und unter der Wirkung seiner Geste zu allem bereit; vielleicht machte sie auch seine Prüfung ungeduldig, bei der die Neugier stärker zu sein schien als die Gier und die in ihren Augen einen Zeitverlust bedeutete oder eine Unverschämtheit war. »Laß mich das ausziehen«, fuhr sie fort, als belaste sie das Kleid, und dabei ließ sie die beiden ersten Knöpfe ihres Mieders aufspringen ...

Und sie entwand sich seinen Knien und schlüpfte in das anstoßende Toilettezimmer ... Welch ein prosaisches Getue! Wollte sie ihr Kleid schonen? Das Kleid ist das Requisit dieser Arbeiterinnen ... Tressignies, der bei ihrem Gesicht vom nie befriedigten Begehren der Messalina geträumt hatte, taumelte in die banale Wirklichkeit zurück. Plötzlich wußte er wieder, daß er bei einer Dirne war — einer Pariser Dirne, trotz der Erhabenheit ihres Gesichts, das in grausamem Widerspruch zu ihrem Schicksal stand. Bah! dachte er weiter, bei solchen Frauenzimmern sitzt das Poetische lediglich in der Haut, und man muß es da suchen, wo es ist.

Und er gelobte sich, es dort zu suchen; aber er fand es auch anderswo — und zwar gerade dort, wo er es am wenigsten vermutet hatte! Wenn er dieser Frau nachgestiegen war, so hatte er bis jetzt lediglich einer unwiderstehlichen Neugier und einer unedlen Regung gehorcht; als indessen diejenige, die ihm beides so schnell eingeflößt hatte, aus dem Toilettezimmer kam, wo sie ihren ganzen Abendstaat abgelegt hatte, und nun in dem Kostüm einer kampfbereiten Gladiatorin, das keins war, vor ihn hintrat, traf ihn eine Schönheit, die sein geübtes Auge, jenes Bildhauerauge des homme à femmes, auf dem Boulevard trotz des enthüllenden Wehens des Kleides und des Ganges nicht restlos erraten hatte, buchstäblich wie ein Blitzschlag. Wäre statt ihrer tatsächlich der Blitz durch die Tür gekommen, er hätte schwerlich betroffener gewesen sein können ... Sie war nicht gänzlich nackt; es war schlimmer! Sie wirkte gemeiner, empörender, als wenn sie völlig nackt gewesen wäre. Marmorstatuen sind nackt, und Nacktheit ist keusch. Sie ist sogar die Tapferkeit der Keuschheit. Aber diese bis zum Verbrechen schamlose Hure, die sich selbst angezündet hatte und wie eine der lebenden Fackeln in den neronischen Gärten brannte, um die Sinne der Männer besser zu entflammen, und die ihr Gewerbe sicherlich die niedrigsten Arten der Verderbtheit gelehrt hatte, hatte mit der Begabung und dem schlechten Geschmack einer wilden Zügellosigkeit die verfängliche Durchsichtigkeit der Schleier mit dem ›Gewagten‹ des Fleisches zu vereinen gewußt. Wer wüßte das nicht? In der Ausschweifung ist der schlechte Geschmack eine Macht... In den Einzelheiten ihrer ungeheuerlich aufreizenden Gewandung erinnerte sie Tressignies an jene unbeschreibliche Statue, vor der er bisweilen stehengeblieben war; sie war in nahezu allen Kunsthandlungen des damaligen Paris ausgestellt, und auf ihrem Sockel standen die geheimnisvollen Worte ›Madame Husson‹. Ein gefährlicher, obszöner Traum! Der Traum war hier Wirklichkeit. Vor dieser aufreizenden Wirklichkeit, vor dieser vollkommenen Schönheit, die indessen nichts von der Kälte hatte, wie sie nur zu oft der vollkommenen Schönheit eigen ist, wäre der aus der Türkei zurückgekehrte Tressignies der blasierteste Pascha mit drei Roßschweifen gewesen, wenn in ihm die Gefühle eines Christen und gar eines Anachoreten wiedererstanden wären. Als sie daher, des bestürzenden Eindrucks nur zu sicher, den hervorzurufen sie gewohnt war, gebieterisch vor ihn hintrat und ihm in Mundhöhe ihre üppig prangenden, überwältigend herrlichen Brüste entgegenstreckte, mit der gleichen, unwillkürlich gefundenen Geste der Kurtisane auf Paolo Veroneses Gemälde, die den Heiligen in Versuchung führt, überkam Robert de Tressignies, der alles andere als ein Heiliger war, der Heißhunger ... nach dem, was sich ihm darbot, und er schloß die brutale Versucherin mit einem Ungestüm in die Arme, das sie teilte; denn sie warf sich hinein. Ob sie sich auf solche Weise in alle Arme warf, die sie umschlossen? So überlegen sie auch in ihrem Gewerbe und ihren Dirnenkünsten sein mochte: An diesem Abend war sie von einer so stürmischen Glut, daß als Erklärung dafür eine übergroße oder krankhafte Sinnlichkeit nicht hingereicht hätte. Stand sie erst am Beginn des furchtbaren Dirnenlebens, daß sie sich ihm mit einer solchen Wut hingab? Wirklich, sie war so raubtierhaft wild und gierig, daß man hätte meinen können, sie wolle an jede ihrer Liebesbezeigungen ihr Leben verschwenden oder das ihres Partners nehmen. Damals ließen in Paris Frauen ihrer Art, die den hübschen Namen ›Lorette‹, den die Literatur ihnen gegeben und den Gavarni unsterblich gemacht hat, nicht ernst genug fanden, sich mit orientalischem Anklang ›Pantherkatzen‹ nennen. Nun, es hätte keine von ihnen den Namen Pantherkatze besser gerechtfertigt als sie ... Sie besaß an jenem Abend die Geschmeidigkeit einer Pantherin, sie rollte sich zusammen, sprang, kratzte und biß. Tressignies mußte sich gestehen, daß keine der Frauen, die er bislang besessen, ihm einen so unerhörten Genuß bereitet hatte wie dieses Geschöpf, das von seinem Körper besessen war und dessen Besessenheit in der Umschlingung auf ihn überschwang; und dabei kannte sich Tressignies in der Liebe aus.

Aber muß zur Ehre oder zur Schande der menschlichen Natur darauf hingewiesen werden, daß in dem, was gemeinhin, vielleicht mit gar zuviel Verachtung, Lust genannt wird, ebenso tiefe Abgründe sich auftun wie in der Liebe? Wälzte sie ihn etwa in diese Abgründe hinab, wie das Meer einen kundigen Schwimmer hinabzieht? Sie übertraf, und mehr als das, nicht nur seine schuldbeladenen Erinnerungen als Lebemann, sondern alles, was eine Phantasie gleich der seinen, eine zugleich wilde und verderbte Phantasie, sich ausmalen konnte. Er vergaß alles, was sie war, aus welchen Gründen er hergekommen, das Haus, dieses Zimmer, bei dessen Betrachten ihm beinahe übel geworden war. Wahrhaftig, sie sog ihm die Seele aus dem Leibe und in den ihrigen hinein ... Sie berauschte seine schwer zu benebelnden Sinne bis zum Wahnwitz. Schließlich überschüttete sie ihn mit einer solchen Wollust, daß der Augenblick kam, da dieser Atheist der Liebe, dieser Skeptiker um jeden Preis, auf den tollen Gedanken verfiel, es müsse sich bei dieser Frau, die aus ihrem Körper eine Ware machte, um eine plötzlich erwachte Neigung handeln. Ja, Robert de Tressignies, in dessen Adern das erkaltete Blut seines Schutzpatrons Robert Lovelace rann, glaubte, er habe dieser Prostituierten, die sich doch unmöglich bei allen so stark verausgaben konnte, sofern sie sich nicht rasch zugrunde richten wollte, zumindest eine leichte Verliebtheit eingeflößt. Er glaubte es zwei Minuten lang, wie ein Narr, dieser selbstbewußte Mann! Aber die Eitelkeit, die sie am Feuer der Lust entfacht hatte, das genauso heiß brennt wie das der Liebe, überrieselte plötzlich, zwischen zwei Lustaufwallungen, ein Zweifel ... Aus der Tiefe seines Innern rief eine Stimme ihm zu: »Nicht dich liebt sie in dir!«; denn in einem Augenblick, da sie besonders pantherhaft und geschmeidig mit ihm verstrickt war, hatte er sie dabei überrascht, daß sie seiner kaum achtete und völlig der Betrachtung eines Goldreifs hingegeben war, den sie am Arm trug und auf dem Tressignies ein Männerbildnis wahrnahm. Ein paar spanische Worte, die Tressignies, dieser Sprache unkundig, nicht verstand und die sich in ihre Bacchantinnenschreie mischten, schienen diesem Bildnis zu gelten. Da überkam ihn jäh und heftig der Gedanke, er diene hier nur als Stellvertreter — er sei einzig um eines anderen willen da, was unseligerweise bei unsern verderbten Sitten, der Überhitzung und Verkommenheit unserer Phantasie so häufig als Entschädigung für das Unmögliche in den hingerissenen Seelen derer geschieht, die den Gegenstand ihres Begehrens nicht erlangen können und sich auf das Nächstbeste stürzen —, dieser Gedanke in seiner Wildheit ließ ihn zu Eis erstarren. In einem jener Anfälle widersinniger Eifersucht und tigerhafter Eitelkeit, über die der Mensch nicht Herr ist, packte er hart ihren Arm und wollte das Armband sehen, das sie mit einem Erglühen angeschaut hatte, das sicherlich nicht ihm galt, und zwar in einem Augenblick, da alles an dieser Frau ihm hätte gehören müssen.

»Zeig mir das Bild«, sagte er mit einer Stimme, die noch härter war als seine Hand.

Sie hatte verstanden; aber ohne allen Stolz sagte sie:

»Du kannst doch nicht eifersüchtig auf eine Dirne sein, wie ich eine bin.« Nur gebrauchte sie nicht das Wort ›Dirne‹. Nein, zu Tressignies Verblüffung gebrauchte sie ein gemeineres, wie etwa ein beleidigter Zuhälter es sagt. »Du willst es sehen«, fuhr sie fort. »Da, schau es dir an.« Und sie hielt ihm ihren schönen Arm hin, der noch vom berauschenden Schweiß der Lust rauchte, der sie beide sich hingegeben hatten.

Es war das Bildnis eines häßlichen, kümmerlichen Mannes mit olivgrüner Gesichtsfarbe, dunkelgelben Augen, sehr düster, doch nobel; er sah aus wie ein Bandit oder ein spanischer Grande. Und es mußte sich wohl um einen spanischen Granden handeln; denn er trug das Goldene Vlies um den Hals.

»Wo hast du das gestohlen?« fragte Tressignies. Er dachte: nun wird sie mir eine Geschichte auftischen. Sie wird mir mit der üblichen Verführung kommen, mit dem Roman vom ›Ersten‹, der wohlbekannten Geschichte, mit der sie alle aufwarten ...

»Gestohlen?« wiederholte sie empört. »Er selbst, por Dios, hat es mir geschenkt!«

»Wer ›er‹? Sicherlich doch dein Geliebter?« fragte Tressignies. »Wahrscheinlich hast du ihn betrogen. Sicherlich hat er dir den Laufpaß gegeben, und dann bist du geworden, was du bist.«

»Er ist nicht mein Geliebter«, sagte sie kalt, mit bronzener Fühllosigkeit, auf diese beleidigende Unterstellung hin.

»Vielleicht jetzt nicht mehr«, sagte Tressignies. »Aber du liebst ihn noch immer; eben noch habe ich es deinen Augen angesehen.«

Sie fing an, bitter zu lachen.

»Ach, kennst du denn weder die Liebe noch den Haß?« rief sie. »Diesen Menschen lieben? Ich verabscheue ihn doch! Es ist mein Mann.«

»Dein Mann?«

»Ja, mein Mann«, sagte sie, »der vornehmste Edelmann Spaniens, dreifacher Herzog, vierfacher Marques, fünffacher Graf, Grande verschiedener Grade, Ritter vom Goldenen Vlies. Ich bin die Herzogin d'Arcos de Sierra-Leone.«

Tressignies, den die unglaublichen Worte fast zu Boden schmetterten, hatte nicht den mindesten Zweifel an der Wahrheit dieser erschütternden Behauptung. Er war überzeugt, daß die Dirne nicht gelogen habe. Er hatte sie wiedererkannt. Die Ähnlichkeit, die ihn auf dem Boulevard so betroffen gemacht, hatte jetzt ihre Bestätigung erfahren.

Er war ihr schon einmal begegnet, und das lag nicht einmal allzulange zurück. Es war in Saint-Jean-de-Luz gewesen, wo er eine Badesaison verbracht hatte. Gerade in jenem Jahre hatte sich die höchste spanische Gesellschaft an der französischen Küste ein Stelldichein gegeben, in jener kleinen Stadt, die Spanien so nahe liegt, daß man meinen konnte, man sei noch in Spanien, und wohin auch die am meisten in ihre Halbinsel vernarrten Spanier zur Sommerfrische kommen können, ohne das Gefühl zu haben, sie seien ihrem Vaterland untreu geworden. Die Herzogin de Sierra-Leone hatte einen ganzen Sommer in diesem Fischernest gewohnt, das nach Lebensgewohnheiten, Charakter, Aussehen und historischen Erinnerungen so tief spanisch ist; denn es sei daran erinnert, daß hier die Hochzeitsfeierlichkeiten Ludwigs XIV. begangen worden sind, des einzigen französischen Königs, der Ähnlichkeit mit einem spanischen König gehabt hat; und hier ist, nach ihrem Schiffbruch, das große Glück der Prinzessin des

Ursins an Land getrieben. Die Herzogin de Sierra-Leone befand sich damals — wie es hieß — in den Flitterwochen mit dem größten und reichsten spanischen Edelmann. Als Tressignies in dieses Fischernest kam, das die schlimmsten Seeräuber der Welt hervorgebracht hat, entfaltete sie dort einen Luxus, wie er seit Ludwig XIV. nicht mehr gesehen worden war, und unter den Baskinnen, die in bezug auf die Schönheit den Vergleich mit niemandem zu scheuen brauchen, mit ihren Gestalten, die denen der Kanephoren der Antike gleichen, ihren aquamarinfarbenen, blaßblauen Augen, trug die Herzogin eine Schönheit zur Schau, die die Schönheit jener überstrahlte. Robert de Tressignies fühlte sich durch diese Schönheit angezogen, und da ihm durch Geburt und Reichtum die höchsten Kreise offenstanden, bemühte er sich, bis zu ihr vorzudringen; aber jene Gruppe der spanischen Gesellschaft, deren Herrscherin die Herzogin war, blieb für dieses Jahr streng in sich geschlossen und tat sich keinem der Franzosen auf, die die Saison in Saint-Jean-de-Luz verbrachten. Die Herzogin, die man aus der Ferne entweder in den Stranddünen oder in der Kirche hatte erblicken können, reiste ab, ohne daß er sie hatte kennenlernen können, und durch jenen Sommeraufenthalt war sie ihm im Gedächtnis geblieben wie einer jener Meteore, die in unserer Erinnerung desto heller leuchten, je schneller sie verschwunden sind, und die man nie wieder sieht! Er durchreiste Griechenland und einen Teil Asiens; aber keines der zauberhaftesten Geschöpfe jener Länder, wo die Schönheit so viel Raum einnimmt, daß man sich selbst das Paradies ohne sie nicht vorstellen kann, vermochte in ihm das kühne, flammende Bild der Herzogin zum Erlöschen zu bringen.

Und nun war heute durch das Walten eines seltsamen, unbegreiflichen Zufalls jene für einen Augenblick bewunderte und dann verschwundene Herzogin auf dem unglaublichsten aller Wege wieder in sein Dasein getreten! Sie übte ein verächtliches Gewerbe aus; er hatte sie gekauft. Sie hatte ihm angehört. Sie war nichts als eine Prostituierte, und zwar eine von der niedrigsten Sorte; denn bis hinab in den Pfuhl gibt es eine Hierarchie ... Die herrliche Herzogin de Sierra-Leone, von der er geträumt und die er vielleicht geliebt hatte — Traum und Liebe liegen in unseren Seelen so dicht beieinander! —, war nichts als ... wie war das nur möglich? — eine Pariser Straßenhure! Eben hatte sie sich noch in seinen Armen gewunden, wie sie sich wahrscheinlich am Abend zuvor in den Armen eines anderen gewunden hatte — des Erstbesten, der, gleich ihm, mit ihr gegangen war — und wie sie sich in den Armen eines Dritten winden würde, morgen, oder, wer weiß, vielleicht schon in einer Stunde! Ach, diese jämmerliche Entdeckung traf seine Brust und seine Stirn wie ein Schlag mit einer Keule. Der Mann in ihm, der noch vor kaum einer Minute in Flammen gestanden hatte — der in seiner Brunstverzückung selbst auf den Simsen dieses von Lust schwelenden Zimmers Flammen hatte züngeln sehen, war ernüchtert, erstarrt, zermalmt. Der Gedanke, die Gewißheit, daß sie tatsächlich die Herzogin de Sierra-Leone sei, hatte sein Begehren, das so schnell erloschen war wie eine ausgeblasene Kerze, nicht wieder entfacht und ihn nicht dazu getrieben, seinen Mund noch gieriger als das erste Mal dem brennenden Feuer auszusetzen, das er in vollen Zügen getrunken hatte. Indem sie sich zu erkennen gegeben, hatte die Herzogin die Dirne ausgelöscht! Für ihn gab es jetzt nur noch die Herzogin; aber in welchem Zustand! Beschmutzt, in der tiefsten Tiefe, verloren, eine von größerer Höhe als der des leukadischen Felsens in ein Meer von Schlamm und Schmutz hinabgestürzte Frau, zu schmutzig, zu widerwärtig, um sie herauszuziehen. Er sah sie stumpfen Auges an, die jetzt starr und düster vor ihm saß, verwandelt und tragisch; aus der Messalina war plötzlich irgendeine geheimnisvolle Agrippina geworden; sie saß auf der äußersten Kante des Sofas, wo sie beide sich gewälzt hatten; und es kam ihn nicht einmal das Verlangen an, sie auch nur mit den Fingerspitzen zu berühren, diese Kreatur, deren mächtige Formen er eben noch mit götzendienerischen Händen umklammert hatte, um sich zu vergewissern, ob wirklich dieser Frauenkörper ihn habe erglühen lassen — und nicht etwa ein Trugbild — daß er nicht träume — daß er nicht irrsinnig sei! Die Herzogin, die sich aus der Dirne geschält, hatte ihn vernichtet.

»Ja«, sagte er mit einer Stimme, die sich aus der Kehle, darin sie haftete, herausquälte, so sehr hatte das Vernommene ihm den Hals zugeschnürt! — »Ich glaube Ihnen« (er duzte sie bereits nicht mehr!) »denn ich erkenne Sie wieder. Ich habe Sie vor drei Jahren in Saint-Jean-de-Luz gesehen.«

Bei dem Namen Saint-Jean-de-Luz überflog ein Leuchten ihre Stirn, die sich für ihn bei ihrem unglaublichen Geständnis in eine tiefe Finsternis gehüllt hatte. — »Ah«, sagte sie im Lichte dieser Erinnerung, »damals lebte ich in allen Trunkenheiten des Daseins; und jetzt . . .«

Das Leuchten war sogleich erloschen; aber sie hatte den eigenwilligen Kopf nicht gesenkt.

»Und jetzt? . . .« fragte Tressignies, als sei er ihr Echo.

»Jetzt«, fuhr sie fort, »lebe ich nur noch in der Trunkenheit der Rache . . . Und diese Trunkenheit soll so tief werden«, fügte sie mit angespanntester Heftigkeit hinzu, »daß ich an dieser Rache sterbe wie die Moskitos meiner Heimat, die sich mit Blut vollsaugen und an der Wunde sterben, die sie verursacht haben.«

Sie las in Tressignies Gesicht und sagte: »Sie verstehen mich nicht; aber ich will mich Ihnen erklären. Sie wissen, wer ich bin; aber Sie wissen nicht ganz, was ich bin. Wollen Sie es wissen? Wollen Sie meine Geschichte kennenlernen? Wollen Sie?« wiederholte sie in drängender Erregtheit. »Ich möchte sie am liebsten allen erzählen, die hierher kommen! Der ganzen Welt möchte ich sie erzählen! Das wäre eine noch tiefere Schmach für mich; aber meine Rache wäre dann gründlicher.«

»Erzählen Sie«, sagte Tressignies, den eine Neugier und eine Anteilnahme überkamen, wie er sie in solchem Ausmaß noch nie empfunden hatte, weder im Leben noch bei der Romanlektüre, noch im Theater. Ihm war, als müsse diese Frau ihm Dinge erzählen, wie er sie noch nie gehört hatte. Er dachte nicht mehr an ihre Schönheit. Er sah sie an, als verspüre er den Wunsch, der Autopsie ihrer Leiche beizuwohnen. Würde sie sie um seinetwillen wieder zum Leben erwecken?

»Ja«, begann sie, »schon oft habe ich meine Geschichte denen erzählen wollen, die hier heraufsteigen; aber sie kommen nicht her, um sich Geschichten anzuhören, wie sie sagen. Wenn ich anfing, unterbrachen sie mich oder gingen weg, wie die wilden Tiere nach dem Fraße! Sie waren gleichgültig, voller Spott oder beleidigend und schalten mich eine Lügnerin oder Wahnsinnige. Sie haben mir nicht geglaubt, aber Sie, Sie werden mir glauben. Sie haben mich in Saint-Jean-de-Luz gesehen, im vollen Glanze einer glücklichen Frau, auf dem höchsten Gipfel des Lebens; wie ein Diadem habe ich den Namen Sierra-Leone getragen, den ich jetzt mit der Schleppe meines Kleides durch allen Schlamm schleife, wie man ehedem am Schwanze eines Pferdes das Wappen eines entehrten Ritters schleifte. Dieser Name, den ich hasse und mit dem ich mich nur schmücke, um ihn zu besudeln, wird nach wie vor von einem der größten Herren Spaniens, dem stolzesten aller derer getragen, die das Vorrecht besitzen, vor Seiner Majestät dem König bedeckt zu erscheinen; denn er hält sich für zehnmal vornehmer als der König. Was gelten dem Herzog d'Arcos de Sierra-Leone all die erlauchten Häuser, die über Spanien geherrscht haben: Kastilien, Aragon, Trastamare, Habsburg und Bourbon? ... Er sei, sagt er, älter als sie alle. Er stammt von den alten Gotenkönigen ab, und durch Brunhilde ist er mit den französischen Merowingern verwandt. Er brüstet sich, in seinen Adern das sangre azul zu haben, von dem die durch Mißheiraten verderbten ältesten Geschlechter heute nur noch ein paar Tropfen aufweisen können ... Don Cristobal d'Arcos, Herzog de Sierra-Leone und otros ducados, war, als er mich heiratete, keine Mesalliance eingegangen. Ich bin eine Turre-Cremata aus dem alten italienischen Hause der Turre-Cremata; ich bin die letzte dieses Geschlechts, denn mit mir erlischt die Familie, und ich bin es übrigens wert, den Namen Turre-Cremata (verbrannter Turm) zu tragen, weil alle Feuer der Hölle mich verbrennen. Der Großinquisitor Torquemada, der ein Abkömmling der Turre-Cremata war, hat während seines ganzen Lebens nicht so viele Qualen verhängt, wie ich sie in meinem verfluchten Busen trage ... Ich muß Ihnen sagen, daß die Turre-Cremata nicht minder stolz als die Sierra-Leone waren. Sie teilten sich in zwei gleicherweise erlauchte Linien und waren jahrhundertelang in Italien und Spanien allmächtig gewesen. Im fünfzehnten Jahrhundert, als Alexander VI. Papst war, behaupteten die Borgia, die in ihrer Trunkenheit über das ungeheuere Glück, daß Alexander Papst war, sich mit allen königlichen Häusern Europas verschwägern wollten, sie seien auch mit uns verwandt; aber die Turre-Cremata wiesen diesen Anspruch verächtlich zurück, und zwei von ihnen mußten diesen tollkühnen Stolz mit dem Leben bezahlen. Sie sind, wie es heißt, durch Cesare vergiftet worden. Meine Ehe mit dem Herzog de Sierra-Leone war eine reine Familienabmachung. Weder von seiner Seite noch von der meinen wurde ein Gefühl mit in die Ehe gebracht. Es heiratete lediglich eine Turre-Cremata einen Sierra-Leone. Nichts war einfacher als das, selbst für mich, die ich in der furchtbaren Etikette der alten Häuser Spaniens, die der des Escorial glich, erzogen worden war, in jener harten, zwanghaften Etikette, die die Herzen am Schlagen hindern würde, wenn die Herzen nicht stärker wären als diese eiserne Zwangsjacke. Ich war eins dieser Herzen ... Ich liebte Don Esteban. Bevor ich ihm begegnete, war meine Ehe, der das Glück des Herzens (ich wußte nicht einmal, daß ich eins hatte) mangelte, eine so ernste, gewichtige Angelegenheit gewesen, wie die Ehe es früher im zeremoniellen, katholischen Spanien war und wie sie es heute nur noch ausnahmsweise in einigen Familien hohen Ranges ist, die an den alten Sitten festhalten. Der Herzog de Sierra-Leone war zu sehr Spanier, als daß er nicht den Sitten der Vergangenheit gehuldigt hätte. Alles, was Sie in Frankreich über den würdigen Ernst Spaniens, dieses stolzen, verschlossenen und düsteren Landes, haben sagen hören, überbot der Herzog noch ... Er war zu stolz, als daß er anderswo denn auf seinen Gütern gelebt hätte, und so bewohnte er denn ein Feudalschloß an der portugiesischen Grenze, und in seinem ganzen Gehaben erwies er sich als noch feudaler als sein Schloß. Dort habe ich bei ihm gelebt, zwischen meinem Beichtvater und meinen Zofen; dort habe ich das prunkvolle, eintönige und traurige Leben gelebt, das eine schwächere Seele als die meine zermalmt hätte. Aber ich war zu dem erzogen worden, was ich war: die Gemahlin eines spanischen Granden. Dazu hatte ich die Religiosität einer Frau meines Standes, und ich war fast ebenso fühllos wie die Bildnisse meiner Ahnfrauen, die die Hallen und Säle des Schlosses Sierra-Leone schmückten und die man dort mit hoheitsvoll strengen Gesichtern, in steifen Staatsgewändern und stählernen Schnürleibern dargestellt hatte. Ich sollte diesen Generationen untadeliger und majestätischer Frauen, deren Tugend durch den Stolz bewacht worden war wie ein Brunnen durch einen Löwen, eine weitere Generation hinzufügen. Die Einsamkeit, darin ich lebte, lastete durchaus nicht auf meiner Seele, die so ruhig war wie die roten Marmorberge, die Sierra-Leone umgaben. Ich ahnte nicht, daß unter jenem Marmor ein Vulkan schlummerte. Ich befand mich in der Vorhölle vor der Geburt; jetzt aber sollte ich geboren werden und durch einen einzigen Männerblick die Feuertaufe erhalten. Don Esteban, Marques de Vasconcellos, portugiesischen Ursprungs und ein Vetter des Herzogs, kam nach Sierra-Leone; und die Liebe, von der ich lediglich aus ein paar mystischen Büchern eine unbestimmte Vorstellung hatte, überfiel mein Herz wie ein Adler das Kind, das er raubt und das schreit ... Auch ich habe geschrien. Nicht umsonst war ich eine Spanierin aus alter Familie. Mein Stolz empörte sich wider das, was ich angesichts dieses gefährlichen Don Esteban empfand, der sich meiner mit aufrührerischer Gewalt bemächtigte. Ich bat den Herzog, ihn unter diesem oder jenem Vorwand fortzuschicken, ihn zu veranlassen, dem Schloß so schnell wie möglich den Rücken zu kehren ... sagte ihm, daß ich bemerkt habe, er empfinde für mich eine Liebe, die mich beleidige wie eine Unverschämtheit. Aber Don Cristobal gab mir die gleiche Antwort wie der Herzog de Guise bei der Nachricht, Heinrich III. wolle ihn ermorden lassen: ›Das wagt er nicht!‹ Das war eine Herausforderung an das Schicksal, das sich rächte, indem es sich vollzog. Dieses Wort riß mich in Estebans Arme ...«

Sie hielt einen Augenblick inne; und er lauschte ihr, die diese gewählte Sprache sprach, die ihm hätte bestätigen können, sofern es noch einen Zweifel für ihn gegeben hätte, daß sie sei, was sie behauptete: die Herzogin de Sierra-Leone. Ach, die Dirne war jetzt endgültig ausgelöscht. Man hätte schwören können, jetzt sei die Maske gefallen und das wahre Gesicht, die wahre Gestalt seien zum Vorschein gekommen. Die Haltung dieses eben noch zügellosen Körpers war keusch geworden. Während sie sprach, hatte sie hinter sich nach einem Schal gegriffen, der vergessen auf der Sofalehne gelegen hatte, und hatte sich hineingehüllt ... Sie hatte seine Falten über dem ›verfluchten Busen‹ — wie sie selbst ihn genannt — zusammengerafft, dem die Prostitution nicht die Vollkommenheit der Rundung und die jungfräuliche Festigkeit hatte nehmen können. Selbst ihre Stimme klang nicht mehr so rauh wie auf der Straße ... Beruhte es auf einer durch ihre Erzählung hervorgerufenen Illusion? Aber es kam Tressignies vor, als klinge diese Stimme reiner, als habe sie ihren Adel wiedergewonnen.

»Ich weiß nicht«, fuhr sie fort, »ob die andern Frauen sind wie ich. Aber dieser ungläubige Hochmut Don Cristobals, dieses verächtliche und ruhige: ›Das wagt er nicht!‹, in bezug auf den Mann, den ich liebte, beleidigte mich für denjenigen, der bereits in der Tiefe meines Wesens von mir Besitz ergriffen hatte wie ein Gott. — ›Beweise ihm, daß du es dennoch wagst!‹ sagte ich ihm noch am gleichen Abend, und damit gestand ich ihm meine Liebe. Ich hätte sie ihm nicht zu gestehen brauchen. Esteban vergötterte mich vom ersten Tag an, da er mich gesehen hatte. Unsere Liebe war wie zwei gleichzeitig abgefeuerte Pistolenschüsse gewesen, die beide tödlich trafen ... Ich hatte meine Pflicht als Spanierin getan und Don Cristobal gewarnt. Ich schuldete ihm lediglich mein Leben, da ich seine Frau war; denn das Herz läßt sich keine Liebe vorschreiben; und er hätte mir sicherlich das Leben genommen, wenn er Don Esteban die Tür seines Schlosses gewiesen hätte, wie ich es gewollt. In dem Wahnsinn meines entfesselten Herzens wäre ich gestorben, wenn ich ihn nicht mehr gesehen hätte, und dieser grausigen Möglichkeit hatte ich mich ausgesetzt. Aber da er, der Herzog, mein Gatte, mich nicht verstanden, da er sich so erhaben über Vasconcellos gedünkt hatte, daß es ihm als unmöglich erschienen war, jener könne seine Augen und seine Huldigungen bis hinauf zu mir erheben, trieb ich den ehelichen Heroismus gegen eine Liebe, die mich völlig beherrschte, nicht weiter vor ... Ich will nicht versuchen Ihnen eine genaue Vorstellung von dieser Liebe zu geben. Selbst Sie würden mir dann vielleicht nicht mehr glauben ... Aber was ist schließlich daran gelegen, was Sie denken? Glauben Sie mir oder glauben Sie mir nicht: es war eine zugleich brennende und keusche Liebe, eine ritterliche, romantische, beinahe ideale, beinahe mystische Liebe. Allerdings waren wir beide kaum zwanzig und entstammten dem Lande des Bivar, des Ignatius de Loyola und der heiligen Therese. Ignatius, dieser Ritter der heiligen Jungfrau, hat die Himmelskönigin nicht reiner geliebt als Vasconcellos mich; und ich empfand für ihn etwas von der ekstatischen Liebe der heiligen Therese für ihren himmlischen Gatten. Ehebruch? Pfui! Dachten wir auch nur daran, daß wir Ehebrecher werden konnten? Das Herz schlug so laut in unser beider

Brust, wir lebten in einer Atmosphäre so transzendenter und erhabener Gefühle, daß wir im Innern nichts von dem niedrigen Verlangen und der Sinnlichkeit gemeiner Liebschaften spürten. Wir lebten im reinen Himmelsazur; nur war es ein afrikanischer Himmel, und sein Azur war Feuer. Konnte ein solcher Seelenzustand von Dauer sein? Spielten wir nicht, ohne es zu wissen, ohne es zu ahnen, das für schwache Geschöpfe gefährlichste Spiel, und mußten wir nicht, wenn die Stunde reif war, aus dieser makellosen Höhe hinabstürzen? ... Esteban war fromm wie ein Priester, wie ein portugiesischer Ritter aus der Zeit Albuquerques; ich war sicherlich weniger wert als er; aber ich besaß einen Glauben an ihn und die Reinheit seiner Liebe, der die Reinheit der meinen entflammte. Er hatte mich im Herzen wie eine Madonna im Goldschrein — mit einer Lampe zu ihren Füßen, einer ewigen Lampe. Er liebte meine Seele um meiner Seele willen. Er gehörte zu den seltenen Liebhabern, die wollen, daß die Frau, die sie anbeten, groß sei. Er wollte mich edel, ergeben, heroisch; ich sollte eine große Frauengestalt jener Zeit sein, da Spanien groß gewesen ist. Ihm wäre es lieber gewesen, wenn ich eine edle Tat vollbracht, als wenn ich, eng an ihn geschmiegt, mit ihm Walzer getanzt hätte! Wenn die Engel vor Gottes Thron sich lieben könnten, so müßten sie sich lieben, wie wir beide uns geliebt haben ... Wir waren so miteinander verschmolzen, daß wir lange Stunden zu zweit und einsam verbrachten, Hand in Hand, Auge in Auge, und dabei hätten wir alles tun können, da wir ja allein waren; aber wir waren so glücklich, daß wir uns mehr nicht wünschten. Bisweilen überschwemmte uns dieses ungeheuere Glück und schmerzte uns, seiner Eindringlichkeit wegen, und wir wünschten uns den Tod, doch nur miteinander oder einer für den andern, und der Sinn des Wortes der heiligen Therese ging uns auf: ›Ich sterbe, weil ich nicht sterben kann!‹, das Verlangen der endlichen Kreatur, die einer unendlichen Liebe erliegt und glaubt, diesem Strom unendlicher Liebe durch die Vernichtung der Organe und durch den Tod mehr Raum zu schaffen. Ich bin gegenwärtig die letzte aller besudelten Kreaturen; aber ob Sie es mir wohl glauben, daß damals Estebans Lippen nie die meinen berührt haben und daß ein Kuß, den er auf eine Rose drückte und den ich von der Blume nahm, mir die Sinne schwinden machte? Aus der Tiefe des Entsetzensabgrundes, in den ich mich freiwillig gestürzt habe, gedenke ich jeden Augenblick meiner Marter, der göttlichen Entzückungen reiner Liebe, darin wir gelebt haben, verloren, verwirrt, und in der Unschuld dieser erhabenen Liebe sicherlich so durchschaubar, daß es Don Christobal nicht schwerfallen mußte, zu bemerken, daß wir einander vergötterten. Wir lebten mit dem Kopf in den Wolken. Wie hätten wir da merken sollen, daß er eifersüchtig war, und in welchem Maße eifersüchtig! mit der einzigen Eifersucht, deren er fähig war: der Eifersucht des Stolzes. Er überraschte uns nicht. Man überrascht nur diejenigen, die sich verbergen. Wir haben uns nicht verborgen. Warum hätten wir uns verbergen sollen? Wir waren rein wie die Flamme am hellen Tage, die man trotz des Tageslichtes sieht, und überdies strahlte unser Glück allzusehr von uns aus, als daß man es nicht hätte sehen müssen, und der Herzog sah es! Der Glanz dieser Liebe traf schließlich seine hochmütigen Augen! Ach, Esteban hatte es also dennoch gewagt! Und ich gleichfalls! Eines Abends saßen wir beisammen, wie wir stets beisammen saßen, wie wir unsere Tage verbrachten, seit wir einander liebten: Kopf nahe bei Kopf, und einzig durch den Blick vereint; er vor mir, zu meinen Füßen, wie vor der Jungfrau Maria, in einer so tiefen Versunkenheit, daß es keiner Liebkosung bedurfte. Plötzlich kam der Herzog mit zwei Schwarzen herein, die er aus den spanischen Kolonien mitgebracht hatte, deren Gouverneur er lange gewesen war. In der himmlischen Versunkenheit, die unsere Seelen vereinte und davontrug, bemerkten wir sie nicht, als Estebans Kopf schwer auf meine Knie fiel. Er war erdrosselt! Die Schwarzen hatten ihm das furchtbare Lasso um den Hals geworfen, mit dem man in Mexiko die wilden Stiere erwürgt. Es war blitzschnell geschehen! Mich aber hatte der Blitz nicht getötet. Ich bin nicht einmal ohnmächtig geworden, und nicht einmal aufgeschrien habe ich. Meine Augen haben keine Träne vergossen. Ich verharrte stumm und starr in einem Zustand namenlosen Entsetzens, das erst von mir wich, als mein Inneres zerriß. Ich fühlte, wie mir die Brust geöffnet, wie mir das Herz herausgerissen wurde. Ach! Nicht mir wurde es herausgerissen, sondern Esteban, der Leiche Estebans, der erwürgt zu meinen Füßen lag; seine geöffnete Brust wurde von den Händen jener Ungeheuer durchwühlt wie ein Sack! Ich habe gefühlt, was Esteban gefühlt haben würde, wenn er noch gelebt hätte, so sehr war ich durch die Liebe er geworden. Ich hatte den Schmerz gefühlt, den seine Leiche nicht fühlte, und das hatte mich dem Entsetzen entrissen, in dem ich erstarrt war, als sie ihn mir erdrosselt hatten. Ich warf mich ihnen entgegen. ›Nun auch ich!‹ rief ich. Ich wollte den gleichen Tod sterben; ich bot meinen Kopf der abscheulichen Schlinge. Sie richteten sie her. — ›Die Königin ist unantastbar‹, sagte der Herzog, der stolze Herzog, der sich für mehr als den König hielt, und trieb sie mit der Hetzpeitsche zurück. ›Nein, Sie sollen leben, Madame‹, sagte er zu mir, ›aber nur, um immer an das zu denken, was Sie jetzt sehen sollen . . .‹ Und er pfiff. Zwei riesengroße, wilde Hunde stürzten herbei. ›Gib‹, sagte er, ›das Herz dieses Verräters den Hunden zu fressen!‹ — Oh, da bäumte sich etwas in mir auf:

›Du kannst dich noch besser rächen‹, sagte ich. ›Mich mußt du es essen lassen!‹

Es schien, als sei er entsetzt ob meiner Worte . . . ›So wahnsinnig liebst du ihn?‹ fragte er. Ach, ich liebte ihn mit einer Liebe, die er zum Äußersten getrieben hatte. Ich liebte ihn so sehr, daß ich weder Furcht noch Ekel vor dem blutenden Herzen empfand, das von mir erfüllt, das noch warm von mir war, und ich hätte es am liebsten mir einverleibt, dieses Herz . . . Ich bat ihn auf den Knien, mit gerungenen Händen! Ich wollte dem edlen, angebeteten Herzen diese gottlose, schändliche Entweihung ersparen . . . Ich hätte mit diesem Herzen kommuniziert wie mit einer Hostie. War es nicht mein Gott gewesen? . . . Der Gedanke an Gabrielle de Vergy, deren Geschichte Esteban und ich so oft gemeinsam gelesen hatten, erstand plötzlich in mir. Ich beneidete sie! . . . Sie dünkt mich glücklich, daß sie dem Mann, den sie geliebt, aus ihrer Brust ein lebendiges

Grab hatte bereiten können. Aber der Anblick einer solchen Liebe flößte dem Herzog die wildeste Unerbittlichkeit ein. Vor meinen Augen verschlangen seine Hunde Estebans Herz. Ich habe es ihnen streitig gemacht; ich habe mit den Hunden gekämpft. Ich habe es ihnen nicht entreißen können. Sie haben mich furchtbar gebissen und mir mit ihren blutigen Mäulern das Kleid besudelt.«

Sie hielt inne. Sie war bei dieser Erinnerung leichenblaß geworden ... und keuchend und mühsam erhob sie sich, öffnete eine Kommodenschublade mit bronzenem Griff und zeigte Tressignies ein zerfetztes, an mehreren Stellen blutbeflecktes Kleid.

»Hier«, sagte sie. »Dies ist das Herzblut des Mannes, den ich geliebt und dessen Herz ich den Hunden nicht habe entreißen können! Wenn in Augenblicken des Alleinseins in dem furchtbaren Leben, das ich hier führe, der Ekel mich packt, wenn der Schmutz mir bis zum Munde steigt und mich erstickt, wenn der Geist der Rache in mir schwach wird, wenn die einstige Herzogin in mir erwacht und das Dirnentum mich mit Entsetzen erfüllt, dann hülle ich mich in dieses Kleid, dann wälze ich meinen besudelten Körper in seinen roten Falten, die für mich noch immer brennen, und entfache meine Rache aufs neue. Diese blutigen Lumpen sind ein Talisman! Wenn ich sie an meinem Körper spüre, überkommt mich bis in die letzte Tiefe die Wut der Rache, und mir ist, als gewänne ich Kraft bis in alle Ewigkeit!«

Tressignies erbebte, während er dieser unheimlichen Frau lauschte. Er erbebte vor ihren Gesten, ihren Worten, ihrem Kopf, der zu einem Gorgonenhaupt geworden war: ihm war, als sehe er um diesen

Kopf sich die Schlangen ringeln, die dieser Frau im Herzen hausten. Jetzt begann er — der Vorhang öffnete sich — das Wort Rache zu verstehen, das sie so oft ausgesprochen hatte, das ihr immerfort von den Lippen geflammt war!

»Die Rache, ja!« fuhr sie fort. »Jetzt ist Ihnen wohl klar, worin sie besteht, meine Rache! Ach, ich habe sie unter allen Möglichkeiten ausgewählt, wie man unter allen Arten von Dolchen den auswählt, der die heftigsten Schmerzen zufügt, den gezähnten Kris, der das verabscheute Wesen, das man töten will, zerfleischt. Ihn einfach töten, diesen Menschen, mit einem einzigen Streich? Das wollte ich nicht. Hatte er Vasconcellos mit dem Degen getötet wie ein Edelmann? Nein! Er hatte ihn durch Diener umbringen lassen. Er hatte sein Herz den Hunden vorwerfen und seinen Körper vielleicht auf den Schindanger bringen lassen! Ich wußte es nicht. Ich habe es nie erfahren. Ihn um alles dieses willen töten? Nein, das wäre zu milde und zu rasch gewesen! Es mußte sich langsamer und grausamer vollziehen ... Übrigens war der Herzog tapfer. Er hatte keine Furcht vor dem Tode. Zu allen Zeiten haben die Sierra-Leone ihm getrotzt. Aber sein Stolz, sein maßloser Stolz war feige, wenn es sich um Schande handelte. Also mußte sein Stolz getroffen, mußte er in seinem Stolz gekreuzigt werden. So gelobte ich mir denn, seinen Namen in den widerlichsten Schmutz zu ziehen, ihn zu einem Schimpf zu machen, zu Dreck, zu Kot! Und deshalb bin ich geworden, was ich bin: eine öffentliche Hure, die Hure Sierra-Leone, die Sie heute abend aufgegabelt hat!«

Bei den letzten Worten begannen ihre Augen wie vor Freude über einen gelungenen Hieb zu funkeln.

»Aber«, sagte Tressignies, »weiß er denn, der Herzog, was aus Ihnen geworden ist?«

»Wenn er es nicht weiß, so wird er es eines Tages wissen«, antwortete sie mit der unumstößlichen Zuversicht einer Frau, die an alles gedacht, die alles berechnet hat und der Zukunft sicher ist. »Das Gerücht von dem, was ich tue, kann jeden Tag zu ihm gelangen, und damit ein Kotspritzer meiner Schande! Einer der Männer, die zu mir heraufsteigen, kann ihm die Schmach seiner Frau ins Gesicht speien, und solch eine Beschmutzung läßt sich nie wieder abwischen; aber das geschähe dann nur durch Zufall, und einem Zufall möchte ich meine Rache nicht anvertrauen! Ich bin gewillt, daran zu sterben, damit sie desto sicherer gelinge; mein Tod soll meine Rache besiegeln und vollenden.«

Tressignies war ratlos ob der Dunkelheit dieser letzten Worte; aber sie sorgte dafür, daß ihm eine abscheuliche Klarheit wurde.

»Ich will sterben, wo Huren wie ich zu sterben pflegen«, fuhr sie fort. »Erinnern Sie sich! . . . Unter Franz I. hat es einen Mann gegeben, der zu einer meinesgleichen gegangen ist, um sich bei ihr eine furchtbare, schändliche Krankheit zu holen, die er auf seine Frau übertragen hat, um auf diese Weise den König, dessen Geliebte sie war, zu vergiften; so hat er sich an den beiden gerächt . . . Ich will nicht weniger tun als dieser Mann. Bei dem schmachvollen Leben, das ich allabendlich führe, muß einmal der Tag kommen, wo schließlich mich Prostituierte die Lustseuche packt und zerfrißt, so daß ich in Stücke zerfalle und in einem gemeinen Spital erlösche! Oh, dann hat der Einsatz meines Lebens sich gelohnt!« fügte sie mit dem Frohlocken der entsetzlichsten Hoffnung hinzu. »Dann ist der Augenblick gekommen, da der Herzog de Sierra-Leone erfahren muß, wie seine Gemahlin, die Herzogin de Sierra-Leone, gelebt hat und wie sie gestorben ist!«

Tressignies hätte eine so tiefe Rache, die alles übertraf, was die Geschichte ihn gelehrt, nicht für möglich gehalten. Weder das Italien des XVI. Jahrhunderts noch das Korsika aller Zeiten, diese um der Unversöhnlichkeit im Hassen willen berühmten Länder, boten seiner Erinnerung ein Beispiel abgefeimterer und fürchterlicherer Überlegung, als diese Frau sie angestellt hatte, die sich durch sich selbst, durch den eigenen Leib und die eigene Seele rächte! Er erschrak über diese erhabene Entsetzlichkeit; denn die Gewalt solcher bis zum Äußersten vorgetriebenen Gefühle ist erhaben. Freilich handelt es sich hier um die Erhabenheit der Hölle.

»Und wenn er es nicht erfährt«, fuhr sie fort und verdoppelte die Blitze, die ihre Seele beleuchteten, »dann weiß doch wenigstens ich es! Ich weiß, was ich allabendlich treibe, daß ich diesen Schmutz in mich trinke und daß er mir wie Nektar mundet, da er ja doch meine Rache ist! ... Koste ich nicht in jeder Sekunde das Bewußtsein dessen aus, was ich bin? ... Empfinde ich nicht in jeder Sekunde, da ich ihn entehre, den stolzen Herzog, in meinen Tiefen das berauschende Bewußtsein, daß ich ihn entehre? Habe ich nicht das klare Bewußtsein alles dessen, was er leiden müßte, wenn er es wüßte? ... Ach, Gefühlen wie den meinen wohnt sicherlich Wahnwitz inne, aber eben dieser Wahnwitz macht mein Glück aus! Als ich aus Sierra-Leone geflohen bin, habe ich das Bildnis des Herzogs mit mir genommen, damit jenes Bildnis, als sei er es selber, mein schändliches Leben sehe! Wie oft habe ich ihm, als könne er mich hören und sehen, gesagt: ›Sieh doch, sieh‹; und wenn mich in euern Armen das Entsetzen packt, ihr Männer — denn es packt mich immerfort; ich kann mich nicht daran gewöhnen, an diesem Schlamm Gefallen zu finden! —, dann kommt mir das Armband zu Hilfe«, und sie hob ihren köstlichen Arm mit einer tragischen Geste; »dann habe ich diesen Feuerreif, der mich bis ins Mark verbrennt und den ich stets am Arm trage, trotz der Qual, die ihn zu tragen mir bereitet, damit ich niemals Estebans Henker vergesse, damit sein Bildnis meine Verzückung aufpeitscht — die Verzückung rächerischen Hasses, die die Männer in ihrer Dummheit und Geckenhaftigkeit für die Lust halten, die sie zu spenden meinen! Ich weiß nicht, wer Sie sind; aber sicherlich sind Sie nicht der Erstbeste unter all diesen Männern; und dennoch haben auch Sie vor einem Augenblick geglaubt, es sei in mir noch etwas Menschliches, es zucke in mir noch die Regung eines Gefühls; und dabei ist in mir nichts lebendig als der Gedanke, Esteban an dem Scheusal zu rächen, dessen Bild Sie hier sehen! Ach, sein Bild ist für mich wie der säbelbreite Sporn gewesen, den der arabische Reiter seinem Pferd in die Weichen stößt, um es durch die Wüste zu jagen. Ich aber hatte weit größere Räume der Schmach zu durchqueren, und ich habe mir dieses verabscheuungswerte Bild in die Augen und ins Herz gebohrt, um wilder unter euch zu toben, wenn ihr mich umschlungen haltet ... Dieses Bildnis, es war, als ob er es selber sei; es war, als habe er uns mit seinen gemalten Augen sehen können! ... Wie verstand ich jetzt den Behexungsglauben der Zeitalter, da man noch zu behexen pflegte! Wie verstand ich das irrsinnige Glück, das Messer in das Herz des Bildnisses desjenigen zu bohren, den man nur zu gern getötet hätte! Damals, als ich noch fromm war, bevor ich Esteban liebte, der mir Gott ersetzt hat, bedurfte ich eines Kruzifixes, um inniger an den Gekreuzigten denken zu können; und anstatt ihn zu lieben, hätte ich ihn gehaßt; ich wäre gottlos geworden; jetzt aber bedurfte ich des Kruzifixes, um ihn besser zu schmähen und zu beleidigen! Ach!« fügte sie hinzu, und ihre Stimme wechselte von der Bitterkeit der grausamsten Gefühle zu der ergreifenden Süße einer unglaubhaften Schwermut, »Estebans Bildnis besitze ich nicht. Ich sehe ihn nur mit meiner Seele ... und vielleicht ist es gut so«, sagte sie noch. — »Wenn ich ihn vor Augen hätte, dann zöge er mein armes Herz empor, und ich müßte angesichts der unwürdigen Erniedrigung meines armen Lebens erröten. Reue würde mich überkommen, und ich könnte mich nicht mehr rächen! ...«

Die Gorgone war weich und rührend geworden; aber ihre Augen waren trocken geblieben. Tressignies, den eine völlig andere innere Bewegung durchschauerte als diejenigen, die sie ihn bis jetzt hatte erleben lassen, ergriff die Hand einer Frau, die zu verachten er das Recht hatte, und küßte sie mit einer Hochachtung, in die sich Mitleid mischte. So viel Unglück und Kraft liehen ihr Größe. Welch eine Frau ist das, dachte er. Wäre sie statt Herzogin de

Sierra-Leone Marquesa de Vasconcellos geworden, so hätte sie mit der Reinheit und der Glut ihrer Liebe zu Esteban der menschlichen Bewunderung etwas dargeboten, das der großen Marquesa di Pescara vergleichbar gewesen wäre. Nur, fügte er innerlich hinzu, sie hätte es nicht gezeigt, und niemand hätte je erfahren, welch abgründige Tiefe und Willenskraft in ihr ruhten. Trotz des Skeptizismus seines Zeitalters und seiner Gewohnheit, all sein Tun zu beobachten und sich darüber lustig zu machen, kam Robert de Tressignies sich durchaus nicht lächerlich vor, daß er die Hand dieser Verlorenen geküßt hatte; aber er wußte ihr nichts mehr zu sagen. Er sah sich ihr gegenüber in einer peinlichen Lage. Als sie ihre Geschichte zwischen sich und ihn geworfen, hatte sie wie mit einer Axt die Bande zerhauen, die sich für die Dauer einer Minute zwischen ihnen beiden geknüpft hatten. In seinem Innern herrschte ein Durcheinander aus Bewunderung, Entsetzen und Verachtung; aber er wäre sich höchst geschmacklos vorgekommen, wenn er sich dieser Frau als gefühlvoll oder moralisch bezeigt hätte. Er hatte sich oft über die Moralisten ohne Berufung und Macht lustig gemacht, von denen es damals wimmelte, als man unter dem Einfluß gewisser Schauspiele und Romane sich den Anschein gab, als wolle man, gleich umgefallenen Blumentöpfen, gefallene Frauen wieder aufrichten. Gerade in seiner Skepsis hatte er genug gesunden Menschenverstand, um zu wissen, daß einzig der Priester — der Priester Gottes, des Erlösers — solch einem Sturz Einhalt gebieten könne ... und dennoch meinte er, daß an der Seele dieser Frau selbst der Priester gescheitert wäre. Es beschäftigten ihn schmerzliche

Gedanken, und so verharrte er in einem Schweigen, das drückender für ihn als für sie war. Sie aber, noch ganz im Banne ihrer heftigen Gedanken und Erinnerungen, fuhr fort:

»Der Gedanke, diesen Mann, dem die Ehre, wie die Gesellschaft sie auffaßt, mehr als das Leben galt, zu entehren, anstatt ihn zu töten, kam mir nicht auf der Stelle ... Ich brauchte lange Zeit, um darauf zu verfallen. Nach Vasconcellos Tode, von dem man vielleicht im Schloß nichts wußte — wahrscheinlich war die Leiche zusammen mit den Schwarzen, die ihn ermordet hatten, in irgendein Verlies geworfen worden —, sprach der Herzog kein Wort mehr mit mir, abgesehen von kurzen, förmlichen Bemerkungen, wenn unsere Dienerschaft dabei war; denn Cäsars Gattin darf nicht beargwöhnt werden, und ich mußte vor den Augen aller die makellose Herzogin d'Arcos de Sierra-Leone bleiben. Doch, wenn wir allein und unter uns waren, fiel niemals ein Wort, niemals auch nur eine Andeutung; das Schweigen, das Schweigen des Hasses, nährt sich aus sich selbst und bedarf nicht der Worte. Don Cristobal und ich wetteiferten in Härte und Stolz. Ich verschluckte meine Tränen. Ich bin eine Turre-Cremata. Ich trage die mächtige Verstellungskunst meiner italienischen Abkunft in mir, und ich gerann zu Erz, bis in die Augen hinein, damit er nicht ahne, was hinter meiner bronzenen Stirn gor und wie mein Racheplan reifte. Ich war völlig undurchdringlich. Dank dieser Verstellung, die alle Spalten meines Wesens verschloß, durch die mein Geheimnis etwa hätte sickern können, bereitete ich meine Flucht aus dem Schlosse vor, dessen Mauern mich erdrückten und wo meine

Rache sich nur unter der Hand des Herzogs hätte vollziehen können, die sich nur zu bald erhoben haben würde. Ich vertraute mich niemandem an. Haben meine Dueñas oder Kammerzofen es jemals gewagt, die Augen bis zu den meinen zu erheben, um zu erfahren, was ich dachte? Anfangs hatte ich geplant, nach Madrid zu gehen; aber in Madrid war der Herzog allmächtig, und die Netze der Polizei hätten sich bei seinem ersten Wink über mir geschlossen. Nur zu leicht hätte er mich wieder eingefangen, und wenn ich einmal eingefangen war, hätte er mich in den Frieden irgendeines Klosters gesteckt und dort erstickt, zwischen zwei Türen getötet, abgeschnitten von der Welt, der Gesellschaft, deren ich für meine Rache bedurfte! ... Paris war sicherer. Ich gab Paris den Vorzug. Es war eine bessere Stätte für die Zurschaustellung meiner Schmach und meiner Rache; und da es mein Wille war, daß all das eines Tages über sie hereinbreche wie der Blitz — welch gute Stätte war da jene Stadt, der Mittelpunkt aller Echos, der Durchgangsort aller Nationen der Welt! Ich faßte den Entschluß, dort das Leben einer Prostituierten zu führen, vor dem ich nicht zurückschreckte, und schamlos hinabzusteigen bis zur letzten Rangstufe dieser verlorenen Mädchen, die sich für eine Münze auch an den Gemeinsten verkaufen! Fromm, wie ich vor meiner Bekanntschaft mit Esteban gewesen war, der mir Gott aus der Brust gerissen hatte, um sich selbst an seine Stelle zu setzen, stand ich nachts oft auf, ohne daß meine Frauen mir geholfen hätten, und betete zu der schwarzen Madonna in der Kapelle. In einer solchen Nacht entkam ich und erreichte tollkühn die Schluchten der Sierras. Von meinem Schmuck und dem Gold meiner Kassette nahm ich mit, soviel ich immer konnte. Eine Zeitlang verbarg ich mich bei Bauern, die mich an die Grenze geleiteten. Ich kam nach Paris. Dort begann ich furchtlos mit der Rache, die mein Leben ist. Der wütende Rachedurst war so stark in mir, daß ich manchmal daran gedacht habe, einem jungen, kräftigen Menschen den Kopf zu verdrehen und ihn zum Herzog zu schicken, damit er ihm von meiner Schande berichte; aber ich habe diesen Gedanken stets erstickt, weil ich nicht nur ein paar Fuß hoch Kot auf seinen Namen und die Erinnerung an mich häufen, sondern eine ganze Pyramide von Mist darüber errichten will! Je später ich gerächt werde, desto besser werde ich gerächt . . .«

Sie hielt inne. Ihre fahle Blässe hatte sich in Purpur verwandelt. Schweiß rann ihr über die Schläfen. Sie hustete. War es die Lustseuche? . . . Fiebrig langte sie nach einer auf der Kommode stehenden Karaffe und goß sich ein riesiges Glas Wasser ein, das sie gierig trank.

»Die Schande schluckt sich schwer«, sagte sie. »Aber sie muß hinunter! Seit drei Monaten habe ich soviel hinuntergeschluckt, daß es mir eigentlich leichtfallen müßte!«

»Schon drei Monate dauerte es?« fragte Tressignies (er wagte nicht zu sagen, was), und das Unbestimmte seiner Frage wirkte viel düsterer, als eine scharfumrissene Formulierung es getan hätte.

»Ja«, sagte sie, »drei Monate. Aber was sind drei Monate?« fügte sie hinzu. »Es bedarf der Zeit, um das Rachegericht, das ich ihm bereite, zu kochen und immer wieder zu kochen, das ihm seine Weigerung heimzahlen soll, mich Estebans Herz essen zu lassen . . .«

Sie sagte das mit wüster Leidenschaft und wilder Schwermut. Tressignies hatte nicht geahnt, daß in einer Frau eine solche Mischung von abgöttischer Liebe und Grausamkeit sein könne. Niemals ist ein Kunstwerk mit gespannterer Aufmerksamkeit betrachtet worden, als er diese seltsame, allmächtige Künstlerin der Rache betrachtete, die sich vor ihm erhob . . . Aber etwas, das zu empfinden ihn wunderte, mischte sich in seine beobachtenden Gedanken. Er, der glaubte, alle unwillkürlichen Gefühle abgetan zu haben, und dessen Verstand mit schrecklichem Gelächter stets seine Empfindungen biß, wie ich Fuhrknechte ihre Pferde habe beißen sehen, um sie zum Gehorsam zu bringen, fühlte, daß er in der Atmosphäre dieser Frau eine gefährliche Luft atmete. Dieser Raum, der von so viel körperlicher, barbarischer Leidenschaft erfüllt war, vergiftete und erstickte einen Kulturmenschen gleich ihm. Er empfand ein Verlangen nach frischer Luft, und er dachte, daß er gehen wolle, um später wiederzukommen.

Sie glaubte, er wolle fort. Aber sie hatte ihm noch andere Seiten ihres Meisterwerkes zu zeigen.

»Und das?« sagte sie verächtlich, mit einer Geste, wie sie der wiedererwachten Herzogin geziemte, und wies mit dem Finger auf die blaue Glasschale, die er mit Gold gefüllt hatte.

»Stecken Sie das Geld wieder ein«, sagte sie. »Wer weiß? Vielleicht bin ich reicher als Sie. Hier ist kein Ort für Gold. Ich nehme von niemandem Gold an.« Und mit dem Stolz der Verkommenheit, daraus ihre Rache bestand, fügte sie hinzu: »Ich bin nur eine Fünffrankenhure.«

Das Wort wurde gesagt, wie es gemeint war. Es war der letzte Zug der Erhabenheit mit umgekehrtem Vorzeichen, der höllischen Erhabenheit, die sie vor ihm zur Schau gestellt hatte und wovon sicherlich der große Corneille in der Tiefe seiner tragischen Seele sich nichts hätte träumen lassen! Ein Ekelgefühl dieses letzten Wortes wegen gab Tressignies die Kraft zum Davongehen. Er nahm die Goldstücke aus der Schale und ließ nur darin, was sie verlangt hatte. Wenn sie es nicht anders will, dachte er, dann drücke ich noch auf den Dolch, mit dem sie sich durchbohrt, und verursache ihr auch meinerseits einen Schmutzflecken, da ihr der Sinn nach Schmutz steht. Und in hastiger Erregung ging er davon. Die Leuchter ergossen noch immer ihr Licht über die so gewöhnlich wirkende Tür, die er bereits durchschritten hatte. Er begriff, warum jene Flammen dort brannten, als er die an die Tür geheftete Karte las, das Reklameschild dieses Fleischladens. In großen Lettern stand auf dieser Karte:

HERZOGIN D'ARCOS DE SIERRA-LEONE

und darunter ein gemeines Wort, das das Gewerbe ankündigte, das sie ausübte.

An diesem Abend, nach diesem unglaublichen Abenteuer kehrte Tressignies in einem solchen Zustand der Verwirrung heim, daß er sich dessen beinahe schämte. Die Dummköpfe — das heißt nahezu alle Menschen — glauben, daß es eine bezaubernde Fähigkeit menschlicher Natur wäre, wenn man sich verjüngen könne; aber die das Leben kennen, wissen besser, was dabei herauskäme. Tressignies überlegte voller Schrecken, daß er sich dabei vielleicht allzusehr verjüngen würde ... und deshalb gelobte er sich, nie wieder den Fuß über die Schwelle der Herzogin zu setzen, trotz des Interesses oder vielmehr gerade des Interesses wegen, das diese unerhörte Frau ihm einflößte. ›Warum‹, sagte er sich, ›sollte ich an jene Stätte der Ansteckungsgefahr zurückkehren, an die ein Geschöpf von hoher Geburt sich freiwillig begeben hat? Sie hat mir ihr ganzes Leben erzählt, und ich kann mir ohne Mühe die Einzelheiten des Alltags dieses abscheulichen Lebens vorstellen, durch die nichts anders wird.‹ Zu diesem energischen Entschluß bekannte sich Tressignies am Kamin in der Einsamkeit seines Zimmers. Er verschanzte sich dort eine Zeitlang wider das Gegenständliche, das Ablenkende und die Erinnerung an einen Abend, die sein Geist dennoch immer wieder genoß wie eine seltsame und allgewaltige Dichtung, der er nichts Gelesenes zu vergleichen vermochte, weder bei Byron noch bei Shakespeare, seinen beiden Lieblingsdichtern. So verbrachte er eine ganze Anzahl von Stunden, an die Rückenlehne seines Sessels geschmiegt, und blätterte versonnen in den vor seinem inneren Auge offen daliegenden Seiten jener Dichtung, die von grausiger Willensstärke handelte. Das war eine Lotosblume, die ihn die Pariser Salons, seine Heimat, vergessen ließ. Er mußte sich sogar mit einiger Willensanspannung am Halsband zerren, um dorthin zurückzukehren. Die untadeligen Herzoginnen, die er dort vorfand, kamen ihm ziemlich farblos vor ... Wenn Menschen von der Art Tressignies, ebensowenig wie seine Freunde, auch nicht prüde sind, so verlor er ihnen gegenüber doch kein einziges Wort über sein Abenteuer, aus einem gewissen Zartgefühl heraus, das ihm absonderlich vorkam; denn hatte die Herzogin ihn nicht gebeten, ihre Geschichte jedem Beliebigen zu erzählen und sie so bekannt zu machen, wie es ihm immer möglich war? ... Er tat das Gegenteil; er behielt sie für sich. Er barg und versiegelte sie im geheimnisvollsten Winkel seines Innern, wie man ein Flakon kostbaren Parfüms verschließt, von dem etwas verlorengehen würde, wenn man es verhauchen ließe. Und das Sonderbarste bei einem Menschen seiner Art: weder im Café de Paris noch im Klub, noch im Theaterparkett, noch dort, wo nur Herren einander treffen und sich alles sagen, unterhielt er sich jemals mit einem seiner Freunde ohne die Furcht, jener werde ihm als ein ihm zugestoßenes Abenteuer das erzählen, was ihm selber widerfahren war; und dieser Umstand, der jederzeit eintreten konnte, eröffnete ihm eine Perspektive, die ihm innerhalb der ersten zehn Minuten einer Unterhaltung ein leichtes Zittern verursachte.

Dennoch hielt er sich Wort und vermied nicht nur die Rue Basse-du-Rempart, sondern auch den Boulevard. Er lehnte sich nicht mehr, wie es die andern ›gants jaunes‹, die Salonlöwen jener Zeit, taten, an Tortonis Balustrade. ›Wenn ich ihr verteufeltes gelbes Kleid wieder wogen sehe‹, so sagte er sich, ›dann wäre ich vielleicht wieder blöde genug, ihr nachzusteigen.‹ Jedes gelbe Kleid, das er gewahrte, ließ ihn in träumerisches Sinnen versinken ... Er hatte jetzt eine Vorliebe für gelbe Kleider, die er bislang stets verabscheut hatte. ›Sie hat mir den Geschmack verdorben‹, sagte er sich, und so trieb der Dandy in ihm seinen Spott mit dem Menschen und Manne. Aber was Madame de Staël, die sich darauf verstand, an irgendeiner Stelle ›Teufelsgedanken‹ nennt, war weit stärker als der Mann und der Dandy. Tressignies wurde düster. Er war bisher in der Gesellschaft ein Mann von lebendigem Geiste gewesen, dessen Heiterkeit zugleich liebenswürdig und furchtbar gewesen war — wie eben jene Heiterkeit in der Gesellschaft sein muß, die einen mit Verachtung straft, wenn man sie, indem man sie amüsiert, nicht zugleich ein wenig erzittern läßt. Er plauderte nicht mehr mit dem alten Schwung ... »Ob er wohl verliebt ist?« tuschelten die Klatschbasen. Die alte Marquise de Clérembault, die glaubte, er habe es auf ihre Enkelin abgesehen, die eben Sacré-Cœur verlassen hatte und sich so romantisch gehabte, wie man es damals war, sagte ihm ziemlich verärgert: »Ich kann Sie nicht ausstehen, wenn Sie à la Hamlet einhergehen.« Die Verdüsterung wandelte sich in einen Leidenszustand. Sein Gesicht wurde bleifarben. »Was hat Tressignies nur?« hieß es, und vielleicht war man schon drauf und dran, bei ihm Bonapartes Magenkrebs zu entdecken, als er sich eines Tages allen ihn betreffenden Fragen und Nachforschungen entzog, hastig wie ein Offizier seine Koffer packte und wie in der Versenkung verschwand.

Wohin war er gereist? Womit beschäftigte er sich? Er blieb länger als ein Jahr fort; dann kam er wieder nach Paris und nahm sein mondänes Leben wieder auf. Es war eines Abends beim spanischen Botschafter, wo bei dieser Gelegenheit, beiläufig bemerkt, die glänzendste Pariser Gesellschaft versammelt war ... Es war spät. Man begab sich zum

Essen. Die Räume leerten sich, als alles nach dem Büfett strömte. Im Spielzimmer blieben nur noch ein paar Herren, die bei ihrer Partie kein Ende fanden. Plötzlich gewahrte Tressignies Partner, der in einem kleinen Schildpatt-Notizbuch blätterte, in das er die bei jedem Robber gemachten Einsätze schrieb, eine Eintragung, die ihm ein »Ach, ja!« entlockte, wie man es ausstößt, wenn man etwas wiederfindet, das man vergessen hatte ...

»Herr Botschafter«, wandte er sich an den Herren des Hauses, der mit auf den Rücken verschränkten Händen dem Spiel zusah, »gibt es in Madrid noch Sierra-Leones?«

»Freilich«, sagte der Botschafter. »Da wäre vor allem der Herzog, einer der ersten im gesamten Hochadel.«

»Wer ist dann jene Herzogin von Sierra-Leone, die neulich in Paris gestorben ist, und in welcher verwandtschaftlichen Beziehung steht sie zum Herzog?« fragte der Wißbegierige weiter.

»Es könnte sich nur um seine Frau handeln«, antwortete ruhig der Botschafter. »Aber seit nahezu zwei Jahren ist die Herzogin so gut wie tot. Sie ist verschwunden, ohne daß man wüßte, warum und wie sie verschwunden ist: die Wahrheit ist ein tiefes Geheimnis! Bedenken Sie, daß die großartige Herzogin d'Arcos de Sierra-Leone nicht wie die Frauen von heutzutage gewesen ist, die zur Tollheit neigen und sich von einem Liebhaber entführen lassen. Sie war zumindest ebenso stolz wie ihr Gatte, der Herzog, der der hochmütigste aller Ricos hombres in ganz Spanien ist. Überdies war sie fromm, von einer beinahe klösterlichen Frömmigkeit. Sie hat immer nur auf Sierra-Leone gelebt, in einer roten Marmorwüste, wo die Adler, sofern es dort welche geben sollte, von der Langeweile vergiftet tot von ihren Felsengipfeln fallen! Eines Tages ist sie von dort verschwunden, und nie hat man ihre Spur wiederfinden können. Seit damals wohnt der Herzog, ein Mann aus der Zeit Karls V., an den niemand die leiseste Frage zu richten gewagt hat, in Madrid, und über seine Frau und deren Verschwinden hat er seither nicht mehr gesprochen, als habe sie nie existiert. Sie war eine Turre-Cremata, die letzte Turre-Cremata aus der italienischen Linie.«

»Dann stimmt es«, unterbrach ihn der Spieler. Und er überlas, was er sich auf einem der Blätter seines Schildpatt-Büchleins notiert hatte. »Ja«, fügte er dann feierlich hinzu. »Herr Botschafter, ich habe die Ehre, Euer Exzellenz mitzuteilen, daß die Herzogin de Sierra-Leone heute morgen begraben worden ist, und zwar, daß sie, wie Sie schwerlich vermuten dürften, bei der Kirche der Salpêtrière begraben worden ist; denn sie war Insassin dieser Anstalt.«

Bei dieser Mitteilung hoben die Spieler ihre Nasen aus den Karten, die sie vor sich auf den Tisch legten, und sahen verwundert einer nach dem andern den Herrn an, der mit dem Botschafter sprach.

»Ja, ja!« sagte der Spieler, der seine Pointe gut angebracht hatte — und das ist in Frankreich etwas Herrliches! »Ich bin heute morgen dort vorbeigekommen und habe durch die Kirchenmauern hindurch einen so majestätischen Donner geistlicher Musik gehört, daß ich in die Kirche hineingegangen bin, die dergleichen Festgepränge wohl kaum gewöhnt ist ... und ich bin aus allen Wolken gefallen, als ich das mit schwarzen Draperien und einem Doppelwappen geschmückte Portal durchschritten hatte und im Chor einen über die Maßen prächtigen Katafalk gesehen habe. Die Kirche war beinahe leer. Auf der Armenbank saßen ein paar Bettler, und da und dort ein paar Frauen, ein paar jener grauenhaften Aussätzigen aus dem nebenan gelegenen Spital, ein paar von denen zumindest, die noch nicht völlig irrsinnig sind und sich noch aufrechthalten können. Ich war verblüfft über eine solche Trauergesellschaft angesichts eines solchen Katafalkes, und ich bin nähergetreten und habe gelesen, was in dicken Silberbuchstaben auf schwarzem Grunde stand. In meiner Verblüffung und um sie nicht zu vergessen, den Teufel auch!, habe ich die Inschrift abgeschrieben:

»HIER RUHT

SANZIA-FLORINDA-CONCEPCION
DE TURRE-CREMATA
HERZOGIN D'ARCOS
DE SIERRA-LEONE
EINE REUIGE DIRNE
GESTORBEN IN DER SALPÊTRIÈRE
DEN ...

REQUIESCAT IN PACE!«

Die Spieler kümmerten sich nicht mehr um ihre Partie. Was den Botschafter betrifft, so spürte er, obwohl ein Diplomat ebensowenig erstaunt sein wie ein Offizier Angst haben darf, daß sein Erstaunen ihn kompromittieren könne.

»Und Sie haben keinerlei Erkundigungen eingezogen?« fragte er, als spreche er zu einem seiner Untergebenen.

»Bei niemandem, Exzellenz«, erwiderte der Spieler. »Es waren nur Arme dort; und die Priester, die mir vielleicht hätten Auskunft erteilen können, zelebrierten die Messe. Überdies fiel mir ein, daß ich die Ehre haben würde, Sie heute Abend zu sehen.«

»Morgen weiß ich Bescheid«, sagte der Botschafter. Und die Partie nahm ihren Fortgang, aber sie wurde durch Zwischenbemerkungen unterbrochen, und jeder war so sehr mit seinen Gedanken beschäftigt, daß selbst diesen erfahrenen Whistspielern Fehler unterliefen und daß niemandem die Blässe Tressignies auffiel, der nach seinem Hut langte und fortging, ohne sich von jemandem zu verabschieden.

Anderntags war er zu früher Stunde in der Salpêtrière. Er verlangte den Kaplan zu sprechen — einen biederen alten Priester, der ihm alle Auskünfte erteilte, die er über Nummer 119 erbat: denn das war die Herzogin d'Arcos de Sierra-Leone geworden. Die Unglückliche hatte geendet, wo zu enden sie vorausgesehen hatte. Bei dem schrecklichen Spiel, das sie gespielt, hatte sie die entsetzlichste aller Krankheiten gewonnen. »Innerhalb weniger Monate«, sagte der alte Priester, »war sie bis auf die Knochen zerfressen . . .« Eines Tages sei ihr jäh eines ihrer Augen aus der Höhlung gesprungen und ihr zu Füßen gefallen wie ein Sous-Stück . . . Das andere sei vereitert und ausgeflossen . . . Sie sei unter entsetzlichen Qualen gestorben — aber stoisch . . . Sie habe noch immer Reichtümer an Gold und an Schmuck besessen, und sie habe alles den Armen vermacht, die, gleich ihr, dem Hause angehörten, das sie aufgenommen, und ein feierliches Begräbnis zur Bedingung gemacht. »Aber um sich für ihren Lebenswandel zu bestrafen«, sagte der alte Priester, der diese Frau nicht im mindesten verstanden hatte, »hatte sie in reuiger Demut verlangt, daß nächst ihren Titeln auf ihrem Sarg und auf ihr Grab geschrieben werde, sie sei eine ... ›reuige Dirne‹.

Und noch dazu«, fügte der alte Kaplan hinzu, der aus dem Bekenntnis einer solchen Frau nicht klug wurde, »hat sie in ihrer Demut nicht einmal gewollt, daß das Wort ›reuig‹ hinzugefügt werde.«

Tressignies fühlte sich versucht, über den biederen Priester bitter zu lächeln; doch er respektierte die Illusion dieser naiven Seele.

Denn er wußte, daß sie nicht bereut hatte und daß jene rührende Demut auch über den Tod hinaus nichts war als Rache!

XYZ

INHALT

Die DIABOLISCHEN GESCHICHTEN von Jules Amédée Barbey d'Aurevilly sind am 25. November 1985 als elfter Band der ANDEREN BIBLIOTHEK bei der Greno Verlagsgesellschaft m. b. H. in Nördlingen erschienen.

Unter dem Titel LES DIABOLIQUES wurden die sechs Geschichten dieses Bandes in Buchform zum ersten Mal 1874 von Edouard Dentu in Paris herausgebracht. Die deutsche Übersetzung von Ernst Sander erschien zuerst 1961 im Wilhelm Goldmann Verlag, München, unter dem Titel »Die Teuflischen«.

Dieses Buch wurde in der Werkstatt von Franz Greno in Nördlingen aus der Korpus Baskerville Monotype gesetzt und auf einer Condor-Schnellpresse gedruckt. Das holzfreie, mattgeglättete 80g/qm Werkdruckpapier stammt aus der Papierfabrik Niefern. Den Einband besorgte die Buchbinderei G. Lachenmaier in Reutlingen. 13. bis 18. Tausend, Januar 1986. ISBN 3921568412. Printed in Germany.

Von jedem Band der ANDEREN BIBLIOTHEK gibt es eine Vorzugsausgabe mit den Nummern 1–999.

Informationen bietet das zu jedem Band der ANDEREN BIBLIOTHEK erscheinende Magazin.

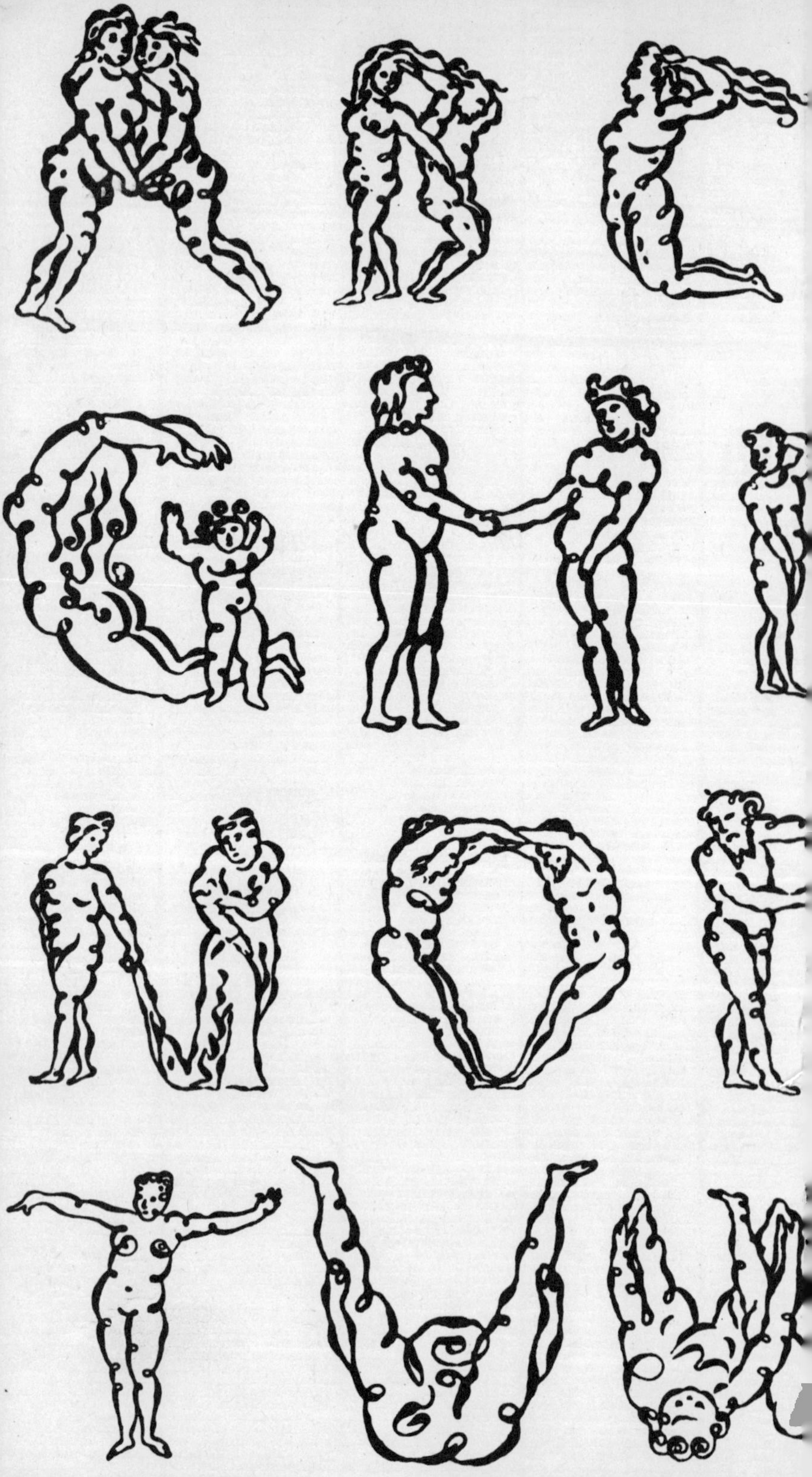